VENICE

威尼斯

逝水迷城

[英] 简·莫里斯 – 著

姚媛 – 译

东方出版中心

上海市版权局著作权合同登记：图字09-2014-414号

图书在版编目（CIP）数据

威尼斯：逝水迷城／（英）简·莫里斯著；姚媛译．
—2版．—上海：东方出版中心，2018.3
（与大师同行）
ISBN 978-7-5473-1229-2

Ⅰ.①威… Ⅱ.①简… ②姚… Ⅲ.①散文集—英国
—现代 Ⅳ.①I561.65

中国版本图书馆CIP数据核字（2017）第298379号

责任编辑：张芝佳
封面设计：田　松
插画绘制：施　晖

威尼斯——逝水迷城

出版发行：中国出版集团 东方出版中心
地　　址：上海市仙霞路345号
邮政编码：200336
电　　话：021-62417400
印　　刷：昆山市亭林印刷有限责任公司
开　　本：890×1240毫米　1/32
印　　张：11.5
字　　数：268千
版　　次：2018年3月第2版第1次印刷
ISBN 978-7-5473-1229-2
定　　价：45.00元

献给

———— ∽◦✦◦∽ ————

弗吉尼亚·莫里斯
一个威尼斯宝宝

目 录

前言

《威尼斯》一书最初是我以詹姆斯·莫里斯的身份所写，这是该书经修订后的第三版。

这不是一部历史，但出于必要，其中很多段落涉及历史内容。我在这些段落中使用了混杂的方式，将历史嵌入文本中在我看来最能令其光彩闪耀的部分；但是如果有读者喜欢按照时间顺序阅读历史，那么书后提供了大事年表，供读者参阅。

这也不是一本指南；但我在第21章中列出了在我看来最值得一看的威尼斯景观，这些景观大多按地形分类，只偶尔因为辞藻华丽的段落而有所混淆。

这也不是一份报告。1960年，我写这本书时，以为自己写的是一份报告。那时我是一名外国记者，打算写一篇关于当代威尼斯的新闻报道。大约十年后，当我第一次准备为新版作修改时，曾经以为只需将所有内容更新，就像报纸编辑重新排版。然而，当我拿着自己的书，沿着运河和街巷漫步时，迅速放弃了幻想。我很快就明白，我曾经以为只要用粗头笔巧妙地修改几笔，就可以让书中内容适应现代需要，但其实并非如此。在1974年版以及随后的1983年版中，我修改了书中的细节，但几乎没有改动其中概括性的内容。

因为其实这本书完全不是我原先设想的客观报告。它更多的是对一段经历而不是一座城市的非常主观、浪漫、印象主义的描绘。它是一双特别的眼睛在一个特别的瞬间所看到的威尼斯——一双年轻的眼睛，首先会对年轻人的刺激反应灵敏。如果我可以不谦虚地说，它具有作者和写作对象完美结合时所产生的那种心旷神怡的感觉：就这本书而言，一边是世界上最可爱的城市，希望受到赞赏；另一边是完全拥有年轻人的成熟的作者，体格强壮，热情洋溢，无忧无虑。无论这本书有怎样的缺陷（我承认的确有两三处），没有人能否认其中的幸福快乐。它散发着愉快的精神。

因此我在一个版本接着一个版本地修改时有一种复杂的感受。第二次世界大战结束时，我初次了解这座城市，那时它仍然保持着显而易见的奇怪的孤独和分离的感觉，很多世纪以来，这种感觉让它在欧洲独一无二。它是一座快乐和忧郁参半的城市，但它忧郁不是因为对当前的焦虑，而是因为对过去的遗憾。我喜欢这种忧伤和华丽相混合的感觉。我喜欢很久以前孕育自帝国的挥之不去的轻蔑，它性格中必不可少的腐朽和岁月的气味，喜欢它的古怪、隐秘。对我而言，正如对很多以前狂热喜欢威尼斯的人而言，能令人忽略这种混杂正是它的部分魅力所在。陋巷中脚步的回声，影影绰绰的桥下船桨轻柔的拍水声，都会牵动我的心，影响我善感的节奏。

20世纪70年代，一切都变得不同。1966年，海水涨潮，涌入威尼斯，这座城市因而引起了全世界的关注。它有可能消失在水面之下，这种可能性虽然其实很小，却被看作一场国际性的灾难，于是各种技术和大量资金从很多国家拥入威尼斯，不仅用于阻止它被淹没，还用于修复它的所有建筑和保存它的艺术品。20世纪80年代，一个崭新的威尼斯诞生了。它受到保护，受到珍惜，不再只属于自己，而被整个世界当作文化遗产。虽然我承认这个新成就所带来的兴奋，却不能完全分享这样的兴奋。首先，我相信威尼斯这个理念——至少是我对威尼斯的理念——不可能与当代世界相一致。其次，也许这很自私，甚至愚蠢，但我怀念它的忧郁。忧伤的魔力消失了。尽管威尼斯仍然无可比拟，我却怀念它衰落的哀婉。我已经不再爱它，我想。

又一个十年过去了，现在我又在修改这本书。我再一次爱上它了吗？也许，以一种顺从的、协定的方式。20世纪90年代的威尼斯成了另一座城市，已经不再怀旧，我认为。虽然它几乎难以承受大规模旅游业的压力（有时候它一天需要接待10万名游客），经常被官僚主义弄得混乱不堪，因为罗马的政治控制而恼怒不已，但它已经在这个世界找到了自己新的位置。过去那个令人惊讶的风格奇特的威尼斯，那个坚决深深地根植于过去的贵族和海上农民的威尼斯已经几乎消失。据说，今天只有不到2万市民可以说自己的父母或祖父母出生于威尼斯。它的外观变化不大，但是它没有过去那么与世隔绝，变得更加平淡，更加现代——毕竟不是一个让人讥笑的成就，因为在共和国的鼎盛时期威尼斯曾是最新潮流的缩影。它比任何其他意大利城市都更加安全，因而成了富有的罗马人和米兰人的度假胜地，一个别墅所在地，与其说是中产阶级化了，不如说是富豪化了。与此同时，它为自己找到了其他的功能：最豪华的会议地址，艺术研究和保护技术中心，房产投资对象，从划船比赛到摇滚音乐会等各种活动的舞台。

简而言之，无论好坏，它已经克服了某种历史烦恼。它甚至不再希求曾经拥有的世俗价值，因此也不再有任何遗憾。当代威尼斯就是如此：一场豪华的（超额预订的）展览，也可以在新欧洲的生活中扮演有用的、可敬的，但几乎不是不朽的角色。一个人会爱上这样的地方吗？有时候我的确能感到过去的情感涌上心头，但不再是当对死水的一瞥唤醒了我的回忆，或者当我闻到摇摇欲坠的古董令人陶醉的芳香，或者当我感到一阵心酸的时候，而是当我看见过去的天才再一次如日中天，被崇拜者团团围住，丁零当啷地摇晃着利润，炫耀着戏剧性的辉煌，再一次恢复了生气，只因那古老的威尼斯壮阳剂——成功。

那么，是另一种爱。我无法假装自己对威尼斯的感觉和我最初写这本书的时候一样，因此我又一次感到无法真的修改什么。让我的威尼斯焕然一新，这是假的；让我自己变得年轻，这是荒谬的。第三版的无关紧要的内容——即事实和数字——再一次被修订。至关重要的内容——精神、感觉、梦想——我没有改变。尽管威尼斯不再让我困惑不解，每年都感到必须回去，我仍然希望这本记录了对过去的迷恋的书能够在读者中引起反响，尤其在那些像我当初一样在毫无经验、年轻热情的时候来到威尼斯共和国的读者中间引起反响，希望他们在我的书里找到自己的快乐，在我身上看到一点自己的影子。

致谢

彼得·劳里岑是《威尼斯：一千年的文化和文明》、《威尼斯的宫殿》和《保护威尼斯》等书的作者。他通读了这本书的初稿，并帮助我决定哪些内容必须修改，哪些内容最好不要改动。对此我深感荣幸。

初见陆地

圣若望及保禄堂

在北纬45°14′，东经12°18′，沿意大利亚得里亚海海岸航行的航海家在长长的低平的海岸线上发现一条通道：他向西掉转航向，顺着急流驶进一片潟湖。令人痛苦的狂暴大海立即消失不见了。四周的水很浅，但并不透明，奇怪的是空气是半透明的，颜色暗淡，泥滩和水面组成的整个宽阔的低洼地带上空缭绕着一丝忧郁的气息。这片潟湖就像患了白化病。

潟湖四周环绕着若隐若现的倒影，像沙漠里的海市蜃楼——摇曳的树木和模糊的山丘，没有船壳的船只，想象中的沼泽地：在所有这些幻象之中躺着一片昏昏欲睡的水域。东部的沙洲边上蔓延伸展着一串串空落凌乱的渔村。浅水处满是柴枝和篮筐条编成的盘根错节的篱栅，几个孤零零的人站在齐膝深的烂泥和水里，在泥里戳来戳去，寻找贝类。一艘摩托艇突突突地驶过，散发出一阵鱼腥味或汽油味。一个女人在岸上对一个朋友大声说话，她的声音奇怪地打着旋飘远了，在一幢幢房屋之间变得低沉，失真。

四处都是静悄悄的岛屿，被沼泽和泥滩环绕着。这儿有一座虎视眈眈的八角形城堡，那儿有一座嶙峋的废弃的灯塔。渔网装饰着渔民的小岛上的房屋墙壁，一队随波荡漾的小船依偎着水闸。营房土墙边一个帽子遮住了眼睛的没精打采的士兵从哨所里半心半意地挥着手。两只猛犬从一座破别墅里朝外面狂吠。一面墙上有几只蜥蜴一闪而过。有时候一阵乡野的气味悄悄从水面飘过，那是牛群或干草或肥料的气味；有时候拍着翅膀紧紧跟在船后面飞的，不是一只信天翁，而是一只蝴蝶。

不一会儿，这个荒凉的地方变得活泼起来，漂亮的白色别墅出现在沙洲上。越过树梢可以看见一座高大的旅馆隆起的屋顶，色彩鲜艳的阳伞点缀着咖啡馆。一条修长的汽船匆匆朝南边驶去，船上载满了乘客。一队渔船娴熟地朝外海疾驶而去。西边，模糊的山影下面闪烁着油桶的微微银光，飘着几缕淡淡轻烟。一艘黄色驳船堆着高高的汽水瓶，突然冲出码头，像一只快乐的鸽子冲出方舟。一艘白色快艇懒洋洋地侧身驶过。三个小男孩让小船在沙滩上搁浅，现在正在互相扔湿乎乎脏兮兮的烂泥巴。氧乙炔在一片阴影下面闪了一下，一艘驳船被船坞外面的支柱撑了起来。汽笛鸣响；钟声洪亮；一只很大的白色水鸟重重地停在一根柱子上；就这样，航海家绕过岬角，看见了一座城市。

这座城市非常古老，非常壮丽，倾斜颓圮。它的塔楼有些朝一边倾斜，有些朝另一边倾斜，毫无规律却光彩照人，俯视着潟湖。它的地平线上满是钟楼、穹顶、尖塔、起重机、索具、电视天线、雉堞、古怪的烟囱，以及一个巨大的红色谷仓。还有模糊的旗帜和装饰着浮雕的屋顶，大理石柱子，深邃的运河。船只不停地从码头驶过；一艘巨大的白色班轮轻快地朝港口驶去；许多森然而庞大的宫殿摇摇欲坠，向水边倾斜，就像体弱多病的贵族推推搡搡，想要呼吸一口新鲜空气。这是一座饱经风霜却华丽辉煌的城市：当船只穿过最后几座以教堂为主要建筑的岛屿，一架喷气式战斗机尖啸着冲出阳光，这整个场景似乎在闪烁——闪烁着健康色彩，古老历史，自我满足，忧伤和快乐。

航海家将海图放到一边，戴上色彩鲜艳的草帽：因为他到达了陆地的典范：威尼斯。

三条充满活力的河流从阿尔卑斯山奔流而下，带来沙石、页岩和泥土等沉积物，然后流进亚得里亚海的西北角，港湾形成了威尼斯潟湖。很多世纪以来，一道沙洲组成的堤岸将潟湖与外海隔开，潟湖因而一直默默无名，不为人知，处在罗马统治下的和平时期的边缘。渔民和采盐人分散居住在它的沼泽地里。商人有时候从这里经过。几个喜欢运动的罗马有钱人在它的岛上盖别墅，野餐，闲逛，猎野鸭。有些历史学家说帕多瓦人一直在它外面的沙洲上保留着一座港口；另一些人则相信当时那里没有那么多水，一半土地都可以耕种。在它的周围，在罗马统治的威尼托区的大陆上，著名的城市繁荣昌盛：阿奎莱亚、康科迪亚、帕多瓦、阿提努姆，所有城市都富有帝国文明；而潟湖却远离历史，包裹在神话和瘴气之中。

后来，在5世纪和6世纪，北方接连涌来大批哥特人、匈奴人、阿尔瓦人、赫鲁利人和伦巴第人。他们是帝国的清道夫。内陆地区在大火和复仇之中消失了。威尼托的城市居民被野蛮、残暴，甚至基督教异端邪说的威胁所驱赶，放弃了舒适的生活，逃进显而易见的避难所——潟湖。有时候，一段野蛮侵略过去之后，他们又返回家园；但是，很多年后，渐渐地，逃离变成了移民。他们断断续续地变成了威尼斯人。有些人由于神的命令，在紧紧抓着法衣和圣杯的主教带领下进入潟湖。有些人在小鸟、星星和圣人给出的征兆的指引下进入潟湖。有些人随身携带着行业工具，甚至教堂石块。有些人穷困潦倒——但是，按照传统说法，"他们却不愿意接纳处于奴隶地位的人，或者谋杀犯，或者过着邪恶生活的人"。

很多人去了潟湖北边环绕着芦苇和水草的岛屿（例如，圣彼得本人曾将肥沃的地产分配给阿提努姆市民）。其他人去了外围地区，尽量远离匈奴王的战火。渐渐地，在经过一场被无数奇迹和圣者干预神圣化的运动之后，岛上卑贱的原住民被征服，财产权被确立，首批会议厅和简朴的教堂被建造起来。威尼斯是在不幸之中建造的，建造它的难民被迫舍弃原有的生活方式，学习新的生活方式。分散在各处的一个个聚居的人群曾经被罗马统治下安逸的生活所滋养，现在却在沼泽地阴湿的瘴气中挣扎（1 400

年后，德国旅行指南作家贝德克尔不厌其烦地整理蚊帐时称他们"呼出瘴气"）。他们学会了建造和驾驶小船，征服潟湖危险的潮汐和滩涂，以鱼和雨水为食。他们用板条和柳条盖房子，用茅草铺房顶，用桩子支撑房屋。

在旧秩序中的神父和贵族的指引下，他们按照罗马先例设计了新的机构：每一个定居点都有管理民众的护民官，在经过争吵和流血之后，他们慢慢联合起来，形成一个单一的行政管理部门，受总督管辖，总督是终身制，但不世袭——"富人和穷人都平等接受法治，"数不胜数的威尼斯的首批奉承者说，"嫉妒是这个世界的祸根，在这里却无迹可寻。"潟湖居民是先驱者，就像美国西部的早期定居者，或南非草原的殖民者。法国作家克雷夫科尔曾写下"美国人，这个新民族"：但是歌德也曾用同样的语言描写旧世界在其身边消亡的最初的威尼斯人。

他们的起源模糊不清，而且肯定不像早期为他们辩护的人想让我们相信的那样始终富有教育意义。潟湖在经过很多年以后才拥有了生机和活力；这些新的威尼斯人在经过了很多世纪以后才停止相互争吵，形成一个民族，建造了了不起的威尼斯城，并且最终可以说（就像他们傲慢地对拜占庭国王所说的那样）："威尼斯，这座我们在潟湖建立的城市，是我们强大的居所，任何君王的力量都不能破坏我们！"威尼斯早期的年表记述不清，颇富争议，没有人知道究竟什么时候发生了什么，如果真的发生过什么的话。

然而，传说却总是如此精确。如果我们相信旧的编年史，那么威尼斯于421年3月25日正午建立。按照我的万年历，那是一个星期五。

威尼斯人

里阿尔托桥

1. 岛　　民

　　于是威尼斯人成了岛民，直到今天他们仍然是岛民，仍然是一群被隔绝的人，仍然带有几分难民的忧伤色彩。很多世纪以后，潟湖里嘎吱作响的岛屿紧密结合成一个辉煌的共和国，成了最了不起的贸易城邦，东方商贸的女主人，拥有当时最强大的海军。一千多年以来，威尼斯在所有国家中独树一帜，既有东方韵味，又有西方特质，一半是陆地，一半是海洋，泰然自若地处在罗马和拜占庭之间，基督教和伊斯兰教之间，一只脚踏在欧洲，另一只脚在亚洲的珍珠堆里拍打。它自称威尼斯共和国，它以黄金为布装扮自己，它甚至有自己的历法，该历法规定一年的开始是3月1日，一天的开始是傍晚。这种孤独的傲慢来自堡垒般坚固的潟湖，给了过去的威尼斯人一种古怪的与世隔绝的感觉。随着共和国越来越伟大繁荣，政治要道越来越稳固，源源不断涌来的令人眼花缭乱的战利品充实了宫殿和教堂，威尼斯被缠裹在神秘和惊奇之中。在世人的想象里，它介于怪物和神话之间。

　　首先，它一直是一座地地道道的水城。早年，威尼斯人曾在岛上修建崎岖不平的道路，以骡子和马为交通工具：但是，不久，他们在现有的河道和溪流的基础上设计出了运河网，这至今仍然是世界上最引人入胜的奇迹之一。他们的首都威尼斯城建在潟湖中央的群岛上。他们的滨海大道就是大运河，这座城市的主干道带着王者风范绕过一个弯，从众多宫殿之间穿过。他们的齐普赛街[1]或华尔街就是里阿尔托，它先是一座岛屿，后来是一个区，现在是欧洲最著名的大桥。他们的总督乘坐的是奇妙的金色驳船，贡多拉优雅地停泊在每一座贵族府邸的外面。威尼斯设计出了一个独有的水陆两栖的社会，装饰华丽的宅第的前门正对着河水。

在这个不同寻常的自然背景下，威尼斯人创立了同样非同凡响的城邦。起初是族长制的民主制度，后来发展为牢固的贵族寡头政治，在这个制度下（1297年后），权力严格地由几个显贵家族掌控。行政权力首先归贵族所有；后来归十人议会[2]所有；后来越来越多的权力归更加隐蔽谨慎的三人议会所有，这个议会由每个月的轮流选举产生。为了维护至高地位，也为了防止民众叛乱和个人独裁，城邦的架构由冷酷、无情、沉闷、故作神秘的暴政支撑。有时候，陌生人经过总督府时会看见两个惨不忍睹的不知姓名的反叛者被吊在绞刑台上，或者听见十人议会的地牢里传来骇人的低沉的严刑拷打声。有一次，威尼斯人早晨醒来时发现三个被判有罪的叛国者被头朝下活埋在广场石板下面，脚伸出来，竖在柱子之间。他们一次又一次得知有些著名的国家领袖、海军将领或雇佣兵队长变得过于自大，于是被绞死，或者被投进监狱。威尼斯可以说是一个极权国家，只不过它并不崇拜权力，而是害怕权力，决不让它的任何公民拥有权力。通过这些公平却极端的方式，它比所有对手都存在得更加长久，直到18世纪末仍然保持着共和国的独立性。

所有这一切都非常美妙，同样美妙的是威尼斯的财富和力量——威尼斯人千方百计地让人知道，这些财富和力量是神授的。

1　齐普赛街（Cheapside），英国伦敦市的一条街道，是该市的金融中心。

2　十人议会是掌握威尼斯最大管理权限的秘密组织，威尼斯的公爵即由这个组织选出。

掌管共和国命运的先是圣西奥多，后来是福音传道士圣马可，各种宗教遗产和典故让千朵花琉璃珠[1]成了威尼斯不可或缺的部分。"安息吧，我的传道士马可。"当圣马可被困在潟湖边真伪不明的沙滩时，一位上帝的使者这样对这位福音传道士说。这句话成了威尼斯共和国的格言，神圣的推荐令状。

它是那个时代最伟大的海上强国，在吨位、火力和效率方面无人能及。它巨大的军火库是这个世界的最大船坞，其秘密像核武器一样被小心翼翼地守护着，其围墙有两英里长，其雇员有1.6万人，在16世纪与土耳其人的战争中，每天早晨都有一艘新的桨帆船离开船坞，这一情形持续了一百天。在17世纪奴隶贩子的全盛时期之前，在威尼斯海军服役的是自由民，这支军队是最强大的战争工具，在热那亚和西班牙的海军兴盛很久之后，威尼斯的火炮仍然无可匹敌。

威尼斯位于宽阔的波河河谷口，面朝东方，北边以阿尔卑斯山为屏障。它是东方和西方之间交往的天然漏斗形通道，它的地理位置造就了它的伟大。它先是和拉韦纳[2]，后来和拜占庭之间有模模糊糊的附属关系，但是它使自己既独立于东方，也独立于西方。它成了亚得里亚海的主宰，地中海东部的主宰，并最终成为通往东方——波斯、印度和神秘富有的中国——的贸易通道的主宰。它以东方贸易为生。它在黎凡特[3]地区的城市有自己的商队旅馆。"基督教世界的所有黄金，"中世纪一位编年史作者用抱怨的

---

1 原文Venetian elbow，指威尼斯为与非洲贸易而特别制造的一种珠子，名为millefiori，意为"千朵花"。

2 拉韦纳（Ravenna），意大利的一个城邦。

3 黎凡特（Levant），第一次世界大战前地中海东部诸国的通称。用于小亚细亚沿海地带和叙利亚，有时也包括希腊和埃及之间所有沿海地区。

语气评论说，"都经过威尼斯人之手。"

东方在威尼斯开始。马可·波罗是威尼斯人，寻找有利可图的新贸易路线的威尼斯商人的足迹遍布整个中亚地区。装饰着东方华丽饰品的威尼斯在所有城市之中最为光彩夺目——"它是我所见过的最得意洋洋的城市，"菲利普·德·科米纳[1]于1495年写道。它是一个堆满了丝绸、翡翠、大理石、锦缎、天鹅绒、金线织物、斑岩、象牙、香料、香水、猿猴、乌木、靛蓝、奴隶、大型帆船、犹太人、马赛克、闪亮的穹顶、红宝石以及阿拉伯、中国和印度群岛所有华丽商品的地方。它是一个宝盒。威尼斯最终毁于两个事件：1453年穆斯林占领君士坦丁堡，结束了它在黎凡特地区的至高地位；1498年达·伽马到达印度，打破了它对东方贸易的独裁：但是在此后的三个多世纪里，它仍然维持着自己的派头和盛况，直到今天，它仍然保留着富有的名声。

它从不曾被爱过。它永远是局外者，永远被嫉妒，永远被怀疑，永远被惧怕。它无法被轻易地归入任何一类国家。它是独自前行的雄狮。它公然无视教皇的可怕惩罚，同时与基督徒和穆斯林做生意，从不厚此薄彼（它是伊本·赫勒敦[2]在那张著名的14世纪地图上标出的唯一一座基督教城市，地图上的其他地方包括歌革、阿曼、恶臭之地、荒芜之地、粟特、九姓乌古斯和北方寒冷无人之地）。它善于娴熟老练和不择手段地赚钱，坦率地专注于盈利，甚至把圣战当作富有价值的投资，当耶路撒冷的鲍德温国王[3]

1　菲利普·德·科米纳（Philippe de Commynes, 1447-1511），当时法国派驻威尼斯的大使。

2　伊本·赫勒敦（Ibn Khaldun, 1332-1406），中世纪阿拉伯著名哲学家、历史学家。

3　鲍德温一世（Baldwin I, 1058?-1118），耶路撒冷国王（1100—1118），曾参加第一次十字军东征。

想要典当荆棘冠时，威尼斯开开心心地接纳了他。

威尼斯标价昂贵，条件强硬，政治动机很难令人信任，因此在康布雷同盟战争[1]期间，16世纪的大多数欧洲强国联合起来，压制"威尼斯难以满足的贪欲和对控制权的渴望"（它的效率高得有悖常情，同盟作出决议之后，它的信使在短短八天之内就将消息从法国中部的布卢瓦送到了威尼斯）。甚至在17世纪和18世纪，当它几乎是单枪匹马为基督教世界与得意洋洋的土耳其人对抗时，也没有受到其他国家的接纳和支持。它就像一只狮鹫[2]或一只凤凰，站在乌鸦的巢穴外面。

很多世纪过去了，它失去了霸权，它的商业巨头家族被削弱，它的元气在无休无止的意大利的争执和纠纷中被耗尽，它成了大陆强国——随着它在18世纪的衰落，它成了另一种天才。在它享有独立的最后一个世纪，它是最快乐最世俗的城市，假面舞会和寻欢作乐没完没了，无论多么大胆、羞耻、放荡都不算过分。它的狂欢节通宵达旦，狂放不羁。它的妓女受到尊敬。多米诺和黑桃A是它的主要标志。在它的剧院，西方世界的浪荡公子、好色之徒和喜欢玩乐的人蜂拥而入，团团围住它的赌桌，全欧洲的体面人都远远地看着它，仿佛在悲悼所多玛和蛾摩拉[3]。没有任何其他国家在如此狂热的享乐中灭亡。在第120位总督统治时期，在奢侈和享乐的胡闹之中，威尼斯像一阵旋风一般朝着它的灭亡飞奔而去，最后拿破仑粗率地废黜了它效率低下的政府，结束了共

---

1 康布雷同盟战争（League of Cambrai），又称神圣同盟战争，是1508—1516年意大利战争当中的一次主要战争。威尼斯共和国是参与方之一。

2 希腊神话中狮身鹰首的怪兽。

3 所多玛（Sodom）和蛾摩拉（Gomorrah）都是《圣经》里记载的罪恶之城，因其居民罪恶深重而被毁灭。

和国，轻蔑地将威尼斯共和国交给了奥地利人。"一切皆成泡影，一切都已结束，威尼斯耗尽了它曾赚得的一切。"

这段奇特的国家历史持续了一千年，而在1310年至1796年之间威尼斯宪法从未修改。威尼斯的故事没有任何寻常之处。它的出生非常危险，它的存在很有气派，它从不曾放弃肆无忌惮的个人主义。"那些小丑！"16世纪法国宫廷的一位绅士在不经意间这样描述威尼斯人，他立即挨了威尼斯大使阁下一记重重的耳光。不管怎样，他的蔑视是勉强的。你不可能看不起威尼斯人，你只能恨他们。他们的政体虽然残忍，却非常成功，在各个阶层的公民心中培养了对国家的无与伦比的热爱。他们的海军无可匹敌。那个时代最优秀的艺术家用自己的天才给威尼斯增光添彩；薪金最高的雇佣兵争相为它服役；最强大的国家向它借贷，租用它的船只；在两个世纪里，威尼斯人"拥有华丽的东方"，至少在商业方面是如此。"11个世纪以来威尼斯一直保持独立，"伏尔泰在共和国崩溃之前30年写道，"而且我自以为它将永远保持独立。"威尼斯的世界地位如此特殊，如此陌生却又熟悉，就像在梁柱之上修行的西门·斯泰莱特[1]，教皇和皇帝都派遣使者到叙利亚去向他求教。

威尼斯仍然奇特。自从拿破仑到来之后，尽管它也曾经历过英勇和牺牲的时刻，但主要扮演着博物馆的角色，大批游客不断地经过它咔嗒作响的旋转式栅门。意大利复兴运动成功后，它加入了新的王国，自1866年后成为另一个意大利省的省会：但是，它仍然和以往一样，是一个神奇的地方。它仍然是一座没有轮子

1　西门·斯泰莱特（Simeon Stylites，390-459），独修的隐士，在修行过程中，太多民众因为景仰而前去拜访、观望，令他倍感困扰，不得不移到一根梁柱之上继续修道。

的城市，一座由运河组成的都市。它仍然身镀黄金，有着玛瑙镶嵌的眼睛。游客仍然发现它令人惊异，使人恼怒，让人难以抗拒，花费昂贵，花哨艳俗，像16世纪一位英国人所说的那样"充满威严"。威尼斯人很久以前就成了意大利公民，但至今仍然是一个自成一格的种族，正如歌德所说的那样无人能比。就本质而言。威尼斯一直是一个城邦，尽管它经历过殖民扩张时期。在它的整个历史中，真正的威尼斯人可能不超过三百万：这种出色的岛国根性，这种孤立的状态，这种古怪扭曲的感觉奇怪地保留了威尼斯人的特征，就像腌渍一段罕见的肠子，或者用洗液保存木乃伊。

2. 威尼斯方式

你可以从一个人的脸判断他是不是威尼斯人。现在威尼斯居住着成千上万其他意大利人，但是真正的威尼斯人通常可以很容易辨认出。他也许有斯拉夫血统，也许有奥地利血统，可能久远以前曾有过东方人先祖，但他的确和血统不纯正的拉丁后裔有很大的区别。他清澈的眼睛里闪烁着阴郁却精明的目光，他的嘴巴仿佛是一个谜。他的鼻子很高，像文艺复兴时期贵族大公的鼻子，他的举止带有一种朴实的狡诈和自满的神态，就像一个通过有些见不得人的洋蓟交易赚了一大笔钱的人的神态。他通常长着罗圈腿（但不是因为骑马太多），脸色苍白（但不是因为晒太阳太少）。他的眼睛里偶尔会闪过一丝心照不宣的轻蔑目光，他的笑容显得冷漠：他通常是一个温和内敛、讲究礼貌、注重礼节的人，他的上衣扣得一丝不苟，他发痒的手小心翼翼地带着手套。威尼斯人经常让我想起威尔士人和犹太人，有时还有冰岛人，偶尔还有布尔人，因为他们有自己独特的内省的忧郁的骄傲，和其他民族都不相同。他们既冷淡、多疑又善良。他们很少吵吵闹闹或虚张声势，当你听见威尼斯人说"晚上好，漂亮的小姐！"[1]时，他既不用夸张的手势，也不用奉承的语气，只是随意地点点头。大街上的威尼斯人可能态度强硬，开心地用一条面包戳你的肚子，或者苦

1　原文为意大利文。

16

恼地把洗衣篮砸在你的脚趾上。店铺里的威尼斯人有一种特别的克制的礼貌，一种矜持但却遗憾的庄重，这是这个城市氛围的一个部分。

仔细观察两个威尼斯主妇相遇的情形，你会看见她们所有的动作举止都反映了威尼斯敏锐的特征。她们面容严肃、神情专注地朝对方走去，因为她们正在购物，篮子里装着早晨刚买的少量东西（今天显然不是每周一次去超市购物的日子）；但是她们看见了对方，于是脸上突然闪过一丝柔和的怜悯的光，仿佛她们就要因为某种难以挽回的损失交换同情，或者分享难得的温柔的信任。她们的表情瞬间变得松弛，她们用一长串的问候相互表示欢迎，很像旧时学校里的阿拉伯人遇到朋友时互相亲切和蔼地说出的客套话和祝福。她们的语调惊讶却亲切，抑扬顿挫，穿透了市场的喧闹声；她们听上去仿佛同时对某件事感到同情和悲哀，有一点暴躁，却又顺从，不情愿地感到好笑。（"可怜的威尼斯！"家庭主妇有时候倚在阳台窗户上叹息；但这不过是一句挖苦，就像一个乘车上班的人对天气的咒语，或者我们都会说的对一切都在衰退的普遍抱怨。）

她们交谈五分钟或十分钟，有时候边交谈边担忧地摇头，把身体的重心从一只脚换到另一只脚，分手时她们用自己的方式挥手道别，把右手垂直举起，放在肩膀旁边，微微摇晃五个手指尖。转瞬之间她们又恢复了认真的商人的表情，和利索但世故的菜贩子为买豆子讨价还价。

现代威尼斯人并不高贵。他们平凡、守旧、多情、自满。这个城市在本质上非常市侩。威尼斯人失去了权力带来的谦虚的自信，希望别人赞赏他们。过去，国王和教皇曾经向威尼斯总督鞠躬，威尼斯最傲慢的画家提香[1]曾经很有风度地允许奥地利和西班牙国王查理五世[2]为他捡起他不小心弄掉的画笔。到了18世纪后期，威尼斯人已经变得对批评没有耐心，就像变得强大之前的美国，或者不再强大之后的英国。当夏多布里昂[3]竟敢写了一篇不奉承威尼斯的文章（"一座反自然的城市——一座不上船就寸步难行的城市！"），威尼斯共和国的最后一位贵妇朱斯蒂娜·雷尼耶·米希尔的回应是他表现了中西部人的狭隘。假如你斗胆提出这座城市的花园如果能稍加修剪也许会更加漂亮，当代威尼斯贵妇会用冷漠表示反对。

威尼斯方式就是正确的方式，威尼斯人几乎总是知道得最多。圣萨尔瓦多教堂有一幅提香创作的《天使报喜》，该幅绘画的技法有些不符合传统，让修道士资助人感到吃惊，于是他们断然宣称这是一幅未完成的画作，或者也许根本不是提香的作品；可以理解，这位老艺术家非常恼怒，于是在这幅画下面题字：提香的画作。这几个字现在仍然可以看到。我常常对他感到同情，他必须面对无所不知的威尼斯人，因为真正的威尼斯之子（更多的是威尼斯之女）深信整个世界的技艺、艺术和科学像水波一样从圣马可广场一圈圈向外扩散，波纹越来越弱。如果你想写一本书，请向威尼斯的教授请教。如果你想打一个绳结，去问威尼斯人该怎么做。如果你想知道桥梁是如何建成的，看看里阿尔托桥。要学会煮咖啡、裱画、制作孔雀标本、起草条约、擦鞋、缝纽扣，去请教适当的威尼斯权威。

---

1 提香（Titian，1490–1576），文艺复兴时期威尼斯画家。

2 这里的查理五世应该指的是神圣罗马帝国皇帝，他父亲是哈布斯堡家族的腓力一世，母亲是卡斯蒂利亚女王胡安娜。

3 夏多布里昂（François René de Chateaubriand，1768–1848），法国作家。

　　"威尼斯风俗"就是判断是否明智得体的标准。如果你建议把鱼裹在面包屑里油炸，而不是裹在面粉里，威尼斯人的脸上会露出同情、傲慢和居高临下的微笑。照相机店里的人向你演示调整莱卡相机的唯一方式时，表现出父亲般的权威。"这是我们的习俗"——威尼斯人这么说的意思是威尼斯的东西不仅是最好的，而且也许是独一无二的。当你从岸边上船时，经常会有人好心地告诉你，威尼斯的水草很滑：我甚至曾经听人说威尼斯的水往往是湿的。

　　这些都是小地方的人的无害的自负观点。在威尼斯居住多年的外国人告诉我，他们已经对一般国际事务没有什么感觉，仿佛他们只不过是旁观者：这种曾经使威尼斯共和国不可战胜的分离感现在支撑了威尼斯的自我满足感。威尼斯人像穷亲戚或乡下大人物一样，喜欢琢磨他们光荣的血统，追溯过去的辉煌显赫，一直追溯到总督和保民官之前的罗马帝国时代（杰士丁尼家族自称是东罗马帝国查士丁尼皇帝[1]的后代），甚至追溯到模糊的史前时代，那时最初的威尼斯人来自帕夫拉戈尼亚[2]、波罗的海、巴比伦、伊利里亚[3]、布列塔尼，或者像仙女一样直接来自晨露。威尼斯人喜欢对你谈论"我的祖父，一个有着卓越修养和学识的人"；或者邀请你分享这样的假设，即威尼斯凤凰剧院上演的戏剧是全世界最优秀最有艺术性的戏剧；或者指出威尼斯艺术家维多瓦是他那一代人中最杰出的艺术家（"但是也许，可不可以说，你并不精通威尼斯双年展所展现的当代艺术潮流？"）。每一个威尼斯人都是一

1　查士丁尼皇帝（Emperor Justinian）在位时期大约是公元6世纪。

2　帕夫拉戈尼亚（Paphlagonia），古安纳托利亚的一个地区。公元4世纪时成为罗马的一个行省。

3　伊利里亚（Illyria），南欧一古国，位于巴尔干半岛西北部。

个鉴赏家，对当地产品抱有强烈偏见。总督府的导游很少费神提到挂在叹息桥边令人惊叹的耶罗尼米斯·博斯[1]的作品——毕竟他不是威尼斯人。威尼斯图书馆非常勤奋地收藏威尼斯作品。威尼斯人家里挂的画几乎永远画的是威尼斯风景。威尼斯是一个毫不知耻地以自我为中心的地方，总是闪着自恋的光芒。

这种自豪并不令人不快，因为威尼斯人不能说是自负，只是自信。其实，有时候这种自豪真的有些病态。现代威尼斯还没有威尼斯人以为的一半那么杰出。它的光彩和活力几乎全部来自夏天的游客，而它自己的智力生活则并不活跃。它的歌剧观众（除了画廊里的观众之外）表现粗鄙，漫不经心。阴沉的冬天的晚上，很少有美丽的摩托艇停靠在曾经辉煌的凤凰剧院门口。除了在旅游旺季，音乐会通常只有二流水平，票价却很昂贵。威尼斯著名的印刷所曾经是欧洲最好的印刷所，现在却几乎全部消失不见了。威尼斯的烹饪没有自己的特色，威尼斯工匠的手艺参差不齐。古老强健的航海习惯早已消失，普通威尼斯人从来不靠水太近，暴风雨来袭时他们大惊小怪。从很多方面来看，威尼斯都是一个闭塞的地方。有人说它已经累得不行了。孟菲斯、利兹和利奥波德维尔比它更大、更有活力。热那亚的航运量是它的两倍。利物浦有更好的管弦乐队，密尔沃基有更好的报纸，开普敦有更好的大学；任何一个周末，在奇切斯特或纽波特驾驶小艇的女人都可以像贡多拉船夫那样为你系一个特别的绳结。

但是，爱是盲目的，尤其是如果家里有伤心之事。威尼斯人对他们的威尼斯拥有非同一般的强烈的热爱和欣赏。"你去哪里？"你可以问一个熟人。"去圣马可广场，"他回答。但是如果你问为

1　耶罗尼米斯·博斯（Hieronymus Bosch，1450-1516），荷兰画家。

什么去，他没法告诉你原因。他到圣马可广场去，不是为了确切的目的，不是去见特别的人，不是去欣赏特别的景象。他就是喜欢扣上外套，把头发梳得光光滑滑，摆出一副装腔作势的忧郁神态，在他华贵的文化遗产纪念品之中漫步一两个小时。很少有一个真正的威尼斯人在越过大运河时不会稍加停顿——无论多么短暂——去呼吸它的美丽。有时候我们的女管家抱怨威尼斯过于狭窄、局促、难以通行；但从没有任何一个情妇对她的金主，或者任何一个理想主义者对他热情的事业，有如此微妙的忠诚。威尼斯是一座喜欢感官享受的城市，它所激发的是生理性的忠诚，仿佛它那张脸本身就可以让血液奔流。

有一次，在11月的安康圣母节那天，我正在威尼斯。节日那天，威尼斯人在大运河上架起浮桥，走到安康圣母教堂，庆祝17世纪一场瘟疫的结束。那天傍晚，我站在由驳船和木材搭成的摇摇晃晃的桥头。（有人让我放心，这座浮桥是"按照远古的方式搭成的"，但是，1930年11月，奥斯伯特·西特韦尔爵士[1]正在过桥时，桥塌了。）我竖起衣领，挡住刺骨的海风，看着威尼斯人三三两两，年轻人一群一群，穿着暖和的衣服，走去参加傍晚的弥撒。他们行进的样子给人一种奇怪感觉，好像他们是那里的主人：每一小群人转过拐角，走到桥边，看到眼前码头的灯光，傍晚被泛光灯照亮的教堂的巨大穹顶，都会带着钟爱之情咂舌赞叹："啊！今天晚上她多美啊！"——完全好像某个娇弱却受人喜爱的姨妈为接待客人穿上了镶蕾丝花边的轻软上衣。

这种自负使威尼斯人视野狭隘，目光短浅。20世纪60年代，

1　奥斯伯特·西特韦尔爵士（Osbert Sitwell, 1892–1969），英国作家。

很多贫穷的威尼斯人从没有去过意大利本土。甚至现在，成千上万的威尼斯人从没有去过潟湖外围的岛屿。有时你会听说有人从没有去过大运河对岸，或者从没有见过圣马可广场。头脑简单的威尼斯人对于地理和国际事务极度无知，甚至受过教育的公民（像大多数岛民一样）也常常是糟糕的语言学家。

威尼斯人的确有自己的语言，一种丰富而独特的方言，不过受到电影和电视的影响，现在已经开始失去活力。这是一种发音含混、轻松活泼的方言。因为它生动活泼，所以哥尔多尼[1]几部最优秀的戏剧就是用这种方言写成的。因为它表达正式，所以曾是威尼斯共和国的官方语言。拜伦称其为"甜美的不纯粹的拉丁语"。访问威尼斯的语言学家面对这种粗野的杂交语言时一脸茫然，因为它的来源部分是法语，部分是希腊语，部分是阿拉伯语，部分是德语，部分可能是帕夫拉戈尼亚语——所有这一切加上奇怪的匆促发音和单调语调，使得这种语言变得更加模糊不清。威尼斯人往往不是在说一个特别的词，而是一串像涂了一层黄油一般没有清楚发出的辅音。威尼斯语很喜欢 X 和 Z，尽量忽视 L，因此，举个例子来说，意大利语里的 *bello* 在威尼斯语里就成了 *beo*。至少有四种意大利语—威尼斯语词典，这说明意大利语词汇和威尼斯语词汇没有相同之处。在意大利语里，"勺子"是 *forchetta*，但是在威尼斯语里是 *piron*。"面包师"在威尼斯语里是 *pistor*，而不是 *fornaio*。"手表"是 *relozo*，而不是 *orologio*。威尼斯语里的代词是 *mi*、*ti*、*lu*、*nu*、*vu*、*lori*。我们说"你是"，意大利人说"*tu sei*"，威尼斯人说"*ti ti xe*"。在威尼斯语里，*lovo* 首先是"狼"的意思，其次是"鳕鱼干"的意思。

1　哥尔多尼（Carlo Osvaldo Goldoni，1707–1793），意大利现实主义喜剧奠基人。

　　这种独特的迷人的语言还精通怪异的矛盾和变形。城市路牌经常是用当地方言标的，让人晕头转向。你可以在旅游指南里找Santi Giovanni e Paolo（圣若望及保禄堂）；但是路牌上写的却是San Zanipolo。圣阿维斯教堂原本是供奉圣路易的。威尼斯人称作San Stae的其实是Sant' Eustacchio（圣欧达奇教堂）。San Stin其实是Santo Stefano（圣斯德望堂）。Sant' Aponal其实是Sant' Apollinare（圣阿波利纳雷）。现在被用作麻风病患者居住地的拿撒勒圣母马利亚修道院（Santa Maria di Nazareth）在很久以前已经被含混地称作San Lazzaretto：这种变体让几乎全世界的语言都受到了影响。我一直未能发现圣詹托菲蒂沿河路（Fondamenta Sangiantoffetti）纪念的是哪位圣人。我花了很长时间才弄明白San Zan Degola纪念的原来是San Giovanni Decollato（圣乔瓦尼·德科拉托），也就是被斩首的圣约翰。最难以解释的是，圣埃玛戈拉和弗图纳托（Saints Ermagora and Fortunato）教堂被威尼斯人称作圣马库拉教堂（San Marcuola）。他们用随便的逻辑漫不经心地说出这个名称，却不作任何解释。他们会说，这是他们的习俗。

　　威尼斯虽然小巧紧凑，却随处可见当地的韵味和情感。每一个区，每一个喧闹的市场广场都有自己易于辨认的气氛——粗糙、亲切、简朴或精致。伦敦其实是很多村庄的集合体，威尼斯更是如此。在一座村子里，你一定会受到友好的招待，遇到礼貌的店主和友好的妇女；在另一座村子里，经验会教会你变得强硬，因为那里的人态度生硬，在那里买东西没有讨价还价的余地。甚至不同地区的方言也不尽相同，尽管这些地区之间相隔不过半英里。在威尼斯，城市一头的人们所熟悉的词汇对于另一头的人们却完全陌生。街道名称一再重复出现，因为城市的每一个部分都非常独立：威尼斯有12条叫做福尔诺的小巷，有13条以圣母马利亚命名的小巷。

在现代之前，这座城市一直分成两个相互无法和解的竞争派系——尼科洛蒂和卡斯特拉尼，起因是久已遗忘的定居初期的派系冤仇；两派之间的争斗太狂暴了，过去里阿尔托桥中间曾有可开合的吊桥，权威人士只要拽一下绳子，就可以把双方暴徒分开，让他们隔着空隙无能为力地怒视着对方。这种根深蒂固的敌对渐渐没有了恶意，变成了模拟格斗、比赛和运动竞赛。到了1848年，旧时的对头在教堂的秘密签约仪式上达成和解，表示要团结起来，共同反抗奥地利统治。今天，这两个派系不再存在，几乎被人们遗忘（虽然读了富有想象力的旅游指南之后也许你不会这么想）；但是教区或广场范围内的易怒的狭隘的自尊仍然存在，有时这种自尊的表达方式非常喧闹。

所有这些都没什么可惊讶的。威尼斯是一个运河和小巷组成的迷宫，这些运河和小巷的走向顺着泥地里未经城市规划师改进的古代河道，弯弯曲曲，难以预料。直到上个世纪[1]，大运河上只有一座大桥，即里阿尔托桥。在摩托艇和沥青路出现之前，在威尼斯走动一定非常疲劳，更别说乘船到内陆去了：谁会奇怪为什么对自己的店铺和酒馆心满意足的圣玛格丽塔人不会长途跋涉到圣马利亚福摩萨去呢？有时候，一位威尼斯家庭主妇断言今天市里没有卷心菜卖；但她的意思其实是圣巴尔纳伯拐角处的那家蔬菜店——那家自从十字军东征初期她们一家就在那里买菜的蔬菜店——今天早晨没有卷心菜卖。

1　指19世纪。

3. 强大的人民

　　但是，这座小城市和这里的人民身上，散发着威尼斯共和国的光芒。据说在第四次十字军东征时——威尼斯在那次东征中扮演了非常重要且不道德的角色——这座城市的人口只有4万。在共和国13个世纪的历史中，人口也许从没有超过17万。因此，威尼斯的人才都有非常专门的特长。它造就了出色的管理人才、海员、商人、银行家、艺术家、建筑师、音乐家、画家、外交家。它几乎没有产生过诗人，只有过一位伟大的戏剧家，几乎没有小说家，很少有哲学家。它唯一的一位著名思想家是保罗·萨比。他是一位僧侣，曾经在威尼斯与罗马教廷争论最激烈的时候为它处理事务。他还发现了虹膜的收缩现象。它最勇敢的将军是雇佣军首领。它有非常出色的适应能力，而不是创新能力。它的天职就是做生意；它的乡下就是大海；它的品味骄奢淫逸；它的功能是沟通东西；它痴迷的是政治稳定；能够慰藉它的——当它需要慰藉的时候——是自我放纵；它的才能多么地符合它的需要，这真是不同寻常。很多世纪以来，威尼斯从来不缺它所需要的领袖、工匠、艺人和商人，从精明的大使到勤勉的船木工，从金融家到建筑师，从马可·波罗到提香到哥尔多尼，最快乐的次等天才。

　　威尼斯人向来对垄断和快速回报具有敏锐的眼光，并且因为愿意出卖他们所拥有的一切而出名——只要报价合适（虽然，在

16世纪，一位曼图亚公爵觊觎总督府里里佐[1]的著名作品夏娃的雕像，愿意用与雕像同等重量的黄金交换，却遭到拒绝）。他们最初是以搬运者的身份走出潟湖，把产品从制造者手里运送到消费者手中，在整个十字军东征时期，他们恬不知耻地从双方获利。1202年第四次东征开始时，威尼斯人被要求将法兰克军队运到巴勒斯坦。"我们以法国最高贵的男爵的名义来到这里，"被派来见恩里科·丹多洛总督的使者说，"这个世界上没有任何其他强国能像你们一样帮助我们；因此，他们以上帝的名义恳求你们，对圣地施以同情，和他们一起为对耶稣基督的蔑视而复仇，为他们提供船只和必需品，以便他们渡过大海。"总督给了一句典型的威尼斯式的回答。"条件是什么？"他问。

他也没有让任何基督教徒的柔软良心影响这次行动的进行。双方同意的价格是8.5万银马克[2]，分四次付清，另加一半战利品：作为交换，威尼斯人要将3.35万人和他们的马运到圣地，为他们提供9个月的供给，并派自己的士兵和战船参战。法兰克军队按时到达威尼斯，在利多岛上安营扎寨。船只和供给已按约定准备妥当。威尼斯人曾经拿不准是否要参与这项神圣的事业，现在，在经过一轮礼拜仪式和盛大庆典之后，热情受到鼓舞。沉着冷静的老丹多洛几乎失明，而且快要90高龄，他宣布要亲自率领船队。但是，当关键时刻到来时，那些十字军却没有钱支付报酬。

威尼斯人在处理不能履行的合同方面是老手，他们并没有气馁。首先，他们在所有通往利多的道路上设了看守，确保那些武装骑士不能溜走，然后提出了自己的建议。他们说，十字军仍然

1　安东尼奥·里佐（Antonio Rizzo, 1465–1499），威尼斯建筑师和雕塑家。

2　旧时欧洲大陆的金银重量单位，约等于8盎司。

可以被运往圣地，只要他们同意在途中停留，镇压达尔马提亚[1]海岸一两个造反的威尼斯殖民地，从而保证共和国在亚得里亚海的贸易路线畅通。法兰克人接受了这些非传统的条件，浩浩荡荡的船队终于起航，达尔马提亚港口一个接一个被镇压：但是威尼斯人还要获得更多的利益。丹多洛接着与适应力很强的十字军达成一致，再做一件偏离正题的事情，推迟羞辱异教徒，占领希腊基督教徒的堡垒君士坦丁堡，因为威尼斯人为了某种原因与希腊国王结下了怨仇。在年老失明的总督亲自带领下，他们猛攻下这座城市的400座楼塔，废黜了国王，在船上装满了战利品，瓜分了希腊帝国。十字军一直没能到达圣地，拜占庭的暂时陷落却增强了伊斯兰事业。但是，通过聪明地利用一次简单的不履行合约事件，威尼斯人成了"八分之三罗马帝国的主人"；他们获得了对斯巴达、都拉斯[2]、基克拉迪群岛[3]、斯波拉泽斯群岛[4]和克里特岛的统治权；他们运回一船又一船金银财宝、黄金、宝石、圣者遗物，这些使他们的城市成为一个经久不衰的奇迹；他们还巩固了在黎凡特地区的至高商业地位，这一地位将使他们能够在未来很多个世纪里舒舒服服地待在自己的宫殿里。

今天他们仍然是精明的商人。威尼斯商人、承包人和发货人保留着讲究实际——如果不是顽固——的名声。（罗马一位行政官员描述威尼斯人"倔强顽固，桀骜不驯"。）靠近圣马可广场的威尼斯证券交易所受到严肃的总督一般精确的管理：不会

---

1 达尔马提亚（Dalmatia），克罗地亚西南一地区，沿亚得里亚海。

2 都拉斯（Durazzo），阿尔巴尼亚西部港区。

3 基克拉迪群岛（the Cyclades），爱琴海南部群岛。

4 斯波拉泽斯群岛（the Sporades），爱琴海中的群岛。

有一丝轻率的投机搅乱了布告栏，但是电话亭里却泄露出强烈的机会主义意识。威尼斯那些银行的办事处仍然像过去一样集中在古老的财富中心里阿尔托桥附近，被安排得无可挑剔。旅游业完全平等地从每一个游客身上吸走最后一美元、一英镑、一法郎、一芬尼[1]。

威尼斯人仍然是强硬却聪明的买卖人。他们的祖先承诺运输军队或装备船队时要价很高，条件不可更改，但是行事很有气派。他们的船是最好的，他们的装饰是最美的，他们一丝不苟地履行协议。"我们是精明的人，"威尼斯人总是愉快地承认。威尼斯人总是会允许你下次再付钱，他们很少会因为几个里拉欺骗你，永远不会因为你终止谈判而不高兴。他们是有策略的商人。古老的有高高穹顶的行业也没有完全绝迹。城市里至少有一个旅馆老板会毫不迟疑地冲进拜占庭的壁垒，或者驾驶快艇绕子午线航行，只要能保证他得到合适的佣金。威尼斯人相信自力更生。有一天，在学院桥上，一个男孩在兜售黄色小纸袋里的天宫图。一个我认识的商人从桥上经过，停下脚步问那是什么，然后向我甩甩头，拍拍他的右胳膊（那只胳膊碰巧很有教养地穿着漂亮的人字形图案的花呢）。"那是我的天宫图！"他很有气派地说，然后昂首阔步地朝银行走去。

这些在军事上或商业上以行动见长的威尼斯人一直受到忠诚的管理者和公务员的支持，这些人在古代大多数是贵族。随着共和国的没落，这些公务员的威望也下降了，他们的道德衰退了，到了最后，威尼斯的管理部门因为腐败而变质：但是古老贵族中最优秀的人适应了时代的变化，保留了严肃的诚实正直的古老传

1　德国采用欧元之前的辅币名。100芬尼＝1马克。

统，融入了专业人士阶层。他们的继承人——今天的律师、医生和工程师——仍然令人敬畏：英俊、严肃、身材颀长、穿着素淡，脸上有一副罗马人冷静的表情，而几乎没有一丝南方人热情的影子。意大利保守古板的官僚主义很早以前就影响了威尼斯：但是城邦里真正的威尼斯公仆却仍然沉着地规避官僚主义，凭借古老共和国富有逻辑、清楚明晰、毫不慌乱的判断力行事。

要见识这些人的最佳表现，你应该参观威尼斯刑事法庭，法庭位于里阿尔托桥边一座古老的宫殿里，俯瞰市场。窗外市场商贩和尖嗓门的女人吵吵嚷嚷；一个女佣边做家务边唱歌，听声音像是患了增殖腺肥大；大运河上摩托艇的引擎轰轰地响；有时候蒸汽锤把桩子砸进泥里，发出沉闷的敲击声。楼房有些摇摇欲坠，但仍然非常庄严，有着屋顶很高的过道和厚重的深色大门，散发出蜡、久远的年代和文件的味道。在镶了镶板的法庭后面，几个观众恭敬地站着，手里抓着帽子，正在窃窃私语。门边，身穿深灰色套装的招待员坐在桌边一脸沉思地玩弄着铅笔，就像议会书记员在更加阴森的共和国法庭上不祥地玩弄着羽毛笔。在高高的深色乌木台子边上，在镌刻的正义口号——法律面前人人平等——下面，坐着威尼斯执法官。他们的长袍色彩黯淡，他们的领襟颜色洁白。他们的脸上一副聪明和神秘的表情。他们有些是年轻人，有些是中年人，坐在法官席上，态度懒洋洋的，注意力之中却潜藏着威胁，像国会议员一样稍稍伸展着四肢；他们审问下一个证人，一个斜眼的洗衣女工，她斜着身子坐在椅子边沿，虚假地扭动着，浑身上下从佩斯利涡旋纹图案的头巾到肮脏的高跟鞋都说明她是个彻头彻尾的骗子——当他们用冷淡刺耳的礼貌语调轮流说出自己的观点时，似乎体现了古老威尼斯的实质，一个强硬却聪明的有机体，它的行为准则众所周知，它应用准则时绝无偏袒。（你可以在黄金宫[1]里挂着的铸币厂官员和监理的画里看见那些法理学家的貌似真实的画像，那些画在他们出生之前300多年就已完成。）

共和国也靠一群坚决的工匠支撑。他们没有任何政治责任，但绝不会没有自尊。虽然威尼斯的统治者牢牢控制着工人阶级，却狡猾地尽量让他们满意，办法有两个，一是让他们从仪式中得到滋养，一是培养他们的行会意识。当尼科洛蒂派的渔民每年选举首领时，总会有人代表总督出席选举仪式——刚开始是总督府的看门人，后来是级别更高的官员。吹玻璃是16世纪威尼斯的垄断行业之一，吹玻璃工对于那时的城邦太重要了，他们得到了自己的贵族地位，并被免除所有赋税。（一个冷酷的自然结果是，威尼斯城邦公开宣布，如果有吹玻璃工带着技术秘密迁居他地，城邦将立即派遣密使将其杀死：传说制造了圣马可广场那只有复杂精密的黄道带装置的著名大钟的钟表匠事后被官方弄瞎，为的是不让他们为其他人制造一模一样的钟。）伟大的威尼斯艺术家和建筑师几乎都属于工匠阶层，虽然他们既有钱又出名。画家通常都参加油漆工行会。他们都是些精神矍铄的老家伙，活得健壮，寿命很长——威尼斯就是一个以了不起的老人闻名的城邦：丁托列托[2]活到76岁，瓜尔迪[3]活到81岁，隆吉[4]和维特多利亚[5]活到83岁，

1　黄金宫（Ca' d'Oro），正式名称为圣索菲亚宫，是威尼斯的一座古老宫殿。

2　雅各布·丁托列托（Jacopo Tintoretto, 1518-1594），意大利文艺复兴后期威尼斯画派画家。

3　弗朗切斯科·瓜尔迪（Francesco Guardi, 1712-1793），威尼斯洛可可时期风景画家。

4　彼得罗·隆吉（Pietro Longhi, 1701/1702-1785），威尼斯洛可可时期画家。

5　亚历桑德鲁·维特多利亚（Alessandro Vittoria, 1525-1608），威尼斯画派画家。

隆盖纳[1]活到84岁，乔瓦尼·贝利尼[2]活到86岁，提香和达·蓬特[3]活到88岁，桑索维诺[4]活到91岁。最重要的是，威尼斯依赖它的海员。威尼斯的城里人很快就不自己驾船了，而是依赖达尔马提亚人和外潟湖人：但是共和国永远有最好的船长、渔民、造船人，以及军火库的重要海军基地——全世界第一座船坞——的工匠。

　　总的说来，今天情形依然如此。现代威尼斯有很多认真勤恳的工匠，这些人始终具有非常质朴的特征，就像我们想象中维多利亚时代早期英格兰海港的工匠一样。今天威尼斯的专业技工仍然令人印象深刻：罗马广场汽车修理厂的修理工可以通过熟练地操纵前轮来驾驶汽车，这个城市里数不清的裱画工想到里阿尔托的另一次日落时不禁心情沉重。手上长满又粗又硬的老茧的出色工匠在船坞——威尼斯话里叫 *squeri*——的锯木屑堆里工作，沥青大锅里冒着泡泡，散发着难闻的气味，他们用燃烧的束铁填嵌船只。像伦敦出租车司机一样粗率无礼的老人站在运河边上，长大衣被风拍动，手里拿着古老的钩子，瞪着湿润的眼睛，寻找需要帮忙靠岸的贡多拉。甚至驾驶大摩托艇的人也在自负的外表下隐藏着一颗亲切的心。没有什么人比那些警察更加友善了，他们穿着蓝色长大衣，开着小快艇在运河上巡逻，或者开着平底小划艇，严肃地慢条斯理地四处转悠（有一本旅游指南将他们的行为戏剧化地描写为"在疾驶的方头平底船上控制着水道"）。

1　巴尔达萨雷·隆盖纳（Baldassare Longhena，1596-1682），威尼斯建筑设计师。

2　乔瓦尼·贝利尼（Giovanni Bellini，1430-1516），威尼斯画派奠基人之一。

3　安东尼奥·达·蓬特（Antonio da Ponte，1512-1595），威尼斯里阿尔托桥设计竞赛的冠军获得者。"Ponte"即"桥"的意思。但他并没有活到88岁。

4　不清楚此处是否指雅各布·桑索维诺（Jacopo Sansovino，1486-1570），威尼斯建筑师和雕塑家，但他并没有活到91岁。

在所有这些人之间，在从卡尔帕乔[1]直接传承下来的威尼斯的意象之中，穿行着贡多拉船夫。他不是个受游客欢迎的人，他们认为他要价太高，有时候他的举止盛气凌人：实际上，他很可能是个"共产主义"者，对人没有尊敬，常常向不了解实情的外国人灌输不正确的信息，有时候不正当地诱导对方不要理会价目表（"啊，但今天是圣马库拉教堂的节庆日啊，先生，按照传统，在这个神圣的日子里我们是要双倍收费的"）。但我渐渐开始喜欢和欣赏他们，可以原谅他们偶尔犯的小错，因为他们靠四个月旅游旺季的收入过日子，冬天则靠临时做渔民或工人勉强度日。贡多拉船夫通常非常聪明，他们还宽容大度，喜欢讥讽，而且有幽默感，除了一些脾气坏的年纪大的船夫之外。他们也通常非常英俊，一头金发，四肢灵活——很多人的祖先来自斯拉夫海岸的伊斯特拉[2]和达尔马提亚——有时候脸上露出受过教育的老于世故的表情，像查韦尔河上泛舟的大学生，自娱自乐的海军军官，或者也许时尚的滑雪教练。

贡多拉船夫仍然有强烈的行会意识。他们的合作组织在威尼斯势力强大，过去他们甚至有自己的集体银行，银行采用风险共担的运营机制。不久之前，每一个贡多拉轮渡站都由自己独断的行会进行组织（现在他们仍然维持行会规则，但是官员由市政府任命）。今天，虽然每一个贡多拉船夫仍然属于某一个轮渡站，但他们都是同一个合作组织的成员。每一只贡多拉都由私人拥有——为你驾驶贡多拉的船夫未必是船主，拥有权通常世代相传——收益归主人所有，合作组织只是一个谈判代理、一个社会

1　维托雷·卡尔帕乔（Vittore Carpaccio，约1460–1525/1526），威尼斯画派叙事体画家。

2　伊斯特拉半岛（Istria），位于欧洲巴尔干半岛西北部，今属克罗地亚。

安全体系、一个为大家提供方便的组织——有时候也是一个政治机构。尽管如此，贡多拉船夫之间的竞争受到严格控制，船夫之间的争吵很出名，一代又一代游记作者特别喜欢看到，在他们看来，这些争吵明显就是在演戏。贡多拉船夫不欢迎任何非贡多拉船夫将船停在他们等客的地方。只有50只桑多洛——一种较小的客船——有合法运营证：你看到的所有其他平静地和贡多拉抢客人的船都被愤怒地描绘为"非法"。

虽然按照威尼斯传统惯例，贡多拉船夫受到所有这些保护，但是他们通常心胸开阔，出乎意料地对外行和外人心存同情。当你因为犹豫不决，驾着小船慌慌张张左拐右拐地从他们前面驶过时，你绝不会听到他们说出一句发怒的话：当你终于跌跌撞撞地来到码头边，在潟湖里弄湿了身体，缆绳拖在船后面，引擎停止了工作，船舷断了，裤子破了，他们会饶有兴趣地欢迎你，再一次（因为他们是毫无保留的威尼斯人）向你解释，化油器里进了盐，并且友善地问候你的孩子们。

他们会不时举办划船比赛，部分是由于传统如此，部分是由于旅游局鼓励。在很多烟熏火燎的餐厅里，你会看见玻璃柜里小心翼翼地保存着某位划船比赛冠军的奖状和旗帜，甚至他的油画肖像——为冠军画肖像是一个惯例：直至今日，民众之中仍然残留着一丝对这些比赛——一种民间对抗和世仇的人类学重现——的热情。竞赛者裹着和船桨颜色相配的吸汗带，雄心勃勃、全神贯注地在大运河上奋力划桨，或者轻快地绕过公园旁边的标志浮标。各种各样的小船成群结队地跟在贡多拉后面，快艇、划艇、快要散架的小艇，小划子上半裸着身体的男孩，用作水上市场的大型驳船，漂亮的汽艇，帆船，全都在贡多拉旁边热热闹闹跌跌绊绊地往前划，轮渡打着危险的急转弯朝码头驶去，船边涌起细浪，引擎突突作响，那情形就像某些噩梦一般的大学划船比赛，几乎快赶上疯狂的牛津剑桥赛艇对抗赛[1]。

但是划船比赛的最佳时刻是在傍晚。那时，把奖金装进口袋里或尽力抓住小乳猪（传统的四等奖奖品）的新科比赛优胜者受到其他贡多拉船夫的宴请：你会看见他们戴着色彩鲜艳的帽子，快活地唱着歌，乘着一只灰色大驳船在大运河上巡游，桌上放着一排酒瓶和丰盛的饭菜，快活的主办人在拉手风琴，彩旗在飘扬，一派欢快、友好和满足的气氛。

在共和国时期，没有任何工人能够参与城邦管理。《黄金书》[2]傲慢地列出的少数世袭贵族掌握了所有权力。该书难得增列新晋贵族：因为在战争中表现英勇、对城邦格外忠诚，或者缴纳了合适的（但当然完全是象征性的）费用而获此荣誉的人。在对热那亚的战争中，30个家庭因为作战英勇而被封为贵族，有时候大陆的富有平民也可以用金钱买到威尼斯的贵族身份，就像你可以用金钱买到劳合社[3]的会员身份。但是，这样的新贵族需要经过几代人之后才能被旧贵族接受。旧贵族往往自视甚高——这并不是没有原因的——只要想到到国外去，被人像普通人一样对待，就会浑身颤抖。

1　牛津剑桥赛艇对抗赛是世界上最悠久的学校间赛艇对抗赛，由英国牛津大学和剑桥大学赛艇社在伦敦的泰晤士河上举行。该赛为两条八人单桨有舵手赛艇之间的对抗，路线由帕特尼逆流而上到莫特莱克，在当日涨潮时举行，全长6 779米。该赛事已成为英国乃至全世界最经典的赛事之一。

2　威尼斯共和国时期贵族的官方登记册。

3　英国最大的保险组织。劳合社本身是个社团，更确切地说是个保险市场，但只向会员提供服务，并不承保业务。劳合社的每个成员至少要具备10万英镑资产，并缴付3.75万英镑保证金，同时每年至少要有15万英镑保险收入。

劳动人民辛勤工作，忠于国家，因此得到公平的、往往慷慨大度的统治，但他们没有丝毫政治特权，难得可以通过暴动或扬言叛乱改变事件的进程。一般来说，他们对体制的忠诚令人惊讶。在威尼斯共和国历史上，只发生过三次重大革命，三次都发生在14世纪，但没有一次是无产阶级革命。最严重的一次，即1310年的提耶波罗起义，是由贵族组织的：据说这场起义被"一位老妇人"阻止，她朝起义军旗手的头上扔了一把石头砂子，让其他人陷入了混乱之中（今天她仍然在做同样的动作，在威尼斯主要商业街梅塞利亚街上，这位老妇人住宅旧址的一块牌匾上，有她的石头雕像，下面的人行道上镶嵌了一块石板，标出被砸旗手的位置）。在威尼斯漫长的衰落史上，它的人民始终不变地为自己的共和国感到骄傲，这种感情令人动容。最后，当所向披靡的拿破仑来到威尼斯时，强烈支持他的不是不满的平民，而是自由派贵族奎里尼-本佐尼公爵夫人，拜伦笔下著名的"贡多拉上的金发女郎"，只穿着一件雅典式束胸上衣，与一位英俊的革命诗人手拉着手，在圣马可广场围着一棵自由之树跳舞。

和另一个海上寡头英国一样，威尼斯的稳定性和凝聚力来自共同的目的。虽然伯爵和工人之间相差悬殊，但是英国人感觉自己是"一群快乐的人"，"一群兄弟"：在威尼斯的鼎盛时期，威尼斯人也感到他们命运相通，认为自己不是富人或穷人，拥有特权的人或无权无势的人，而首先是威尼斯公民。因为威尼斯从来没有经历过封建社会，所以它从来没有像意大利大陆的城市那样，因为私人军队或奴隶义务而陷入瘫痪。在贵族统治的外壳之下，商人阶层和工人有自己的明确权利，而威尼斯的贵族虽然非常自满，却似乎并没有粗鲁或轻蔑地对待社会地位低于自己的人。所有威尼斯人都在狂欢节那几天疯狂的日子里狂欢作乐，17世纪和

18世纪的浮华少年组织闹腾的俱乐部，身穿奇装异服，人们似乎对他们既嫉妒又宽容，就像今天伦敦的报纸对国王街上那些时髦青年的态度一样。

有观察家认为，威尼斯人完全依赖于贵族屈尊俯就，这导致一种奴性，这种奴性至今仍然可以在这座城市中明显看到。我却并不这么认为。的确，威尼斯的社会性格中存在某种程度的谄媚。威尼斯人比大多数意大利人都更加温顺，在意大利为半个欧洲提供廉价劳动力的年代，他们在国外更容易受到剥削。有时候，某个侍从会压低了声音充满恭敬地对你说起他的雇主，好像他正在教堂里说话一样。现在的威尼斯人和往常一样，对有钱人有一种健康的尊敬——也许比对有教养的人更加尊敬。

但是，总的来说，威尼斯人的生活中普遍存在一种坚定的公平感。和意大利其他地方一样，威尼斯有很多家佣、穿着整齐制服的女佣、慈母般的厨师和轻手轻脚的男佣，但他们对家里的问题采取一种通情达理的十分友好的方式，难以觉察出丝毫的油滑媚态。管家友好随和地陪你坐在早餐桌边，闲聊今天将会发生的事情，或者善意地纠正抚养孩子的方法。划船比赛时，或者演奏小夜曲时，你的阳台上会出现许多笑容满面、身份不明的朋友和亲戚；当你午夜时分参加完威尼斯的庆祝活动，迷迷糊糊、心怀歉意地回到家里，没有什么比看见和姐妹一起坐在收音机旁的临时保姆更让你高兴了。旧体制也许培养了一种孩子般的单纯，这种单纯在今天的威尼斯人身上仍然可以清晰地看见；他们的性格里有一丝柔顺；但他们丝毫不觉得自己受到了践踏。

社会的另一端是贵族和富豪。有些是威尼斯旧时贵族的后裔，有几个贵族家庭仍然住在大运河边祖传的府邸里，就像他们仍然维护着在大陆的房产。我听说，有一位贵妇最近无意中听见一个贡多拉船夫告诉客人她是最后一位总督的遗孀——这种说法虽然也许满足了她作为一个威尼斯人的骄傲，却假定她已有180岁高龄。但是，《黄金书》里记载的大多数家族都已消失不见。共和国解体时，《黄金书》里记载了1 218个名字，但是很多老房子都抵押给了修道院，当拿破仑废除了修道院时，实际上也废除了贵族家庭。古老的寡头政治解体了：一个被称作"贫穷贵族"的没有价值、穷困潦倒的群体已经在圣巴尔纳伯区存在，到了1840年，一千多个旧贵族成员在接受国家救济。

因此，现代威尼斯贵族来源复杂。有些是富有的商人，他们很久以前就跨越了无能和特权之间的鸿沟。大多数人根本没有威尼斯血统，而是罗马人或米兰人，他们在威尼斯城里有房产，夏天就往返于哈里酒吧和利多海滩之间。少数是外国人。意大利共和国不再授予贵族头衔，但是威尼斯仍然有很多伯爵，习俗允许他们保留相当无谓的荣誉；还有相当多的公主或男爵夫人，名片上印着斯拉夫名字，或俄国小王冠；很多人的名字前面冠有尊称"尊贵的"——简写为"N.H."。这座城市也很有钱，财富主要来自对土地的拥有。它最豪华的公寓仍然非常非常豪华。它最奢侈的摩托艇像宫殿一般富丽堂皇。它的歌剧观众虽然体格粗壮，却打扮得美轮美奂。少数几个家庭仍然拥有私人贡多拉，人们可以看见这些贡多拉在大运河上疾驶而过，船上的铜件闪闪发亮，两名身穿鲜艳制服的桨手在划着船。

有一次，为了打发无聊的早餐时间，我翻了翻威尼斯电话号码簿，看看里面还有多少总督的名字。大多数早期任职者都消失在了模糊的传说之中，这可以理解。根据编年史记载，在前25位总督中，三位被谋杀，一位因为叛国罪被处死，三位被判决刺瞎双眼，四位被罢免，一位被流放，四位自动退位，一位成了圣人，还有一位在与海盗作战时被杀。（即便如此，前76位总督中，75位的信心十足的画像仍然挂在总督府的大议会厅里。）大多数后来就职者的名字仍然在电话号码簿中。在697至1797年之间，一共出现过120位总督。他们共有67个不同姓名——担任总督的荣誉通常世代相传——其中39个姓名出现在号码簿里。有时候一个姓名有两个或三个代表人，有时候有10个或12个代表人。令人惊讶的是有很多女伯爵或宰马人的名字。很多名字可能源自过去家仆的姓名，而不是源自家族本身。第一位总督的名字没有出现；最后一位的名字也没有出现；但是有一位令人印象深刻的电话用户——多托雷·乔瓦尼·马赛罗·格里马尼·朱斯蒂尼安伯爵——其名下一口气出现了三个公爵。

威尼斯旧时的贵族拥有非常强烈的家族自豪感，如果你去参观雷佐尼科宫[1]博物馆就能看到：在那里，有人不怕麻烦，做了一份族谱，放在玻璃柜里，每一个家族成员都由一个小蜡像表示。威尼斯人对谱系太热衷了，在圣马可大教堂里甚至有一份用马赛克做成的圣母马利亚族谱。这座城市的所有区都用宗族的名字命名，一个伟大名字的绝迹就是一个公众的悲剧。人们至今仍在遗憾地讲述福斯卡里家族的灭绝。这个家族不幸的祖先弗朗切斯科·福斯卡里是拜伦在其悲剧中的表现对象。他们的名字仍然在电话簿里，但他们应该已经在上个世纪[2]初期渐渐消失了：该家族的最后一名男性代表在伦敦去世时是一个名不见经传的演员，他的两个活着的姐妹都发了疯，被不讲道德的仆人作为福斯卡里家

1　雷佐尼科宫（Ca' Rezzonico），位于威尼斯大运河边，原是贵族住宅，现在作为博物馆。
2　指19世纪。

族的最后成员向游客展览。

威尼斯最了不起的家族之一是杰士汀尼家族；但是，在12世纪的战争中，这个家族的每一个男性成员，除一人之外，全部死在战场或死于瘟疫。唯一幸免的男丁成了修道士，在利多岛上的修道院里过着苦行的生活。整个威尼斯都为杰士汀尼家族可能灭绝而感到痛心，于是公众向教皇请愿，请求他允许那位修道士不履行誓言。教皇准许了这一请求，于是那位平信徒[1]被匆匆安排与当时总督的女儿成婚，他们尽职尽责地生育了九个儿子和三个女儿。工作已经完成，孩子已经长大之后，父亲回到修道院，母亲则在潟湖一座偏远的岛屿上为自己建造了一座女修道院。杰士汀尼家族则从此以后兴旺起来。在面对拿破仑的欺侮时，一个杰士汀尼家族的人几乎是唯一一个保持了共和国尊严的人；今天，威尼斯仍然有十一座杰士汀尼家族的府邸，那是对一个修道士自我牺牲的不同寻常的纪念。

在共和国的严酷时期，贵族的目的非常明确，所有贵族家庭都有自己的职责。贵族没有等级之分。你或者是贵族，名字被记载在《黄金书》里，或者不是（奥地利人接管之后，任何一个贵族，只要愿意，都可以成为伯爵）。早期的威尼斯贵族其实是不拿工资的城邦仆人。他的生活受到严格的限定——甚至，比如说，规定他可以穿什么，因此有时候人们会看见穷困的贵族穿着深红色丝绸衣服乞求施舍。伏尔泰吃惊地发现，威尼斯贵族没有官方允许就不能出国旅行。如果一个威尼斯人被选为大使，那么他必须在很大程度上自费维持使馆开销，有时候这会毁了他自己——一位上了年纪的绅士就这样为威尼斯共和国服务了十一年，没有

1　基督教中指未受神职的一般信徒。

得到一分钱报酬，他要求的唯一回报就是能够有特权留下一位欧洲君主送给他的一根金链子，按照通常做法，这份礼物本应立即送进城邦的保险柜里。

贵族不可以拒绝任命：同时，对于威尼斯体制来说，有一点至关重要，即任何表现出自视甚高或名望过高的迹象的公民都必须立即受到羞辱，以防止出现独裁者，并且杀一儆百[1]。如果你不服从指令，就会丢脸。如果你打了败仗，就会因叛国罪受到弹劾。如果你打了胜仗，成了公众英雄，也许迟早就会因为莫须有的罪名受到指控。例如，15世纪的将军安东尼奥·达勒兹在将近一年的时间里保卫斯库台不受土耳其人攻击，他的防卫太严密了，一天一只猫从暴露的屋顶上跑过，立即同时被十一支箭射穿；他的防卫太持久了，用过的箭杆被当地人用作柴火，好几个月才烧完；但是，当他最后将城池交给占绝对优势的敌军，体面地回到威尼斯时，立即被指控犯了叛国罪，被监禁一年，流放十年。在威尼斯，了不起的指挥官总是要冒可怕的风险，很少能够活到退休后患痛风的年纪。

更糟的是，耻辱会被刻在石头上，留下永不磨灭的印记。圣马可大教堂中间的拱门上面有一个包着头巾挂着拐杖咬着指甲的不幸人物。据说他是这座大教堂的设计师，被宣判要遭受永远的蔑视，因为他夸口自己的作品将会完美无瑕，而事实却并非如此。他不过是第一个这样的受害者。圣塔戈斯汀广场人行道上的一块石板记载了对1310年贵族叛乱首领贝雅蒙特·提耶波罗的惩罚。一头铁狮重重地踩进圣母马利亚广场的一座房子，表示房子的主人被关进监狱时，这里被国家隔离。总督府的拱廊下面有一块饰

---

1 原文为法语。

板，记录了对威尼斯两个著名家族的成员吉罗拉莫·罗瑞丹和乔瓦尼·孔塔里尼的放逐。他们放弃了特内多斯要塞，将其让给了土耳其人，"对基督教和他们自己的国家造成了严重伤害"。在所有总督之中，只有一个人的画像没有出现在总督府的大议会厅，他就是因密谋成为专制君主而被砍头的马林·法列罗。本应挂他的画像的地方是一片黑色空白，下面是冰冷的题字：这里是犯罪现场，马林·法列罗被斩首。

威尼斯政府的确曾经竖起过一块表示悔恨的牌匾，免除贵族安东尼奥·福斯卡里尼的叛国罪，他因此罪被判处死刑：但牌匾放得太高了，隐没在圣欧达奇教堂的家族纪念碑之中，几乎没有人注意到它。总的说来，耻辱会永存，荣誉却被抹去。历史学家抱怨缺乏著名威尼斯人的个人资料，直到1866年，意大利统一[1]带来绚丽的热情之前，威尼斯唯一的室外公共纪念碑是圣若望及保禄堂外面的雇佣兵队长科莱奥尼的雕像。现在有时候会有所改进——有一艘汽艇以勇敢的将军布拉加迪诺的名字命名，有一艘挖泥船以敢于拼搏的海军将领莫罗西诺的名字命名：但是如果你让任何一个受过教育的伦敦人说出一个著名的威尼斯人，他也许会低声说出马可·波罗、哥尔多尼、萨比，或者犹豫不决地说出福斯卡里，但会坚定不移地说出提香和丁托列托。

这些规则被最强有力地应用于总督本人，那个最不幸的威尼斯贵族。他是对独裁的荣耀抱有最显而易见的欲望的人，因此，为了让他无能为力，很多个世纪以来，他的权力被不断削弱，最后他几乎成了对君主立宪制的拙劣模仿，一个镀金傀儡，必须在监督之下才能与外国人说话，甚至写给妻子的信也必须受到审查。

1　即复兴运动，指19世纪末、20世纪初将意大利境内各国统一为意大利的政治、社会过程。

他唯一能合法接受的礼物是玫瑰水、花、气味香甜的草药和香膏，很难想象还有什么比这些更没有男子汉气概了；1494年后，威尼斯总督只能以谦卑地跪在圣马可脚下的形象出现在硬币上。人们想出了最复杂的方法，让他变得无能——正如英国大使亨利·沃顿[1]曾经说过的那样，那些方法"颇有修道院的味道"。总督由大议会—贵族大会—成员选举产生，但选举是一个非常曲折的过程。首先通过抽签产生9名成员，由他们选出40名选举人，这些人必须得到至少7名成员的支持。接着，通过抽签从40名选举人中产生12人，由他们再选出25名选举人，这些人仍然必须得到至少7名成员的支持。然后通过抽签从25名选举人中产生9人，由他们选出45人，得到至少7名成员的支持。再通过抽签从这45人中产生11人，由他们再选出41人；从所有威尼斯贵族中经过四个阶段的筛选产生的这41人将选出一名总督，这名总督必须得到至少25人的支持。

但是，尽管有这些纪律、限制、惩罚和花费，在威尼斯共和国的鼎盛时期，从来都不缺乏优秀的领袖，总的说来贵族们在履行义务时也总是尽职尽责——有一个生活被详细记载的贵族在其担任大议会议员的30年里，只有一次没有参加每周例会。那天早晨，当我一边翻着电话号码簿，一边吃着玉米片时，跃入我眼帘的就是这些骄傲、浪漫、往往可敬的名字——格里马尼和莫罗西尼，皮萨诺和莫塞尼戈，本博、巴尔巴里戈和格拉伐尼戈：但是我要把最好的留到最后。

最勇敢的总督是恩里科·丹多洛，一个无赖般的巨人，在88

---

1 亨利·沃顿（Henry Wotton，1568-1639），英国诗人、外交家，1604-1623年任驻威尼斯大使。

岁高龄时攻占了君士坦丁堡的堡垒，把那些法兰克贵族大公们牢牢掌握在他布满皱纹的手掌心里。他是四个姓丹多洛的总督之一，你可以看到他的府邸的遗址，那是一座比较小的哥特式房子，坐落在里阿尔托桥附近的一排咖啡店之间。"噢，哪怕和年老失明的丹多洛共度一个小时！"拜伦写道，"那位八旬首领，拜占庭的劲敌！"他脚步沉重地走过那些编年史，就像威尼斯的丘吉尔。他去世后，人们将他安葬在金角湾[1]的圣索菲亚大教堂，为他举行的葬礼和他在世时举行的典礼一样隆重。（苏丹穆罕默德二世毁了他的坟墓，但是曾在君士坦丁堡为穆罕默德二世担任宫廷画师的真蒂莱·贝利尼[2]将这位老勇士的宝剑、头盔和胸甲带回了威尼斯。）电话号码簿里只有一个丹多洛，我匆匆喝完咖啡，吃完面包卷，去拜访他。

据我判断，他不是个有钱人。他在一个叫作"水管理办公室"的市政部门工作，这个部门的职责是管理威尼斯的运河和航道。他的太太和女儿（他没有儿子）面带稚气，心地善良，像英格兰乡村牧师的家人。他的公寓位于圣若望及保禄堂附近，舒适宜人，朴实无华。但是当安德烈亚·丹多洛从支流运河深色河水上方的窗户探出身子，隔着运河向我挥手告别时，他的眼睛里似乎闪过了古代战场的刀光剑影，他深沉的嗓音似乎是从很多个世纪以前传来的回音，他的微笑似乎饱含了威尼斯所有令人悲伤的骄傲。

---

1 博斯普鲁斯海峡南口西岸的海湾。

2 真蒂莱·贝利尼（Gentile Bellini, 1429–1507），文艺复兴时期威尼斯艺术家，以关于宗教的画作而闻名。曾在拜占庭帝国君士坦丁堡宫廷中工作过三年。

4. 不对每个人说真话

威尼斯是一个复杂的地方，在物质上和精神上都是如此，在威尼斯查证事实是一件极其困难的事。没有什么可以完全确定。生活被包围在许多矛盾和例外之中，煞费苦心、坚持不懈地探究的人，那些总是知道火车时刻的人，经常无望地被误导。

威尼斯的过去和现在一样，被包裹在暧昧的想象和谎言之中，几乎每一个传统都有几个不同的版本。没有一本旅游指南能说清圣西奥多和鳄鱼的意义，他们被雕刻在圣马可大教堂旁边广场的立柱上，圣西奥多将鳄鱼踩在脚下——因为没有人清楚他们的意义：大多数作者大着胆子猜测那位圣人的生平，却完全回避那条鳄鱼。9世纪时，圣马可的遗体被两名威尼斯冒险家从亚历山大港偷挖出来（他们用腌猪肉覆盖干瘪的遗体，不让好奇的穆斯林接近），人们一直认为遗体被保存在圣马可大教堂的祭坛下面，但很有可能遗体已经在976年的大火中被烧毁，后来由于权益的原因被人为复活。摩尔广场的名字从何而来？因为摩尔人的仓库就在附近，因为广场墙上有摩尔人雕像，因为那里最主要的家族来自摩里亚[1]，因为他们姓摩罗——你可以任选一个解释，没有人能反驳你。关于1945年威尼斯被盟军占领的史实有好几个不同的官方说法，只要比较一下战争办公室博物馆各种可靠的官方报告，就

1　摩里亚半岛（Morea），即希腊南部的伯罗奔尼撒半岛。

可以发现这一点。我查询的五本现代参考书对于威尼斯潟湖地区给出了五种不同的图解。拿破仑占领威尼斯后，按照他在埃及的做法，命人调查威尼斯人的特点——他们的偏见、政治观点、品味和举止如何？调查报告一直没能完成，因为接受任务的学者们承认，他们无法查证事实。

难怪这些书看起来前后矛盾。在威尼斯，你永远不可能肯定什么。奇怪的是，尽管消息可能非常不确定，提供消息的人却往往固执己见：因为威尼斯人对外来人有一种虚假的认识。威尔士人把握十足地说出一半事实。布尔人用完全靠统计学说话的神态解释他们荒谬可笑的原则。以色列人发现承认错误令人非常痛苦。威尼斯人的弱点是讨厌承认自己无知。他总是知道答案。你绝不可能难倒他，很难让他不知所措。如果你问他如何穿过乱作一团的威尼斯小巷到某个地方去，他会摆出一副很有智慧、愿意帮忙的表情，认真考虑一番，友好地挽住你的胳膊，把你领到最近的有利位置；然后指着你面前和运河、拱道、死胡同、突然出现的广场以及令人迷惑的通道纠缠在一起的迷宫一般的中世纪小巷，彬彬有礼地说："一直向前走！"

这只不过是客气，但有时候威尼斯人是故意不说清楚。萨比有一次对朋友说："我从来、从来不说谎，但也不对每个人说真话。"威尼斯很少有严重的犯罪行为，但是这个地方的事情普遍给人一种轻微的不道德的感觉。这种感觉很不明显。旅馆收费昂贵，贡多拉和出租船贵得离谱，把你的玻璃纤维袋从一条小巷扛到另一条小巷的搬运工简直就是在敲诈：但总的来说他们是按照价目表收费的，而且非常愿意把价目表拿出来，让吹毛求疵的人不舒服。威尼斯人从不粗鲁。他们喜欢沉思，知道如何压榨受害者却又不至于让他跑到马略卡岛去，而且他们的魅力往往胜过了贪心。威尼斯共和国的体制预先假定每个人都有最坏的一面，从总督以下莫不如此——在独立时期的最后几十年里，当腐败猖獗的时候，每年很多捆木材从军火库消失，足以制造十艘完整的战船。现代威尼斯人同样愤世嫉俗，并且假定你也如此。"我们威尼斯人，"他们说，"我们和其他人完全一样：有些人诚实，有些人不诚实。"在总督府地牢的墙上，有人用方言刻了这样一句伤心的话："愿上帝保护我不受我信任的人伤害。我将保护自己不受我不信任的人伤害。"

　　威尼斯的暴力犯罪行为十分罕见，但这座城市有很多小蟊贼。在18世纪，如果扒手把赃物送到城市警卫队，就可以保留其中一部分：一位游客询问这种极不公正的体制的目的是什么，他被告知这样可以"鼓励人们巧妙、聪明、精明的行为"。1576年，当提香因染上瘟疫而奄奄一息时，盗贼闯进他家，在他临终时，有人说就在他的眼皮底下，把他家洗劫一空。15世纪时，入室窃贼甚至成功地挖了一个通往圣马可大教堂宝库的洞，偷走了大批宝物（他后来被绞死，按照他自己颇有嘲讽意味的要求，行刑的套索是金色的）。今天，威尼斯的窃贼有时候和以前一样鲁莽。他们很善于爬进运河边房子的窗户，偷一只手提包或一根项链，然后悄悄地乘小船逃走，因此大酒店都在运河边安排了警卫，住户都装上厚厚的百叶窗，夏天的报纸充斥着对被偷的芬兰人、失望的美国人和气急败坏的英国人的报道。"你能指望什么呢，"威尼斯人快活地说，"如果他们愿意开着窗睡觉？"

　　更加随意的小偷经常光顾水上巴士，或者巡视支流运河，能偷到什么就偷什么。我自己的船停靠在托莱塔运河上，船上所有可以移动的东西都一件一件地被偷走了：先是系船柱，然后是座椅，然后是缆绳，然后是船板，最后它漂浮在运河上，用链子拴在墙上，被劫掠一空，空荡荡，孤零零。威尼斯人用各种各样不同寻常的锁锁紧前门——需要转动钥匙三次的保险锁、古老的挂锁、门闩、链条和防盗栏杆：如果你第一次在这座城市居住，对这些五花八门的锁感到好笑，几个月后你就开始明白其中的道理了。

威尼斯人的日常事务中带有明显的讲求实际的意味。这也许是一种历史现象。过去威尼斯人几乎做每一件事都别有用心。"维纳斯和威尼斯都以她们自己的方式成为了不起的女王，"一位17世纪的英国诗人吟诵道，"维纳斯是爱的女王，威尼斯是策略女王。"威尼斯人和布尔人一样，特别喜欢表现自己是上帝拣选和引导的对象，并且巧妙地改变宗教象征，以达到自己寒碜的世俗目的。潟湖的首批首领宣布，圣彼得亲自将托切洛岛授予他们，指示他们在岛上建一座教堂，这不只是他们虔诚的想象：神圣的礼物确立了威尼斯人对已经生活在岛上的倒霉的渔民拥有的权力，而建造教堂的要求则是他们可以在那里永久居住的保证，一种政治宣言。

当那两个勇敢的威尼斯人在829年将圣马可的遗体偷挖出来时，他们几乎一定是在按照国家的命令行事。在那之前，威尼斯人一直以默默无闻的圣西奥多和鳄鱼为保护人，他们迫切需要一个更加著名的神祇的护佑——当时他们正忙于将自己从东罗马帝国和西罗马帝国的君主统治下解放出来，因此想要一个强有力的自由护身符。圣马可在潟湖乘船遇难的传说被编造出来；遗体被偷挖；从那以后直到今天，威尼斯人和那位伟大的福音传道士一直紧密地联系在一起。起初，那座辉煌的圣马可大教堂不过是存放遗体的圣骨匣，很多世纪以来，威尼斯人打仗时都会高举圣马可的旗帜，高呼"圣马可万岁！"，把他打开的福音书放在高处，用他的标志——飞狮——装饰所有的纹章（根据《启示录》记载，这头狮子应该有六只翅膀，翅膀前面、后面和里面长满了眼睛）。

圣马可大教堂被烧，珍贵的遗体丢失后，一个特别的奇迹被设计出来：当时的传言是"遗体所在之处已被遗忘"，有一次做代祷礼拜，请求神的指引时，旁边一根柱子后面传来崩裂声，石块脱落，房屋震动，先是一只手，然后是一只胳膊，然后整个圣人遗体奇迹般地出现了！神父和信众围住了遗体，满怀真挚之情唱起赞歌，做感恩祈祷；我们有理由猜想，当总督快步走出教堂，回到总督府时，脸上一定露出了沾沾自喜的微笑。这个消息立即让因为得到了圣尼古拉的遗体而变得极其傲慢的巴里人[1]感到难堪：今天，教堂圣餐台旁边那根柱子上仍然有一块红色石板，纪念遗体出现的地方。

古代威尼斯人可能非常狡猾。当安东尼奥·格里马尼于1500年因叛国罪（他打了一场败仗）被弹劾时，他提出一个感人的理由，请求宽大处理：难道不是他的儿子卡迪纳尔·格里马尼忠实地向共和国透露了教会会议讨论的所有秘密事务，威尼斯人才"可能以其惯有的谨慎满足自己的需求"吗？甚至丁托列托为了得到负责圣洛可大教堂绘画装饰的工作也作弊了。竞赛规则要求提供草图，他却带去一幅已经完成的油画。国家的盛典，无论宗教盛典或世俗盛典，主要是为了消除劳动人民的牢骚。最早完全为了商业目的而组织朝拜圣地的是威尼斯人。威尼斯放纵的狂欢节起初是被看作能够有效吸引游客的节目——他们越衰落，就会有越多的人蜂拥前去欣赏。著名的雇佣兵队长科莱奥尼于1484年去

1　巴里（Bari），文艺复兴时期为那不勒斯王国的一部分，19世纪成为意大利王国的一部分。

世时，将其近五十万达克特[1]的全部财产留给了国家（国家非常需要这笔钱），条件是"在圣马可前面的广场上"为他竖一尊纪念雕像。执政团充满感激地接受了这笔现金，却无法容忍在那个著名广场竖立纪念碑的想法，于是作出了富有威尼斯特点的折中方案。他们确实制作了雕像，而且将它竖立在了圣马可前面的广场上——但那是圣马可学校，而不是圣马可大教堂，那尊雕像至今仍在圣若望及保禄堂外面的广场上。

威尼斯人就这样包裹在一层薄薄的不诚实的气氛之中从历史走来，像喜欢犯规投球的奇怪板球手，或者找不到搭档的高尔夫球运动员。今天，租房合约同样被蒙上一层不诚实的色彩，设计合约的目的是为了欺骗税务审查员，或者不让姑嫂妯娌知道真相。你会被请求同意荒唐的条款，（比如）向当局保证冰箱是经销商给你的礼物；或者你已经答应将位于金斯顿西摩[2]的别墅借给夫人过冬，她还可以使用邻居家的浴室，作为回报，你可以整个夏天免费使用她位于大运河边的公寓。

但是现在，这些花招里带有某些天真和令人同情的成分，因为威尼斯人在耍小诡计的时候往往相当坦率，在误导你的时候那副高兴的样子很是讨喜。他心中没有怨恨，从不介意失败。他的行为给人一种天真神秘的感觉，这些行为与神秘的没有名字的中间人、舞台下面的知己、祖母的葬礼有关。圣洛可大会堂里有一幅17世纪雕塑家弗朗切斯科·皮安塔的木刻作品，绝妙地表现了这些特点。这幅作品名叫《密探，或好奇》，描绘了一个阴谋家，戏剧化地披着斗篷，贪婪地从压低的帽子和举起的手臂之间偷窥，

1　达克特（ducat），曾在欧洲许多国家通用的金币或银币名。

2　金斯顿西摩（Kingston Seymour），英格兰萨默塞特郡一小镇。

身上挂满了炸弹和秘密文件，切尔滕纳姆或新汉普郡最和善的老奶奶看见他一无所有地站在自己门前，也会不想给他小甜饼的。当我的保险经纪给我打电话，提出关于保险费的小小建议时，我常常会想到这个逗趣的形象。

也许他也可以代表威尼斯无处不在的爱管闲事的人。威尼斯的弹劾制度维持了共和国的独裁统治，这一制度鼓励威尼斯人管闲事。在这座城市的好几个地方，你仍然可以看见接收市民投诉的石头盒子或狮子嘴巴（告密口）。有些盒子，比如浮码头的那个，只不过让人对邻居不讲卫生发发牢骚，或者指责亵渎下流的语言。（摩尔广场附近有这样一句碑文："停止咒骂，赞美神的名。"）有些盒子是用来接收更严重的指控，例如叛国和密谋，这样的指控很可能导致一个人被处死。在共和国后期，这些盒子里的一张纸条可能让一个人不经过审判就直接接受惩罚，没有什么比这些看上去很和善的石头的东西更加能够激发古代威尼斯的残酷了：那些狮子长着胡子，面带微笑，看上去一点也不凶猛，最怪异的容器就是一尊叫做安东尼奥·里奥巴的滑稽雕像旁边的盒子，这只盒子上面打满了铁补丁，现在仍然在摩尔广场的角落里。有一个时期，威尼斯的土匪只要杀掉一个同伙，并且提供可靠证据，就可以得到豁免：威尼斯人发明了收入所得税，这不是偶然的。

也许，猜想这一体制有两个结果依然尚存，并且在法西斯统治下获得了勃勃生机，这并不是胡思乱想。一个结果是，威尼斯人喜欢保护隐私，给公寓装上百叶窗，把后门锁上，你可以在一座宅邸里住上好几个星期，却一次也看不见住在楼下的人。现在，他们在窗台上安了有提醒功能的镜子；过去，客厅地板上有格栅，可以让房主及时看见哪一个特别令人讨厌的家伙到了水闸（弗拉里教堂附近的哥尔多尼故居现在仍然有一个这样的格栅）。

另一个结果——一个必然的结果——就是，威尼斯人有管他人闲事的习惯。如果你让孩子在水边的台阶上闲逛，很多人会来干涉。如果你在船上搭载的乘客数量超过了法律规定，很多万事通会为了你好而给你建议。威尼斯人对你的行动和目的有永不满足的兴趣，而且一定会忍不住告诉你你犯了多大的错误，或者建议你怎样才能做得更好。如果你把车停在罗马广场时，车上的行李被偷了，威尼斯人的第一反应不是找到丢失的箱子，或者逮住小偷，而是给你讲一通粗心大意的害处——然后颇有见地地举目上望，说："啊，这些意大利人，他们什么都干得出来!"似乎要明确表明，真正的威尼斯人连一只帽盒都不会偷。

尽管公寓大门单调沉闷（当你迈着缓慢的步子，走上发出回声的楼梯时，能听见从大门铰链钻出来的电视节目里变形的声音），威尼斯却是一个喜欢饶舌的外省城市，在这里，你的行动受到热心的观察，你的客人被人熟练地分析。如果你带着野餐去潟湖一个很远的角落，一定会有人看见你的船悄悄开了出去，当你晚上穿过空无一人的花园回家时，宅邸百叶窗后面闪过的一缕鬼鬼祟祟的灯光说明住在二楼的人有所警觉。有人告诉过我，威尼斯曾经是英国秘密情报局的一个重要的医疗后送站。毫无疑问，威尼斯人保持高度警觉的习性很有感染力，而说到好奇心，没有人比我本人更像一个典型的威尼斯人。

5. 论 妇 女

威尼斯的妇女非常漂亮，非常自负。她们身材高挑，走路姿势优美，通常有一头金发（在16世纪，威尼斯贵妇曾经通过晒太阳让头发的颜色变淡，头发从没有顶的帽子里披下来，就像藤蔓从格架上垂下来）。有时候她们的眼皮很厚，眼睛是蓝绿色，像沮丧的穿山甲的眼睛。威尼斯妇女很少披头散发，甚至古时大师笔下的圣母马利亚和女圣徒也常常穿戴得非常优雅。城市里最邋遢的人几乎永远都是游客——怪人和水彩画家除外。

总的说来，威尼斯人并不富裕：但他们总是把大部分钱用来购买衣服和饰品，你很难看见一个姑娘穿着宽松随意的毛衣和打了补丁的裙子去闲逛，或者穿着没有熨烫的衣服，而这样的衣服标志了英国女人的彻底解放。大学女生，无论是学语言的，还是学经济或工业的，都像模特，而不像学者：那些喷了香水，三三两两地走出去享受周末的女佣，在阿斯科特赛马会或女律师协会庆祝会上也不会显得格格不入。

喜欢衣装是威尼斯人根深蒂固的本性。男人也打扮得整洁漂亮，而且，直到不久之前，他们还喜欢在公园里扇扇子，打阳伞——"在英国人看来令人难以理解，"英国作家奥古斯塔斯·黑尔于1896年严肃地指出。早在1299年，共和国开始推行反对讲究排场的法律，后来颁布了著名的节约法令，严格控制人们的着装，并且任命了特别执法官执行这一法令。但是这些做法并没有成效。

当威尼斯宗主教禁止使用"过多饰品"时，一些妇女直接向教皇申诉，教皇立即将饰品归还给她们。当共和国禁止穿长袍时，威尼斯妇女将裙裾卷成复杂精美的造型，用华丽漂亮的别针扣上。当法令宣布只能佩戴一串珍珠项链，价值不得超过200达克特时，躲避法令规定的人太多了，方法太巧妙了，胆子太大了，执法官不得不放弃这项规定，将不满的目光投向别处。18世纪，威尼斯妇女是欧洲穿戴最华贵的人。英国的玛丽·沃特利·蒙塔古夫人[1]提出既然每个人看歌剧时都戴着面具[2]，因此"不必麻烦穿上盛装"。

古代威尼斯的贵族妇女和阿拉伯伊斯兰教徒的女眷一样，除了衣服和孩子，没有什么可想的。威尼斯风俗源自拜占庭，体面的妇女受到严密保护和谨慎约束。她们被牢牢锁在家里，远离任何伤害，只不过是工具或玩物，西方的女奴；甚至总督夫人也没有任何行政职务。在威尼斯贵族中间，没有什么服饰比高高的木底鞋更为流行了，这种荒唐的鞋子有时竟高达20英寸，因此太太们不得不在两名侍女的搀扶下跟跟跄跄地走路（也许因为社会风俗偏好这样的鞋，而这一风俗遗留至今，所以现代威尼斯妇女坚定不移地在任何场合都穿尽可能高跟的鞋）。

只有两位妇女曾在威尼斯历史上起过重要作用。第一位是卡特琳娜·科尔纳罗，她于1472年嫁给了塞浦路斯国王，并被正式

1　玛丽·沃特利·蒙塔古夫人（Lady Mary Wortley Montagu，1689-1762），英国名噪一时的多才多艺的女作家。主要以书信作品著称。她还作为一个杂文家、女权论者、旅行家和行为古怪的人而为人们记忆。

2　威尼斯人戴面具的传统可追溯到13世纪，当时贵族戴着面具出行，是为了混在普通人中到剧院看戏。到了18世纪，面具开始出现在各种公共场合，贵族们戴着面具接待外国使者，来自各阶级的威尼斯人戴着面具到剧院听歌剧或参加舞会，甚至餐厅中也随处可见戴着面具的顾客。

接纳为"共和国的女儿",以便保证威尼斯对该岛的统治:她丈夫在婚后一年死去,威尼斯人接管了塞浦路斯,可怜的卡特琳娜虽然过着富足的生活,却背井离乡,在阿索洛日渐憔悴,直到最后仍然在签名时写"塞浦路斯、耶路撒冷和亚美尼亚王后,阿索洛夫人"。第二位是比安卡·卡佩洛,一个贵族人家的女儿,1564年与一个佛罗伦萨职员私奔:她被缺席宣判死刑,这是所有刑罚中最具羞辱性的一种,但不久却摇身一变成了托斯卡纳大公夫人,并立即被威尼斯重新拥进怀抱,成为另一个"共和国的女儿"。她于1587年被毒死,但是共和国没有为她哀悼,以防万一毒死她的是大公本人。

直到18世纪,威尼斯上层社会妇女才获得了自主权,而即使现在,她们仍然被包裹在一种与时代不符的与世隔绝的氛围里。有时候,在威尼斯能看见一个年轻漂亮的金发女郎优雅地划着自己的船:但是贡多拉船夫们根本不去想她可能是威尼斯人,而是根据他们自己船上乘客的国籍,随便地说她是英国人、美国人或德国人。威尼斯贵妇带着自己的女仆,总是穿着精致的衣服,贡多拉船夫在等着她,跨出一只有靠垫的贡多拉再跨上另一只对她来说太困难,因此她不可能随意乘船。她通常非常富有,非常有权势("楼下的公寓里,"一个房产经纪告诉我,"住着一位贵妇和她的丈夫");但是城市里几乎没有职业妇女,有时候,在这一群散发着香水味的被娇宠的女人之中,我们渴望看到一个强硬的纽约职业女孩,她的心——或者至少她的一部分心——专心致志于肥皂剧的宣传。

其他阶层的威尼斯妇女没有受到共和国的如此庇护。市民的太太和女儿总是更加自由,往往能够受到更好的教育。贫穷的妇女过着绝对平等的生活,今天的威尼斯劳动妇女往往像哥尔多尼戏剧里的人物一样性格活泼，喜欢交际，在邮局柜台前说令人捧腹的段子，或者胖乎乎地坐在码头边编织。在16世纪，威尼斯的交际花不仅有名气、受尊敬，而且往往有教养，喜欢艺术和诗歌（虽然有一段时间法律曾经规定每一个这样的姑娘都必须在她的贡多拉船头挂一盏红灯）。很多世纪以前，里阿尔托桥一端曾有一家叫卡斯蒂莱托的著名妓院，那里的姑娘以美貌和技艺闻名欧洲。后来，当威尼斯开始衰落时，这些妓女变成了交际花，财富大增，名气远播妓院之外，给这座城市增添了经久不衰的色情魅力。据说，16世纪末，威尼斯有2 889名贵族妇女，2 508名修女，1 936名市民阶层妇女，但却有11 654名交际花，其中210名被当时一位热心公益的公民仔细地登记在册，编成目录，并且列出她们的地址和价格——或者，按照编者微妙的说法，"贵族和其他希望得到她们欢心的人所支付的金钱数目"。最便宜的收费是一个银币，最贵的是30个银币。根据目录估计，如果把她们全部享用一遍，放纵的客人需要花费1 200个金币。

　　一个有学问的威尼斯人有一次评论说，他的城市培养了迄今为止意大利所没有的恶习——谄媚、路德教信仰和放荡；但是听上去他并不完全是在批评。在威尼斯的全盛时期，虽然有尖刻的清教主义倾向，但它对性采取的是宽容态度。据观察，威尼斯大师最喜欢表现的题材就是耶稣为通奸妇女辩护[1]，甚至有名的教堂对放荡者的态度也相当温和：17世纪时，圣克莱门特小教堂发生了丑闻，圣马可大教堂管理人员在拖延很久之后才不情愿地将其关闭。在会客日，快活的年轻修女穿着明显低胸露肩的衣服，在

1　按照摩西十诫，通奸妇女应被石头砸死。一个妇女行淫时被捉，被法赛利人带到耶稣面前。耶稣说："你们中间谁是没有罪的，谁就可以先拿石头打她。"法赛利人听到这话，就一个一个都出去了。

她们处女的头发上戴着一串串珍珠。在狂欢节最疯狂的日子里，甚至教皇使节也披着斗篷，戴着面具。家庭牧师温和地看待威尼斯的情人习俗，在共和国即将灭亡的年代里，威尼斯每一个有名的贵妇身边都时刻有一位英俊的青年男子相伴，这名男子有时甚至帮助她的女仆服侍她更衣。"威尼斯唯一诚实的女人，"有一天一位丈夫用嘲讽的语气对朋友说，"是那个人"——他指着一座桥上的一面墙上的石像：威尼斯明白了他的意思，直到今天，弗拉里教堂附近的这座桥仍然叫作"诚实女人桥"。

今天一切都变了。除了在老于世故的住官邸的阶层，很难在现代威尼斯看到罪恶。妓院——"领营业执照的妓院"——在意大利已经不合法，警察对妓女的处置非常严厉。如果有小妓院没有被发现，报纸就会对此小题大做。最近警察突然袭击多尔索杜罗一个秘密妓院区时，《威尼斯日报》喜形于色地报道说这是"一次绝妙、熟练、全面的行动"。一位著名的外国外交官不久前发现，他的厨师在领馆三楼经营一家规模很小却收获颇丰的妓院，这是真事；但是威尼斯没有红灯区。下船后在城里闲逛的海员看上去茫然不安，这完全不是海员的风格，有时候你会偶然听见不满的美国商人试图从沉默寡言的酒吧侍者那里得到指点。（"到目前为止我还没搭上一个人，我不喜欢这样，明白吗？明白吗，朋友？[1] 嘿？"）

今天的威尼斯是一座再生的城市，不再有公众的恶习和偏差。那里谨慎的人们仍然会对外国人的习气眨眼睛，但是那里的男人通常是丈夫，女人通常结了婚。专门为悔恨的妓女修建的忏悔者修道院早已经关门——这座修道院位于卡纳雷吉欧运河边，几乎

1　原文为意大利文。

和屠宰场面对面，它为住在里面的人提供五年的改造课程。圣塞巴斯蒂亚诺教堂附近由最出名最文雅的交际花和妓女诗人维罗妮卡·佛朗哥修建的堕落妇女之家也早已经关门。这不是你去过的烟雾弥漫、鬼鬼祟祟、响着自动点唱机的城市，河水和传统让意大利美国文化——浮华的杂交文化——无法接近这里。最近，夏日里的一天，城里的墙上出现了一张告示，"威尼斯保护青年协会"在告示里恳求市民和游客"穿上与得体的城市相适应的"服饰，因为"这座城市以其高尚的道德标准而自豪，无法赞同暴露的或不雅观的衣服"。我在读这篇严肃的请求时想到了狂欢节欢闹的日子，想到了教皇使节和傻笑的情人、妓女和享乐主义者，"噢时代啊"，我边拉上裤子边轻声说，"噢习俗啊！"

但是，尽管经过了许多改革，威尼斯仍然是一种性感的城市，正如许多着迷的外国人所发现的那样。这是一座充满诱惑的城市。性和情无处不在，在空气里、柔和阳光下的人行道石头上、庭院的阴影里、谨慎安静的黑色贡多拉上（里面"装载着许多快乐"，就像拜伦所说的那样，"就像葬礼过后的灵柩车"）。夏天的傍晚，一对对情侣坐在公园水边的长椅上，对称又和谐：从斯福尔扎总督府的院子里通向大运河的台阶已经被月光下的狂喜磨损。

6. 威尼斯少数居民

　　威尼斯人爱孩子，这种爱有时太强烈了，甚至有些病态。威尼斯的爸爸们抱着孩子时毫不掩饰心中的喜悦之情；如果小乔治大着胆子走到了距离水边6英尺的地方，威尼斯的妈妈们立即出现心脏病突发症状。威尼斯孩子们的穿戴非常精致，有时候相当荒唐：一个小小的女婴也系一块手绢，当作头巾，甚至教堂里裹在闪亮俗丽的衣服里的蜡像圣婴有时也穿着蕾丝绣花内裤。

　　孩子们住在这座城市里并不容易。这里没有危险的交通，几乎没有坏透了的流氓；但是威尼斯不可避免地具有城市特征，只有幸运的孩子——家里有院子或者宠爱他们的家长愿意带他们去很远的公园——才有绿地可以玩耍。一群群小淘气鬼自己玩耍的情景看起来无忧无虑，却令人同情。他们在炎热干燥的广场或湿淋淋的小巷玩令人费解的威尼斯游戏——最受欢迎的游戏是看哪个孩子能把旧鞋子的后跟扔得最准，但是这个游戏的动作太微妙，对技巧的要求太高，我一辈子都没能掌握游戏规则。威尼斯的公办学校有大量优秀的教职员工，但房子往往高大昏暗，里面太热，放了太多的盆栽植物。学校没有游乐场也没有院子，甚至上午课间休息时（我自己的孩子们是这样伤心地告诉我的），孩子们也只能坐在空空的棕色课桌前，吃饼干或橙子。

　　下午，放学后——十岁以下的孩子只在上午上学——妈妈们带他们去码头边呼吸新鲜空气。这些孩子们静静地沿着水波荡漾的潟湖边的码头散步，衣服一尘不染，鞋子擦得锃亮，手套大小恰好，头发一丝不乱。冬天，圣马可附近史基亚弗尼河滨大道上有集市，集市上有老一套的旋转木马、碰碰车、秋千和卖棉花糖的人，而这丰富多彩的一切的背景是船只的烟囱和绳索。那里有所有让人快乐的东西，还有浓郁的大海的气息，但是我每次走过集市时，都不禁被其中的痛苦所打动，那些孩子们看上去非常拘谨，旋转木马每颠簸一次他们都那么开心。很多威尼斯人似乎给孩子布置了太多的任务，压给了他们太多的功课，让他们学习外语和数学，让他们熬夜，为了让他们维护家族荣誉，或者为了让他们能上大学。威尼斯的孩子常常看上去比实际年龄大，而且知识丰富得令人吃惊。1479年总督府失火后，墙上彼特拉克的题词的唯一记录留在了一个叫马林·萨努多的孩子的笔记本里。这个孩子在他8岁参观总督府时把题词抄了下来。（他后来写了55卷世界史。）

但不是所有威尼斯的孩子都严肃庄重或有书卷气，很多孩子非常迷人。威尼斯的劳动妇女在抚养孩子时往往有直率的常识：一个仁慈的洗衣女工张开五指，给了我大儿子一记耳光，立即并且永久性地治好了他喜欢随地吐痰的坏习惯。在三伏天，一队清沟工像在老式好莱坞音乐剧里一样一个一个地从你面前跳进运河里，还有一些迷人的假小子几乎整个下午都待在内潟湖齐膝深的淤泥滩上。一群群吵吵嚷嚷的男孩从浮码头走过，用大木棒或木剑互相打闹，或者穿着旱冰鞋溜来溜去；我记得，一天下午，一群孩子爬到了大运河水上巴士站的帆布顶上，阳光下在崩得紧紧的有弹性的帆布上翻滚，就像一群杂技演员，在下面等船的乘客迷惑不解，惊慌失措。想起这副情景，我心里充满了喜爱之情。威尼斯的小姑娘穿得太讲究，但常常很迷人；淘气鬼越是又脏又湿，就越会让英国游客感到熟悉，因为如果你沿着社会阶层往下走，从总统府向出租屋走去，就会发现孩子们变得越来越邋遢，自在，不受拘束，喜欢打闹，最后，在贫民区的破旧房子里，你会发现金发碧眼、骄傲自大、友好又粗野的男孩和女孩，你会以为回到了自己家的院子里，正在绝望地叫亨利进来洗手喝茶，或者正在让马可别再玩他弄回来的蚯蚓。

我有时候想，威尼斯人更爱动物。我从没有见过一只动物在威尼斯受到虐待。甚至在罗马时期，威尼托区的人也对动物非常慈善，因此他们厌恶当时马戏团的血腥场景，而更喜欢马车竞赛。威尼斯大师的画中很少有凡人孩童，但几乎每一位画家都画过鸟兽，从卡尔帕乔的《两位威尼斯妇人》中的虎皮鹦鹉，到委罗内塞[1]的《利未家的晚餐》里站在前景的那只漂亮的大猎犬。很多小狗欢蹦乱跳地出现在威尼斯的艺术作品里，狮子、骆驼、龙、孔雀、马和稀有爬行动物能组成一个小型动物园。有一次，我去参观一个威尼斯画展，那里一共展出大约50幅肖像画，全都出自同一个画家之手，全都画得细致入微，全都非常昂贵，全都画的是同一只猫。

威尼斯是世界上猫最多的城市之一，根据我的经验，只有伦敦和阿勒颇[2]能与之相比。这是一座猫的大都会。为了清除流浪猫和在垃圾堆里觅食的猫，卫生部门一再对猫进行猎杀：但是威尼斯人太喜欢猫了，甚至喜欢最脏的身上长满疥疮的猫，所以这些行动总是以不体面的失败而告终，而那些淌着口水挠着痒痒的动

---

1 保罗·委罗内塞（Paolo Veronese，1528–1588），威尼斯画派画家。

2 阿勒颇（Aleppo），叙利亚西北部城市。

物则被藏在后院和盒子里，直到卫生部门的人离开。猫的数量因而逐年增加。有些猫受到神秘的庇护，很少被允许走出家门，只偶尔出现在没有人能接近的封闭阳台上，好像修女一样。更多的是半家养的猫，靠慈善过活，住在富有同情心的市民拿走了格栅的排水管里、放置不用的贡多拉座位下面或者杂草丛生的公园角落。随便哪天早晨，你都能看见它们狼吞虎咽地吃着住户包在报纸里给它们的难以消化的内脏、鱼尾巴和面团：大多数冬天的下午，一位老太太会来到圣马可大教堂附近的皇家公园喂它们，而一个穿大衣的男人则会巧妙地控制饮水器里流出的水，让水溅到人行道的石块之间，让猫可以在那里洗脸或洗澡。

这种动物很奇怪，有时很古怪。虽然它们一直不停地吃，而且经常对着门口台阶上一堆脏兮兮的面条挑剔地扬起胡须，但它们很少长胖：唯一肥胖的猫（除了圣诞节，那是它们长胖的季节）是教堂里捉老鼠的猫。它们从不曾被苛待，经常受到宠爱，但往往很胆小。它们几乎从来不爬树。如果你唤"猫咪，猫咪"，它们不会回答，但是如果你去公园尽头那尊朱利亚诺·奥贝丹的雕像旁边，发出类似"啾，啾"的声音，灌木丛里就会出现许多上下翻飞的尾巴，像鱼儿在网里跳跃挣扎，接着一群猫会从灌木后面跳出来迎接你。在朱代卡岛长桥运河的一家餐厅里，曾有一只小白猫，它的一只眼睛是黄的，一只眼睛是蓝的：这也许会让耳科专家想起——我是在《柳叶刀》[1]刊载的一封信里读到的——瓦登伯革氏症候群[2]的白色额毛和异色症症状，而且这只猫很可能是个聋子，还不愿意捕食。它很可能是撒拉森[3]后裔，来自一位十字军

1　《柳叶刀》(*The Lancet*)，英国医学杂志。

2　一种显性遗传疾病，主要表现有蓝眼珠或两只眼睛颜色不一样、听力障碍、一撮白发等。

3　阿拉伯人的古称。

战士的战利品，因为这样不对称的猫在黎凡特非常常见。

威尼斯的猫经常过一种集体生活，这对猫来说比较少见。它们相互陪伴，没精打采地四处闲逛，有时候又四只或五只一起在小巷里飞奔而过，像柔软的灰狼，或灰狗。有时候，一个勇敢的新教徒被这样一群猫弄昏了头，大胆表示卫生部门的人是对的——威尼斯的猫太多了。1947年，"爱笑的外交官"达尼埃莱·瓦雷[1]写了一张抱怨它们的纸条，放进一只古老的投诉盒子里。"多尔索杜罗区的猫太多了"（他写道）：但是那张纸条至今仍在盒子里，因为现在这些古老的容器几个世纪都不清理。

有一只威尼斯猫在全世界出了名。它于19世纪90年代住在弗拉里教堂正门对面的一家咖啡馆里。直到最近，如果你在四周都是壁画的咖啡馆前厅喝咖啡，就会发现人们仍然没有忘记它。尼尼是一只雄猫，它的主人一半是为了生意，一半是为了行善，非常巧妙地利用了它，它成了一个小精灵，参观威尼斯的人都会去拜访它：如果你好好和侍者说说，他会从咖啡机下面拿出一本厚厚的签名册，恭恭敬敬地擦干净，给你看尼尼的拜访者名册。拜访过它的人包括教皇利奥十三世、沙皇亚历山大三世、意大利国王和王后、保罗·梅特涅王子、埃塞俄比亚皇帝曼涅里克二世，还有威尔第，他在名册里潦草地写了《茶花女》第三幕里的几个音符（这部歌剧在威尼斯凤凰剧院首演，效果糟糕透了）。尼尼于1894年去世时，诗人、音乐家和艺术家都表达了过度的哀悼之情，这些悼词现在都留在名册里。一位雕塑家为他雕了一尊像，这尊雕像曾经被安放在咖啡馆旁边的墙上。"尼尼！"一则讣告写

---

1 达尼埃莱·瓦雷（Daniele Varè，1880–1956），意大利外交官、作家，1938年出版自传
《爱笑的外交官》（*Laughing Diplomat*）。

道，"你是珍宝，是最诚实的动物！"另一则讣告则说它的死让我们"有必要流下无尽的眼泪"。它是"一位绅士，穿着白色皮毛"，第三则讣告写道，"对高低贵贱都如此友好。"名册里记载了令人忧伤的葬礼，还有一首长长的关于尼尼之死的颂歌：研究威尼斯的英国历史学家霍拉肖·布朗在拐角处的弗拉里教堂国家档案馆度过了很长时间，他写了一首诗，最后几行是：

> 你有过快乐的境况，
> 因为在弗拉里教堂的走廊上，
> 古代议员的魂灵
> 与你交谈的夜晚如此漫长。

这一切都带有符合威尼斯人本质特征的不动声色的讽刺精神。当侍者用牛皮纸包好名册，小心翼翼地收起来的时候，你必须仔细观察他的眼睛，才能发现一丝一闪而过的忍俊不禁的眼神。

至于我自己，我喜欢威尼斯的猫，喜欢它们在台座上凝视，在雕像脚下晒太阳，蹲在昏暗的楼梯上躲雨，或者从臭气熏天的藏身处小心翼翼地走到阳光下。夏洛克[1]给它们的定义是"必要而无害"，弗朗切斯科·莫罗西尼——了不起的好战的总督之一——对它们评价极高，他甚至带了一只猫参加伯罗奔尼撒半岛的一次凯旋战役。在酷热的夏天早晨，没有比威尼斯公园更舒服的避难处了。那里绿荫浓郁，空气里弥漫着金银花的香气，大运河波动的水中倒影被神秘地投射到墙上，让你面前开着让人看得糊里糊涂的窗户的府邸后墙有了轻柔的活力。在顶楼，一位上了年纪的

---

1 《威尼斯商人》中的放高利贷者。

女管家用一根绳子吊下一只篮子，准备把早晨的报纸提上来。下面的一扇窗户里传来一个女仆边擦洗卫生间地板边哼唱歌曲的刺耳声音。一楼公寓的大门里，一个女孩正坐在那里缝纫，她穿着黑裙子，系着端庄的白色围裙，厨房擦得锃亮的平底锅的光仿佛在她头上形成了一个光环。外面的运河上传来小船悦耳的嗡嗡声，有时候还有驳船带有警告的低沉的声音。旁边房子的屋顶花园里，一位画家站在画架前，一只手拿着画笔，一只手端着咖啡。

你周围的草丛里到处都是猫，神态庄严满足，尾巴卷在身边，眼睛在阳光下细细地眯着，有的在舔腰腿，有的在咬草叶，有的发出断断续续的嘟哝声，有的抽动着胡须——你身边坐满了公园里的猫，黑色的，灰色的，或者有模糊条纹的，像温和却瘦骨嶙峋的卫兵。

过去威尼斯有很多马和骡子——14世纪时，马和骡子太多了，法律规定必须让它们戴上提醒路人的铃铛。15世纪，米歇尔·斯泰诺——一个喜欢热闹的花花公子总督——有400匹马，这些马的毛皮全部染成黄色：据说一位天真的外国外交官问他这些与众不同的品种产自意大利哪一个地区。圣马可大教堂钟楼的一只钟叫做"小跑"，因为当钟声敲响时，贵族就会骑着骡子一路小跑去议会厅。按照某些理论家的说法，总督府旁边的秸秆桥是贵族在立法会议期间用马粮袋拴坐骑的地方。后来，圣若望及保禄堂旁边开了一家有名的骑术学校，那里的马厩可以容纳75匹马。弗拉里教堂旁边则出现了一位成功的车身制造工，他的商行在威尼斯的马消失之后很久仍继续制造马车，将马车运到意大利大陆，大多数18世纪关于弗拉里广场的画里都有这家作坊外面的样车。

拱桥在威尼斯出现后，运河变成了公路，马被淘汰。最后一个骑着牲口从梅塞利亚经过的人据说是一个被判有罪的皮条客，他被判穿上黄色的衣服，头戴一对巨大的角，骑着驴游街。到了18世纪，马成了一种稀有动物，斯雷尔夫人[1]报告说她有一次看见一队穷人在看杂耍时付钱去看一匹马的标本。威尼斯没有马，这成了一个国际笑话，威尼斯人的骑术臭名昭著，正如今天他们的驾驶技术出名的糟糕。有一个古老的故事，说一个威尼斯人把马刺放在口袋里，而不是钉在鞋后跟，有一次，有人听见他轻声对他的母马说："啊，要是你知道我口袋里有什么，你就会马上改变步伐了！"另一位威尼斯人驾驭不了一匹坏脾气的马，据说他掏出手绢，在风中展开。"难怪它走得这么慢，"他大声叫道。"原来它是逆风！"一个世纪以前，虽然你仍然可以在公园骑马，但是当时一位观察家注意到一个奇怪的事实，即这么做的人都是"年轻的犹太教徒"。50年前，有一匹老马仍然会在花园里度过夏天，拉耙子和割草机。我听说，每年秋天，它被牵上平底船，送到梅斯特雷去。一路上，孩子们嘲笑它，贡多拉船夫辱骂它，甚至从它身边经过的渡轮上的乘客也在对它发出嘘声，朝它扔烟头。今天，威尼斯一匹活着的马都没有了，如果你想骑马慢跑，只能去利多岛上的度假村，在沙滩上转一圈。

但是，威尼斯有一些非常漂亮的人造马。丢勒[2]的作品《骑士、死神、魔鬼》中描绘的雇佣兵队长斯福尔扎的骑马雕像早已从威尼斯消失。史基亚弗尼河滨大道上仍然矗立着维克托·伊曼纽尔国王[3]的绝妙的骑马雕像；圣若望及保禄堂前有无与伦比的科

1　海丝特·斯雷尔（Hester Thrale，1741-1821），英国作家。

2　阿尔布雷希特·丢勒（Albrecht Dürer，1471-1528），德国宗教改革运动时期画家。

3　维克托·伊曼纽尔二世（Victor Emmanuel，1820-1878），萨丁尼亚-皮埃蒙特国王（1849-1861年在位），意大利统一后的第一个国王（1861-1878年在位）。

莱奥尼雕像；圣马可大教堂正面墙上有四匹铜马雕像，这几匹马
给歌德的印象太深了，他想要知道"马匹鉴定专家"对它们的意
见。没有一匹备受娇宠的纯种马，也没有一匹满身伤痕的战马，
像这些马一样拥有浪漫的生涯。它们的来源已经无法考证——有
人说它们来自希腊，有人说来自罗马：但我们知道它们被人从罗
马的图拉真凯旋柱带到君士坦丁堡，安放在阿赫迈特广场的塔楼
上。恩里科·丹多洛[1]在那里发现了它们，用船把它们运回了威
尼斯：其中一匹马的一只蹄子在途中断了，船长莫罗西尼将这只
马蹄作为纪念品保存下来，后来安放在他位于圣阿戈斯廷广场的
宅邸的门上。这些马在威尼斯被修补之后，先是安放在军火库外
面，但是很快就被移放在圣马可大教堂，它们高大卓越的形象成
为威尼斯骄傲和光荣的象征，在热那亚和威尼斯的战争中，热那
亚人曾夸口说他们要"驾驭圣马可大教堂的马"——就好像说他
们不久就要把衣服晾晒在齐格菲防线[2]上。拿破仑的工程师们费
尽力气，把它们（每匹马的重量是 1 700 磅）从大教堂运到巴黎，
它们在卡鲁索广场站了 13 年。滑铁卢战役后，奥地利人又将它们
运回圣马可大教堂，并为此举行了盛大仪式，但由于当时的政治
狂热，威尼斯人对此进行了抵制。第一次世界大战期间，为了保
护它们的安全，它们被装上驳船运走：穿过潟湖，沿着忧郁的
波河顺流而下，一路上受到伤心的村民们的注视，最后来到罗
马的威尼斯宫，那里曾是威尼斯共和国使馆所在地（后来科莱
奥尼的雕像和从帕多瓦运来的多纳泰罗[3]的雕塑作品《格太梅拉

1　恩里科·丹多洛（Eurico Dandolo，1107—1205），威尼斯总督。

2　第二次世界大战之前德国在西部边境地区构筑的对抗法国马其诺防线的筑垒体系。

3　多纳泰罗（Donatello，1386—1466），意大利文艺复兴时期美术家，杰出的雕塑家。

达骑马像》[1]也被藏在这里）。第二次世界大战期间，它们再次离开美术馆[2]，被藏在一间仓库里。

它们是自然保护论的受害者——这个论调断言它们受到了空气污染的损害，它们永远离开了瞭望台，被毫无生气的复制品取代。我认为应该将它们作为最伟大的战利品和威尼斯独立的最高贵象征留在原处，有这个想法的不是我一个人。我无法想象它们被关在不见阳光的地方，因为在我看来，在一代又一代的威尼斯人看来，它们是真正活生生的生命，创造了它们的无名天才赋予了它们生气。虽然它们四处漂泊，却始终骄傲地站在基座上，似乎永不衰老，永不疲劳。我常常在威尼斯繁星满天的午夜看见它们用马蹄扒着石雕，有一次我听见右边第二匹马发出一声嘶鸣，声音如此苍老、勇敢、铿锵，圣西奥多的鳄鱼从圣人的靴子下面抬起头来，嘟哝了一声，作为回应。

威尼斯有很多狗。你会经常遇到因为卡尔帕乔的画而变得不朽的狗（其中最著名的狗都用混合着焦躁和爱慕的令人心动的眼神注视着圣乔治会堂里全神贯注的圣杰罗姆）的实例，蓬松的白毛，纤细的尾巴，机警的模样。这里有很多贵宾犬，还有很多很脏的阿尔萨斯狼犬，按照意大利法律，这些狼犬必须戴着口套，这使它们在无礼的猫的眼里成了可笑的形象。大运河边的一座府邸里有一只藏獒，我还看见过一个年轻的商人蹲在3月22日大街，用公文包为一只筋疲力尽的牛头犬扇风。最妙的是，这里有数不清的无法确定品种的狗，这些强壮、独立的黑狗保护着威尼斯的

1　文艺复兴时期首次借鉴罗马人表扬英雄的骑马造型创作的作品，为骑马雕像的始祖。

2　威尼斯宫内设威尼斯宫国家博物馆包括美术馆。

船只和船坞，我们常常看见它们站在驳船船首，在大运河顺流而下，摇着尾巴，昂着头，有力而自负。

威尼斯的水道里匆匆地爬着几千只螃蟹。铺路石缝里涌出几百万只蚂蚁。老鼠大量繁殖，它们讨厌的黑影从你脚边仓皇跑开，跑上一座府邸摇摇欲坠的走廊，从排水沟的死水里冲出来，或者消失在冰箱下面。根据圣马可大教堂的记录，老鼠的啮咬曾经不止一次让大教堂的风琴没了声音。有一天夜里，我在枕头上发现一只老鼠，另一只老鼠竟然那么蠢，把自己困在我的浴缸里。威尼斯人用水泥封住老鼠洞，绝望地从一个房间跑到另一个房间，像拿着拖把的帕丁顿夫人：他们用昵称称呼老鼠，好像在表明他们不害怕；尽管如此，威尼斯的老鼠仍然是灾难的根源，可怕的东西，毫无疑问，这也是不喜欢动物的夏洛克能够忍受猫的原因。这里也和每一座港口一样，有大老鼠。有时候它们会到三楼阳台来吃我们喂鸽子的面包屑；但通常它们会待在运河边上，或者沮丧憔悴地偷偷从一个臭烘烘的洞跑到另一个臭烘烘的洞，或者漂在大运河上，粉红色的肚子朝上，结束了它们可怕的生命。

威尼斯人曾经养狮子做宠物；50年前，一个有名的小贩曾经在大运河里拖一只挣扎的海豚，趴在窗口看的人朝他扔硬币；1819年，一头大象从来威尼斯巡演的动物园逃了出来，躲在圣安东尼教堂，当时的记录郑重地告诉我们，它因为大炮响了才匆匆离开。

但是，大多数人会记住威尼斯是一座鸟的城市。鸟和威尼斯的传说难解难分，威尼斯的艺术作品中随处可见鸟的身影。据说，是一群鸟给了阿提努姆人迁进潟湖的灵感；启发威尼斯的开创者在城里建造第一批教堂的一系列幻象中，鸟起到了非常奇特的作用——一座必须建在"鸟聚集的地方",另一座必须建在"十二只鹤聚集的地方"。在今天威尼斯人的知识里,鸟仍然有着显著地位,从6月中旬大批飞来的燕子(在新的灭蚊方法出现之前,燕子曾经是蚊子的主要消灭者),到潟湖里白色的大海鸥(它们往往被恶劣天气赶到城里的运河上,我们甚至能看见它们可怜地被拔光了毛,挂在里阿尔托市场出售——据说煮着吃味道极其鲜美,但只在冬天是这样)。有时候,你看见一只普通的麻雀,看上去在屋顶上迷了路,或者在退潮时啄食绿色的水生物。在几座偏僻的公园里,一只鹅在用奇异的步伐高视阔步,一只驯服的野鸡在整理羽毛。威尼斯人家里,几千只金丝雀在歌唱,鸟笼有时候挡住了整个窗户:弗拉里教堂附近有一家商店,那是一个昏暗的洞穴似的地方,透过装了百叶窗的店门,你总是能听见关在笼子里的小鸟扇动翅膀的沙沙声和嘴巴的咔嗒声,甚至深夜也是如此。有时,一只野天鹅似帝王般从空中飞过,朝潟湖的堡垒或拉韦纳的沼泽飞去——在15世纪版的《马可·波罗游记》里的一幅微型画里,高傲的白天鹅从圣马可大教堂前面游过。

最后还有鸽子,它们在威尼斯的动物群落里最有名气。按照传统,它们受到尊敬和保护,要吃烤鸽子,你得去帕多瓦,或者在尤根尼恩山区找一家发霉的小餐馆。有人说这是因为丹多洛攻占君士坦丁堡之后让信鸽带回了胜利的消息。还有人相信这起源于古老的棕枝主日[1]习俗,那天,一群鸽子在广场被放飞,被百姓抓住的鸽子被立即吃掉,逃脱的鸽子将永远受到豁免——因为所有鸽子都长得很像,所以这个仪式最终让所有鸽子都得到了安全。

---

1 棕枝主日(Palm Sunday),基督教节日,复活节前的星期日,纪念当年耶稣基督在众人欢呼簇拥之下进入耶路撒冷,据称当时民众手持棕榈树枝、欢呼和散那,如迎君王般欢迎耶稣。

无论真相如何，鸽子家族繁荣起来。它们从黎凡特吃腐肉的乌鸦那里传染了严重的鸽瘟，却幸存了下来，现在几乎永远不会死，而是到潟湖去淹死自己。

这些鸽子的羽毛大多数是单调的灰色，偶尔有几只因为半白化病而有白色的脑袋，在我看来它们好像生了虫害。圣马可广场是它们的总部。大教堂的石块因为一代又一代鸽子的粪便而变得很厚，北广场斑岩狮附近，靠近一口古老泉眼的地方，是它们的专属澡盆。在那里，在一天当中合适的时候，几千只懒惰的鸽子聚在一起，在人行道上匆匆地啄食，反刍。一大片灰色涌动着，壮大着，踩着对方的背，在一阵可怕的疯狂之中推推搡搡，发出窸窸窣窣的声响，争抢着玉米粒和面包屑：只有几只年老厌世的鸟儿挤在廊柱之间，或者愤世嫉俗地蹲在烟囱顶上，远远地用挑剔的眼神看着这个暴食的场景。

7. 盛大庆典和灵丹妙药

威尼斯商船从东方运来丝绸、香料和其他富有异国情调的商品，威尼斯人因而变得富有：他们喜欢华丽的服饰，也像东方人一样嗜好盛大庆典和炫耀展示。这一嗜好受到共和国智者的鼓励，因为他们相信一个古老的假定，即面包和马戏是收买人民的必杀技。威尼斯人的日历上标满了各种盛会、表演和展览，从庆祝总督宣布与亚得里亚海联姻的仪式到圣马可节[1]的表示——在节日这天，每一位丈夫都要送给妻子一朵玫瑰花蕾，表达自己忠贞不渝的爱情。总督举行礼仪活动时的仪仗船队曾是那么绚丽夺目，最终成为威尼斯人生活重要组成部分的狂欢节曾经持续整个花哨的夜晚。

直到1802年，威尼斯广场还有纵犬袭击公牛的活动，即让咆哮的狗与锁住的公牛搏斗。根据17世纪的一幅画，我们可以判断，活动的组织毫无秩序：整个圣保罗广场一片混乱，公牛左冲右突，妇女四散奔逃，帽子满天飞舞，许多狗狂吠乱叫，只有几个戴着面具穿着洁白绸缎的美人高傲平静地从这一片混乱之中昂首走过。威尼斯还有滑稽闹腾的公开拳击，那是由派系间的世仇升华而来，最终退化为快活的混战：今天，你仍然能在拳击桥上，或者圣福斯卡教堂旁边的桥上，看见人行道上用水泥浇铸的脚印，那是比赛的界线。威尼斯有盛大的划船比赛、体育竞赛、宗教游

1　每年4月25日为纪念威尼斯守护神圣马可而设立的节日。

行，早年甚至还有骑士格斗。圣马可广场曾经鸣礼炮，后来发现炮声产生的震动让大教堂珍贵的镶嵌画松动，才停止了这项活动。有时候，共和国以官方的名义奢侈地支起一整头猪，庆祝某次遥远而模糊的胜利，预先阻止某个刚露端倪的颠覆活动，或者给某位来访的显要人物留下深刻印象：正是这些奇异的事情给威尼斯套上了怪异的金色光环。

最令人难忘的是1574年为迎接法国国王亨利三世访问威尼斯而安排的庆典——尽管这次活动没有任何特别的政治成果，却给威尼斯人留下了不可磨灭的印象，因而成了威尼斯的一个重要日子。欢迎国王的凯旋门由帕拉弟奥[1]设计，丁托列托和委罗内塞装饰，亨利（时年23岁）乘坐一艘由400名斯拉夫桨手划的大船，在14艘帆船的护送下，被迎入城里。这支船队经过潟湖时，吹玻璃工在陪伴在旁的一艘巨大的木筏上吹出各种物品，供国王娱乐，木筏上的炉子就像一只巨大的海上怪兽，从口鼻之中喷出火焰；紧接着，这只船队遇到由小船组成的第二支船队，小船上画着精美的海豚和海神，或者披挂着色彩鲜艳的织锦，装饰奇特，富有想象力或象征意义。在威尼斯，大运河边一座叫福斯卡里宫的宫殿被专门用来迎接贵客。宫殿里装饰着金布、东方的地毯、稀有的大理石、丝绸、天鹅绒和斑岩。床上铺着深红色绣花丝绸床单。墙上挂着专门为国王搜集或创作的乔瓦尼·贝利尼、提香、帕里斯·博尔多内、丁托列托和委罗内塞的作品。为了在总督府巨大的大议会厅举办重要宴会，节约法令被暂停执行，威尼斯最美丽的女人都穿着光彩夺目的白色衣裙，"佩戴着，"一位历史学家告

1　安德烈亚·帕拉弟奥（Andrea Palladio，1508—1580），文艺复兴时期意大利杰出建筑师。他的设计对欧洲建筑风格造成了深远影响。

诉我们，"大颗珠宝和珍珠，不仅戴在脖子上，而且戴在头饰上和肩上披的斗篷上。"菜单上有1 200道菜，3 000位客人用银盘子进餐，桌上装饰着用糖做的教皇、总督、神祇、道德天使、动物和树木，这一切都由一位著名建筑师设计，由一位天才药剂师制作。当亨利拿起折叠精巧的餐巾时，发现那也是用糖做的。宴会接近尾声时，300种不同的糖果被发给客人，宴会结束之后，国王观看了意大利上演的第一出歌剧。最后，当他走进夜色之中时，发现傍晚呈给他看过的帆船部件已经在宴会期间在外面的码头被组装成一艘帆船：当他从宫殿出来时，这艘帆船驶进了潟湖，上面有一门在他喝完汤之后和吃蛋奶酥之前铸成的1.6万磅重的大炮。

根据某些历史学家的记载，这位可怜的年轻国王衣着非常简单，喜欢在各个城市微服闲逛，从此以后他完全变了个人，终其一生都生活在迷乱之中。很多其他访问者也和国王一样，对威尼斯的色彩和奢侈感到震惊。1610年，萨默塞特郡的托马斯·科里亚特[1]失控地写道，他宁愿拒绝拥有郡里最富有的四座庄园，也不愿一生都不能看威尼斯一眼。15世纪时，一位米兰神父参观了一位著名的威尼斯贵妇的卧室，房间用蓝色和金色装饰，价值1.1万达克特，由25名侍女照看，里面堆满了珠宝。但是，当他被问及感受时，"我不知道该如何回答，"他令人信服地说，"只能耸起肩膀。""我常常看到很多外地人，"一位上了年纪的英国人写道，"有智慧有学问的人，第一次来到威尼斯，看到了它的美丽奢华，由此感到深深的赞叹和惊奇，张大了嘴承认，他们以前见过的任何景象都无法与之媲美。"

1　托马斯·科里亚特（Thomas Coryat, 1577–1617），文艺复兴时期欧洲旅行家，徒步旅行了大部分西欧地区，于1611年出版游记。

今天，威尼斯不再那么奢华，但仍然喜欢它那一连串的盛典，历书上的节日。有些合乎常情，受到民众喜爱，有些完全是为了吸引游客，但所有活动都美丽有趣。在救赎节，朱代卡岛上宽宽的运河和另一边的救赎教堂之间会架起一座桥梁，夜晚充满了欢闹，焰火照亮了夜空。总督府的院子里会举办星空音乐会，圣马可广场有乐队表演。还有划船比赛、举着蜡烛的宗教游行，以及双年艺术展。有一年一度的电影节，那是貂皮和高速游艇亮相的日子，全世界爱出风头的人都像飞蛾扑火一般扑向威尼斯。夏天的每个夜晚，大运河上都会演奏小夜曲，亮着彩灯的驳船在汽艇的包围之中不自在地摇摇晃晃地向前行进，在船上表演的颤抖的女高音和带胸声的男高音被人用油腔滑调的美式英语通过麦克风介绍给听众，有时候，在不和谐的咏叹调中，民谣歌手正乘坐着另一支船队紧随其后。

市旅游部门愉快地将其一项工作明确为"组织传统节日活动"，因而勤勉地维持旧的节日活动，有时候发起新的节日活动：威尼斯的夏季几乎没有一天没有庆祝仪式、围绕圣马可大教堂巡游的神职人员、灯节、旧风俗或老式威尼斯游园会、世纪划船比赛（为上了年纪的贡多拉船夫举行）、照亮总督府的艺术泛光灯和浪漫月光小夜曲。1959年，当法蒂玛圣母[1]像被迎请到威尼斯时，一架直升飞机将其运到圣马可大教堂。现代威尼斯庆祝仪式通常推迟半小时开始，仪式安排带有明显的旅游意味（"你瞧，这就是远古以来古代总督庆祝的传统节日，完全遵循了古老的神圣传统"）：但是，在他们弄虚作假和华而不实的言辞之中，有时

---

1 法蒂玛圣母（Our Lady of Fatima），1917年5月到10月，三名牧童在葡萄牙法蒂玛附近空地上看到圣母玛利亚。他们连续六个月于当月13日约在同一时辰见到她。天主教徒后称她为法蒂玛圣母。

候你仍然可以猜想过去的光荣，想象亨利国王正在60名身穿丝绸、手持长戟的士兵的护卫下，透过宫殿里的塔夫绸帷幔，看着这一切。

威尼斯人仍然喜欢表演，却并不在乎舞台管理——他们曾经非常热衷于最明显的人为艺术，即木偶戏。每天傍晚，糟糕透了的小夜曲表演在运河上经过时，总有威尼斯人从阳台上温柔地探出身子，倾听音乐，观看贡多拉船头在半明半暗的光线中浪漫地上下起伏。只要有机会，他们一定会爬到驳船上，亲自参加合唱。我曾经在威尼斯协助拍摄一部电视片，大街上的威尼斯人（除了那些受抑制不住的本能驱使问我们打算付多少钱的人）轻松愉快地在我们的镜头前表演，那情景真是太妙了。在史基亚弗尼河滨大道边，远离旅馆的地方，有两排像隧道一样长的出租屋。在那里，我们的罗马摄像师让居民们各就各位，拍摄我们想要的镜头。他们泰然自若地站在洗衣板旁边，一动不动地保持聊天的姿势，摇摇晃晃地站在台阶上，在拱门下或窗户边保持不动。他们站了两到三分钟，耐心地等着。曝光量被估算出来；制片人同意了所有安排；编剧从取景器里看了一眼；太阳移动到了令人满意的位置；透过晾晒的衣物恰好可以看见远处的汽艇；突然，摄像师按下按键，大声叫道："开始！"出租屋立即变得异常活跃，家庭主妇们用力搓洗衣物，聊天的人急促兴奋地说话，过路人充满活力地走过，老太太们精力充沛地从窗口探出身子，还有许多我们原先没有察觉没有看见的人从后门和小巷里冒了出来——一个戴黑帽子的老人，突然出现的一群群年轻人，还有一个突然从一条通道里出现的小丑似的男孩像一只骆驼一样蹒跚着从我们的镜头前走过，编剧笑出了眼泪，所有人都情不自禁地大笑起来。威尼斯人并不热情洋溢，但他们有古老的喜剧传统，而且喜欢表演。埃莉诺拉·杜丝[1]就是在她父亲的威尼斯方言剧团乘火车赶往下一场表演时出生在三等车厢里的。那天早晨，摄像师告诉我，"滑稽可笑"（zany）这个词来源于一个威尼斯戏剧演员——他叫乔瓦尼，他的表演非常滑稽可笑。

有时威尼斯人仍然会在旅游淡季组织盛大的演出，重温古老的即兴表演。1959年，教皇庇护十世[2]的遗体——当今时代被封为圣徒的少数几位教皇之一——将被运回威尼斯，在他的祖国安息一个月。这位圣人在1903年担任教皇职务之前，曾于七年之中被奉为威尼斯的族长，至今他仍然受到这座城市的尊敬。很多教堂里都有他的雕像，很多上了年纪的老太太都会告诉你关于他如何简朴和善良的故事，这时她的眼神里满含着恭敬和爱戴。他出身贫寒——为了节省买长袍的钱，他穿着前任的袍子，有时候，在月底，他不得不去当铺。他鄙视传统习俗、矫饰做作和古板保守，因此更受普通百姓而不是贵族的喜爱。有一次，在梵蒂冈的一次私人谒见时，他向一位贵妇展示了威尼斯舞步。一位修女曾向他索要一双他穿过的长袜，想以此治好她的风湿病。后来她宣称自己的疾病已经完全治愈。教皇听说后，声明这非常奇怪——"我比她穿的时间还长，那双袜子从来没有给我带来任何好处！"

当这位好人离开威尼斯，前往即将选举他为教皇的宗教法院时，整座城市都伤心不已。有一张非常感人的照片，拍下了他最后一次登上贡多拉，前往火车站的情景。在照片的前景上，一位上了年纪的贡多拉船夫表情严肃地站着，头上没戴帽子，手里握着船桨；在照片的背景中，一个小男孩紧紧抓着一根柱子，面色

1　埃莉诺拉·杜丝（Eleanora Duse，1858-1924），意大利女演员，因扮演易卜生喜剧中的女主人公而著名。

2　意大利籍教皇，1903-1914年在位。

苍白地注视着他；四周是许多焦虑、沉默、伤心的妇女。当时已经几乎可以肯定，他将成为下一任教皇：但是他高高兴兴地买了一张去罗马的返程车票，并对众人说了这句著名的话："别害怕，我会回来的。无论死去还是活着，我都会回到威尼斯！"

半个世纪之后，另一位威尼斯族长成了教皇：若望二十三世和庇护十世非常相像，他就职后最先做的事情之一，就是实现前辈的夙愿，将经过防腐处理的庇护十世的遗体运回威尼斯。一支非凡的队列将遗体从大运河运到大教堂。首先到来的是数不清载着神职人员的贡多拉，每只贡多拉上都有一位身穿素服的船夫：船上载满了十字架、白色法衣、紫色长袍、结实的主教和躬着身体的僧侣、蓄着浓密胡须的亚美尼亚人、身穿白衣的多米尼加人、脸色红润的乡村牧师、满脸斑点的思想家、浑身颤抖的上了年纪的圣人和脸色苍白的年轻信徒，所有人都面带微笑，陷在软软的坐垫里。接着到来的是梦幻一般的威尼斯的传统驳船，船员身穿鲜艳的中世纪制服，船头和船尾搭着银色或蓝色城堡，沉重的帷幔在船尾的河水里拖曳（帷幔用软木支撑，因而可以漂在水上）。威尼斯的钟声在敲响。一百只扩音器里在放单声圣歌。运河两岸的宫殿窗户里飘出旗帜、彩旗，还有几块地毯。几千名学生聚集在码头边和桥梁上，往水里扔玫瑰花瓣。警察的船急匆匆地四处巡行，学院桥边，一艘快艇上的一位记者正通过对讲机说辞藻华丽的解说词。

就这样，在一片金色的光辉之中，里阿尔托桥下出现了那艘"黄金船"，那是接替总督乘坐的华丽官船（最后一艘官船在共和国解体时被改造成了监狱，后来被打碎后成了烧火木柴）的船只。年轻的船夫按照葬礼的缓慢节奏划着船，船桨每划一下都伴随着船腹里令人生畏的总管敲出的一记鼓声——总管怒气冲冲地从船夫中间一个一个地看过去，专心致志地照规矩敲着鼓，看上去像大帆船上舱板之间驱使奴隶做工的老家伙。这艘驳船缓慢、沉重、神秘地沿着运河向我们驶来，船上的金饰闪闪发光，深红色巨幅织物从高高的船尾垂下，拖进水里，最后，从我们的阳台望去，可以看见镀金雕花华盖下面举行仪式的船舱。船舱里，那位伟大教皇的遗体躺在水晶棺里，在华丽的法衣、指环、绸缎的包围下，平静沉默地向圣马可大教堂驶来。

他们将教皇送进大教堂，安放在祭坛上，许多朝圣者排成一列，绕棺椁一圈，恭恭敬敬地用手指触摸水晶，或亲吻镶板。但是，那天的仪式结束之后，我开着自己的小船，跟在那些富丽堂皇的驳船后面离开广场。这些完成了任务的驳船猛地冲过波涛起伏的朱代卡运河，像古时北欧维京人的长船。它们高高的艉楼映衬着夕阳，努力划桨的船夫仿佛一个个剪影，三角旗在渐渐大起来的风中飘扬，帷幔逆着水流沉重地拖在船后。经过一艘庞大笨拙的英国货船时，驳船左摇右晃，沿着朱代卡岸边前进；经过利多岛的汽车轮渡；经过岛屿尽头废弃的面粉磨坊；经过萨卡菲索拉岛上的吊车；最后，当天色渐暗的时候，船到达了目的地，船夫们脱下鲜艳的服装，点上香烟，那些孔雀尾巴一般的工艺品被从水里拖了上来，上面的帷幔被扯下来，放进波纹铁库房里，留着下次庆典时用。

在所有这些文艺复兴时期的饰面、威尼斯建筑辉煌的立面、衣着美丽的女人和涂着发油的男人的背后，永远有一层污秽。尽管住房建设规划改变了整座城市，威尼斯仍然有死气沉沉的贫民窟，仍然有很多人的生活如此简陋，几乎原始。不到一个世纪之前，威尼斯还缠绕着民间传说的花环，只要看一眼任何一段19世纪的描写，就可以证明这一点——"在威尼斯，有许许多多各种各样的死亡征兆"，"相信巫术的主要是女人"，"威尼斯的不同派系都有自己夸张的歌谣"，"听传统说书人讲故事的最好地方是公园里的悬铃木树丛之间，那里是威尼斯的下层人在夏天的傍晚去散心的地方"。据我发现，大多数这些奇特的看法和习俗都已经消失。在威尼斯，没有人穿民间服饰，现代品味的典型表现就是在阴沉的冬天的夜晚，在城市每一家咖啡馆，都有一群人仿佛中了魔咒一般安安静静地坐在电视机前。

但是，直至今天，偶尔还会有一个离奇的故事或者厨房里的一个怪癖，让你想起威尼斯这座水上农民组成的城市盘根错节的中世纪起源。威尼斯人仍然会指着大教堂面向广场那一面墙上的圣母马利亚像前点着的灯，告诉你一个面包师的儿子的故事，那个孩子被误判谋杀并被处死（几个世纪以来他们一直这样错误地认为），那些灯就是为了纪念他而悔恨地昼夜闪烁。少数威尼斯人仍然相信驼背是好运的象征。他们仍然在船头画上巨大的眼睛——或者更经常画的是代替眼睛的星星——以此避开厄运。他们仍然将宗教包裹在魔法和巫术的特别氛围之中。

有一次，我在一座废弃的女修道院的院子里拍电视片，这座修道院现在住着很多擅自占住空房的人家。洗过的衣物死气沉沉地晾在破旧的走廊上和古老的井口上（井口用金属丝紧紧箍住，以防碎裂）；废弃的宿舍窗户里堆着锅碗瓢盆，原来是餐厅的地方现在是摇摇欲坠的隔墙和厕所。这个地方寒冷肮脏，几个衣衫褴褛的孩子在残砖断瓦堆上玩耍。一个年轻女人正在院子里晒床单，我们问能不能拍几个她的镜头，在有气无力的场景里增添一点活力；但是，就在她热情地朝摄像机走过来时，从我们头顶正上方的窗户里传来一声刺耳的尖叫。窗台上靠着一个一身黑衣的可怕的老太太，面容憔悴，脸上布满斑点，声音严厉，令人毛骨悚然。"别让他们那么干！"她尖声叫道。"那是邪恶的眼睛！他们拍过我可怜的丈夫，就在去年，也是一样的恶毒的事情，一个月后他就死了！让他们走开，那些邪恶的家伙！让他们走开！"年轻的女人听到这些可怕的话，脸色变得苍白；摄像师目瞪口呆；至于我自己，没等她的控诉的最后几声沙哑回声消失在洗好的衣服之间，我已经跑出院子，来到宽阔自由的码头。

威尼斯曾经是春药、炼金术士、熏蒸、蒸气浴、江湖医生和聪明女人的绝佳之地。卡萨诺瓦[1]最早的记忆是一个被一群黑猫团团围住的威尼斯女巫为了治疗他流鼻血而点燃药物，对他念符咒。（他本人也有巫师倾向：据说，威尼斯人最终逮捕了他，部分是因为他有伏尔泰的思想，部分是因为他对巫术感兴趣。）1649年，一位威尼斯医生向国家献上一种"瘟疫香精"，可以将销往土耳其领土的纺织品浸在其中，从而在敌人中间散播瘟疫：国家没有采用他的发明，但是，为了防止其他人得到这种东西，立即将这个可怜的家伙关进了监狱。据说，向军火库提供新鲜用水的水井永远是纯净的，因为井里被扔进了两只犀牛角。甚至现在，有时候你会看见那些江湖医生在威尼斯成功地推销药物。在保罗圣方济各教堂外面来了一个人，声称可以从土拨鼠肉汁里提炼神奇的油膏。他身边放满了毛皮、瓶子和鉴定书，像一个药品推销员。他保证可以立即治愈风湿病、关节炎、关节僵硬、感冒、阑尾炎、老年病、疣、皮肤干燥、脱发和眩晕；而且他正轻快地将油膏卖给早晨出来购物的人，生意兴隆。

在中世纪，凡是来威尼斯的明智的人临走时都会捎上一瓶解毒糖剂，一种可以包治一切（瘟疫除外，熬制糖剂的人不得不承认）的有名药剂。这种灵丹妙药里面有阿拉伯树胶、胡椒、肉桂、茴香、玫瑰花瓣、鸦片、琥珀、来自东方的芳香树叶和六十多种

1　贾科莫·卡萨诺瓦（Giacomo Casanova，1725-1798），意大利冒险家。

药草。糖剂在国家的严格监督下，在一年之中的某些特定时候，在药房旁边的大锅里熬制——在圣斯德望广场一家药店的外面，你仍然能够看见地上的凹口，那是大锅的支架留下的印记。现在，在威尼斯，在里阿尔托桥边的"金头药房"，仍然可以买到这种糖剂，不过功效没有那么强大。一只漂亮神秘的猫坐在药店柜台上，体现了糖剂的精神，糖剂则盛放在墙边货架上的一只大玻璃罐里。包装纸上印着一个戴着月桂花冠的金色的头，使用说明中写着这种混合药剂对肠道、神经、寄生虫引起的疾病以及胃痛都很有效。包装纸下面是一层粗糙的牛皮纸，糖剂装在一个像肥胖的弹壳似的圆柱形金属容器里。容器盖子下面渗出一种棕色的像糖蜜一样的液体：这就是糖剂，或者只是某种用来封口的东西，我不知道；因为，说实话，我从不曾有勇气把盖子打开。

原始和肮脏总是结伴而行。虽然威尼斯的建筑表面富丽堂皇，小巷清扫得干干净净，但它仍然是一座肮脏的城市。法律严禁向运河里倾倒垃圾——如果有人违犯两次，就可能面临被监禁的惩罚；但是一大堆恶心的垃圾还是被扔了进去，并且威尼斯主妇们觉得把垃圾筐和簸箕里的东西从打开的窗户倒出去是件很平常的事，而那里面的各种脏东西可能被风吹走，散落在整个城市，落在邻居家的花园里，落在小巷里。我的船在一条小运河里停泊了一两夜之后，里面堆的垃圾简直惨不忍睹，从橙子皮到撕碎的信纸，应有尽有，如果你坐在水边沉思片刻，那些打着旋发出汩汩声从你身边飘过的零零散散的垃圾散发的气味会令你作呕。这部分是由于威尼斯的排水系统本身就是简陋的代名词，排水管道从住家直接通向运河；部分是由于威尼斯人只有最粗浅的卫生本能。几百年来，威尼斯官员们一直为城市卫生犯愁，但是普通市民仍和中世纪的人们一样漫不经心地把污水倒进运河里。据说，这是重新恢复在家里洗澡的罗马做法的最后一座意大利城市：虽然可怜的女人的起居室收拾得井井有条，打扫得一尘不染，但是她的后院却往往糟糕透顶。威尼斯的运河两边堆满了垃圾，在所有旅游文学中，没有比贝德克尔先生[1]告诫人们不要吃威尼斯的牡蛎时所用的措辞更加激烈的了。

　　冬天清澈透明的空气里猝不及防地掉下一团团煤烟，让洗过的衣服永远没有那么干净。然而，这并不是威尼斯主妇们的错，而是过去威尼斯建筑师的错。他们设计的烟囱外观迷人却不合逻辑（有人曾经写过一本关于这些烟囱的书），特别的设计是为了在这座经常受到火灾破坏的城市防止火星飞溅。然而，复杂的双烟道和内膛使得烟囱极难清理。威尼斯的烟囱清扫工把一捆捆小树枝从顶端放进烟囱里，然后再拽出来。这使得他们必须在快要散架的屋顶上没完没了地爬来爬去，紧紧抓住古老的檐口，在摇摇欲坠的阳台上走来走去。有一次，我碰巧从卧室窗户看出去，看见一个脸孔乌黑的烟囱清扫工从上面的屋顶倒悬下来。他手里抓着一捆小树枝，肩上绕着一根绳子，在他身后，尖顶、塔楼和稀奇古怪的风向标组成了他工作的背景：但是他并不陌生，因为当他微笑的时候，我立刻认出，他是那个最美妙的兄弟会的一员，那个世界烟囱清扫工兄弟会的一员，他们被煤烟熏黑的样子受到了全世界的喜爱，即使穿着丝绸婚纱喷着香奈儿香水的最不迷信的新娘也会很高兴在自己的婚礼上见到一个烟囱清扫工[2]。

1　卡尔·贝德克尔（Karl Baedeker, 1801–1859），德国出版公司贝德克尔的创立者，该公司以出版贝德克尔系列旅游指南闻名于世。

2　西方人认为烟囱清扫工很吉祥，如果能邀请到一个烟囱清扫工参加婚礼，那么新人将会幸运和幸福。

8. "然后才是基督徒"

威尼斯人建造了很多教堂，他们的起源十分神秘，可是他们并不像你以为的那样有着虔诚的宗教信仰。"他们和罗马人差不多，"有一次一位官员在经过公正的考虑后告诉我，"也许比米兰人稍好一些"——他似乎在暗示这些几乎算不上神圣的判断标准。民众信仰的巨大力量曾经支持共和国渡过重重难关，半个世纪之前显然还十分强大，而今却失去了优势。今天，伟大的宗教节日很少有人参加，圣马可大教堂举行的重要的夏季礼拜吸引的大多是游客，而不是威尼斯人。在城市的某些地方，宗教以意大利的方式与政治交织在一起，商店墙壁上同时写着天主教和共产主义标语，气冲冲地相互对抗；但是威尼斯没有僧侣权力意识，基督教民主党人虽然推崇民主，却并不总是笃信基督教。

当然，这座城市充满了基督教的标志，每一个区都有著名的奇迹。在佐比尼果圣母轮渡站，一位虔诚的处女想要搭乘轮渡去教堂却被拒绝，于是从大运河上走了过去。圣马可大教堂里有一座木十字架，在被亵渎者击中后，鲜血会喷涌而出。一个天使曾经救了一个从圣马可大教堂钟楼上滑落的工人，在半空中接住他，然后轻轻将他放回脚手架。有一次，一位渔民受圣马可、圣尼古拉和圣乔治的委托，从史基亚弗尼河滨大道划船送他们去潟湖对岸，途中，他们驱除了满满一船恶魔（渔民焦急地问哪位圣人付船钱）。1672年，一位上了年纪、头脑简单的教堂看守人从圣使徒大教堂的钟楼摔了下来，却奇迹般地挂在了钟的分针上，分针慢慢走到6点，安全地把他放在一道护墙上。在圣马可大教堂旁边的狮子小广场，一个被判刺瞎双眼的奴隶被圣马可所救，这位圣人突然头朝下出现在会众之中，然后，按照丁托列托的一幅著名作品所表现的场景，让燃烧的烙铁在半空中无法动弹。奇迹圣母堂和菜园里的圣母教堂都有制造奇迹的圣母，圣马尔齐亚莱教堂里的圣母马利亚是自己从里米尼走海路来到威尼斯的。

圣马可大教堂里著名的"带来胜利的圣母马利亚"据说是圣路加画的许多圣像之一，现在仍然受到尊敬；一幅据说是乔尔乔内[1]作品的绘画原先挂在圣洛可教堂，长久以来一直被认为拥有神奇的力量；城市里到处都有能治病的遗物、神龛和雕像。几乎每一座威尼斯教堂都装饰着人们用作还愿祭品的银心。一个心怀感激地向乔尔乔内的画祈求的人——我们不知道他有怎样的苦难——为了表示感谢而用大理石为这幅画做了一个复制品——此举具有预言意义，因为不久这幅画就从教堂被取走，挂在旁边的圣洛可大会堂，现在，只有那幅复制画保留了下来。另一位心存感激的礼拜者在圣马可大教堂马斯科利礼拜堂里的圣母马利亚像前挂了一支步枪：步枪现在还在，但似乎没有人知道其中的故事。

威尼斯城里有107座教堂——平均每2 000名居民拥有一座教堂——其中80座现在仍在使用。威尼斯，包括其大陆郊区和岛屿，共有24座男修道院和大约30座女修道院，分别属于至少13个不同的修道会。威尼斯大约有230位神父，受一位宗主教领导，现在，这位宗主教几乎一定是红衣主教，在西方国家，只有里斯本和西印度群岛的宗主教和他享有同样的头衔。威尼斯一共有过

---

1 乔尔乔内（Giorginoe，1477–1510），意大利著名威尼斯画派画家。

55位主教，144位宗主教，他们中间产生过3位教皇和17位红衣主教。城里共有100条街道以圣人的名字命名，从现在人们认为根本不曾存在的殉道者圣儒利安，到油画里的圣乔瓦尼——传福音者圣约翰，据说图密善皇帝[1]将他扔进一缸沸腾的油里，他却毫发无损地从缸里出来了。城里有圣摩西和圣约伯教堂，圣母马利亚以不同的精美名称受到尊敬——百合圣母、安慰圣母、健康圣母、恩宠圣母、花园圣母、荣耀圣母、芳香圣母、美丽圣母、游行圣母、天主之母。

但是，这些虔诚代表的似乎是一种正在消失的风尚。只有导游才带着深信不疑的神态讲述这些威尼斯的奇迹，年轻的威尼斯人常常带着温和但屈尊俯就的微笑讲述过去的故事。确实，罗马从不曾轻易地控制威尼斯。"首先是威尼斯人，然后才是基督徒"，它的人民曾经这样描述自己。"拯救我们吧，哦基督！"中世纪时圣马可大教堂的唱诗班唱道。"哦基督，统治吧！哦基督，胜利吧！哦基督，命令吧！"但回应却没那么正统，因为大教堂的另一半会回答："祝最平静和杰出的总督健康、荣耀、长寿、常胜！"

"你是威尼斯人吗？"有一次我在圣若望及保禄堂问一个很像圣人的多米尼加人。"不是，感谢上帝！"他用非常真诚的充满感激的语调回答。威尼斯市民比大陆乡下的农民更加强硬、多疑、世故。"索证之州"是密苏里州的绰号[2]，暗示那里的人们往往对礼物吹毛求疵；这对威尼斯人也很适用。威尼斯共和国从来不是封建国家，它的政治体制从来不曾顺从神职人员的胁迫。17世纪时，威尼斯曾一度在新教的边缘犹豫徘徊（英国大使亨利·沃顿非常

---

1 图密善（Domitian，51-96），罗马皇帝，81-96年在位，执政中后期曾残酷迫害基督教徒。

2 密苏里被称为"索证之州"，因为它的居民素有眼见为实的名声。

积极地想要把它推过去）。历史上，它曾几次被教皇指控或逐出教会；在17世纪前十年，保罗·萨比担任总督的神学顾问期间，威尼斯与圣座之间的不和根深蒂固，它成了世俗国家权力的捍卫者，总督府的监牢监禁了两位主教。

威尼斯的画家有时以几乎异教徒一般的放荡和奔放的想象力而闻名。实际上，委罗内塞因为在描绘最后的晚餐的作品里画了"狗、小丑、喝醉的德国人、侏儒和其他诸如此类的荒谬形象"而被宗教裁判所传唤。他答辩说他给了自己"诗人和疯子同样的特许"，而裁判人员似乎不无幽默地接受了他的辩词。他们命令他"修正"自己的画，而他却仅仅修改了画的名字，现在这幅画挂在美术学院画廊，名字是《利未家的晚餐》，侏儒、德国人、狗和其他所有形象仍然在画里。（"那个鼻子流血的人表示什么意思？"听审时一位裁判人员问。"他是个仆人，"艺术家平静地回答，"因为某次意外而流鼻血。"）

在其鼎盛时期，威尼斯只在它认为便利的时候才服从教皇。它的教区神父由教区居民在国家指导下投票选举产生，教皇只会收到任命神父的通知。主教由议会提名，甚至宗主教也不能在没有得到总督允许的情况下召集宗教会议。所有神父都必须是威尼斯人，他们从来不清楚自己通常拥有什么特权：在15世纪，被判犯有各种不道德罪行的神职人员曾被关在笼子里，吊在圣马可大教堂的钟楼上，有时候一关就是一年，只能靠水和面包活命，据说有时候会饿死，这成了威尼斯吸引游客的一个主要看点。威尼斯大议会刻意在星期日和宗教节日开会，它关于奴隶贸易和与穆斯林交往的政策一再与教皇的教令直接相违。15世纪时，一群基督教传教士在巴尔干半岛腹地迷路，最终在威尼斯奴隶市场被贩卖；当达·伽马发现通往印度的航线时，威尼斯人公然煽动埃及苏丹向葡萄牙人开战，提出为所需战船寻找木料，并提供造船工人、填塞船缝的器具、铸炮工人和造船工程师。在威尼斯人优先考虑的事情里，威尼斯毫无疑问占首位。

威尼斯真正的大教堂（1797年之前）是位于城市东部边界的圣伯多禄圣殿；但是它实际的宗教中心却是圣马可大教堂——总督的私人礼拜堂。1606年禁教令[1]期间，一位神父对威尼斯人的傲慢小心翼翼，却又不愿意违背教皇的禁令，于是宣布他正在等待圣灵告诉他是否要举行弥撒；共和国政府回应说，圣灵已经给了他们启示——吊死任何拒绝举行弥撒的人。"劳驾您跪下好吗？"18世纪，当大教堂里的会众在圣餐面前跪倒时，一位威尼斯议员对一位英国客人说。"我不相信圣餐的变体，"英国人答道。"我也不相信，"议员说，"但是你要不就跪下，要不就从教堂滚出去！"

威尼斯的教堂因而几经盛衰。圣若望及保禄堂里被熏黑的玫瑰堂于1867年遭到一场大火，僧侣们会告诉你，那场大火是"反对宗教的人"故意所为。圣杰罗拉莫教堂曾被改成砖厂，钟楼里一阵阵冒烟。圣埃琳娜教堂曾被用作铸铁厂。圣巴尔托洛梅奥教堂曾在15世纪时被作为公务员学校。圣马丽娜教堂在19世纪时曾成为一家酒馆。一位客人报告说，那里的仆人一边在客人和吧台之间忙碌，一边大叫：圣母礼拜堂一壶白葡萄酒！祭坛也要一壶！"菜园里的圣母教堂曾先后成为马厩、干草房和火药库。圣维塔莱教堂现在是一座美术馆，挂在原先的祭坛上的一幅卡尔帕乔的画发出宁静安详的光辉，将馆里狂乱的抽象派艺术作品笼罩其

---

1 1606年，罗马教皇保罗五世为教皇管辖权和教士豁免权与威尼斯共和国发生冲突，宣布将威尼斯逐出天主教。后因法兰西居中调解，双方于1607年达成妥协。

中。圣莱奥纳多教堂是市乐队的练习房，墙上贴满了早已死去的留着胡须的音乐大师的照片。朱代卡岛上有一座教堂曾被用作工厂，另一座教堂被改造成威尼斯美术学院的画廊，还有一座教堂成了圣玛格丽特广场的电影院。圣巴索教堂现在是演讲厅。学院桥附近的圣维奥教堂现在每年只开放一天——它的守护圣人生日那一天。圣母马利亚大教堂现在成了监狱的一部分。

威尼斯几座最精美的教堂——圣若望及保禄堂、圣马库拉、圣罗伦佐、圣庞大良——从不曾竣工，这从它们的砖砌外墙面可以看出来。很多其他的教堂消失不见了。四座教堂因为拿破仑的命令而被拆毁，在它们的原址建起了公园。帕拉迪奥旁边的一座教堂消失在了火车站的地基下面。一座教堂的遗址现在躺在朱代卡岛最西端巨大的红磨坊下面，另一座教堂的遗址现在仍然留在码头边。圣阿波利纳雷教堂曾被拍卖；圣帕特尼安教堂也一样，但是因为没有人买，所以被推倒，为马宁广场的雕像腾出位置。车站桥旁边的一根拜占庭式的柱子是圣十字教堂唯一留存下来的东西，威尼斯的一个邮政区就是以这座教堂命名的。早在1173年，威尼斯人就因为没有得到教皇允许就改造圣吉米尼亚诺教堂——他们想要改善广场的外观——而被教皇下令停止宗教活动；最后拿破仑拆毁了整座教堂，但是据说教堂被拆前和学院桥旁边的圣毛里齐奥教堂一模一样。19世纪60年代，意大利反传统人士提出了拆毁圣马可大教堂的强烈要求，他们烦透了被人当作国家博物馆的管理人，想要摧毁整个旧的意大利，重建一个新的意大利。

现在，最糟糕的时期也许已经过去。主教管区的神父也许会意味深长地叹息一声，告诉你威尼斯传统上是一个宗教城市：但至少现在没有多少针对宗教信仰的敌意。宗教游行不再被嘲弄，而在不久前的1858年瓦格纳还是这么说的（毫无疑问，这部分是由于神父和奥地利领主相互勾结）。教堂在威尼斯没有遭受耻辱。教堂的建筑往往完美无瑕，你几乎看不到潮湿腐烂和疏于照看的迹象，而这在古老的新教导游手册里却非常明显。几座废弃的教堂被重新修缮，青年俱乐部和宗教杂志等教会活动不可避免。宗主教是威尼斯的大人物之一，大多数市民，甚至不可知论者，都对他怀有深厚感情。人们，特别是穷人们，回忆起后来成为教皇庇护十世的红衣主教萨托时，心里充满衷心爱戴。他们回忆起他的一位继任者时却不那么愉快。"我们威尼斯人，我们喜欢有同情心的人，"有人告诉你，"我们喜欢简单的人，善良的人"——说这些话的人刚才一直埋头洗衣服，现在她抬起头来，苍白的脸上露出长长的微笑，以此表示同情、理解和谦逊。"但是这个叫什么来着的红衣主教，他并不完全是那样的人，他总是这样——呸！"伴随着尖利刺耳的咒骂声她再次抬起头来，这一次她的脸上凝固着难以形容的傲慢表情，她的眼睛轻蔑地往下看，下巴收缩。"啊，不，不，不，我们不喜欢他——但是，你看，后来来了红衣主教龙卡利，教皇若望二十三世——啊，啊，多么的不同啊……"这一次她苍白的脸上的微笑如此热切，她的眼神里洋溢着赞美之情，她的整个身体在怜悯的重负之下变得如此无力，她完全没有办法把话说完，而是用围裙一角擦了擦脸，一言不发地转身去洗衣服了。威尼斯的宗主教不会不受人们注意。

这座城市的丰富多彩仍然在很大程度上来自教堂——数不清的精美绝伦的建筑；宗教游行、节日和珍宝；透过挂着帘子的门涌到灯光昏暗的广场的香烟和风琴演奏的音乐；还有成千上万的僧侣，他们边自我贬低地咬着下唇边行乞，或争先恐后地爬上金属栅栏去照料弗拉里教堂的灯。神父在威尼斯无处不在。我特别高兴地记得在棕枝主日的早晨朝浮码头走去时，在码头边遇到一队正在高兴地闲聊的修女，她们全都穿着粉红色和黑色的衣服，戴着白色的头巾，手里高高地举着棕榈树枝，匆匆地走回家去吃午饭。星期天的下午，教堂里满是不守纪律的孩子、年轻人沙哑的嗓音和小姑娘声音尖细的提问。威尼斯几乎每一艘水上巴士的舵手舱的墙上都挂着一个小小的十字架。

但威尼斯的教堂比所有辉煌的事物更加辉煌，比所有美丽的事物更加美丽。它源自拜占庭，来源于民族主义：有时候，圣马可大教堂的高尚仪式令人强烈地感觉到东方的过去，像大理石一般沉重，像迷雾一般模糊，像丝绸一般柔滑。圣马可大教堂本身是一座野蛮人的建筑，像一座巨大的蒙古人寻欢作乐的帐篷，或者土耳其的一座堡垒：有时候，大教堂举行的礼拜仪式也带有浓厚的野蛮人色彩，尽管仪式虔诚、恭敬、优美。

每年的复活节周，宗主教和神父们从教堂宝库里取出最神圣的遗物，隆重地向人们展示。这一古老的宗教仪式含有对东方的强烈暗示。仪式在傍晚举行，这时广场一片漆黑，大教堂昏暗的灯光照在屋顶金色的镶嵌图案上，营造出神秘的气氛。在半明半暗的灯光中，会众在教堂正厅乱转，从一边走到另一边，不知道该往哪里看。一个戴着三角帽的仪仗官手里握着银剑，脸上一副世袭侍从的表情，带着18世纪的傲慢态度，站在一根柱子旁边。阁楼上，风琴在轻声弹奏，有时传来一阵男声吟诵，有时，当教堂的大门打开时，突然传来外面广场上的一阵喧嚷。一切都轻声细语，微微闪烁。

过道闪过一片金色和银色，传来一阵硬挺的法衣的沙沙声，一声香炉的叮当声，接着，在香烟缭绕之中，宗主教的队列穿过人群走向前来。教堂管理人一阵风似的走在前面，在会众当中开出一条道，后面的队列缓慢地仿佛患了风湿症似的趾高气扬地走到教堂前面。垂着旧绣帷的金色华盖在戴着主教冠的宗主教头顶上方摇摆，华盖周围是神父，他们神情严肃，脚步缓慢，恭敬地紧紧抓住圣马可的著名遗骨（遗骨四周放满了金框、镶珠宝的盒子、耶稣受难像、中世纪圣体匣）。你看不清楚，因为人群在不停地推挤，空气很浑浊；但是，当神父们缓慢地走过时，你很奇怪地瞥见了长袍和圣骨匣，一个装饰着某种奇怪的神圣纪念品的十字架，盛放在水晶球里的一块骨头，怪诞、华丽、复杂的物品，在扛着它们的老人跟跟跄跄地朝祭坛走去时，这些东西就在人们的头顶上方上下左右地摇摆。

这是东方的仪式，一个闪烁着模糊奇异的光辉的事件。当你转身离开大教堂时，所有圣物都被摆放在了讲坛边缘，所有严肃的神父都挤在后面，像许多头发花白的学者气的家伙。香烟在他们身边缭绕；教堂里充满了缓慢的喜气洋洋的动作；打开门，外面的广场上，节日里的威尼斯人不经意地从一家咖啡馆踱到另一家咖啡馆，就像那些在斯芬克斯的讥笑中卖可口可乐的人一样。

也许威尼斯人并不总是那么虔诚，但他们往往非常善良。和其他很会赚钱的人一样，他们素有对穷人慷慨大方的名声。威尼斯的五所学校——其中圣洛可学校是现在最著名的一所——曾是慈善团体，其目的是"实施世俗慈善"。甚至柯佛男爵，在其最失望的时候，也不得不承认，谈到慈善事业，威尼斯人特别慷慨大方。城市里当地乞丐受到人们的迁就，很少被随和的警察驱赶。有一位可爱的老太太，把自己裹在披巾里，晚上坐在学院桥下，她有很多忠实的资助人。有一位驼背的老爷爷，经常出现在圣斯德望广场附近的小巷里，人们经常看见他从一个好市口走到另一个好市口，弹着一首很棒的吉他曲。星期天的早晨，两个像罗马神话里的农牧神一样的乡下人带着一套风笛和一只木哨现身在朱代卡岛的码头边。浮码头的一个有名的滑稽人物是一个戴着布帽子穿着蓝色长大衣的人，他突然出现在露天咖啡厅的桌边，以一种坚定的姿态站在人行道上，两腿叉开，头向后仰，从口袋里掏出一张乐谱，开始起劲地大声演唱听不懂的咏叹调，曲不成调，时断时续，但他的神态却仿佛见多识广，颇有权威，因此总有几个天真的家伙带着一副很在行的神情全神贯注地倾听旋律。有一次，我问这个人能不能看看他的乐谱，发现那是贝多芬的第九交响曲乐谱里的一张，被倒过来紧贴着肚皮拿着。

我怀疑仍有强烈的家族感情的威尼斯人有时候可能对不熟悉的流浪汉不那么宽容。你会不时看见从大陆来到威尼斯的穿着鲜艳长裙的吉卜赛人，抱着孩子，伸着瘦骨嶙峋的手，嘀嘀咕咕地从一个广场走到另一个广场。我本人偏爱吉卜赛人，但威尼斯人显然对他们并不着迷，你难得看见一个吉卜赛乞丐要到钱。我自己就曾经在威尼斯行乞。一个寒冷的冬天的傍晚，我的小船的引擎坏了，我需要几个里拉买回家的轮渡票。我让自己确信，在这样一座神建立的城市里，我一定能得到天佑：不出所料，很快，一个托钵僧向我走来，我以前经常看见他提着袋子从一户人家走到另一户人家，现在正走回附近的修道院。我截住他，向他借100里拉，明天就还：但我得到的却是冷漠和怀疑；在修道院门口，我和家人心中几乎没有希望，台阶显得如此冰凉；最终没能找到修道院院长，请求他的同意，这个过程令我们饱尝折磨；看门人让我们到隔壁的教堂去等着，态度如此生硬冷淡；我们站在教堂正厅，修道士们压低了嗓门相互商量的声音咝咝地传到我们耳中；最后，一个僧侣悄悄走到我身边，脚步匆匆，态度无礼，仿佛不愿意靠我太近，然后把硬币塞到我手里，好像把一根骨头扔给一只不可靠的小狗；第二天早晨我去还钱时，在装饰着笑嘻嘻的死亡象征的入口处，那个看门人随意地把钱接了过去，我敢肯定他把钱放进了自己的腰包。

但是，如果那时我愤世嫉俗，现在已经不再如此，因为现在我更加了解威尼斯，我相信如果那天晚上我走进码头边一家邋里邋遢的小酒馆，把我的情况告诉吧台后面那个胡子没刮干净的坏蛋，他会马上把钱借给我，另外给我倒一杯酸酸的白葡萄酒。同情其实是更加朴实的威尼斯人所拥有的一种强烈情感。在18世纪，他们实在无法忍受"痛苦"这个想法，甚至如果戏剧里的人物被杀了，他们必须在死后立即向焦虑的观众鞠躬谢幕，以此安慰他们，并且接受他们同情的"死人真厉害！"[1]的叫喊。威尼斯在内心是一座忧郁的城市，它的居民因为有令人同情的新证据表明这个世界是多么悲惨而不停地摇头。一天晚上，一位来自博洛尼亚的游客淹死在大运河里，第二天，我的管家几乎为他流下了眼泪；当送葬的队伍在去圣米凯莱公墓的途中从门口经过时，你可能听见旁观的人用哀悼的声音自言自语："噢，可怜的人，噢，死了，死了，可怜的人——啊，他走了，到圣米凯莱去了，可怜的人！"[2]

糟糕的天气也能触动威尼斯人脆弱的悲痛神经；还有曾经如此强大的可怜的威尼斯的命运；有时候国际上的一次不幸事件，

---

1 原文为意大利语。

2 原文为意大利语。

乌拉圭的一次火车事故，一次会议失败，一个没有结婚的公主或者一个被抛弃的运动员，都能让威尼斯人的眼睛里掠过一丝哀伤。表亲去世几个月，甚至几年之后，强烈的悲痛仍然挥之不去，只要提到公墓，就足以让经历丧亲之痛的人脸上迅速闪过哀悼的表情：每当那个威尼斯妇女提到亲爱的卡罗叔叔——你很快就会发现，那位叔叔1936年9月18日去了更高的国度——只要想到卡罗叔叔，那天的所有事情都必须暂停。

这种软心肠有一点变态。威尼斯人对死去的东西、恐怖的事物、监狱、怪胎和畸形着迷。他们喜欢带着心痛和憎恶相混合的感情谈论像符咒一样环绕着威尼斯的医院和疯人院所在的岛屿，用令人恐惧的手势演示关在里面的可怜人的暴力行为。当他们发现躺在水晶棺里供人凭吊的亲爱的庇护十世原来戴着镀金面具时（他已经去世40年，他们对他的状态非常好奇），他们失望到了极点。

他们的情感可以预测，这一点也有东方特征。当你提到玛丽亚的可怜亲戚时，某种礼仪或礼节让她立即热泪盈眶，仿佛她的痛苦不过是一个古老的仪式，就像在埃及葬礼上受雇放声大哭的哀悼者。威尼斯和意大利其他地方都有一个习俗，即在商店和咖啡馆张贴某人去世的布告，往往同时贴一张照片；有时候，你看见分发布告的人的悲伤如此复杂，如此具有感染力，在他们离开之后，整个咖啡馆都陷入了忧伤之中，一片悲声甚至压过了咖啡机的声音。

威尼斯人的生活中有几分多愁善感，这在一座性格如此冷淡的城市令人惊讶。威尼斯老百姓通常对失败者有一副软心肠，人们总是友好地为划船比赛的最后一名加油。我曾在里阿尔托桥边见过两个年轻人打架之后的情景。一个是苗条英俊的青年，他把一盘盒子放在身边的石阶上，整个人几乎被泪水淹没；另一个是一身古铜色皮肤、体型宽阔、身体强壮的渔民，一个野蛮的小伙子，声音洪亮，拳头硬得像铁。那个瘦弱的青年正在向人群请求公正，他的嗓音因为委屈而变了调，他不时把衣服从裤子里拽出来，向人们展示身上的伤痕。那个渔民小伙子像一头被困的狮子一样来回踱步，不时挤过围观的人群去羞辱对手，有时朝他吐唾沫，有时鄙夷地推他一下，或者作出嘲笑的怪相。我全心全意地同情这个粗野的恶棍，这个老派的威尼斯人；但是人群团团围住另一个小伙子，保护着他，一位妇女满含热泪，在四周一片轻轻的同情声中领着他朝里阿尔托桥走过去，远离伤害。只有一个人远离人群，似乎和我有同样的感受。他是个侏儒，身穿黑衣黑裤，头戴贝雷帽，在人群后面踮脚站着，透过人们激动不安的肩膀之间的缝隙往里盯着看；但是我错了，因为当我引起这个人的注意，对他露出内疚和会意的微笑时，他恶狠狠地瞪着我，好像在瞪着一个不知悔改的杀害母亲的人，或者一个众所周知喜欢虐待孩子的人。

　　威尼斯有很多这样的侏儒和驼背——几百年来很多观察家都注意到了这一点——他们也受到了善意的对待（尽管曾经有过迷信说法，大意是你得离跛子三十步远，这也许就是拜伦不愿意在白天出现在广场的原因）。他们当中很多人得到了教堂看守人或清洁工的工作，像土地神一样在阴暗中的圣坛下轻快地走过。威尼斯还有很多古怪的人，裹着飘动的头巾穿着过时的裙子的女人，在桥栏边怒气冲冲地对着夜色说话的男人。在威尼斯，艺术家是真正的艺术家，快乐地聚在小酒馆里大吃大喝。春天的傍晚，曾有一群显然疯疯癫癫的姑娘在我家窗户外面大运河边上跳舞，有时候，在深夜，你会听见一个孤独的歌剧爱好者在汽艇船尾慷慨激昂地演唱《托斯卡》[1]。公然信奉个人主义的外国人经常出入威尼斯，包括在达涅利酒店穿紧身裤的乔治·桑和哈里酒吧内身材魁梧的奥森·威尔斯：但他们从不曾让威尼斯人不安，威尼斯人早已经习惯了人类的极端行为。在15世纪，威尼斯独裁的鼎盛时期，一个有名的爱出风头的人曾经乘贡多拉在运河里巡游，大声辱骂当时的政权，要求立即消灭所有贵族。他从没有受到骚扰，因为甚至严厉的十人议会也对古怪的人心慈手软。

奇怪的是，在威尼斯，你可以喝醉了酒却不引起城里人的反感。虽然大多数体面的威尼斯人已经不再喜欢说粗话，他们庄重、传统，但是，威尼斯的傍晚却常常因为醉鬼而吵吵嚷嚷。这些醉鬼往往是游客，或者码头的海员，他们的喧哗声在高墙和两边楼房林立的水道间杂乱无章地回响，有时候让午夜变得令人憎厌。在威尼斯，你偶尔会看见一个人被人用力从酒吧里扔出来，他手足乱舞，糊里糊涂地抗议着，就像在电影里一样；威尼斯的学生们喝了几口酒之后会唱起快乐的歌。5月的一个凌晨，才4点钟，我听见两个醉鬼从我窗前经过，我朝圣特罗瓦索运河看去，看见他们在一只贡多拉上。他们坐在船板上，咚咚地敲着船板，梆梆地敲着座椅，用粗哑的嗓门语无伦次地放声又唱又叫；但是在船尾，一个上了年纪的头发花白的船夫正从容、冷静、老练地划着船，载着他们超然地朝黎明驶去。

1　普契尼的三幕歌剧。

9. 少 数 族 裔

　　威尼斯实用的宽容使它成为一座国际化都市，东方和西方在这里交融，"城邦的繁荣完全依赖各国人民的来往通商"（莎士比亚的话非常公正）。不同民族的移民为共和国的力量和构成作出了贡献，这一点可以从大师们的绘画作品中看出来，他们经常表现人群中包着头巾的摩尔人和土耳其人，有时候甚至表现黑人贡多拉船夫。在其商业全盛时期，威尼斯就像一个集市，或者一座商旅客栈，希腊人、犹太人、亚美尼亚人和达尔马提亚人都有自己的居住区，德国人和土耳其人有自己的大商业中心。总督府的一根柱子表现了这种多样性：柱头上并排雕刻着一个波斯人、一个拉丁人、一个鞑靼人、一个土耳其人、一个希腊人、一个匈牙利人、一个有胡子的埃及人和一个竟然无伤大雅的哥特人的脸。（但是，我们不必认为古代威尼斯人对于平等有许多幻想。角落里另一根柱子顶端还有八张脸：其中七张脸非常丑陋，一张脸非常英俊，而这尊"瘦削、沉思、高贵的雕像"，罗斯金[1]说，"在各方面都完美无瑕"，表现了"威尼斯人与其他民族相比的优秀特点"。）

　　在所有这些外国居民当中，适应力最强的是犹太人，他们在中世纪的威尼斯的处境介于受保护和受迫害之间。他们最初于1373年作为大陆难民来到威尼斯，刚开始被迫（或者大多数历史

1　罗斯金（John Ruskin，1819–1900），英国作家、评论家、艺术家。

学家都这么认为）住在朱代卡岛上，这座岛屿也许就是以他们命名的，或者"朱代卡"这个名字来源于"judicato"一词，意思是"判决"，暗示这里是被"判"给犹太人、流浪汉和流氓无赖的合适住所。16世纪，城市西北部建立了第一个犹太人区（Ghetto）。这个社区建在一座废弃的铁厂旧址上——据说"ghetto"这个词就是中世纪威尼斯方言里"铸造厂"的意思——所有犹太人以及突然出现的康布雷同盟战争的逃难者都被强迫住在里面。

　　他们必须穿着特别的装束（先是黄色帽子，后来是红色帽子）；他们被以各种能够想象得到的借口征以重税；为了得到在这座城市的居留许可，他们必须支付很高的价钱，而居留许可经常需要延期。犹太人区的外墙没有窗户，这样他们与城市其他部分完全隔离开来，他们的大门在日落时就上了锁。基督徒卫兵（他们的报酬当然由犹太人支付）在天黑后就不允许任何人出入该区。然而，尽管犹太人被严格限定了活动范围，在金钱方面受到极大的压榨，但他们在威尼斯却比在欧洲几乎任何其他地方都更加安全。威尼斯人发现他们很有用处。有一两次，传出了犹太人烧死婴孩的老一套谣言；1735年，被官方任命管理犹太人事务的专员不得不报告说犹太人区破产了；但是，很多世纪以来，威尼斯的犹太人没有受到公众暴力或宗教狂热的伤害，享受着极大的富足和极高的声望。

　　17世纪，人们描绘犹太人区女士的"服装、首饰、金链和镶宝石戒指光彩夺目……裙裾长得令人惊奇，就像公主的裙裾，侍女像伺候公主一样为她们捧着"。亨利八世在准备向阿拉贡的凯瑟琳提起离婚诉讼时，曾向一位有学问的威尼斯犹太人请教。有些威尼斯拉比名扬欧洲，游客去犹太教堂听牧师布道成了一种时尚。拿破仑于1797年废除了犹太人区；1848年，威尼斯人反抗奥地利统治者时，他们的领袖有一半犹太血统，犹太人的聪明头脑让革命共和国的金融状况令人惊讶地稳定。

人们常常注意到威尼斯人和犹太人的相似之处——共同的赚钱天赋，相似的讽刺幽默，相同的被排斥的感觉。一位爱德华时代的游客曾描写圣马可大教堂神父的"犹太人举止"。其他人则提到威尼斯画家描画《旧约》中的族长时的坚定信念。今天，我们很难在威尼斯辨别出谁是犹太人。对以色列人抱有同情心的费希尔勋爵[1]曾说失落的部族[2]的长相一定不同于其他犹太人，"否则他们就不会失落了"：但是，威尼斯男性往往有一副严肃沉思的表情，有显著的犹太人特点，让人联想起威尼斯的东方贸易和许多世纪以来使这座城市变得如此丰富多彩的东方文化（以及血脉）。

现在威尼斯仍有大约800犹太人。有些犹太人仍然住在三个犹太人区——老区、新区、最新区：据说，当拿破仑的士兵突然打开犹太人区的大门时，里面的居民太虚弱了，根本走不动路，于是留在了那里。更多的犹太人住在城市其他地方。他们大多是中产阶级和专业人士——只有少部分人非常富有——并且保留着强烈的群体意识。犹太人区高大拥挤的房子仍然条件恶劣，房子后面的运河上，卫兵曾经乘平底船警惕地经过，现在，河里堆满了淤泥和垃圾：但那里有一座舒适的犹太老人院，一座受到慷慨捐赠的大会堂，一座有趣的小博物馆。利多岛上的犹太人公墓曾经是拜伦的骑马场和粗俗青年的游乐场，现在维护得非常漂

1　约翰·阿巴斯诺特·费希尔（John Arbuthnot Fisher，1841–1920），英国海军上将。他加强了英国本土水域的海军力量，并负责建造"无畏"号战舰，使海军造船工作发生了根本性的改革。

2　失落的部族：据圣经记载，以色列人在摩西的带领下走出埃及，并在约书亚的领导下征服了迦南的部落城邦。大卫王占领了耶路撒冷，在迦南地区建立起以色列王国。耶路撒冷一直是犹太人的政治和宗教中心。后来亚述人和巴比伦人驱逐了大批犹太人，耶路撒冷曾多次易手，还被无数次地摧毁和重建。犹太人从此流离失所，散落到各个地方，被称为"失落的部族"。

亮。五座犹太教堂中——其中一座原本是黎凡特犹太人的，一座是西班牙犹太人的，一座是意大利犹太人的，两座是德国犹太人的——两座仍有礼拜仪式（另一座成了博物馆的一部分，其余几座在出租屋地段，无法进入）。

如果你在逾越节参观一座犹太教堂，就会看到今天的威尼斯犹太人多么整洁、愉快、合群。拉比颇有学者风度地弓身站在高高的讲台后面。引座员歪戴着高高的大礼帽。几个穿着考究的妇女从快到教堂高高的天花板的椭圆形边座凝视着下面。在男会众一边，人们平和或虔诚地坐着；在女会众一边，鲜艳的衣服和簪花的帽子在晃动，孩子穿着浆过的衣服跑来跑去，快乐的聊天的嗡嗡声从人群中传来，香水味一阵阵飘过（也许是以大运河上的一座宫殿命名的"黄金宫"牌香水，或者是"威尼斯的傍晚"牌，包装盒上有一只蓝色贡多拉和一对情人）。一切看上去都充满活力，无拘无束，当看门人彬彬有礼地引你走到阳光下时，你想起来，自己正站在世界上第一个令人悲伤的犹太人区，这时你会深受触动。

离开之前，外面墙上的两段碑文值得一读。一段是16世纪的告示，宣布共和国的治安法官将要压制真正的犹太人和归附的犹太人的亵渎言行。"因此他们下令将此公告镌刻于犹太人区人流频繁之处的石碑上，威胁用绳索、枷锁、鞭子、苦役和监狱惩罚犯有亵渎罪行的人。诸位阁下表示愿意接受秘密检举并奖赏检举人，赏金一百达克特，定罪后从犯人财产中扣除。"

另一段是现代的碑文。文字记录了在第二次世界大战中丧生的8 000意大利犹太人中，200名是威尼斯犹太人。犹太人从第一块石碑上粗暴地移走了他们受奴役的象征——圣马可的狮子雕像，据推测，那应该发生在共和国崩溃之时；但第二块石碑是他们自己竖起来的。

在城市另一端，圣马可广场那头，是威尼斯的希腊人区，那里曾经兴旺、富有、自信。仅仅一个世纪之前，希腊侨民给城市增添了一抹熟悉的色彩，他们在圣马可广场有自己的集会处、餐馆，甚至咖啡馆。威尼斯对拜占庭皇帝的效忠并不明确，尽管后来威尼斯人与君士坦丁堡发生了激烈的争端，并策划了希腊帝国的暂时衰落，但是威尼斯共和国一直和希腊世界关系紧密，并深受其影响。希腊人曾在黎凡特经营食品杂货和放贷生意，他们也在威尼斯放贷。在签证和进口许可证出现之前，他们的很多小生意都非常成功。几个世纪以来，他们的宗教信仰在罗马和君士坦丁堡之间摇摆不定，一位主教在这种双重游戏里显然十分笨拙，因此同时被罗马教皇和普世牧首[1]逐出教会。政府通常不在这件事上施加压力，因为它欢迎富有的希腊商人来到威尼斯。直到1781年，威尼斯的希腊教会一直与罗马保持不稳定的交流关系，拿破仑在整个被征服的威尼斯地区宣布信仰自由时，希腊教会才坦白地与罗马决裂。

在侨居地的鼎盛时期，威尼斯有1万名希腊人。他们建了一所学校，后来，当土耳其人蹂躏其家乡的时候，这所学校成了海外希腊文化的重要中心之一。隆盖纳为学校设计了一座建筑，该建筑一直保留至今；桑索维诺建造了学校旁边的希腊圣乔治堂。威尼斯很多最出色的交际花都是希腊人。16世纪和17世纪，在威尼斯最奢华的餐桌上，人们喝的是希腊酒。很多富有的希腊人在君士坦丁堡陷落后来到威尼斯，而当政治风向合适的时候，威尼斯人有时候在希腊南部摩里亚半岛拥有别墅和花园。

甚至今天，在威尼斯，你也绝不会距离希腊很遥远。城市里有拜占庭的金银财宝，其历史文化透露出希腊韵味：不仅如此，

1　东正教君士坦丁堡宗主的荣誉称号。

几乎每一年夏天，你都可以看见一艘漂亮的白色希腊汽船带着爱琴海的气息随着早潮驶进威尼斯，或者让身穿皮草的肥胖乘客上船，开始一段考古航行。威尼斯有一个希腊领馆，还有一个希腊拜占庭研究所：有时候，在旅游旺季，一位希腊巨富会走下游艇的附属艇，来到圣马可广场，身边跟着光彩照人的情妇或洋洋自得的太太，干净利索的船长和装扮入时的秘书，给严肃的门廊带来商人冒险家充分实现的愿景。

侨民群体生存了下来，尽管人数减少到大约50人。在已经公然成为东正教教堂的希腊圣乔治堂举行的节日宗教仪式上，你可以看见几乎所有侨民，外加几个住在那里的俄国人。那里的仪式异乎寻常地平静而神秘，背景是闪着幽光的圣像和金色十字架。以希腊方式举行的仪式大部分在里面的祭坛进行，会众看不见；但是在教堂中殿，人们非常自然地奉行自己的祈祷仪式，令人印象深刻。他们独自走到正厅，画着十字，弯曲双膝，跪在耶稣受难像前；他们显然不打招呼就走进圣所，接受神父的亲自祝福；他们唱着圣歌，听上去没有任何轻浮或不敬，却很奇怪地显得无动于衷。当戴着黑色帽子留着浓密胡须的神父从祭坛的帘幔后面走出来，捧着香炉，严肃地从正厅走过时，所有希腊人都优雅地鞠躬，让香烟在他们的头顶缭绕，就像阿拉伯人让香烟熏香他们的胡须一样。

威尼斯现在也还有亚美尼亚人。他们有一座著名的修道院，建造在潟湖的一座岛屿上，还有一座亚美尼亚圣十字教堂，坐落在靠近圣朱利亚诺的亚美尼亚胡同里。亚美尼亚社区是威尼斯最古老的外国人社区。12世纪初，这个社区就已经稳固地建立起来，后来一位总督在他们的国家发了一笔财，他将部分财富用于在威尼斯建立亚美尼亚总部，这时他们的地位得到了巩固。亚美尼亚人是商人、店主、金融家、放贷人、当铺老板（他们支付典当人的一部分是钞票，一部分是掺了水的白葡萄酒，就像好望角的黑人劳工得到的报酬是酒）。据说将瘟疫传到威尼斯的是亚美尼亚移民，但他们从没有受到过骚扰或伤害：16世纪一位英国人评论说，在威尼斯，如果"一个人是土耳其人、犹太人、传福音者、天主教徒或魔鬼的信徒"，这根本就不意味着什么；无论你是否结婚，无论你在家里是否吃肉吃鱼，都没有人会提出质疑。

少数亚美尼亚人仍然住在亚美尼亚胡同，任何一个星期天早晨，你都可以看见七八个人，大多数是妇女，在教堂做弥撒（亚美尼亚教会是世界上最古老的国教教会，现在分裂为天主教和东正教：威尼斯的亚美尼亚人与罗马有往来）。这是一座奇怪的小建筑。它的钟楼现在已经不再敲响钟声，它几乎湮没在四周林立的高楼和烟囱之中；它的正面谦虚地隐藏在一排房子后面，只有门上的十字架说明它是一座教堂。教堂里面破旧不堪，却装饰得十分鲜艳，前厅的地上镶满了纪念石板，赞颂杰出的威尼斯亚美尼亚人的美德——"他像雄狮一般生活，"其中一块石板上面写道，"像天鹅一般死去，将如凤凰一般重生。"会众通常穿着破旧；虽然神父穿着华丽的法衣，威严优雅地主持礼拜仪式，他的严肃的年轻助手却很可能穿着牛仔裤和套头衫。仪式过程充满了古老传承的意味；因为圣十字教堂刚好坐落在八个世纪前那位宠爱亚美尼亚人的总督送给他们的那块地上。

德国人和威尼斯之间存在着古老的有益的联系。他们也在这座城市有自己的教堂：路德会礼拜堂自1813年以来就在圣使徒大教堂旁边的一楼占用了一间舒适的房间。它的会众人数不多，穿着却非常考究；它的灯光被小心翼翼地调得很暗；门上一则布告写道："礼拜仪式使用德语：请勿打扰。"

如果要体验威尼斯的英国风味，可以在夏天的早晨去学院桥旁边由仓库改建而成的圣乔治圣公会教堂。教堂的长椅上通常坐满了会众，熟悉的古老和现代的旋律夸张但热情地从大运河上飘过。来访牧师低沉单调的布道声和威尼斯夏天兴奋低沉的嘈杂声自然交融，礼拜结束后，你会看见他的白色法衣在门口飘动，他的身边是优雅的帽子和花呢套装，白色的手套和祈祷书，洗得干干净净的孩子和两颊红润、发卷匀称、喷着薰衣草香水、戴着珍珠项链、别着像军队团徽一样的胸针的女士，无论何时何地，她们都出色地表现了英国在海外的永恒不变的精神。

威尼斯人向来熟悉英国人（他们的历史有令人惊讶的相似之处）。15世纪时，单层甲板大帆船曾在威尼斯和南安普敦之间定期往返；每一个船夫都是一个商人，他会在座位下面夹带一点私货，准备拿到汉普郡的小巷兜售赚钱。威尼斯的船也在拉伊、桑威奇、迪尔和其他英格兰南部港口停靠，现在这些地方和威尼斯共和国一样早已成为过去。英国大使亨利·沃顿爵士维持的英国国教私人礼拜堂是威尼斯与罗马教廷发生最糟糕的争端的原因之一。彼特拉克在描写4世纪威尼斯的一个节日时说，贵宾之中有几位英国贵族，是"国王的朋友和亲属"，他们乘船到威尼斯来进行航海运动。

19世纪，在威尼斯的消沉时期，是洋洋自得的英国人开创了它的浪漫热潮：勃朗宁[1]为雷佐尼科宫增添了光彩（宫殿墙上的一块饰板上写着："打开我的心房，你将会看到，那里铭记的是，意大利"）；拜伦在一次晚会后在大运河里游泳回家，一个仆人拿着他的衣服乘着贡多拉跟在后面；雪莱看着夕阳西沉到尤根尼恩山

1　罗伯特·勃朗宁（Robert Browning，1812–1889），英国诗人。定居意大利。主要作品有诗剧《巴拉塞尔士》，长诗《指环与书》，诗集《戏剧抒情诗》等。

后；科布登在朱代卡岛举办的盛宴上在每位客人的纽孔里插一穗玉米，以此款待他们；罗斯金50年来一直是威尼斯品味的权威，至今仍然是对这座城市所作的最美妙的英语描写的作者。在维多利亚时代，英国人社区甚至有自己的牛群，他们以帝国的气度，全然不顾城市的规定，将17头牛养在一座花园里，每天向每一位成员提供一品脱新鲜牛奶。

美国人也很快在威尼斯出了名。一个世纪前，W.D.豪威尔斯成为小说家之前写了一本关于威尼斯的非常迷人的书：他曾是美国驻威尼斯领事，那是他为协助林肯竞选总统撰写令人深刻的传记而得到的美差。另一位叫唐纳德·米切尔的领事用"伊克·马弗尔"的笔名写了一本曾经风靡一时的书，书名是《单身汉的梦想》。亨利·詹姆斯曾经住在大运河边，他对威尼斯的描写令人难以忘怀。富有的美国人追随英国人的时尚，喜欢购买或租住古老的宫殿，用来度假，一位慷慨的女士去世时给她的每一个贡多拉船夫留了一栋房子。在"美国特色"就是自由、慷慨和明智的代名词的时代，美国在威尼斯拥有很高的声望。著名雕塑家卡诺瓦是费城美术学院的荣誉校长，据说一队贡多拉船夫在芝加哥世界博览会上展示了自己的技艺，他们回到威尼斯之后成了英雄，因为这次经历，他们在后半生一直过着舒适的生活。

现在，威尼斯的夏天因为富裕的游客而光彩照人，但只有少数富豪才更愿意租一座宫殿，而不住有空调的旅馆套间。冬天，威尼斯几乎没有外国居民——大学和语言学校的学生除外——也许只有不到一百人，大多数来自英语国家。为了让你感觉自在，贡多拉船夫有时候会告诉你，你经过的宫殿的主人是一位英国太太（非常漂亮）或者一位美国外交官（非常富有）；但是通常他们的消息早已过时，是在已经退休的船夫回忆旧事时听来的。

10. 忧　　郁

　　在威尼斯，过去和现在奇怪地交织在一起，就像在上了年纪的老太太的头脑里一样，她们经常会问那个笨蛋鲍德温先生是否仍然是首相，有时候还没好气地抱怨拉出租马车的马受到了虐待。威尼斯人在失去往日的辉煌后从未完全恢复过来，也许从未完全接受这个事实，因此在他们的内心深处，这座城市仍然是威尼斯共和国、亚得里亚海的新娘、意大利的眼眸、八分之三罗马帝国的主人——这些称号的性别各不相同，其尊贵却始终一样。无奈和执着相混合的感情使这里的人们具有了忧郁的特征，一种潟湖一般的忧伤，从容不迫，不露声色。忧郁是威尼斯情调的重要元素，无论这种情调是通过杂草丛生的花园还是感伤怀旧的诗词表现出来：一个威尼斯人甚至曾经写过一出关于"两性激情中的原始忧郁"的戏剧。

　　一个世纪以前，当共和国仍然活在世界人们心中的时候，威尼斯被征服的场景比今天更加令人沉痛，尤其当英国人站在英国成功的巅峰审视威尼斯共和国的没落的时候，他们感到一阵冷漠的快乐。"在人类历史上，"维多利亚时代一位作家写道，"有三个非常伟大和强大的民族——古代的罗马人、中世纪的威尼斯人和现代的英国人。"

　　　我们是人类，（华兹华斯宽宏大量地说）因此

当往日的辉煌逝去时

我们应该痛心惋惜

维多利亚时代颂扬威尼斯的人喜欢从它的屈辱中得出格言般的结论，从它的没落中看到对自己的政治体系的辩护，或者即将发生的事情的可怕征兆。

今天，这个故事已经太古老。世界遗忘了威尼斯强大的舰队、它令人敬畏的指挥官和它冷酷无情的审讯。对于经历过奥斯威辛集中营和广岛原子弹爆炸的这一代来说，总督府的地牢也算不上什么了；甚至权力本身似乎也成为一种过于脆弱无常的商品，不值得我们为它写抒情诗。在某种程度上，威尼斯人也许仍在为消失的帝国哀悼，但是在外国人看来，威尼斯的忧伤更像是一种朦胧的抽象概念，一种对没有实现的目标和失去的贵族身份的怀念，一种对落魄的怀疑，一丝空洞的势利，旋转栅门的叮叮当当和导游抑扬顿挫的乏味解说，这一切和摇摇欲坠的砖石建筑相互交织，弥漫在冬天的黄昏之中。

一度，这个民族构成了西方第一大强国。一个群体曾经有过如此精彩的经历，这段经历永远不会被抹去，除非在物质上被摧毁，而威尼斯随处可见能让人回忆起它的政治全盛时期的建筑，就像伦敦白厅的印度事务部，或者伊斯法罕帝国广场。

共和国向世界上许多国家的首都派驻大使，很多强国都派极其重要的使团常驻威尼斯，配以外交人员乘坐的精美的贡多拉船队和饰有纹章的豪华宫殿。这些机构的幽灵还没有完全消散。大运河边旧日的奥地利大使馆现在仍然叫大使官邸。水上巴士站附近的西班牙使馆街（Lista di Spagna）让人回忆起西班牙大使馆

（听说威尼斯以"Lista"开头的所有街名都与昔日的外交关系有关）。圣方济各教堂附近的教皇使节府邸成了"母猫巷"——这里面有讹误，但非常亲切。沃顿任大使时，英国大使馆坐落在奇迹圣母堂旁边的一座宫殿里。俄国大使馆位于圣特罗瓦索河和大运河交汇处的一座房子里，使馆附近现在仍然（至少在富有想象力的人看来）浮现着紫貂皮和雪橇的幻影。卢梭曾担任法国大使的秘书；沃顿在他的府邸里养了一只猿猴，他还搜集鲁特琴和提香的画；威尼斯没落之前，威尼斯人刚刚和年轻的美国通信。（美国最早的领馆之一不久之后在威尼斯开馆，派驻那里的许多领事的名字都非常准确可靠——斯帕克斯、弗拉格、科里根、格里蒂、费迪南德·L.萨尔门托和约翰·Q.伍德。）在共和国的强盛时期，被派驻威尼斯使馆是最令人渴望的升迁。

所有的辉煌都随着共和国烟消云散。威尼斯的没落是一个漫长而痛苦的过程。达·伽马的伟大航行打破了它对东方的垄断，成为它没落的开端：但是在其后三个多世纪里，威尼斯共和国一直保持着自己的独立性，经过无休无止的被削弱而衰退的过程，从强盛到奢华，从奢华到轻浮，从轻浮到无能，一路衰落下来。它广阔的地中海帝国一点一点地丧失——内格罗蓬特、罗得岛、塞浦路斯、克里特岛、伊奥尼亚群岛、伯罗奔尼撒半岛，全都输给了猖獗的土耳其人。到了18世纪，威尼斯成了欧洲最不好战的国家。"英国人把火药用于大炮，"当代一位意大利观察家说："法国人把火药用于灰浆。在威尼斯，火药常常是湿的，如果是干的，威尼斯人就用它制造焰火。"威尼斯士兵"没有荣誉，没有纪律，没有衣服——说不出他们做过的一件可敬的事"。艾迪森[1]形容威

---

1 约瑟夫·艾迪森（Joseph Addison，1672–1719），英国诗人、剧作家、政治家。

尼斯对内政策的目的就是"鼓励贵族懒惰奢侈，珍视神职人员的无知放肆，保留普通人中间的派系，纵容修道院里的邪恶荒淫"。18世纪的威尼斯是堕落的典范。它的人口由鼎盛时期的17万减少到1797年的9.6万（虽然威尼斯理发师协会仍然有852名会员）。它的商业已然消失，它的贵族日薄西山，它的存在依赖于邻国的靠不住的善意。

难怪拿破仑完全不把它放在眼里。威尼斯人对拿破仑的进攻敷衍犹豫，并没有真正抵抗，他用一个表示漠视的粗鲁手势终结了这个共和国："我不要检察官，不要议会：我就是威尼斯的匈奴王。"最后一任总督无力地退了位，他把公爵帽递给仆人，呓语般地说："把帽子拿走吧，我们不会再要它了。"（仆人照做了，把帽子作为纪念品收藏了起来。）圣马可大教堂里金色的马，广场基座上的雄狮，圣马可的很多珍宝，总督府的很多名画，很多珍贵的书籍和文件全都被运到巴黎，就像当初很多东西被从君士坦丁堡偷来一样。圣马可大教堂宝库里的一些钻石被镶嵌在约瑟芬的皇冠上，一尊巨大的拿破仑雕像被竖立在桑索维诺图书馆，正对着总督府。威尼斯海军的最后一批船只被强迫参加了侵略爱尔兰的战争：但是当计划取消之后，这些船被送往阿布基尔湾，被纳尔逊[1]击沉。

大议会自己以512票赞成30票反对5票弃权的结果终止了威尼斯贵族政府的统治。威尼斯飞狮拿着的那本打开的书上原本刻着"愿你安息，马可"，现在这几个字被"人类与公民的权利与义务"所取代。"终于，"一位贡多拉船夫所说的话成了名言，"他终

1　纳尔逊（Horatio Nelson，1758-1805），英国海军统帅。1798年指挥英国舰队在埃及尼罗河口阿布基尔湾歼灭法国舰队。

于翻开了新的一页。"总督府的地牢大门被打开：但是按照雪莱的说法，里面只有一个老人，还是个哑巴。甚至三人议会的监狱也变得陈腐，连一只苍蝇都杀不死。

这是一个时代的终结：对于威尼斯，对于欧洲，对于整个世界，都是如此。然而，在威尼斯终于与大陆联合，成为意大利的另一个省会之前，它的民族主义火焰曾经最后一次复燃。它被法国转手给了奥地利，又被奥地利送回给法国；滑铁卢战役之后，它再次回到奥地利手中：1848年，当半个欧洲奋起反抗维也纳时，威尼斯人也举行了武装起义，宣布自己为共和国，赶走了奥地利侵略者，公然反抗帝国的权威。

1797年之后，时代发生了巨变，这次它的领袖来自中产阶级——专业人士、律师、学者、战士。士气的不同令人震惊。革命共和国的总统是达尼埃莱·马宁，一个有一半犹太血统的律师。他和最后一任总督姓氏相同，决心恢复这个姓氏的荣誉。他建立的政府干练、诚实、受到民众欢迎。这个政府不只是一个民族反抗团体，而是一个组织严密的行政机构，按照城邦的模式管理威尼斯。革命者出版了自己的政府公报；建立了与英国和法国政府的联系，却没有得到它们的任何支持；发行了自己的纸币，这种纸币被广为接受。《伦敦时报》写道："威尼斯再一次在内部找到了有管理能力的人和值得获得自由的人民。"旧的精神最后一次汹涌而来，市民为支持这次勇敢的运动作出了巨大的个人牺牲。有一个人贡献出了大运河边的一座府邸，另一个人贡献出了大陆的一处房产，第三个人贡献出了达·芬奇的一幅绘画。圣马可大教堂宝库里剩下的一些珍宝被变卖，用于筹集军费，更多的珍宝被融化，制成金条。除了早已意志消沉的奥地利海军中的威尼斯士兵，总的来说，各行各业人们的表现似乎都令人起敬：人们曾认出戴着眼镜在圣马可广场站岗的列兵就是马宁本人。

但是他们的事业毫无希望。革命开始于1848年3月——从西边进入圣马可广场的主干道3月22日大街就是以那一天命名的——其后整整一年里，威尼斯被奥地利人包围。潟湖被警惕地封锁起来。从意大利大陆打过来的奥地利炮弹落在城市的很多地方，今天我们仍然能够看到这些炮弹像糖果一样粘在一起，装饰战争纪念碑或镶嵌在教堂外墙里。食品供应极其短缺，霍乱爆发。由于没有外援，威尼斯人的希望非常渺茫，1849年8月，奥地利将军高日科夫斯基接受马宁投降，重新占领了威尼斯。马宁和39名同伴一起被流放到巴黎，他在那里度过了后半生，靠教年轻小姐意大利语谋生：当他终于回到威尼斯时，迎接他的是圣马可大教堂北侧巨大、黑暗、可怕的墓穴。

威尼斯衰退为郁郁寡欢的奴隶，抵制任何奥地利的东西，甚至圣马可广场的军乐队。意大利复兴运动胜利很久之后，意大利所有其他地方（除了罗马）都获得了自由，威尼斯却仍然隶属于维也纳：直到1866年，普奥战争之后，俾斯麦才将威尼斯共和国送给了新意大利，作为它支持的回报。威尼斯成了意大利王国的一部分，不再是一个独立存在的实体。

从那以后，它成了一个港口，一个艺术中心，在某种程度上也成了一个工厂：但它首先是一个名胜之地。第一次世界大战期间，它是意大利抗击奥地利军事行动的基地：它的三分之二人口被迁往别处，从教堂钟楼上可以看见前线壕沟上方飘着的观测气球。在墨索里尼政权下，它是顺从的法西斯城市，它的居民很快就发现，只要服从党的命令，就很容易找到和保住工作。第二次世界大战期间，虽然城市里曾零星发生英雄的游击队活动，但威尼斯人直到1945年大局已定的时候才认真抵抗德国。至于英国人，当他们在停战前最后几天攻占威尼斯时，发现只有两类人表示反对：贡多拉船夫，他们要求提高价格；摩托艇船主，他们不愿意看到自己宠爱的手艺再一次被粗鲁的军人征用，因此尽其所能将船只偷运到科莫或加尔达湖。

威尼斯人不再高傲。很久以前他们曾经伟大，现在没有人希望他们再度伟大。没有坚定的爱国者在看到共和国遭到蹂躏时因为无能为力而痛苦不堪。巨大的国家档案馆不过是满足学者好奇心的地方。总督府曾是世界上最壮观的会场，现在成了博物馆。威尼斯人很久以前就适应了听天由命的境况，现在只剩下昔日权力和影响的依稀痕迹，以及小号的回声（声音来自夸德里咖啡馆，那里的弦乐队演奏的《波基上校进行曲》不可阻挡地传来，演奏者僵硬的微笑里流露出一丝绝望）。

伟大的外交家、密封的深红色公文箱、秘密的联络、剧院包厢里的奥地利使节、向最宁静共和国的杰出主权递交国书的最虔诚的基督教王国的大使阁下，所有这一切都随风而逝了。现在威尼斯只有领事馆。美国、阿根廷、巴西、英国、法国、希腊、巴拿马和瑞士都保留着"职业领事"：其他国家领馆都雇用意大利人。美国领事在圣格雷戈里奥美术馆附近拥有一座房子。英国领事在美术学院旁边租了一套公寓（他们四分之三的工作都与英联邦而不是英国有关）。阿根廷领事和丹麦领事住在大运河边。法国领事优雅地住在浮码头。巴拿马领事在利多岛上有一座别墅。摩纳哥领事住在圣巴尔纳伯后面一座快要倒塌的房子里。其他领事分散居住在城市各处，在小巷和死胡同里，或者在二楼。

只有三座领馆——美国、英国和法国领馆——有钱拥有自己的摩托艇，一群拉丁美洲领事想出了共同拥有一艘摩托艇的计划，但这个计划被他们的性格和经济状况扼杀了。只有阿根廷、法国和巴拿马仍然在威尼斯派驻总领事，俄国不派任何外交人员，原来的俄国大使馆已经被改成一座非常舒适的膳宿公寓。有些领馆在大陆的职责范围更广；但是今天威尼斯的外交人员不可避免地带有无所事事、无关紧要的色彩，领事们大多忙于安慰闷闷不乐的游客，在码头边发生令人不快的打架斗殴之后安抚意大利当局，急切地与上流社会人士一起纵情享受，或者帮助安排为来访战舰举行的鸡尾酒会。

　　每年的四旬斋之前，威尼斯会享受短暂的狂欢节。近来这成了欧洲最盛大的狂欢之一，吸引了成千上万的游客，让旅馆和饭店在原本死气沉沉的季节里获得了新生。乘着喷气飞机四处旅游的富豪们喜欢这个节日，他们的照片被登在所有的时尚杂志里，制造和销售面具似乎成了这座城市崭新的产业和艺术形式。

　　但是，就在不久之前，仿佛是富有传奇色彩的威尼斯狂欢节的最后回声的节日却充满了苦楚。那时庆祝节日的主要是威尼斯的孩子们，他们从连锁店买来滑稽面具和胡须，穿着化装服在城市里转悠：这里一个魔鬼，那里一个小丑，一个三英尺三英寸高的印第安人，一个小西班牙舞者，斗牛士和十字军女战士，吉卜赛姑娘，篮子里提着真正的花，脸上有生动的口红印记。服装往往非常精巧，但给人的印象却十分凄凉。每一个穿着奇装异服的小东西都单独和家人一起走——斗牛士没有牛，西班牙公主没有人为她唱小夜曲，小丑没有翻筋斗的同伴；他们循规蹈矩、严肃焦虑地沿着史基亚弗尼河滨大道向前走（因为不能弄皱了一个威尼斯的印第安苏族人头上的羽毛，也不能弄脏了一条刚刚洗过的修女头巾）。

　　庆祝活动的最后一天，有一次我穿过庄严的方济各会弗拉里教堂周围蜘蛛网一般的小巷和院子回家；当我转过一个拐角时，匆匆瞥见我面前有三个人影正穿过广场，从一条小巷走到另一条小巷。走在中间的是一个瘦削的小大人，他身上的大衣太长了，扣得严严实实，他的手套戴得整整齐齐，帽子大小正合适，鞋子擦得锃亮。紧紧抓着他的右手的是一个小小的丑角，他帽子上的橘黄色绒球在半明半暗的光线中来回摇晃。紧紧抓着他的左手的是一个非常小的仙女，白色棉布下面的双腿摇摇晃晃，裙子非常小，在一天的兴奋和劳累之后，她的魔杖有些弯。他们迅速地、静悄悄地、小心翼翼地穿过广场，消失不见了：仙女连蹦带跳地走，好跟上步伐，小丑突然决定只沿着铺路石之间的缝隙走，那个小大人仿佛踩着任性和规矩之间摇摇晃晃的钢索。

　　他们看上去多小啊，又是多么可敬啊，我想！他们的妈妈多么仔细地把三个孩子都装扮起来，好让他们经得起邻居的仔细端详！他们在码头边不自然地走来走去，度过了多么枯燥的时光啊！他们多么勉强地反映了威尼斯过去喧闹的狂欢节，它的总督和戴着面具的贵族，它出色的情人，它高大的战舰和高贵的艺术家！这几个小小的威尼斯人，穿着扣得紧紧的衣服，走在小巷里，是多么动人啊！

　　但是，当我这样以居高临下的姿态沉思的时候，我的眼神飘向上方，飘过庭院坍塌的院墙，飘过一根根华而不实的烟囱，飘过电视天线和在不引人注目的角落里咕咕叫着的鸽子，看到弗拉里教堂高大的塔楼，在蓝天的映衬下，像一位红砖上将一样，带着王者风范，信心十足地高高耸立。

威尼斯城

总督府

11. 前 岛 屿

威尼斯喜欢告诉你，它站在东方和西方的边界，在太阳东升和西沉的地方之间。歌德称它是"清晨和傍晚的国度的集市"。毫无疑问，世界上的任何城市都不能像威尼斯那样让人一眼就感受到对称和完整的美，或者像它那样具有与生俱来的伟大气质。在地图上，威尼斯像一条鱼；或者一把鲁特琴——伊夫林[1]是这么认为的；或者也许两条相互纠缠殊死搏斗的蛇；或者一只袋鼠，正低着头准备跳跃。但是，要了解它的现代地形地貌，就必须把街道地图扔到一边，爬到圣马可大教堂的钟楼上，俯瞰熙熙攘攘的圣马可广场。你可以乘电梯上去；但是如果你喜欢骑马，像腓特烈三世那样，也可以很方便地沿着盘旋的斜坡骑马上去。

摆脱了四处走动的摄影师和卖明信片的小贩之后，你可以从这座高大塔楼的钟室往下看，发现威尼斯多么小巧紧凑，有条不紊。北边，特雷维索平原的另一边，阿尔卑斯山点缀着零星的白雪，庄严耸立，像苍穹一般沉寂；南边是亚得里亚海，一片严肃却美丽的海洋；四周围绕着阴郁却迷人的威尼斯潟湖，湖中散布着一座座岛屿。地平线十分宽阔，空气水晶般清澈，风猛地从南方吹来；在这一切的中间，被泥滩所包围，在历史中沉浮的，是

---

1 伊夫林（John Evelyn，1620–1706），英国乡绅、作家。写有美术、林学、宗教等方面的著作三十余部。

威尼斯共和国。

矛盾的是，从钟室看出去，视野里一条运河都没有，只有杂乱无章、参差不齐的一大片红瓦屋顶、烟囱、钟楼、电视天线、赏心悦目的屋顶花园、在风中摆动的晾晒的衣服、圣人雕塑和精心制作的风向标：这一切并没有营造出令人震惊的壮观景象，却给人一种中世纪般的亲切感，仿佛你正在偷听一位14世纪的家庭主妇说话，或窥探一位乡绅的后院。这不是一座大城市。你从城市一头看到另一头，就可以轻而易举地看出这一点。这座城市长两英里，宽一英里，从一头走到另一头，从西北角的屠宰场走到东南角的公园，只需要一个半小时——甚至用不了，如果你不介意从人群中挤过去的话。威尼斯的人口大约有36万多，但是其中一半都住在大陆的新郊区——梅斯特雷和马尔盖腊港的大工业区，你往西边远处看去，就可以看见那里的造船厂和闪闪发亮的油罐。

威尼斯市区人口大约和英国林肯郡或沃特福德郡人口一样多。据说，市区建在由117座小岛组成的群岛上（但是似乎地理学家并不能准确说出小岛和泥滩的界线在哪里）；其中的运河和小巷顺着数不清的小河的走向，在第一批威尼斯人到来之前，这些小河让浅滩显得错综复杂。底土非常松软，平均厚度105英尺；平均温度56华氏度；一本旅游手册严肃地告诉我们，威尼斯的海拔是7英尺。

越过圣马可广场，你可以看见建筑之间有一道模糊的斜坡，就像你有时候会在美国西部平原上看到的一样，那是远处将出现峡谷的第一丝迹象。威尼斯的这道鸿沟气势不凡地转了三道急弯，从整座城市穿过，将其分成实用的两个部分。这就是大运河，它顺着古人称之为"阿尔多河"（*Rivo Alto*）的河道流过——"里阿尔托"（Rialto）一词就是从这里演变而来。三座桥梁横跨这条巨大的运河，46条支运河汇入其中，200座宫殿排列在它的两侧，48条小巷通向河边，10座教堂坐落在河岸，火车站光彩照人地在一端耸立，圣马可大教堂在另一端守卫。它是威尼斯的塞纳河，也是它的收费公路，既映照出它的美丽，也让货运驳船鸣着汽笛开着引擎突突突地开往集市和旅馆。平心而论，普通的威尼斯运河感觉就是人造河，但是对于大运河，大多数人却必须不时遏制将其称作河流的冲动。

大运河两岸，以及邻近的朱代卡岛上，六个古老的部分组成紧凑的威尼斯。这座城市就是一连串的村庄，一幅古老社区的镶嵌图案。过去，每一个区都是群岛中一座独立的岛屿，但是，几个世纪以来，它们渐渐因为共同的经历而融为一体。无论从高处建筑的什么角度望去，都可以辨别出某个古老地区的中心，那里有精美的教堂和宽敞的广场、热闹的市场、温馨的店铺、银行、酒馆、特有的旅游景点。据说威尼斯的正中心是圣卢卡广场中央的基座，但是各个古色古香的居民区保存完整，说明威尼斯富有深度：它很少有荒芜的地区或者不毛的郊区。无论你往城市的任何地方看去，都能看到那里巨大的纪念碑和浓郁的地方特色。东边是军火库的堡垒，堡垒的大门仿佛紧锁眉头；西北边，出租屋包围之中那一片模糊的地方是灰色的犹太区；南边是长条状的朱代卡岛，船夫们就住在岛上；四周环绕着水边散步道，道路两边排列着汽船、渔船和在水面起伏的贡多拉，一只漂亮的白色邮轮停泊在浮码头，一只从伊斯特拉半岛开来的木船停泊在新运河大道站，潟湖就从那里悄悄地神秘地伸向公墓之岛圣米凯莱岛。从钟楼望去，威尼斯的故事似乎相当简单，不言自明，你的视线可以直接从代表城市起源的无精打采的棕色泥滩，看到纪念其辉煌顶点的圣马可大教堂的金色装饰和细工浮雕。

在西边远处，火车站那边，壮观的双堤道跨过水面，通向大陆。关于20世纪威尼斯的一个最为重要的事实就是，这座城市已经不再是一座岛屿。堤道是威尼斯失去的至高地位的象征，既令人伤感，又令人敬畏。在其鼎盛时期，威尼斯与外界的交通完全依赖海洋，组织精密的船运系统通过四条主要航线将城市与大陆联系起来：通过富西纳和布伦塔与帕多瓦相连；通过梅斯特雷和乌迪内与奥地利相连；通过佩莱斯特里纳和基奥贾与波河和伦巴第相连；通过特雷维索与弗留利相连。只要威尼斯仍是一座城邦，面朝海洋，它与近陆地区不便的交通就是一个优势。但是，在15世纪，它建立了一个大陆帝国，将飞狮雕像竖立在帕多瓦、拉韦纳、维罗纳、特雷维索、维琴察、布雷西亚、贝加莫、贝卢诺——横跨半个意大利，逼近米兰。它终于成为欧洲强国，它的前景也慢慢发生了变化：在共和国的最后日子里，它与意大利事务相互纠缠，无法摆脱，这时，在威尼斯与大陆之间架起一座桥梁的想法被认真讨论。总督福斯卡里尼仔细考虑了将其作为向疲软的当地社会注入新的商业活力的途径，但却决定恢复日渐衰落的玻璃工业和商业船队。据说，拿破仑命令工程师勘测土地，准备打桥桩。19世纪40年代早期，一群意大利商人成立了一家公司，为修建通进威尼斯的铁路提供资金。1846年，奥地利人真的建了一座桥。这座桥通过铁路将威尼斯与维琴察相连，吓坏了浪漫主义者（罗斯金将它比作"一道低矮枯燥的船厂的墙，上面有单调的拱门，可以让潮水通过"）。

这座桥现在仍在那里，它全长3 000码，由222座桥拱支撑，有48个放置炸药的空腔，紧急情况时方便炸毁。它每天将100列客车运进圣卢卡火车站，旅客们从卧车车厢挣扎着下来，茫然地被匆匆送上贡多拉，或者直接送到大运河上。曾经有计划让火车喘着气开进市中心：它们将开过朱代卡岛背后的高架铁道，停在圣乔治·马焦雷岛的帕拉迪奥教堂旁边。另一些19世纪的空想家们提出建一座双桥，在进入城市时分为两段，一段越过潟湖，通向利多岛和基奥贾，另一段向北通往穆拉诺岛。

但是，在将近一个世纪的时间里，那只是一座单桥，直到铁路成为威尼斯不可缺少的一部分，并在码头旁扩展成铁路侧线网，城市早已习惯了夜晚火车汽笛的哀鸣（唉，现在汽笛声已经消失在摩托艇嘈杂的引擎声中，再也听不见了）。建造第二条堤道即公路桥的计划经过了漫长而激烈的争论。一方是进步人士，希望威尼斯日益拉近与伟大的现代世界的距离，让"意大利的心脏贴近她的胸膛跳动"；另一方是传统人士，热爱古老和荣耀的东西，希望尽量保存威尼斯与初始状态的物理距离，他们的争辩基于各种惊人的前提，包括第二座桥梁有阻挡潮水流动的危险，会让城市死于疟疾，隆隆滚动的车轮可能让城市建筑的地基松动。

他们成了长久以来一直存在的关于威尼斯的争辩的样板：让威尼斯共和国变得现代化，还是保留它的原貌。这个问题是贯穿任何一本关于威尼斯的书的主要动机，书的每一页都隐隐透露出这样的思想，即我们现在所见到的威尼斯可能不会长久存在，它的未来具有某种微观的性质。古老和新兴、美丽和利益、进步和怀旧、精神和物质之间的冲突牵扯了我们每一个人：在威尼斯，如果你不过分沉迷于旅游景点，就可以感觉到这一点，清晰明确，和谐共存。问题仍然没有解决。甚至墨索里尼开始也禁止建造第二座桥梁，并说如果他能按照自己的想法行事，会把铁路也毁掉：但是在1931年，他独裁统治的第十年[1]，进步人士赢得了战役的胜

---

1 原文为意大利语。

利，机动车堤道建成。这条堤道比它的伙伴多六个桥拱，在和伙伴并肩进入城市后突然改变方向，与它分道扬镳，冲着罗马广场戛然而止，堤道尽头是造价不菲的多层停车场。

当你倚靠在钟楼墙上的时候（你不会掉下去的，因为有一道防止自杀的金属丝网），想一想这两座桥对威尼斯的特点产生了怎样的影响。首先，它们终结了对于与世隔绝的共和国独立性的伪装。的确，马宁的部队破坏了铁路桥，保护它不受任何来者侵犯；但是，几乎难以想象一座与大陆如此紧密联系的城市能够长久维持独立自主，除非这是一个笑话或财务骗局。第二，两座桥梁削弱了威尼斯孤立的特征。更多意大利人从大陆乘火车进入了潟湖；更多威尼斯人去了内陆地区；威尼斯天生的、内省的复杂性被打破。第三，堤道让新的生活和活力注入城市，在一定程度上促成了1848年奇怪而突然的复兴运动。它们促进了贸易，鼓励了旅游，让港口日趋衰落的货物集散重新焕发了活力。

最后，这两座桥梁打破了一个神话。它们驱散了包围着威尼斯的仿佛镀金的神秘氛围，让它暴露在走马观花式的观光和全家自驾旅游的人面前，迫使它进入了现代世界，无论它是否愿意。它成了一座前岛屿，并一直如此。现代威尼斯开始的地方不在潟湖遥远的入口，大海在灯塔的那边闪耀着微光的地方，而在堤道上，在加油泵和车站月台的后面。当你离开钟室，手里紧握着摄影师的票（"两个小时可取照片，保证好极了"），胆怯却坚决地挤进电梯时，请在你心里的威尼斯地图上把堤道标记成黑色，把玫瑰红色留给那里的运河。

12. "街道淌满了水"

车轮将生命之泉运往威尼斯——它的货物、游客，甚至送到屠宰场的可怜牛群；但是到了车站或罗马广场之后，每天大批涌进的所有人群和物品接下来的旅程都必须靠走水路或步行。托马斯·科里亚特在去威尼斯之前遇见一个英国牛皮大王，此人声称曾"骑驿马走遍威尼斯"；科里亚特后来愤慨地发现，这是"一个显而易见的极端拙劣的前所未有的谎言"。没有人曾经骑驿马走遍威尼斯，现在城里仍然没有严格意义上的道路，只有小路和运河。罗伯特·本奇利[1]初到威尼斯时曾发电报回家："街道淌满了水。请指示。"

在威尼斯市区，只有搬运工的推车，或婴儿车，或孩子的玩具，或少数沉默寡言的磨刀工用来为磨刀石提供动力的古老自行车才有轮子。要明白这是什么意思，可以凌晨到堤道去，看朦胧的晨光中等着卸货的一队队卡车和拖车——每天早晨都有很多车，首尾相连，司机昏昏欲睡地趴在方向盘上，在他们身后，大包小包把车塞得满满当当。有些物品将被装船，运到海上；但是，大多数物品将被运进威尼斯，用驳船、划艇、手推车、甚至人背的巨大的圆锥形篮子。潟湖上的桥梁将威尼斯与大陆不可挽回地联系在一起；但它仍然是一座喜欢水上运动的城市，一个半世纪以

---

1 罗伯特·本奇利（Robert Benchley，1889–1945），美国幽默作家。

前，夏多布里昂曾经鲁莽地抱怨它水太多，今天，他仍然会因此而感到恼怒。

威尼斯的主干道是大运河，小运河像一条条血脉从那条无可比拟的大运河流出，每天，养分就从这些血脉被泵进这座城市，就像胰岛素被注入糖尿病患者体内。据说威尼斯共有177条运河，总长28英里。它们沿着古时自然的河道，蜿蜒曲折地从城市流过，忽而宽阔、美丽、壮观，忽而曲折得难以形容。大运河长2英里；最宽处达76码，最窄处不少于40码；平均深度9英尺（据海图记载，里阿尔托桥下深13英尺）；河上船只川流不息，生机勃勃。威尼斯的其他水道给人的印象远逊于大运河——这些水道平均宽12英尺，只有家里中等大小的洗澡盆那么深。有一条运河径直从圣斯德望堂下流过，低潮时你可以乘贡多拉从运河上经过；其他运河太窄了，只有最小的船才能从河上走，或者太短了，在地图上的长度只够写得下它们的名称。

运河的用处根据潮流不同而各不相同，而潮流本身根据一年的时节变化而不断变化。春潮最高可达大约7英尺，平均涨落（在大运河海关出海口）大约只有2英尺多一点。这些涨落极大地改变了城市的外貌和效率。"就像潮水一样——六小时涨六小时落"，现在这已经成了一句威尼斯俗话，描写市民的反复无常。潮落时，威尼斯人住房绿色黏滑的基础结构暴露了出来。运河丑陋的河底袒露无遗，满是腐烂的垃圾和淤泥，有些小一些的水道几乎完全干涸，任何有螺旋桨的船都无法在上面开过。但是，当冲刷一切的潮水突然从亚得里亚海猛冲而来时，干净、新鲜、年轻的海水在大运河汹涌，渗进所有支流——这时，这块地方整个变得丰富起来，恢复了活力。水涌进宫殿门口，死老鼠、破娃娃和包菜梗被冲走，每一条运河都涨满了水，挤满了船。有时候，不寻常的春潮冲出了河边，淹没了圣马可广场，人们乘贡多拉去最喜欢的咖啡馆，或者滑稽地撑着船在石柱廊间穿梭。每隔几个世纪，运河就会封冻，就像你在雷佐尼科宫里一幅迷人的画上所看到的那样。威尼斯人在冰上点起火堆，溜冰去潟湖的岛上，莽撞地在大运河中央烤牛。

运河减弱了堤道的影响。威尼斯不再是一座岛屿，它的人民在性格上却仍然是岛民，因为在没有道路的威尼斯，生活依然不紧不慢，反复无常，有时令人恼怒，与地球上任何其他城市的生活毫无共同之处。威尼斯商人不可能叫一辆阿尔法车。威尼斯的淘气鬼不会吹着口哨从自行车上跳下来。家庭主妇去市场得乘船，小男孩每天早晨必须走过一座座桥梁，穿过迷宫般的小巷，才能准时到学校（家长如果是天性紧张的人，只要在阳台上架一台高倍望远镜，就可以看着他走过半座城市）。

商贸和交通在威尼斯的水道里拥挤不堪，有时候太繁忙，太不自在，整个地方因为行进缓慢好像被堵塞起来，得了便秘。个人生活安排完全取决于水。有一次，我和一位威尼斯熟人正俯身看着大运河，她突然发出一声长长的沮丧的叹息，从运河一头看到另一头，然后大声说道："水！除了水还是水！要是他们把这河填起来，能建一条多好的路啊！"

威尼斯的运河历史悠久，有些始建于9世纪，这些运河已经被成功加深，以便让更大的船只通过：但它们也是威尼斯的排水系统，不断地堆满淤泥。16世纪之前，有几条河流从潟湖中央流过，带来了大量泥沙，威尼斯的运河曾一度被堵塞，从威尼斯城走到大陆，鞋都不会湿。后来，这几条河被引向潟湖边缘，今天，只有海泥会流进运河，每天的潮水又将其冲走。但是，每一年，堆积如山的粪便被倒进运河，如果你在低潮时在威尼斯散步，就会看见那些洞口发生的最简单不过的过程，有时候洞口高出水印线很多，城市的污水就通过洞口从住家排进运河。（现在很多人家有污水池，池里的水定期排进驳船；但是，四处仍然可以看见从古老宫殿的外墙伸出来很多小盥洗室，这些盥洗室曾经是威尼斯的厕所，直接向下面的水里排放，就像阿拉伯独桅帆船船壳上附带的厕所一样。）

每天，成吨的污物流进运河，让威尼斯摇摇欲坠的僻静地区有一种奇怪的恶臭——像是污水又像是被腐蚀的石头的臭味——这种恶臭让感到恶心的游客却步，却让威尼斯人感到一种有悖常情的不情不愿的愉悦。除此之外，尘土、蔬菜皮、动物身上的东西和灰烬也从阳台上和后门台阶上被倒进每一条河里，完全无视法律。不难想象运河河底堆积了多厚一层垃圾。如果你在低潮时从阳台往下看，可以看见水下多得令人惊讶的各种碎石块和残骸，透过绿色的河水闪着虚假的神秘的光；打桩机开始在运河里打桩时，一根根柱子被敲进又湿又软的河底，看上去可怕极了。

威尼斯人从不曾被河底的东西吓住。15世纪，他们点上香，把香味和香料碾进泥土里，驱除臭味。但是，就在不久之前，甚至最时髦的人家也定期在大运河里洗澡，据说里阿尔托桥旁边贴了一张告示，严厉警告路过的人"严禁向游泳者吐唾沫"。直到20世纪80年代，衣衫褴褛的人和野蛮少年还常常在闷热的夏天傍晚从桥上或码头边跳进污泥水里，有时候你还会看到讲究的船夫带着对卫生问题决不马虎的神情在涨高的死水里小心翼翼地洗杯子和盆。

但是，市政当局必然一门心思想要解决卫生问题。威尼斯大部分污秽恶臭的垃圾，比如污泥，会被潮水冲走，没有了潮水，这座城市就无法居住——"海水潮涨潮落，"15世纪时一位游客写道，"把污物从秘密的地方冲走。"没有冲走的必须由人工清理。很多世纪以来，每一条运河每隔二十年左右由人工排水冲刷一次（死角处更经常冲洗，因为潮水不会从那里流过）：只有大运河被漏掉了——它只被清理过一次，那是14世纪，一场地震瞬间吞噬了河水，让大运河干涸了两个星期。将近三十年来，这项工作被忽略了，因此很多运河堆满了淤泥，流进运河的水不得不慢慢涌到别处。20世纪90年代早期曾制定过用机械方法疏浚所有运河的计划，但就我本人而言，用锹铲淤泥是我关于威尼斯最主要的记忆之一。

过去，当一船穿着大衣的体面人出现在某家后门，在墙上刷上红色数字的时候，这对那家房主而言是一个不祥预兆：这意味着接下来要被排干的就是她家门口的运河，可怕的河底将暴露无遗。一股讨厌的难闻气味将笼罩居住区。居民们关上百叶窗，用手帕捂着嘴匆匆来去，远处，被排空的运河的冲刷沟里，府邸装饰华丽的门廊和大理石台阶下面，工人们正在烂泥里辛苦工作。他们在那里架起轨道，站在齐膝深的黑漆漆黏糊糊的污物里，把污物扔进自卸车，运到等候在那里的驳船上。他们的身上、衣服上和脸上都粘上了脏东西，如果你和他们说话，他们会表现出木然却又沮丧顺从的态度。

一代又一代的威尼斯人造出了各种绝妙的船只，以充分利用他们非传统的交通要道。第一位为威尼斯写编年史的作者在参观他们最初定居的小岛上用木桩和树枝建成的村庄时，评论说那里的每家每户外面都拴着一只船，就像全世界所有其他地方的人在门外拴一匹马。现在，普通的威尼斯人通常不是船夫，并且带着骄傲和极度不信任的复杂情感看待运河；但是，有时候，你会看见一个开摩托艇的船夫在等顾客，他并不费心把船泊好，而是站在码头边，用一根绳子松松地牵着船，就好像那是一匹正在吃草的马，而他就是牲口棚里耐心的马夫。自然历史博物馆里有一只史前的独木舟，是从潟湖的一块沼泽地里挖出来的，现在已经石化。这只独木舟看上去几乎和时间一样古老，但是从它变黑的侧影里，可以清晰地辨认出贡多拉最初的轮廓。

如果你乘飞机从威尼斯上空飞过，低低地掠过斑驳的阁楼，就会看见运河里挤满了不见首尾的船只，就像一颗颗黑色微粒。各种船只在威尼斯的运河里航行，目的各不相同，很多船是这里独有的。这里有贡多拉，当然。这里有桑多洛（*sandolo*），比贡多拉小一些，但一样漂亮，也由一个船夫站着划船，向前行驶。这里有瓦波雷托（*vaporetto*），是威尼斯的水上巴士。这里有摩托艇（*motoscafo*）。这里有平底渔船（*topo*），有平底货船（*trabaccolo*），有自家使用的小客船（*cavallina*），有维波拉（*vipera*），有比所纳（*bissona*），更不用说像巴尔库贝斯蒂亚（*barcobestia*）那样半神话般的帆船，或者像黄金船（*bucintoro*）那样庆典仪式上用的驳船，或者威尼斯两家古老的划船俱乐部（奎里尼和布钦多洛）的小型帆船，或者活泼的尾挂发动机小艇，或者时髦的快艇，或者运垃圾的驳船，或者运包裹的邮政船，或者用于短途旅行的敞篷摩托艇，或者汽车渡轮，或者从德国来的学生划的独木舟，或者有尾挂发动机的可充气小船，或者帆船，或者来自南斯拉夫的纵帆船，或者海军哨艇，或者上面的火炉冒着熊熊火焰的熔炉工的驳船，或者救护船，或者殡仪船，或者送奶船，或者甚至从雅典、黎凡特或黑海嗡嗡地开进朱代卡宽阔运河的完美无瑕的游轮。

为了观看这快活的船队的典型场面，我喜欢站在拐角处的阳台上，看它们从大运河驶过。（比如）那边突突突地开过来一只瓦波雷托，船上满载乘客，船头泛起泡沫：这是一只修长的果断的小船，漆成绿色和黑色。这边开过来一只短粗的运水果的驳船，招摇地装满了橘子和大串的香蕉，一只目中无人的黑狗站在船头，一个没精打采的皮肤像棕色皮革一样的男人在用一只光脚掌舵。一对上了年纪的夫妇，男的戴着羊毛护耳帽，女的穿着破旧的卡其外套，费力地驾着一只装满蔬菜的小快艇，朝城里某个小市场驶去。八个学生驾着租来的笨重的摩托艇跌跌撞撞地朝里阿尔托桥驶去，尽管唱着小曲，却无法掩饰他们心里的紧张。一只装满水泥的巨大的驳船笨拙地从一条支运河驶过来，响着震耳欲聋的汽笛声；船员身上落满了白色粉尘，戴着用报纸做的帽子（就像海象和木匠）[1]，时不时地互相传递一根吸得还剩一小截的香烟——每个船夫吸一口，舵手吸两口。一只运可口可乐的驳船快乐悠闲地驶过，可乐瓶叮当作响：舵手穿着标准的可口可乐制服，那上面的图案和从西雅图把可乐运往加尔各答的运货卡车上的图案一模一样，而这位威尼斯人的脸上被资本主义的魔力移植了真正的中美洲式的微笑。

　　贡多拉轮渡在大运河上优雅地来回穿梭，就像一只只水里的昆虫，每一次即将抵达目的地时，都会技巧娴熟地循着弧线靠岸，打一个漂亮的旋。行政长官乘着小艇经过，艇上挂满旗子，一派庄严。从出租艇的船舱里飘来一阵古巴雪茄和迪奥茉莉花淡香水的混合气味，一位来威尼斯游览的富豪正乘船朝达涅利酒店飞速驶去，他的箱子堆放在驾驶员身边，他身穿皮草的太太表情腻烦地站在船尾。威尼斯艺术学院美术馆外面，有人正把一块画着令

1　英国儿童文学作品《爱丽丝镜中奇遇记》中的人物。

人极度兴奋的天使和肥胖肢体的巨大画布装上一只坚固的船头扁平的驳船。一对品味时髦的米兰人认真地用威尼斯人的方式快速而平稳地划着一只桑多洛——对于富有的只偶尔在威尼斯居住的威尼斯人而言，传统的划船代替了慢跑，正如一些古老的威尼斯船成了时髦的帆船。在圣特罗瓦索那边，一座座房子之间，一艘豪华班轮有节奏地驶向停泊处。在安康圣母教堂的穹顶后面，我能看见一只战舰复杂精细的雷达，像奇异的针叶树上的树枝。

大运河上的某个地方必定有一只贡多拉，船头翘得高高的，船身不平衡，漆着黑漆，装饰着黄铜，快乐地随潮水飘荡，高傲地奋力向潟湖驶去，轻轻碰撞着系船柱，或者将贵族气派的船头伸进宫殿之间——它是威尼斯的灵魂和象征。

在经历了15个世纪的修炼之后，威尼斯的水上交通逍遥自在，但通常效率很高。交通管理规定并不严格，而且经常被快乐地忽视了。城里船只的限速是每小时9公里——大约每小时5英里——但每个人都希望你开得更快一些，如果可以的话。你应该从左舷超过机动船，从右舷超过划艇；但是在宽阔的大运河上，没有人真的在意，而且，无论如何，贡多拉被笼罩了一层特别的神秘感，是运河上毋庸置疑的女王，当你看见它高大灵敏的侧影悄悄朝你滑过来时，你只会恭敬行礼，避让一旁。令人惊讶的是，撞船事故很少发生，你也难得听见窗外一只驳船与另一只驳船擦身而过时气急败坏的高声诅咒渐渐变成小声嘀咕的骂骂咧咧。威尼斯的船夫体格粗壮但性情宽容，互相不找麻烦。

威尼斯的主要客运交通工具是水上巴士。第一艘汽船于1881年出现在大运河上。这艘船属于一家得到了市政特许的法国公司，它与七艘有着高高的烟囱的姐妹船一起，从塞纳河开来，绕过意大利半岛的尖端，开始了威尼斯历史上首次商业交通服务。在那之前，旅客或者很有气派地乘坐贡多拉，或者乘坐一种长长的公共船只。这种船与古时北欧维京人的长船相似，两名船夫将船从轮渡站划到圣马可广场（你可以在军火库的海军博物馆看到留存至今的一艘船，它的一艘直系后代至今仍被朱代卡岛的轮渡船夫使用）。威尼斯水上巴士公司的出现让贡多拉船夫陷入了惊恐，他们立即罢工：但是他们渡过了难关，在朱代卡岛，十字运河边，你可以看见一个谢恩奉献物，岛上的船夫将它竖在那里，感谢圣母仁慈，没有让他们被汽船完全毁掉。

　　汽船航运公司也繁荣起来，很快（在成功获得外国特许的过程中）被国有化，最终变成了威尼斯公共运输公司（简称ACTV）。现在公司拥有100多艘船——1952年之后，所有船都是柴油船或机动船，尽管每个人都仍然叫它们瓦波雷托。除了最新的船只，整个船队都陆续被修整改进、重新设计、重新建造、换装引擎，因此，每一艘船都像一座大教堂一样，是一代又一代人用充满爱意的双手和技术打造的产品——蒸汽旋塞是一个时期的，烟囱是另一个时期的，操舵室是第三个时期的，所有船只都用20世纪早期漂亮的安全带进行了装饰升级。航运公司在军火库附近有自己的船坞：这些船坞和沙特尔大教堂前面的石匠工场一样，总是忙忙碌碌。

　　ACTV亏本经营，因为在威尼斯灰暗的冬天，船上只有三分之一的乘客，也因为船票价格被定得很低。这不是航运公司效率的标志，公司的效率令人印象深刻（尽管在旅游旺季威尼斯人经常抱怨在自己的公交工具上连站的地方都没有）。公司的服务频率高，速度快，相当舒适，而且你难得看见一艘瓦波雷托灰溜溜地被拆卸一空的旧汽船拖进船坞。船员有时脾气不好，但通常比较热情。每一站都有一条定位刻度线，高度为一米，用来测量儿童身高，计算他们是否可以购买半票；但是，感人的是，值班的职员经常用手稍稍往下压，悄悄眨眨眼睛，让你孩子的身高达不到刻度线。如果你不是无法将目光从美丽如画的景色移开，就会发现瓦波雷托甚至有一种美；因为这种小船被一种明朗欢快的情绪所驱动，在晴朗有风的早晨冲进潟湖，颠簸摇摆，奋力前进，浪花在船头喷涌，舵手在玻璃小驾驶舱里认真工作。

高傲自大地从这些平民百姓之间穿过的，在船舶中低一个档次但价格却高两到三个档次的，是威尼斯摩托艇。大约100艘摩托艇是私有的，属于个人或公司——由于税收原因，有时候也许同时属于两者。另有150艘是出租船，由名字夸张响亮的公司运营——圣马可公司、威尼斯共和国公司、安康圣母公司。它们都是漂亮的木船，设计富有独特的威尼斯特色：在城市的船坞里建造（很多船坞都在朱代卡岛东端），通常安装的是英国或美国引擎。它们价格昂贵，装饰华丽，喜欢挂有流苏的帘子，装绣花的坐垫，船顶是白色的，船上飘着旗子，有时还放着桌子。最新的船几乎有一种活泼的风格，最古老的则像水上劳斯莱斯。

这些船的驾驶员被40马力和非常脆弱的锃亮的红木弄得有些扭曲，经常怒气冲冲的，有时候不能胜任工作，很是奇怪。无论是出租船还是私家船，驾驶员都有一副势利自负的模样，与坚强温和的驳船船主和渔夫很不一样：有时候，当他们船后的水流傲慢地泼溅到穷人（特别是我）的舷墙上时，会让我想起某个劫数难逃的落后王国里肆无忌惮的贵族骑着残忍的黑马从农民的庄稼地里跑过。

贡多拉的确与众不同，它与这座城市的天性如此相应，很难想象威尼斯没有了它会怎样。据说这种船最初源于土耳其，毫无疑问，它优雅高贵的姿态中带有金角湾、土耳其宫殿、侍婢和洒了香水的帕夏[1]的味道。显然它也与马耳他的船有关系：不久以前，你可以比较两种船只，因为当英国地中海舰队访问威尼斯时，常常带一名马耳他船夫，为船员提供廉价的运输，你可以看见他驾驶的色彩鲜艳的像蝴蝶一样的船在黑色的威尼斯船之间挑衅似的上下颠簸。"贡多拉"（gondola）这个词是什么意思，没有人清楚。有些学者提出这个词来源于希腊语"κόνδυ"，意思是茶杯；另一些学者则认为这个词来源于"κύμβη"，是希腊人给卡戎[2]的渡船起的名字；少数反浪漫主义者相信这个词来源于一个现代希腊单词，意思竟然是贻贝。我认为这很奇怪，在现代世界，这个词只有四个含义：一种美国火车车厢；一种飞船下面悬吊的船舱；滑雪缆车的车厢；威尼斯人的城市交通工具。

贡多拉只在威尼斯的船坞制造，这些船坞挤在城市偏僻的运河边上，一片烟雾和垃圾之中（有些船坞可以为你做和真船一模一样的精细的模型，只要你愿意出个好价钱）。贡多拉用好几种木料制造——橡木、胡桃木、樱桃木、榆木或松木，木料按照严格的设计进行切割，最后经过无数道修正工序，打造出一艘完美的船。如果根据古老的木刻工艺判断，第一艘贡多拉并没有如此生机勃勃，乘客从船头上船这一笨拙的做法决定了船的外形：现在的船型紧密贴合城市的需要，据说即使在潮水最低的时候，也只有两个地方贡多拉无法通过：一处靠近凤凰剧院，一处靠近圣欧达奇教堂。

1　旧时奥斯曼帝国和北非高级文武官的称号。

2　将亡魂渡到阴间去的冥府渡神。

贡多拉异常坚固。有一个爱冒险的怪人曾经乘贡多拉去的里雅斯特，八名船夫为他划船。我曾见过一艘贡多拉的船头在一次碰撞事故中被齐刷刷砍断，却仍然充满自信地浮在水上；我曾见过另一艘贡多拉在沉没几个月后被打捞上来，几天后就被修整得焕然一新；如果你的贡多拉被摩托艇拖着飞速穿过潟湖，船头高高昂起，咸水泡沫从你身边迅速流过，湖水猛烈拍打船腹，船却安然无恙，你就会知道船多么牢固，就像过去维多利亚时代的火车引擎，或者老式落地摆钟。

贡多拉的速度也非常快。有一次，一只贡多拉在圣乔治那边为参加划船比赛进行练习，我发现我的发动机外挂艇很难跟得上它的速度。两名贡多拉船夫可以毫不费劲地用不到两个小时把一对乘客从威尼斯送到整整六英里以外的布拉诺。一只贡多拉载了四个喋喋不休的乘客，船夫不紧不慢地划着船，却能轻而易举地跟上在运河岸上步行的行人。（尽管如此，当威尼斯共和国于1662年将一只贡多拉送给英国国王查尔斯二世作为结婚礼物，并送去两名船夫为他划船时，伊夫林仍然报告说"它的速度根本比不上我们的普通划艇"。）

现代贡多拉绝没有黑色小船舱，在诗人的眼里，这种船舱使得贡多拉原本暗含的忧郁色彩变得更加明显；但是，船仍然铺着厚厚的地毯，装配着黄铜海马、带靠垫的座椅、彩色的船桨，漆着一层厚厚的发亮的黑色清漆——自从16世纪禁止奢侈的法令颁布以来，贡多拉一直漆成黑色，尽管有时候你会看见一只为了参加划船比赛而漆成鲜艳的蓝色或者惹眼的黄色的贡多拉。所有贡多拉都一样，除了一些船型更大的航线固定的渡船和一种比赛用的像玩具一样的小船。贡多拉有标准的尺寸——船长36英尺，船幅5英尺。船身两侧故意造得不对称，这是为了抵消在船尾用单桨划船的船夫的体重。因此，如果你沿着船中央画一条想象的线，就会发现船的一侧比另一侧大一些。贡多拉没有龙骨，每只船大约重1 300磅。

船头带有费罗（*ferro*），这是一种钢铁装饰，通常在卡多雷地区的山镇制造，六只钢齿面朝前方，一只钢齿面朝船尾，一只像喇叭一样的齿片朝向上方。大多数人认为这种象征性标志非常浪漫，但是雪莱却将它比作"没有明显特征的闪亮的鸟喙"，科里亚特则含糊不清地说它是"形状像海豚尾巴的不自然的东西，鳍的表现极为做作，看上去似乎包了一层锡"。没有人知道它究竟代表了什么。有人说它是从罗马大型帆船的船头派生而来。有人说它是一把象征司法公正的斧头。还有人相信它再现了埃及葬礼用船上的钥匙的象征。贡多拉船夫们的想法则更加朴实。他们似乎都同意那六只面朝前方的钢齿代表了威尼斯的六个区，但至于其余几只钢齿代表了什么，他们的想法却千差万别。向上的那只钢齿代表了总督的帽子/威尼斯长戟/百合/大海/里阿尔托桥。朝向后方的钢齿代表了圣马可广场/朱代卡岛/总督府/塞浦路斯。船艏的金属条有时候被解释为象征了大运河，有时候被解释为象征了威尼斯历史。有时候，按照威尼斯特有的方式，费罗只有五只面朝前方的钢齿，而不是六只，这迫使人们不得不苦恼地重新评估整个问题：如果你有一天弄清楚了这个东西的象征意义，你还得弄明白它的目的——为了测量桥的高度，平衡船的两头，或者仅仅是为了装饰。总而言之，贡多拉的费罗是一个引人争议的象征：但是，在我心里，无处不在的弧形的闪亮的贡多拉就像古老灵符，威尼斯几乎没有什么景象比七八只这样的贡多拉在大运河的灯光里并排驶过更能引起人们奇妙的联想。

贡多拉的制造费用十分昂贵，而且，在夏天，每隔大约三个星期，它都必须被送回船坞，刮去水草，重新抹上沥青。由于贡多拉船夫在冬天几乎没有活干，所以不得不收取较高的船费，贡多拉船夫协会还时不时通过大量令人动情的海报宣布，除非市政府同意提高收费标准，否则最后一只贡多拉很快就要从威尼斯的运河上消失。16世纪，威尼斯曾有1万只贡多拉。今天只剩不到400只；但是，因为乘坐贡多拉是在威尼斯游览必不可少的体验，也因为贡多拉本身是威尼斯著名旅游景观不可缺少的一部分，所以它们不太可能完全消失。即使出于非常实用的考虑，贡多拉对于威尼斯人仍然很有用处，因为有几只贡多拉渡船在大运河上摆渡，其中有三只通宵营业（这些渡船有色彩鲜艳的篷子，通常装饰着绿叶植物和中国灯笼，不当值的船夫懒洋洋地躺在船上打发时光，有时候东拉西扯地争论些什么，或者逗弄大家一起养的猫，场面生动别致。）贡多拉船夫对于威尼斯的精神和自尊至关重要。市政府印发的手册里规定，"贡多拉船夫不得收取高于价目表规定的费用，包括小费，价目表必须张贴在船上"；但是，当你终于到达火车站时，他能想出各种办法规避这一规定，提高自己的收入，他那些轻松诙谐的谈话，他透露的一点点奇妙见闻，他对圣徒纪念日和古老习俗的了解，他告诉你的未必真实的历史趣事，还有他那双令人信服的眼睛，原来那么值钱，真是太妙了。

至于我自己，我愿意多付一些钱，就为了看他多么灵巧敏捷。开始，你会感觉贡多拉像一只黄蜂，隐隐有些不祥：但是很快你就会迷上它的风格，承认它是也许除了喷气飞机以外这个世界上最美丽的交通工具。他们说，每一只贡多拉都有自己独特的个性，这是由于木工手艺或者装配的细微变化而形成的，而贡多拉船夫则像技艺精湛的演奏家一样在这只精美的音箱上演奏。

他的有些姿势非常漂亮——尤其是在卡尔帕乔为他画的肖像中，在禁止奢侈法令颁布之前，他穿着条纹紧身衣裤，泰然自若地站在镀金船尾。船绕过急转弯时，有一个特别的柔和流畅的滑行动作，这让我情不自禁地想起滑雪时的转弯动作：双脚像跳芭蕾舞，脚趾分得很开；船桨提到腰际；身体柔软地转向与转弯相反的方向；贡多拉迅速地旋转，轻快地呼呼摇摆，船身歪歪扭扭，但绝不笨拙别扭，而贡多拉船夫则始终骄傲而平静地站在船尾。

他熟练地操纵着贡多拉急转弯时会发出一连串警告声，声音低沉，心神不安，像一只上了年纪的厌离世间的海鸟在鸣叫。瓦格纳住在威尼斯时，这种叫声强烈地感染了他，也许启发他（他自己如此认为）写出了《特里斯坦》[1]第三幕开始时牧羊人笛子的哀号声：这种叫声是威尼斯真正发自内心的呼喊，因此在两次世界大战期间停电时，行人也学会了如此叫喊，在情况复杂的街角用叫声发出警告。警告的基本用词是"左边"和"右边"：但是很难弄清这两个词是如何使用的。例如，罗斯金模糊地观察到，"在任何情况下，如果两名贡多拉船夫相遇时出现了从哪边通过的问题，当时对船的控制能力最弱的那位船夫就会对另一位船夫发出叫喊，如果他希望双方船只右侧相对驶过，就会叫"左边！"如果他希望双方左侧相对驶过，就会叫"右边！"其他作家则比罗斯金更容易满足，他们相信贡多拉船夫往左走时就会叫"左边！"往右走时就会叫"右边！"贝德克尔显然被这整套办法难倒了，只写下一个难以发音的叫喊声"啊—哦唷！"（*A-Oel*）——他不自然地说，这个词的意思是"当心！"诗人蒙克顿·米尔恩在关于这个问

---

1 《特里斯坦与伊索尔德》，德国作曲家威廉·理查德·瓦格纳的一部歌剧。

题的几行诗中这样描写贡多拉船夫的叫喊声：

> 噢！耳中声音渐渐变弱，就像景上灯光渐渐变暗，
> "我过来啦——左边！——但我不会为你停步不前！"

现在，船夫们似乎变换了叫喊声。我经常听到老式的叫喊，但是，似乎通常现代船夫只叫一声"哦哎"（*Oi*，贝德克尔的翻译仍然可以用）。我知道一位现代船夫，当他从大运河迅速拐进圣特罗瓦索运河时，会习惯性地把手指放到牙齿上，发出刺耳却有效的哨声。

划贡多拉绝非易事。反向划桨和正向划桨一样吃力，因为桨片不能露出水面，这样才能让船头保持笔直；娴熟的划桨动作——特别是在紧急情况下——取决于船桨从复杂的桨架（看上去像石化的森林里分叉的树桩）里瞬间进出的动作。要观赏最为高深的技艺，可以在大运河贡多拉摆渡码头花十分钟看船夫工作。他们的动作如此整齐划一，简直令人不可思议。每只贡多拉上有两名船夫，仿佛受到某种感官以外的联系所制约。他们用优美华丽的动作让船准备靠岸，迅速利索地从桨架中抽出船桨，用船桨刹住船只，船在一阵水花中靠岸了，他们则用讨人喜欢的擅长表演的眼神扫视着岸上的观众。

船只、操船技术和有关船的学问、传说是威尼斯的一半魅力所在。但是，不要以为威尼斯人从不看一眼汽车。当然，在罗马广场，或者利多度假岛，随便哪一天都可以看到汽车，但是，汽车有时候甚至会开到圣马可广场附近。在浮码头附近的滨海码头，常常可以看见汽车在围栏后面开来开去，有时候还可以看见

一辆大型柴油卡车挂着拖车从慕尼黑径直开到这座海上城市的内环。特别是举行重大庆祝活动时，相关部门会将载有电视和扩音器的卡车停在圣马可广场，而工作人员则坐在角落里，躲在石柱廊下，满脸明显的局促不安的神情。第二次世界大战结束时，英国人来到威尼斯，将水陆两用车开到了史基亚弗尼河滨大道。汽车（还有火车车厢）常常由渡船运过内潟湖。有一次，我从窗户看出去，看见邻居家前门外面，大运河上，停着一辆很大的搬家卡车：这辆车由驳船从运河上运来，司机正坐在方向盘后面吃三明治。

13. 威尼斯的石头

威尼斯有很多房子并不建在运河上，因此乘船无法到达：但是，城里没有什么地方不能步行到达——只要你有一张好用的地图，一双结实的鞋子，一副开朗的性格。运河决定了威尼斯的形状和格局。一条条街道像一根根金银丝，镶嵌在运河之间。威尼斯是一座由小巷、隐蔽的院落、桥梁、拱廊、弯弯曲曲的通道、死胡同、码头岸边、被伸出来的屋檐和阳台遮住了天光的幽暗偏僻街道以及突然洒满阳光的广场组成的迷宫。这是一个狭窄、拥挤、杂乱的地方。它的河流波光粼粼，从潟湖对面看过来，它显得宽阔敞亮，但是它的街道却常常让我想起某个古老发霉的监狱里的走廊，华丽却陈旧。这是一座布满石头的城市。只需在威尼斯住几个星期，你就会开始渴望高山或草原或广阔的大海。（但是，当你把床单系在一起，拽着它跳过墙头时，很快你就会怀念那座监牢，真是令人意想不到。）

威尼斯的街道和广场分成几个不同的等级。芳达门塔（*fondamenta*）是码头周围的道路，通常宽敞通风。卡勒（*calle*）是小巷。萨里扎达（*salizzada*）是铺砌石块的小巷，曾经非常罕见，因此值得与其他小巷区别开来。鲁加（*ruga*）是两边店铺林立的街道。里瓦（*riva*）是水边散步道。里奥·泰拉（*rio terra*）是被填的运河，派西纳（*piscina*）则是曾经的池塘。此外还有克罗西拉（*crosera*）[1]、拉莫（*ramo*）[2]、索托－波提科（*sotto-portico*）[3]、科特（*corte*）[4]、坎波（*campo*）[5]、坎皮耶罗（*campiello*）[6]和坎帕佐（*campazzo*）[7]。威尼斯有一座大型广场（Piazzale，停车场旁边的罗马广场），两座小型广场（Piazzetta，圣马可大教堂两边各有一座）。但是只有一座真正尊贵的广场，即城市中央令人惊叹的圣马可广场，拿破仑称之为欧洲最精美的客厅。

从钟楼望去，城市的每一个区都围绕着自己的广场，这座广场通常被称作"坎波"（*campo*），因为在城市刚刚建成的时候，这里曾经是泥泞的旷野[8]。威尼斯最有趣的与教堂为邻的广场是圣保罗广场、圣马利亚福摩萨广场、圣贾科莫广场、圣斯德望广场、圣玛格丽塔广场——第一座广场非常华贵，第二座广场非常娇媚，第三座广场非常粗糙，第四座广场非常优雅，第五座广场快活随和。在这样的广场上，通常看不到河水，运河都远远地藏在房子后面，一切都让人感到坚硬、古老、富有都市特征。用导游的话说，这"非常典型"。

例如在圣玛格丽塔广场中央，有一座莫名其妙的正方形小房子，很像英国古老的市政厅。那里曾经是皮毛制造者行会，现在是一个政党在本地的办公室。广场一头有一座古色古香的塔楼，过去曾是教堂，现在成了电影院，另一头是卡尔米尼教堂高高的

---

1 *crosera*，十字路口。

2 *ramo*，小巷的分支，但并不一定比小巷更窄。

3 *sotto-portico*，房屋间门廊式的巷弄。

4 *corte*，中庭。

5 *campo*，威尼斯方言"广场"，通常为教区内与教堂为邻的广场。

6 *campiello*，威尼斯方言"小广场"，小型的*campo*。

7 *campazzo*，可能是*campiello*的另一种叫法。

8 *campo*的原意为"旷野"。

红色钟楼，楼顶有一个发光的圣母。在这三座地标性建筑之间，威尼斯风味各异的活动热热闹闹地展开，把广场变成了一座小城市，在这座"城市"狭小的范围里，几乎可以找到合理生活所需要的任何东西。一家银行坐落在一幢漂亮的老式木头房子里；三四家咖啡馆的收音机吱吱嘎嘎地发出刺耳的声音；一家黑黢黢的酒店，里面显眼的位置放着一台巨大的电视机，难对付的老太太经常光顾那里；一家二手衣服店；一家乳品店，两家各色货物一应俱全的杂货店，还有一家可爱的老派药房，里面满是粉红色瓶子和镶板。色彩鲜艳的报亭旁边，摊主正透过电影明星之间的空隙盯着顾客，仿佛一只睡鼠在一点点地啃咬杂志。布商的店铺因为堆满了羊毛衣料和厚厚的长袜而透出温暖；烟草店里从别针到邮票什么都卖；每天早晨广场上都有市集，摊位上遮着色彩艳丽的布凉篷，鱼在扭来扭去，蔬菜长着嫩芽。

和很多其他的威尼斯广场一样，圣玛格丽塔广场不是一个复杂的地方。没有优雅的社交名流坐在咖啡馆里。没有女演员交叉着暴露的大腿坐在战争纪念碑的台阶上。过路的游客边看着地图边匆匆朝更加宏伟壮丽的地方走去。但是，要品味威尼斯的性情，最好不过的方式就是在这样的环境里坐一两个小时，一边呷着威尼托的廉价白葡萄酒，一边看着这个独特的小世界从身边经过。

威尼斯的小巷像细细的根须，从各个广场延伸出来，据说这样的小巷一共有3 000多条。小巷总长90多英里，但有些太狭窄了，几乎无法通过。勃朗宁发现一条无法打伞通过的狭窄小巷，感到非常高兴。据说最窄的是圣贾科莫附近的祖托石板巷，只有$2\frac{1}{2}$英尺宽，肥胖人士只能斜着身子通过——如果他们不感到难为情的话。威尼斯的小巷通常有非常可爱的名字：卷发女人巷；朋友之爱或吉卜赛之爱巷；思想填土运河；谚语宽巷；火烧第一巷和火烧第二巷——那是为了纪念17世纪的大火；猴街或剑街；盲人巷。不久之前，在人们的脸皮变薄之前，曾经有一条肮脏巷。

这些小巷往往不可预测，具有欺骗性。它们冲着又黑又深的运河戛然而止，猛然冲进拱廊，或者尽头毫无征兆地出现令人窒息的美景。这些小巷也有误导性，因为你会经常发现小巷尽头若隐若现的宫殿其实在一条宽阔水流的另一边，必须绕一个大弯才能到达。这意味着威尼斯的房子虽然相互挨得很近，却不一定是邻居。这一情形导致了一种复杂的手势语的出现，令女佣们可以用手势语隔着老远相互交谈，或者让人们隔着深深的运河轻松调情：我曾经见过一个年轻人正从这样一条运河对面向一位姑娘飞吻，这时他的窗玻璃好管闲事地砰的掉了下来，极大地打击了他的自信。小巷里的神秘、秘密和浪漫总是那么令人着迷，特别是如果你和威尼斯人一样，学会了"在夹弄里穿行"，或者静悄悄地在从房子之间穿过的巷弄里闲逛，像城里迅速跑过的黄鼠狼。

威尼斯弯弯曲曲的街道上曾经举行过赛跑，如果你掌握了侧身跨步和强行攻击的正确技巧，就可以沿着这些街道飞奔。但是，在威尼斯走动的最好方式是在细心分析的基础上并用各种方法。你可以花半个小时从里阿尔托桥走到诸圣教堂；但是如果你熟悉这里，就可以搭乘直达圣萨谬尔教堂的古老的蒸汽船——乘贡多拉摆渡去雷佐尼科宫——沿着夹弄穿过摆渡巷、巴尔纳巴·伦加巷、图尔凯巷、博尔戈道、埃雷米特道、弗拉里巷、诸圣河路——转眼之间你就气喘吁吁地出现在诸圣广场，到了。

"往右拐，"老高波寻找夏洛克的家时朗斯洛特对他说，"你在拐下一个弯的时候，往右手转过去；到一次转弯的时候，往左手转过去；再下一次转弯的时候，哪边也不用转，弯弯曲曲地转下去，就转到那犹太人的家里了。"

"哎哟老天啊，"那老人答道，"这路可不好走啊！"——哦老天啊！他可说对了。

很多世纪以前，威尼斯人环顾这奇特的环境，考察了希腊、罗马和拜占庭的最佳模式，设计了自己的房子。从那以后，他们的建筑曾被许多昙花一现的品味所修饰，他们的风格曾受许多起伏变化的运势的影响，以至于今天的威尼斯成了民居建筑的大杂烩，房子如此紧凑拥挤，有时候让人感觉这座城市就是一座巨大的参差的石头山丘，从潟湖的水面不规则地伸出来。

典型的威尼斯房屋始终是古老贵族的宫殿。宫殿在城市里随处可见，在僻静的小巷里，在人迹罕至的庭院里——最好的现代威尼斯导游指南认为334座这样的宫殿值得一提。很多不起眼的古老的门廊后面其实是一座可爱的房子，肉铺和食品杂货店往往建在小巧精致的15世纪的宅第一侧。在大运河边，你可以看到最出色最富丽堂皇的大房子，这些建筑出自三个不同寻常的时期——拜占庭时期、哥特时期、文艺复兴时期——导游指南的作者一眼就能分辨出这些时期的特征，而我却很难分辨。有些房子非常老旧，却有着迷人的魅力。有些已被无情地修复，有些令人陶醉，有些（在我看来）却令人惊骇。有些简单而端庄，有些却极其美丽浮华，有着沉重的门廊，檐口上有着丑陋的方尖塔。这些房子，至少这些哥特风格的房子，是威尼斯所独有的：但是，当蒂芙尼先生和合伙人想在第五大道建造一座珠宝大厦，当陆军和海军俱乐部委员会计划在蓓尔美尔街[1]建造新场所的时候，所有绅士都将羡慕的目光投向大运河，然后在自己的国家建造了威尼斯式的宫殿。

宫殿的基本设计高尚又实用，显然沿袭了罗马和拜占庭风格。典型的宫殿大体上呈长方形，但正面（朝运河的一面）比背面（朝小巷的一面）宽很多。房子有四层、五层或六层。大门宽敞，面朝河水，小船系在很粗的油漆过的柱子上——除非房子一侧有船屋，就像其他地方的房子有车库。后门不太显眼，面朝小巷，或者面朝有着高高围墙的往往被人忽视的花园。如果房子非常庄重，那么庭院可能铺了石板，有一口井，宽敞的楼梯从院子里通向楼上，就像大马士革和巴格达的房子一样。

宫殿底层是门廊和船坞，冬天，私人贡多拉就停在那里，远离水面，干燥而神秘，贵族商人在那里储藏一匹匹丝绸，一捆捆象牙，一块块挂毯，各种香水，甚至发抖的猿猴——"从的黎波里、墨西哥和英国运来，"莎士比亚充满想象力地写道，"从里斯本、巴巴里[2]和印度运来。"一楼叫"夹层"，是整座房子的商业区，商人们在那里算账、订协议、解雇不诚实的仆佣。二楼叫"主层"，是房子最优雅的部分，专为尊贵主人的享受而设计。这一层有一个长长的幽暗而气派的中心大厅，往往从房子一头延伸到另一头，外面有一个俯瞰运河的宽大阳台，两侧各有一个凹室，窗户临水而开。大厅两侧先是卧室，接着是狭窄的卫生间、更衣室和各种办公室。

主层以上，富丽堂皇渐渐退去，一层更比一层狭小，最后，

1　蓓尔美尔街（Pall Mall），伦敦一街名，以俱乐部多而闻名。

2　巴巴里（Barbary），埃及以西的北非伊斯兰教地区。

在最高的阁楼上，杂乱无章的屋顶上有一座木头平台，原本是一个私密的空间，威尼斯的太太小姐们在那里让太阳把头发的颜色晒得更淡，但是，现在这里通常用来晾晒洗过的衣服。房子可能曾经装饰了很多壁画，堆满了各种装饰品，直到今天，当阳光很好的时候，有些装饰仍然依稀可见：现在房子却泛出红色、棕色，或石头的颜色，唯一使它具有生气的是像理发店的旋转彩柱一样色彩鲜艳的系船柱、鸟笼和上了年纪的威尼斯妇女喜欢用来装饰窗户的盆栽植物的叶子。

这些房子正面涂抹和粉饰着多年来发展变化的纪念品：一个接一个修建者留下的零零碎碎的装饰，就像岩洞里的贝壳。每一个窗台上都放满了小天使、胖娃娃、卷轴和狮子，有时候，屋顶上竖着巨大的金字塔形的尖状物，像佩特拉[1]的岩石寺庙。威尼斯宫殿的侧面尤其会被这些不断堆积的东西变得极其复杂。我曾经仔细察看我家附近一座房子的侧立面，发现在穹顶塔楼和铜质风向标下面装饰着三种不同设计的四个烟囱管帽；八种不同形状和大小的五十三扇窗户，其中两扇被遮挡，三扇装了格栅；一座旋转式楼梯的窗扉；十二根U形铁钉；八块嵌进墙面的白色石件；一块损坏的纪念石板；一个意义不清楚的长方形雕花饰品；四个扶壁；五个露在外面的烟囱烟道；零散的光秃秃的砖块、水泥、管道、石雕和嵌入式拱门；很多分散的瓷砖碎片；水边有一个沉重的水泥加固物；一块地毯挂在外面晾晒；三楼窗户旁边站着一个神情困惑的女佣；还有一段记录了某位著名法国女演员曾居住于此的铭文。

这些奇怪的房子中最大的几幢——尽管比英国贵族的乡村宅

1　约旦古城。

第小得多——确实非常大。（这些房子的主人往往也在大陆有公馆：皮萨尼家族有50座这样的别墅，威尼托的一座房子一次可以招待150位客人及其侍从——这座房子有两座小礼拜堂、五架风琴、一个音乐厅、一台印刷机和两座剧场。）在威尼斯建立初期，所有市民都住在几乎一模一样的房子里，"以表示他们在所有方面都平等一致"：后来宫殿成了财富和成功的象征，和左邻右舍攀比的最浮华的方式。

很多故事都证明了古老的威尼斯房屋主人在建起这些宏伟的家时的骄傲。有一个故事说，贵族尼科洛·巴尔比太盼望搬进新的巴尔比宫了，他在建筑工地对面的一只小船上住了几个月：唉，他感染了风寒，还没来得及住进大厦，这位可怜的巴尔比就死了。另一个故事讲的是一位心意已决的追求者，他拒绝了一位小姐，因为他在大运河上没有一座宫殿。他毫不迟疑地建了一座宫殿，这座宫殿太大了，就像他说的那样，其中每一扇主要的窗户都比他岳父的宫殿的正门大：这位年轻人的房子就是格里马尼宫，现在成了上诉法庭，而老岳父的宫殿则是科齐纳－提耶波罗宫，和格里马尼宫几乎正对面。第三个故事说圣杰雷米亚教堂旁边的弗朗基尼宫曾经是现在的两倍大，但是，两个兄弟共同继承这座宫殿之后，其中一个兄弟在因嫉妒而产生的一阵狂怒中拆毁了属于自己的那一半。据说，里奥纳狮宫一直没有建成，因为位于正对面的庞大的科雷尔宫的主人强烈反对：显然这会是一座巨大的宫殿，这可以从科雷尔博物馆内的一个模型看出来。雄心勃勃的雇佣兵队长显然是要把美术学院附近的斯福尔扎公爵宫建成一座城堡，而不仅是一座住宅，这就是它一直处于仓促状态的原因，楼梯非常宽大，房子却并不高。

戈蒂埃曾经说过，大运河是威尼斯贵族的登记簿——"每一个家族都将自己的名字刻在了不朽的建筑正面。"文德拉明宫是瓦格纳去世的地方,这座宫殿由罗雷丹家族建造,按照贵族继承顺序先后由布伦瑞克公爵、曼图亚公爵、卡拉基家族、格里马尼家族、文德拉明家族、巴利公爵夫人(亨利五世的母亲)和格拉齐亚大公继承。在威尼斯衰退时期,这些宫殿里举办过无数美妙的聚会。福斯卡利宫的庭院里曾经有过纵犬袭击公牛的游戏,有时候人们在前门外的运河上架起平台,在上面跳舞。

就在几年前,一场传奇般奢侈华丽的舞会在圣杰雷米亚教堂边的拉比亚宫举办,大运河上最豪华盛大的聚会仍然是旅游旺季最重大的活动之一。但是,极少数较大的宫殿现在仍然是私人住宅,即便是私人住宅,它们的主人也通常不是威尼斯人。一两个贵族家庭仍在维护他们的老宅,通常不让这些老宅处于公众关注的中心;但是,可能这些宫殿的每一层都由不同的家庭成员继承,由一位监护人或管家使家务保持体面的完整性。

很多其他的宫殿现在成了各种机构——占据了两座宫殿的市政府、现代艺术博物馆、冬季赌场、弗朗凯蒂美术馆、雷佐尼科博物馆、国际艺术与服饰中心、双年展总部、自然历史博物馆、地方辖区办公室、市典当行。一些最精美的宫殿变成了旅馆。有些成了办公室,有些成了古董店,一座成了镶嵌工艺创作室,两座成了威尼斯玻璃制品展厅。更多的宫殿成了公寓,大多数租金昂贵(尤其在大运河南端),有些非常华丽。这些建筑的所有权可能相当复杂,经常按楼层划分,因此一位房东拥有房子顶层,另一位拥有中间几层,第三位拥有花园和水闸,第四位拥有通往僻静小巷公共地方的小路。有时候,所有权会延伸到房子外面的部分人行道。在里阿尔托桥附近,有一座房子的花园门突兀地伸进门前的小巷。在园门与小巷墙壁之间形成的夹角对面,人行道上放着一块石头，在园门口和墙壁之间围出大约两平方英尺的地方，上面刻着这几个字："私人物业"。有一次，我把一只脚跨进这道神秘的分界，跨进界线那边禁止入内的几英寸地方：果然，威尼斯的传统力量如此强大，一阵奇怪的刺痛迅速传到我的腿上，就像超自然的警告。

不要根据威尼斯房屋的门廊是否富丽堂皇来判断房屋本身是否豪华，尤其如果房子建在远离大运河的地方。当然，威尼斯有很多贫穷的房屋，单调乏味、规格一致的出租屋，阴暗沉闷的村舍，甚至残留的最底层的贫民窟。有些人家看上去很脏，但那只是表面现象。房子的楼下可能阴冷潮湿，杂乱无章，年久失修，或者甚至显得不祥：但是一旦你走进去，穿过陈旧昏暗的过道，爬上摇摇晃晃的楼梯，经过主套间的黑色大门，沿着一两条发出回声的黑暗走廊爬上几级摇摇欲坠的楼梯——突然之间，在厚厚的帘子后面，你可能发现自己来到了几间最明亮最雅致的房间，它们被藏在幽暗之中，就像珍珠藏在布满疙瘩的牡蛎里面。（不管怎样，威尼斯人总是喜欢在户外生活，每一个夏天的傍晚你都可以看到无数快乐的市民带着编织物和报纸来到河边的咖啡馆或码头和船坞边的饮食店。）

也不要以为威尼斯没有花园。冬天，当所有这些建筑物组成的迷宫冻得冰冷，关上了百叶窗，变得萧条，它能感受到城市极度的荒芜，渴望绿色、活力和生气。这可能令人误解。威尼斯的石块之间藏着几百座花园，被铸铁大门和古老砖墙保护着，你只能匆匆瞥一眼园里的紫藤花，或匆匆吸一口金银花的香味。威尼斯人喜欢花。卖花人随处可见，有些花店可以买到能吃的玫瑰香精，或者能裹上面粉油炸的一束束橘黄色葫芦花。威尼斯也有树——拿破仑公园里有几百棵松树，像军队一般分列路边；几座广场都栽了漂亮的悬铃木；很多私家花园里都种了桃金娘、月桂、夹竹桃、石榴、柽柳和棕榈。一位博学的人曾经告诉我，圣匝加利亚广场甚至有"一棵真正的孔雀木"，——对这个说法我只能用充满敬意的沉默来接受。

威尼斯这些充满绿意的地方有一种诱人的神秘和幽静，里面往往散布着古色古香的塑像和雕刻，猫咪经常在这里徘徊，杂草丛生的古老水井使这里显得庄严高贵。在曾经是威尼斯花园之岛的朱代卡岛上，现在仍有一两座茂盛的花园，与潟湖相连，园中花草浓郁的芬芳像一朵云，飘荡在湖水上方；甚至在城市正中心，也没什么是理所当然的，闲人禁入的庄重的房子常常藏匿着令人欣喜的绿荫。在古老的圣母马利亚会女修道院后面，高高的围墙里面，有一座菜园（由披着斗篷穿着胶靴的修女照料），园子很大，栽培的蔬菜种类丰富，仿佛有人从托斯卡纳[1]的农场偷了一块地，搬到了这里；在里奥纳狮宫低矮的屋顶上，可以看见花园里高大茂密的树丛，这是一个激起深深忧郁的地方，像美国南部的种植园。

这样的地方往往不对公众开放。威尼斯大多数的花园都小心翼翼地上了锁，陌生人无法进入。在朱代卡岛整个南岸，现在只有一处地方可以让普通人去水边漫步。要看穿胶靴的修女工作，你必须说服当地某位友好的家庭主妇，允许你到她家的屋顶上，越过墙头看她们。威尼斯的草木丛中几乎没有长凳，那里不鼓励人们嬉戏，而河滨大道尽头大公园里的长凳则几乎总是坐满了人。

确实，威尼斯人并不总是对花园怀有深厚感情。很多非常美丽的私家花园受到无情的忽视，另一些花园则被简单粗暴地展示

---

1 意大利中部大区，以美丽的自然风景和丰富的艺术遗产而著名。

给游客。我的邻居最近心血来潮，雇用了一位园艺师，重新整理迄今为止杂乱荒芜的花园。园中的一切都按照书里的描述订购，配齐了草坪、小径、花境、几棵小树和一扇有黄铜标志的园门。园丁们干活卖力，技巧娴熟，一个月之内就建成了一座崭新的花园，像账簿一样整整齐齐、中规中矩、有条有理：不久之后，花儿开放时，我看到这家的女主人手里拿着商品目录在玫瑰花丛中漫步，以确定她订购的花都在这里了。

在小巷与水道交汇的地方一定有一座威尼斯式的桥。正如伊夫林所观察到的那样，桥梁"将城市连接在一起"。威尼斯每平方英里所拥有的桥梁比世界上任何其他地方都多——多达450多座，大至巨型双跨堤道，小到朱代卡岛上精致的私家小桥——如果你打开边门，从木板上走过，这座桥会引你来到希腊女王花园。威尼斯有拳头桥秸秆桥诚实女人桥殷勤桥谦恭桥小桥长桥天堂桥天使桥叹息桥，拜伦曾经站在叹息桥上，沉浸在多愁善感却出于误会的幻想之中。

拱桥将运河变成了公路；但是，直到今天，威尼斯的桥仍然十分低矮、昏暗、狭窄，贡多拉船夫不得不蹲在船尾才能从桥下通过，乘客们则紧紧抓着新草帽，听着自己的回声哈哈大笑（如果流水的倒影映照在桥下，那么从桥下经过就像从无声的瀑布下面滑过）。无处不在的桥造成了威尼斯人独特的干脆迅速的步态，也是不习惯威尼斯的游客脚踝肿胀和脚跟不稳的重要原因，这些游客在游览一天之后，一瘸一拐地回去泡澡，让自己恢复精力，发誓称那是最难得的享受。

早期威尼斯的桥由马、骡子和人共用，因此桥上有斜坡而没有台阶。桥是用涂了焦油的木头造的，桥边没有挡墙，这可以从卡尔帕乔的作品《里阿尔托桥上真十字架圣物的奇迹》中看出。

今天，斜坡已经消失不见，但是慈悲教堂旁边的圣费利切运河上仍然有一座没有挡墙的桥。现在，大多数不太重要的桥都是单跨桥，桥拱较高，用石头建造。也有几座平的木头桥，行人可以从人行道的台阶走上桥去，就像英国的铁路桥。卡纳雷吉欧运河上有一座三拱桥。靠近罗马宫有一个古怪的地方，五座不同的桥在这里汇合，各自的台阶和不同的方向让人摸不着头脑。有一些私家桥，在宫殿巨大的木门前盛气凌人地戛然而止。有几座铁桥，部分起源于英国。在一年中的某些时候，波河河谷驻地的意大利部队工程师甚至会架起浮桥。11月，大运河上架起一座通向安康圣母教堂的桥。7月，为了纪念人们从另一场瘟疫中被解救出来，他们在宽阔的朱代卡运河上架起一座通向救主堂的桥（30小时之内，船只禁止进出威尼斯内港）。过去，在万灵节，他们还曾经架起通向圣米凯莱公墓的桥：但是，今天，在悲伤的时刻，水上巴士会载你到墓地旁边。其他时候，威尼斯的小桥数量太多，太不引人注目，彼此太相像，你可能在半小时之内走过十座或二十座桥，却几乎没有注意到。

大运河上有三座较大的桥。直到上个世纪[1]，大运河上只有一座桥，即里阿尔托——所有威尼斯人都一丝不苟地称之为里阿尔托桥，在他们的记忆中，里阿尔托不是一座桥，而是一个区。这座桥所在的位置曾经造过几座桥。第一座是架在一排小船上的浮桥。第二座在1310年蒂耶波洛叛变中反叛者越过运河逃跑时断了。第三座在1444年费拉拉侯爵夫人婚礼游行时塌了。第五座，即卡尔帕乔画中的那座，中间有一座可以开合的吊桥。1452年，吊桥被暂时移开，好让匈牙利国王和奥地利公爵以合适的方式通

1　应指19世纪。

过；许多年来，它摇晃得太厉害了，一位编年史作者描述它"已被侵蚀一空，仿佛奇迹般悬在半空中"。

第六座是16世纪一场著名的建筑竞赛的主题。桑索维诺、帕拉迪奥、斯卡莫齐[1]、焦孔多修士，甚至米开朗琪罗都提交了设计方案（据说米开朗琪罗的设计方案可以在博纳罗蒂之家[2]看到）。大多数参赛者都主张造多拱桥，但是有一位叫安东尼奥·达·蓬特的参赛者提出造一个很高的单拱，由1.2万根桥桩支撑，跨度90多英尺，高24英尺，宽72英尺。这是一个大胆的方案。达·蓬特是共和国官方雇用的设计师，而国家几乎从不宽容雇员的错误——桑索维诺本人很快就因为他所设计的新图书馆不幸倒塌而被关进监狱。然而，达·蓬特的设计仍然被采用了，两年后桥被建了起来。从那以后，这座桥一直是人们辩论的话题。当时很多威尼斯人不喜欢它，或者嘲笑它是一个不可靠的大白象[3]；当整洁的桥拱上开满了现在美丽如画的商店时，很多其他人表示反对；直到最近，谴责它笨重和毫无价值一直是一件时髦的事（尽管几位著名画家都深情地为它作画，包括透纳[4]，他在一幅丢失的作品中描画了它）。

从构造上看，这座桥是一个巨大的成功——在1797年的暴乱中，人们甚至从桥的台阶上开炮，驱散暴徒；至于我本人，我不会换掉桥上的哪怕一块石头。我喜欢这座桥上靠车站一侧古怪而古老的圣马可和圣西奥多的雕像。我喜欢另一侧的天使报喜雕像，

---

1 斯卡莫齐（Vincenzo Scamozzi, 1548-1616），16世纪威尼斯著名建筑师。

2 博纳罗蒂之家（Casa Buonarroti），原本是米开朗琪罗的一处房产，后被改为博物馆，专门展出他的作品和其他物件。

3 大白象（white elephant），指很贵重、需要很高费用维持却很难有巨大经济效益的资产。

4 透纳（Joseph Mallord William Turner, 1775-1851），英国浪漫主义风景画家，作品对印象派发展有很大影响。

一边是天使，一边是圣母马利亚，中间的空中则是安详的圣灵。我喜欢它奇特的拱架，像鲸鱼背一样隆起，下面是市集和市集上坚决面朝里面的挨得紧紧的商铺。我认为，大运河最美妙的瞬间之一就是，当你迅速转过鱼市旁边的弯道，看见里阿尔托桥出现在你面前的时候，它和你一直以来所想象的完全一样，是全世界家喻户晓的形象之一，是威尼斯少有的亲切友好的名胜之一。

又过了三个世纪，它仍然是大运河上唯一的一座桥。直到1848年，奥地利士兵仍然只需要关闭里阿尔托桥，就可以预防有人步行前来搞破坏。后来，水道上架起了两座铁桥，一座在火车站旁边，一座靠近美术学院。这两座桥平坦、沉重、丑陋，有时候学院桥也被称作英国桥，这是个讽刺和喜爱参半的名字。两座桥都在20世纪30年代后消失：由于水上巴士的体积变大，它们不得不被换掉。新的车站桥是漂亮的石桥，比里阿尔托桥高很多。新的学院桥的尺寸完全没有改变，但是由于资金短缺，改由涂了焦油的木头建造（暂时如此，他们快活地说）——回到了威尼斯造桥使用的最原始的材料。

有一件不同寻常的事情。大运河——世界上最光彩照人的水道——上只有这两座现代桥梁；但是，不久前的一天，我搭乘去百合圣母教堂的水上巴士，走到凤凰剧院，穿过圣方坦广场，在第一个转弯处向左拐，在第三个转弯处向右拐，沿着小巷再向左拐，然后敲了敲右边第三座房子的门，一个快活的管家从楼上露出脸来，仔细打量了我一番，门咔嗒一声打开了，我发现自己在和设计了这两座桥的建筑师握手——这两座桥是我们时代的任何人所能为自己建造的最非同寻常的纪念碑。

14. 市 政 服 务

　　威尼斯人必须将所有现代城市生活设备添加到他们杂乱的城市里。工业通常建在城市周边或大陆，与城市保持一定距离，但是几十万人口在市区生活、选举和缴纳税费——税收人员经常出现，拿着发票簿在经过加固的小巷里一步一拖地走过，真让人不知所措。威尼斯和任何一座其他城市一样，必须雇用警察、用电、用水、清扫，它必须改变所有技术，以适应它奇怪而古老的环境。

　　以前，威尼斯人曾经饮用雨水，不足部分用布伦塔河水补充。河水通过沟渠被引入精心设计的蓄水池，经过砂滤器进行净化：威尼斯广场的雕花水井常常是巨大的地下蓄水池出口，有时候储水罐几乎占据了整个广场的地下。（这些蓄水池有时候仍然盛满了水，源源不断地为顽强地钻出人行道石缝的绿色植物提供水源。）1884年以后，饮用水通过从大陆的特雷巴塞莱盖自流井引出的水管输送过来。水被储存在圣安德烈亚附近的几座水库里，水质非常好，甚至贝德克尔也打算推荐。第一次世界大战期间，地下某处输水管道爆炸了，只有不为人知的迅速的工程行动才阻止了灾难：今天，即使干旱季节供水也十分充足，一些公共场所的自动饮水器整天都在欢快地喷洒。

　　电力从山上的高压线铁塔穿过潟湖向城市输送。汽油用驳船、轮船和油罐卡车运来——威尼斯有好几个加油站，包括圣马可附近的一个和大运河边的一个。煤气厂小心地藏在北面圣弗朗切斯

155

科教堂附近，远离喋喋不休抱怨的纯粹主义者。市屠宰场靠近火车站：每周两个早晨，牛群从铁路运来，经过屠夫广场和屠夫巷，建筑周围的水被它们的鲜血染红。广播电台和市营赌场都在文德拉明宫[1]，隔音墙、装饰华美的壁炉、赌桌、大理石柱、白鼬毛皮和爵士乐同时并存，非常刺激。

电话局占据了圣萨尔瓦多教堂附近一座漂亮的修道院。监狱阴郁地立在停车场附近摇摇晃晃的仓库区，由圣马可的狮子守护着。如果你在探监的日子经过那里，可以透过敞开的门看见可怜的囚犯隔着栅栏严肃地和家里的女人说话。疯人院、隔离医院、老人院和结核病疗养院都建在潟湖的岛上。消防局在大运河边福斯卡里宫附近一座隐蔽的拱形建筑里，红色的旧摩托艇闪着警惕的亮光：发生火警时，引擎猛地发动，冲力如此巨大，一只小船最近由于热情高涨而错误判断了一个动作，撞上了一座宫殿的侧面，把宫殿一角完全撞歪了。牛奶用卡车从大陆运来，用驳船分送，奶瓶在朦胧的晨光中轻轻地叮当作响——虽然60年前，除了英国人养的牛群，安杰洛·拉法埃莱广场和圣玛格丽塔广场都有牛棚。音乐学院坐落在学院桥附近一座巨大的文艺复兴时期的宫殿里，并不那么有魔力的铜管乐的旋律不断从宫里飘出，从水面飘过。税务局在圣斯德望广场的修道院里办公：这里总是一个富有争议的地方，波尔代诺内[2]受委托在这里创作一系列以圣经为主题的壁画，据说他工作时佩戴着剑和盾牌，以防可怕的对手提香从拱道怒气冲冲地闯进来。

几种不同的警察保证了威尼斯的安全和运行。一种是装备奢

---

1 威尼斯有两处市营赌场，夏季在利多岛，冬季在文德拉明宫。

2 波尔代诺内（Pordenone，1484–1539），意大利文艺复兴画家，擅长壁画和版画。

佟的宪兵，三角帽和闪亮的剑柄之间往往有一张年轻茫然得令人不安的脸。一种是国家警察，穿着普通的灰色制服，显得毫无生气，他们和犯罪打交道。一种是城市警察，穿着漂亮的蓝色制服，他们负责交通管理，你经常可以看见他们驾驶着玩具一样的小型快艇在大运河上警惕地巡逻。在威尼斯驾船不需要驾驶执照，但是如果你船上的引擎大于三马力，就必须登记并缴税，而且你必须得到许可才能在家门口往运河里打系船柱；因此城市警察花费大量时间检查证件和分发文件，通常就无暇顾及交通了。每一次典礼之前宣布的严厉规定开始时都会严格执行，可是随着时间的逝去总是渐渐松弛下来，直到最后警察屈从于这种场合始终不变的欢快和谐，几乎不再注意，任由参加节日活动的小船纷乱地开来开去，形成快活但有时却理不清的一片混乱。

威尼斯有几种交通告示，提醒驾船人最高限速。有一种人们熟悉的十字路口标志，表明两条运河相交之处。有很多单行道标志。甚至有两组交通灯，非常受导游欢迎。驾船新手和采购一天日用品的郊区家庭主妇一样，必须了解把船停在哪里才不会被罚款——在圣马可广场很难，在河滨大道很危险（因为有涌浪），在大运河上不可能，在从里阿尔托桥延伸到新运河大道的贫穷、友好、和善的几个区很简单。但是，威尼斯的警察大多数情况下不会去打扰船主，据说很多人都想让这些警察做女婿。

排场小得多的是清洁工，他们有大约二十艘灰色的机动驳船，对自然海潮的催吐能力形成了补充。在共和国时期，清洁工组成了很有影响的行会，停车场后面圣安德烈亚教堂的门上有一块纪念他们的牌匾。他们太自命不凡了，曾经建立了家族垄断，雇用其他人为他们干活，自己却舒舒服服地在家里享受利润。今天，他们通常并不为自己的职业骄傲，不太喜欢让人拍摄他们工作的照片：尽管如此，他们效率很高，令人钦佩，他们的驳船成群结队地飞速开进大运河，乱七八糟地堆满了不起眼的设备，喇叭呜叫，引擎轰鸣，像先进的实验性的战舰。

船队由私人企业按照市政府的合同经营。一小群不穿制服的人推着整洁的金属手推车，每天早晨在威尼斯挨家挨户收集用塑料袋装着的垃圾，然后匆匆穿过小巷，去与驳船汇合。引擎嗡嗡地响；垃圾被自动堆进深深的船舱；驳船突突地出发了，它们并不比运蔬菜的船更脏，并不比贩鱼的车更难闻。罗斯金曾刻薄地将威尼斯描述为烂泥里的城市，但它也是垃圾堆上的城市：因为他们把垃圾运到朱代卡岛西端的萨卡菲索拉岛，最后令人憎厌地将垃圾与沙子、淤泥和海草混合，用作新的人工岛的地基。

威尼斯市医院是一座大而无当的建筑，靠近圣若望及保禄堂，占据了教堂的修道院和以前属于圣马可学校的房子。因此，走进医院是一种奇怪的经历，因为通往病房的路穿过威尼斯最古怪的建筑物立面之一，上面满满地装饰着狮子、怪异的图案、手艺人的把戏和相互叠加的东西。接待大厅是一个由柱子支撑的又高又暗的房间，办公室、手术室和病房像一个拥挤的兔子洞，一直延伸到远处阴沉的新运河大道岸边，与公墓正相遥望。如果你在去药房的路上碰巧转错了一个弯，就会发现自己来到圣马可学校令人难以置信的牧师会礼堂，现在礼堂已经成了医学图书馆，有着我所见过的最豪华的天花板。如果你正巧要死了，他们会立即把你推进圣拉扎罗乞丐教堂，现在这座教堂成了医院的一部分，只对葬礼开放：其不同寻常之处部分在于挥之不去的绝望姿态，部分在于纪念17世纪一位伟人的纪念碑，这座纪念碑太高大了，显得盛气凌人，它面朝两个方向，一面监督着教堂的整个圣坛，另一面要求任何一个走进门廊的人立即向它敬礼。医院下面的一座拱形船坞里，停着值班的救护船，那是些马力强大的蓝色摩托艇，接到紧急命令后立即鸣着汽笛在大运河上冲过，出于人道主义而完全不顾交通规则。

其他市政服务不能完全机械化，而是保留着中世纪留传下来的仪式和惯例。例如，水上清洁工用古老的方式工作，把漂浮的垃圾舀进篮子里，或者带着网和桶驾着小船严肃地慢条斯理地巡行：清理我们的支流运河的清洁工还在他的用具之中加了一瓶酒——有一次，他快活地告诉我，这是为了以防万一他暂时失去了兴致。邮政服务也在很多个世纪里改变缓慢。邮政总局坐落在里阿尔托桥附近巨大的德意志仓库里，那里曾经是德国商贸团体总部——里面有他们的办公室、仓库、礼拜堂，甚至供来访的商人下榻的旅馆。提香和乔尔乔内两位年轻的天才谨慎地帮助熄灭了这座建筑的一场大火之后，建筑里曾经装饰过他们的壁画。今天，这里是一个昏暗的有回声的地方，每天将近100个邮递员从那里出发，穿着漂亮的蓝色制服，挎着背包。他们乘坐水上巴士来到自己负责的区域，然后迅速地从一家走到另一家，把邮件放进吊在长长的绳子末端从楼上放下来的篮子里，有时候用浑厚响亮的男中音喊收信人的名字。

12世纪以来，城市被分为六个区：大运河北边和东边是卡纳雷吉欧、圣马可和卡斯特罗区；南边和西边是圣保罗、圣十字和多尔索杜罗区（这个区包括朱代卡和圣乔治·马焦雷岛）。每一个区里，房屋门牌从头到尾一路连续标下去，不管街角、十字路口还是小路尽头。例如，圣马可区从1号（总督府）开始，到5 562号（里阿尔托桥附近）结束。威尼斯城里共有29 254座标门牌号码的房子，在每一个区内，标门牌是必需的。房屋门牌号码按照严密的逻辑冷冷地不动声色地大踏步穿过所有摇摇晃晃的角落，所有没有尽头的死胡同和狭窄的庭院，所有桥梁、拱门和被居民区包围的广场。邮递员的工作因而具有哥特式的简单和严谨。他从1号开始，一直走到最后一号。

大运河下游远远地矗立着非凡的雷吉纳宫。这座宫殿现在用于收藏双年展——威尼斯国际艺术节——的档案，但不久前它却是当铺，市营典当行。没有比这里的安排更加巧妙的地方了。底层当然有一间售卖处，杂乱无章却令人兴高采烈，经常被目光犀利的淘便宜货的人和急于成交的商人光顾；但是在人们寄存珠宝和支取现金的楼上，一切却妥当而得体。四周静悄悄的。柜台素净而严肃，像老式银行的柜台一样。服务人员彬彬有礼。完全没有英国当铺里旧衣服和生锈的首饰的气味，也没有尴尬的气氛。这家当铺让我想起华尔街规模不大却很出名的金融公司。

但是，典当行毕竟是典当行，无论经过怎样友善的伪装；如果你在这座建筑旁边的小巷里转悠，就会经常遇到当铺里伤心的人们，背着一袋袋旧货的破产的上了年纪的男人，或者瘦弱的女人，弓身背着褥垫和脱了节的缝纫桌，满怀着希望地匆匆来去。

威尼斯的每个人都会死。威尼斯人的死是自然进程的结果，参观访问者的死是常规问题的结果。在中世纪，瘟疫周期性爆发，每次都让威尼斯十室九空。瘟疫常常经由黎凡特贸易路线传入威尼斯，每次都只能通过大量奉献祭品和祈祷进行控制。大剂量的解毒糖剂也无法阻止瘟疫的传播。仅15世纪一次流行病爆发就让威尼斯人口削减了三分之二：据说城里有5万人死亡，潟湖居民区有9.4万人死亡。过去的威尼斯人对这些终年的恐怖忧心忡忡，他们甚至从法国南部城市蒙彼利埃偷来了圣洛克的遗体——当时人们认为那是对付细菌恶魔最有力的战士，并为感恩瘟疫结束建造了五座教堂——安康圣母教堂、救主堂、圣洛可大教堂、圣塞巴斯蒂亚诺教堂和圣约伯教堂（因为与受苦受难的患者有密切联系，约伯在亚得里亚海沿岸地区被封为圣徒）。

威尼斯人用石灰水粉刷墙壁，以此杀灭瘟疫病菌，很多珍贵的壁画因此而遗失；圣西蒙大教堂的石板下面出现了死于瘟疫的尸体，因此人们费力地把整整一层地面都重新铺砌和加高。提香于1576年死于瘟疫，在7万名死于那场流行病的患者中，只有他一人被允许葬在教堂里。这一切并非古老的历史。在距今不远的1836年，人们在安康圣母教堂里安装了一盏银灯，以纪念一场霍乱的结束；1848年大革命期间，当霍乱袭击威尼斯时，城里随处可见可怕的景象——尸体被从窗户吊下来，放在驳船上，大批尸体被埋在潟湖中。

很多世纪以来，疟疾也让成千上万的威尼斯人不幸死去，或虚弱不堪，现在因为新的化学药品出现才得到控制（蚊子仍然会在夏末传播疾病）；威尼斯严酷的冬天寒风怒号，冷雨连绵，对于体弱多病的退休老人而言是一个致命的季节。田园一般愉快的春季也会有变幻莫测的天气——即使现在因为城市里没有汽车，相对安静，显得平和一些。那里的日子往往让人感到难以理解地情绪低落和萎靡不振，仿佛空气浸染了威尼斯的忧愁；据说埃莉诺拉·杜丝一生都因为心情受到一阵阵令人绝望的天气影响而备受折磨。

的确，专家们都说，威尼斯出奇地健康。"大气压力，"一份官方宣传册用最愉快的床头读物的口吻写道，"因为上下震荡平均而维持均匀的水平。""实验室细菌检测结果，"另一份宣传册写道，"说明潟湖湖水具有自动净化能力。"尽管如此，外国领事和公使却经常在任上死去，任由对他们的夸张敬语在岛上的墓碑上日渐腐烂，这真是奇怪；很多前来做客的名人也在威尼斯发出了最后的声音。瓦格纳死于现在已经成为冬季赌场的宫殿里。勃朗宁死于雷佐尼科宫，威尼斯市政当局在那里镌刻了他对意大利表示感激的著名诗行。狄亚基列夫[1]死在这里，柯佛男爵死在这里，还有雪莱的小女儿克拉拉，她从尤根尼恩山旅行回来后死去，雪莱把他们的护照丢在了山上，这使得事情变得更加复杂。

14世纪，一位诺福克公爵因为与未来的亨利四世争吵而被逐出英格兰，他被葬在圣马可教堂，后来他的后代将他挖出来，带回了家——他曾隐居在意大利，正如莎士比亚所写的那样：

> 在那里，在威尼斯，他将身体
> 献给那个可爱国度的大地，
> 还有他纯洁的灵魂，献给基督。

在圣若望及保禄堂，你也许仍然可以看到1574年死去的"英国男爵，温莎的奥多阿尔多"的浮华坟墓。密西西比泡沫[2]的始作俑者苏格兰人约翰·劳[3]在穷困之中死于威尼斯，被葬在圣梅瑟教堂。甚至，但丁也死于在去威尼斯的路上感染的热病。愤怒的威尼斯现代主义者喜欢说这座城市已经变成了"人们来断气的地方"，那些受到如此众多著名前辈激励的温和的斗争到底的人们只不过在等待那一天的到来。

---

1 狄亚基列夫（Sergei Diaghilev，1872–1929），俄国芭蕾舞宗师。

2 密西西比泡沫（Mississippi Bubble），指法国在1719至1721年间密西西比公司股市泡沫破裂的金融事件。

3 约翰·劳（John Law，1671–1729），英国经济学家。一度任法国财政总监。认为在就业不足的情况下，增加货币供给可以在不提高物价水平的前提下增加就业机会并增加国民产出。一旦产出增加之后，对货币的需求也会相应跟上。

送葬的船队以令人吃惊的高频率在大运河上破浪前进，往圣米凯莱公墓驶去（拿破仑曾经颁布法令，要求将城里的所有死者都送往那里），没有什么比这幅景象更富有威尼斯特色了。今天，殡仪船只有一种，就是朴素的蓝色机动敞篷摩托艇，驾驶舱是敞开的，棺椁和殡仪员都在里面，船舱拉着帘子，后面是哀悼者。而在不久前，还有各种阴郁的船只可供选择。最昂贵的是一种船头笔直的老式机动船，挂着厚厚的棕色、黑色和金色的帘子，由一位表现出坚定不移的悲哀的舵手掌舵。其次是一种更加轻巧的船，船身巨大，令人生畏，装饰着一层黄金，像漂在水上的有四根帷柱的床。再次是一种精巧的镀金驳船，由三四名上了年纪的戴着黑色大头巾形帽子的船夫划船，船头有一只用手帕捂着脸哭泣的狮子，船尾是天堂的神童——一个有胡子的天使。最便宜的就是一只贡多拉，不过比普通的贡多拉黑一些重一些，挂着凄惨的帘子，两名船夫穿着破旧的衣服，但毫无疑问是葬礼制服。殡仪馆的橱窗里曾经展示各种殡仪船的照片。有一次，我无意中听见一个和妹妹一起看照片的小男孩说了一句令人难忘的语义含糊的话："看！那是爸爸的船！"

最令人回味的是威尼斯冬天的葬礼。一种像医院推车一样的手推车将棺椁运到码头，神父在被风吹皱的白袍下面瑟瑟发抖，刚刚失去亲人的亲戚们发出绝望低沉的呜咽；很快，运送逝者的小船在薄薄的雾气中沿着大运河突突地开远了，岸上只隐约看见鲜花和船后一小队哀悼的贡多拉。这些船紧贴着河岸，被笼罩在摇摇欲坠的高大宫殿（它们本身就像坟墓的灰色象征）的阴影里，慢慢地消失在远方，最后一条运河的那一头。

送葬的队列到达圣米凯莱公墓时，并不总是那么端庄得体，因为这座公墓仍然为整座威尼斯城提供服务，所以经常有两三支送葬队伍同时到达码头。这时发生了可怕的混乱，铜管乐相互妨碍，羽毛饰物相互纠缠，摩托艇在后退，在轰鸣，贡多拉船夫让船桨在桨架里扭来扭去，码头的人用钩子钩住船，用力地拉，哀悼的人尴尬地夹杂在其中。这是葬礼堵塞。我曾经见过一次这样的混乱。在一个阳光灿烂的夏天的早晨，一只本性活泼的送葬的贡多拉被一只做同样工作的摩托艇挤到一边，在经过圣米凯莱码头时完全脱离了拖绳：这只用鲜花装饰甲板的棺材架从贡多拉身边飞速驶过，快乐活泼地从码头边掠过，贡多拉上的哀悼者惊讶不已，没有比此时更加沉默了。

但是，一旦上了岸，就没有这样令人尴尬的事了，因为圣米凯莱公墓的管理具有专业的效率，经理和任何一位娴熟的巡洋舰舰长一样骄傲地站在巨大的墓地里，他在舰桥上的身影就像一位天神。岛屿一角的教堂非常凉爽、简朴、苍白，由脚步很轻的方济各会修士管理；保罗·萨比就埋在教堂入口处，奥地利人曾将教堂修道院用作关押政治犯的监狱。公墓本身宽阔安静，有一座接一座的大花园，装饰着柏树和巨大的纪念碑。直到最近，这里一直由两座岛屿组成：圣米凯莱和圣克里斯托福罗，但是现在这两座岛屿被人工连接起来，整个地区乱糟糟地堆满了成千上万座坟墓——有些非常有纪念性，有穹顶、雕塑和铸铁大门，有些堆砌着现代台阶，就像排列的文件。这里有小小一排令人怜悯的儿童坟墓，入口处的回廊四周埋着许多过去值得尊敬的威尼斯人，巨大的石匾上刻着详尽的碑文（很多石匾都莫名其妙地被乱刻乱画的签名和下流话损坏了）。

死亡崇拜对威尼斯人的影响仍然很大，川流不息的访客默默地在坟墓之间流连，或者在赏心悦目的花床间沉思。很多较为豪华的坟墓已经刻上碑文，锁上大门，但墓穴却是空的，在等待家族中的某人逝去。另一些坟墓太大了，建得太好了，来访的人太多了，更像是噩梦中的凉亭，让我想起开罗死亡之城[1]里热情好客的陵墓。还有一些坟墓里按照意大利方法挂着逝者的画像，这让坟墓看上去像是装饰优雅的大理石会议室，正在等待着法定人数。每年都有一群芭蕾舞爱好者来狄亚基列夫朴素的坟墓朝圣；越来越多的访客人流找到了建在高高的阶地上不起眼的弗雷德里克·威廉·塞拉菲诺·奥斯丁·刘易斯·玛丽·罗尔夫——"柯佛男爵"——的埋葬之处。根据英国领事馆的记载，他于1913年10月在马切罗宫去世，享年53岁；他在威尼斯的生活从古怪变得愤怒变得堕落，但他拒绝离开这座城市。他留下了对这座城市无可比拟的描述，在贫穷和辱骂中死去，他的兄弟花钱将他埋葬（按照常规）。众多的魂灵躺在圣米凯莱幽暗的大树下面；据说，在夜晚，许多祈愿的小灯在上万座墓碑上闪耀，像许多小小的精灵。

圣米凯莱东边角上有一座特征截然不同的古老的新教徒墓地。这座墓地就像卡罗来纳的教堂墓地，草木葱翠，无人管理，杂草丛生，躺在长满节瘤的枝繁叶茂的大树下面，小径长满野草，铺满多年没有清扫的落叶。大多数坟墓都隐没在荒草、泥土和枝叶之中，漫步在这片诱人的废墟之中，在这里或那里清理一块墓碑，或者透过灌木丛仔细看碑上的铭文，这一切都具有教育意义。这些坟墓里躺着很多瑞士人和德国人；还有很多死在停泊在威尼斯港的船上的英国海员。有一对20世纪初在利多岛轮渡事件中死去

1　死亡之城（City of the Dead），位于埃及开罗旧城区，被称为世界上最奇特的墓地，因为这里不仅睡着死人，还住着活人。按照当地习俗，埋葬死者时，会在陵墓旁修建几间房间，供亲属哀悼之用。由于开罗住房问题严重，许多家庭不得不搬到墓地中居住，这些房间因而住满了人。

的英国母女；有几位名叫贺拉斯、露西或哈里特的美国人；有几位外交官，从他们辞藻华丽但字迹模糊的墓志铭上可以辨认出一大堆诸如"高尚"、"崇高"、"备受尊重"和"声名显赫"之类的形容词。有一位久已被人遗忘的英国小说家，名叫G.P.R.詹姆斯。具有讽刺意味的是，他的墓志铭向我们保证，"只要是说英语的地方"，他作为作家的功绩就尽人皆知；有一位来自斯塔福德郡的不幸的弗兰克·斯塔尼尔先生，哀悼者为他写的墓志铭也许可以更加友善一些："他让我们清净，1910年2月2日。"

可以理解，建造了圣米凯莱的花俏陵墓的大理石工匠对在威尼斯死去所要花费的代价挖苦嘲讽，说只有富人才能无忧无虑地躺在坟墓里。毫无疑问，威尼斯人有时为不朽付出了昂贵的代价。16世纪的一位贵族在遗嘱里指示，他的遗体要由三位著名的医生用香醋洗浴，用浸透了芦荟精华的亚麻缠裹，放置在包柏木的铅棺材里；逝者的美德要用拉丁文六步格诗镌刻在坟墓四周的墓碑上，字要大得足以在25英尺以外看清楚，还要附加800行关于家族历史的诗歌，这些诗歌由某位索价昂贵的诗人特别创作。另外创作七首纪念他的赞美诗，在他去世之后每个月的第一个星期天由20位僧侣在他的坟墓旁唱诵，永不间断。（但是如果你想知道皮耶罗·贝尔纳多的遗嘱执行人是如何兑现他的嘱托的，就去看看他们实际上在弗拉里教堂为他竖立的资产阶级纪念碑，去问问现在僧侣们多久唱一次赞美诗。）

更加卑微的威尼斯人也总是追求墓穴里的舒适沉睡。"在这里我们威尼斯人终于成了土地拥有人，"一位威尼斯妇女在一个世纪前和W.D.豪厄尔斯朝公墓走去时说；但这并不完全正确。他们可以在坟墓里平静地躺12年；但是，然后，除非亲戚愿意支付一大笔保留墓穴的定金，否则他们的遗骨就会被挖出来，倒进一个公共墓穴里，他们可怜的小墓碑、碑文和遗像就会被扔在那里，任由其开裂，在垃圾堆上腐烂。直到几年前，他们的遗骨会被运到潟湖里很远的一座岛上。现在，遗骨被留在圣米凯莱，岛的东端正在开拓更多的土地，用以容纳更多的遗体。

这种被隐姓埋名的命运长久以来影响了威尼斯人对死亡的态度。对威尼斯人而言，没有什么比圣米凯莱的整套用品更加具有讽刺滑稽的意味了。没有什么比死后的平静所需要的代价更能刺激他愤世嫉俗的本性。"我们都在这里到达终点，"一位贡多拉船夫在经过圣米凯莱时诙谐地说，"无论贫富。"但是他的雇主却用一句典型的尖刻的话回答他。"完全正确，"他说，"我们都在这里到达终点——但是与此同时，我的朋友，接着划船吧。"要明白威尼斯人对于坟墓、棺材和瓮棺葬的感情多么强烈，可以试试向他们提议海葬的好处。"海葬！"威尼斯人——那些自古以来在水上漫游的人——会大声惊叫，"鱼和螃蟹会啃你的尸体的！"他们难以置信地恐惧地高举双手，仿佛你刚才提议的是活埋，或者烘烤，就像这座城市最受人喜爱的很多殉道者那样。

死亡和威尼斯相伴相随，就像托马斯·曼所表明的那样：但是，令人好奇的事实是，虽然几乎每个人都记得一场威尼斯葬礼，并能轻而易举地将其与城市的生活模式相吻合，但是威尼斯的婚礼却不受关注。过去情形并非如此。15世纪和16世纪，威尼斯新娘因其礼服的华贵和婚礼的排场而受到整个欧洲的赞美。她们披着长发走向圣坛，长发像瀑布一般披散在后背，发丝缠着金线。她们头戴镶嵌着宝石的精美冠冕，裸露香肩，华丽的宽下摆长裙用丝绸锦缎和黄金织锦缝制而成（除非新娘是寡妇，必须戴着面纱，穿着毫无变化的黑色，并且必须在午夜钟声响起时结婚）。

有时候，即使在今天，如果一位公主或者一位百万富翁的女儿在威尼斯结婚，一定会举行场面壮观的庆祝仪式，图文并茂的杂志一定会刊登浮华的照片：但是通常婚礼和蜜月一样，并不被认为是威尼斯的习俗，很少为旅游指南里的民间传说增光。威尼斯内心里并不是一座愉快的城市。但是，在贡多拉上举行的婚礼却是一场令人着迷的聚会，新娘的蕾丝面纱飘在天鹅绒垫子上，船夫穿着黄色或红色或浅粉红色衣服，鲜花密封在玻璃纸里，身穿日间礼服的新郎看上去难以形容的正式，参加婚礼的宾客开着摩托艇跟在贡多拉后面。

在一个清新凉爽的春天，我在圣马利亚福摩萨教堂见过这样一场婚礼。新娘非常漂亮；新郎举止优雅；宾客人数众多；小船完美无瑕；神父像父亲一般从教堂走出，看上去既快乐又神圣；看热闹的人们提着购物的篮子在桥上走走停停，感到非常愉快。但是婚礼用的贡多拉后面停着一只笨重的灰色垃圾船，船长双手叉腰，稳稳当当地站在垃圾中间。当百合香水的气味飘到他面前的时候，他的表情奇妙地混杂着刻薄和慈祥，当飘动着绸缎和粉红色蝴蝶结的婚礼船队在大运河渐渐驶远的时候，他将船发动，让引擎发出油腻的隆隆声，快乐地朝招待会驶去。

15. 年　　代

威尼斯的建筑大多年代久远，有些则破旧不堪，很多世纪以来，人们普遍猜测，总有一天威尼斯会彻底消失在潟湖的水面之下。15个世纪以前，它从海上升起，为了让它的故事有一个完美的结局，很多作家和艺术家感到它只能发出汩汩声和呻吟声，再次沉没在咸水里。丁托列托在一幅著名的绘画里描绘了这座城市终于被浪潮淹没的情景。罗丝·麦考利[1]去世前正打算写一本关于威尼斯被淹没的小说。"悄无声息，充满警惕，"这就是狄更斯眼中威尼斯的水，"打着一个又一个漩……像盘成一圈又一圈的老蛇：等着人们看向它的深处，寻找曾经自称是这片水域女主人的那座古城的石块。"

毫无疑问，倘若威尼斯消失，它的历史就会被赋予奇妙的对称形式——从水中诞生，最后又回归它的发源地；你只需乘上贡多拉，注意看身边建筑物损坏的立面，仔细看拍打岸边的浓稠的运河水，就会意识到威尼斯多么古老，风雨飘摇。很多宫殿似乎在膨胀，在跟跄，像身穿破旧貂皮大衣的患了关节炎的公爵，很多塔楼看上去歪歪斜斜，令人不安。河滨大道上古老的监狱建筑明显歪向一边。夏天的傍晚，当粉红色晚霞染上天际，有时候我会觉得总督府本身的西南角正在下沉。威尼斯的长久存在取决于

1　罗丝·麦考利（Rose Macaulay，1881-1958），英国女诗人、小说家。

那一长串人工加固的岛屿，这些岛屿将潟湖与亚得里亚海分开，将海洋风暴挡在它脆弱的结构外面。它就像一个羊皮纸做的骄傲贵妇，生活在仆佣把守的门里面。

它建造在潮湿的泥滩上（但总督府却碰巧建造在黏土上，那是威尼斯底土最坚硬的部分）。它靠一大片密林一般倒置的桩子支撑——据说共有 1 156 672 根桩子支撑着安康圣母教堂——因此如果它时不时地晃动一下，谁也不会感到奇怪。这么多世纪以来，它的木头支撑物不断变弱，部分是由于自然侵蚀，部分是由于机动船划出的水流的冲刷，部分是由于运河不断加深，水深超过了过去工程师的预计。不时有一座古老的建筑厌倦了与时间、海风和侵蚀的斗争，突然倒塌，碎成一堆瓦砾。威尼斯编年史作家记载了很多这样的坍塌事件，过去的历史学家经常用令人嫉妒的临危不乱的笔触记载某座教堂或著名桥梁的自然瓦解。

威尼斯的钟楼下沉的问题更是由来已久，其中几座钟楼在今天看来似乎难逃一劫。圣斯德望堂、希腊圣乔治堂、圣伯多禄圣殿都倾斜得厉害，如果你站在这些建筑脚下，用富于想象力的耳朵去听，几乎可以听见它们吱嘎作响的声音。甚至在距今不远的1790年刚刚建成的圣乔治·马焦雷教堂的塔楼也不再笔直，如果你乘船进入潟湖，让船与圣马可教堂的钟楼停齐，就可以看到这一点。钟楼是威尼斯最早的建筑之一，起初既是瞭望台也是钟塔，有时候还兼作灯塔。因为塔楼的建筑时尚变化缓慢，所以在教堂重建时，它们往往得以保留，并因而成为对早期建筑风格的纪念。16世纪共有200多座钟楼——在过去的一些印刷品上，威尼斯就是一座巨大的钟塔森林。今天钟楼的数量只有大约170座；其余的都倒塌了。

卡利塔教堂——这座教堂现在已经是威尼斯美术学院的一部

分——的塔楼于18世纪倒进大运河时，掀起的巨浪把一队贡多拉抛上了旁边的广场，让这些船只在那里晾干。圣乔治·马焦雷教堂的老塔楼于1774年倒塌时砸死了一名僧侣，"在众多奇迹之中留下一片凄凉的空白"——正如一位观察家所记载的那样。圣安杰洛教堂的钟楼倒塌了三次之后终于被拆毁。圣特尼塔教堂被拆毁之后，钟楼得以保留，在此后半个世纪里被用作住宅；但是它于1882年倒塌，暂时把房客埋在了废墟里。希腊圣乔治堂的塔楼在建成之初就发生倾斜，至少在1816年之后一直令人极度担心——那一年制定了修复塔楼的紧急计划。圣斯德望堂的钟楼在1902年地震之后变得非常不安全，人们建造了一座小型附属钟塔，现在越过圣斯德望广场的屋顶仍然可以看见这座钟塔。卡尔米尼教堂的钟楼于1756年受到闪电的摇撼，当时僧侣们正在敲钟，他们急忙弃钟而逃，因为跑得太匆忙了，其中一人头撞上了墙而身亡。至少曾经有七座钟楼在摇摇欲坠时被及时拆毁。在佐比尼果圣母教堂外面，你可以看见长方形砖石建造的旅行社，那是一座没有建成的钟楼的残余部分，那座钟楼本来是要取代另一座不安全的钟楼，但是因为资金被耗费而在刚开始建造时就被搁置了。地震、闪电和强风都曾经让威尼斯的钟楼蒙羞；泥泞的土地、砖石之间生长的植物、地下水、不够坚固的地基和质量低劣的砖石都曾经威胁它们的安全。对钟塔而言，这是一个危险的国家。

当最著名的钟楼倒塌时，全世界都为它哀悼。大运河上有一个贡多拉摆渡站，靠近圣马库拉教堂。长久以来，人们喜欢用很大的不规范的文字在墙上记载发生的事件。那里写着票价的变化和摆渡的营业时间。在几句几乎难以辨认的文字中间，有一句非常引人注目。"1902年7月14日，"这句话用方言写道，"早晨9点55分，圣马可大教堂的塔楼倒塌。"威尼斯的整个历史上没有什么比这一事件对威尼斯人的影响更深了，今天，你仍然可以听到很多关于这座古老钟楼——威尼斯的主要象征和地标——消失的谈论，和关于威尼斯共和国的没落的谈论一样多。

据说，这座钟楼于912年4月25日圣马可节那天开始建造。塔尖曾经包了一层黄铜，作为永不熄灭的白天的灯塔，黄铜的闪光在25英里以外都可以看见。钟室里点着警示灯，和热那亚人作战期间，钟楼上安装了五门大炮。无数远征军在凯旋时受到钟楼上钟声的欢迎。众多的罪犯伴随着凶兆钟的缓慢钟声死去。伽利略在钟室里向总督展示了他的最新发明——望远镜，在钟塔下面的平台上，歌德第一次看见了大海。自从17世纪以来，塔尖上旋转的镀金天使一直是威尼斯的主要风向标。

世界上没有什么比圣马可大教堂的钟楼更强壮更稳固。18世纪的一本旅游指南指出，这座钟楼"从不曾出现任何倾斜、摇晃或垮塌的迹象"。它是威尼斯不可分割的一部分，它监督了许多年来不断变化的命运，它似乎是永恒的，人们对它几乎有一种屈尊俯就的喜爱，称它为"地主"。按照广为流传的说法，这座塔楼的地基深入到圣马可广场的人行道下面，呈星形向四面八方延伸；每一个来威尼斯参观游览的人都会到钟楼上去，无论他是视察潟湖防御的皇帝，还是被关在木笼子里挂在钟室外面的离经叛道的大陆神父。但是，这么多年来，钟楼就像一个受了伤却仍坚如磐石的年老的大叔，一直在悄悄地变弱。因为塔尖镀了铜，钟楼多次被闪电击中——早在1793年它就安装了避雷针，是欧洲最早安装避雷针的建筑之一。它被不明智地修复和扩建，内部结构被草率地改变。它的砖块被几个世纪以来咸咸的海风和空气严重损毁。它的地基虽然强壮，但并没有传说中的那样坚不可摧：虽然塔楼高320英尺，支撑它的桩基却不到60英尺深。

　　于是，7月的那个清晨，这座著名的塔楼轻轻战栗了一下，摇晃了一下，然后缓慢地、轻柔地、几乎无声地倒塌了。几天前这场灾难已被预见：中午时分的鸣炮被取消，这样炮声就不会震动这座建筑，甚至圣马可广场的乐队也被禁止演奏。14日那天，黎明刚过，圣马可广场被关闭，焦急的威尼斯人围在广场四周，等待最终时刻的到来。当那一刻到来时，据说"钟楼表现出了绅士风范"。没有一个人受伤。瓦砾在广场角落堆成了山丘，一团灰尘升腾到城市上空，像指路的柱子，或一块裹尸布，唯一的伤亡是一只大花猫，叫梅兰皮吉，据说是用卡萨诺瓦的狗的名字命名的，它已经从看门人的小屋被转移到安全的地方，却又鲁莽地回去吃完食物。风向标天使跌落在广场上，正巧掉在大教堂门口，这被看作一个奇迹，象征着这座伟大的教堂不会受到伤害：它的确没有受到伤害，大部分瓦砾都被共和国曾经公布法令的南边小广场粗矮的柱子挡在了外面。当尘埃落定，松动的石块被加固之后，人们看见瓦砾堆上躺着完好无损的工人钟[1]，那是威尼斯一口资历很老的钟，六个世纪以来一直呼唤人们开始工作。甚至看门人太太前一天熨烫的半打衬衫也在那堆废墟下面保存完好。

　　转瞬之间，一切都结束了，只有堆得像金字塔一样的砖块和碎石，仿佛从广场喷发出来。（这堆废墟后来被驳船运走，和哀悼的月桂花环一起，倾倒进亚得里亚海。）我遇到过一个目睹了这一忧伤场面的人，巨大的震惊似乎让他至今仍有些麻木。"竟然发生了这样的事，你感到惊讶吗？"我问他。"嗯，"他语气沉重地回答说，"是的，这的确让人惊讶。我从小就知道那座钟楼，它就像我

1　圣马可大教堂的钟楼一共有五口钟，分别是工人钟、丧钟、午钟、三点半钟和马蹄钟。工人钟是最大的钟，用于通知劳动的工匠们开工和收工。

的朋友，我从来没有料到它真的会倒塌。"

这个古老的伟大心灵死去的消息让全世界感到悲伤。威尼斯的轮廓——全世界人最为熟悉的轮廓之一——发生了极大的变化，城市地平线看上去异常平坦，毫无特色，像一艘没有桅杆的轮船。市议会当天傍晚召开会议，由已任市长30多年的威尼斯旧贵族格里马尼伯爵主持：议会决定颇有贵族气派。有些威尼斯人认为，重建钟楼的花费超过了它的价值。很多人认为，没有钟楼的圣马可广场更好看。但是，市议会并不同意这些观点。他们决定，钟楼将会重建，"依原样，在原址"，这句话成了威尼斯的著名典故。

很多国家投入了大量资金；最了不起的专家从罗马赶来；九年后钟楼被重建，它的构造更加现代化，重量轻了600吨，但看上去和老钟楼几乎一模一样。破碎的钟在圣埃莱娜岛上的一家铸造厂重铸，费用由教皇本人——就是半个世纪后胜利归来的教皇庇护十世——支付。钟楼地基增加了1 000多根桩基，更加稳固。钟楼脚下被破坏的小门廊被一块一块地重新拼接起来，顶上的狮子和塑像也是如此。天使碎裂的翅膀上了夹板。1912年4月25日，老钟楼建造一百周年纪念日那天，新钟楼举行了落成典礼。几千只鸽子被放飞，它们将这一消息带到意大利的每一座城市：在庆祝宴会上，六位宾客穿着九年前在熨烫时突然被埋，后来被抢救出来的衬衫。

尽管有这些令人伤心的先例，威尼斯不会仅仅因为衰老而完全坍塌。首先，它的宫殿非常牢固，建造它们的工程师具有远见卓识，它的地基在泥地里，好处是至少有些弹性，据说它的水下桩基被含盐的水石化了（亚得里亚海这一海域的含盐量是欧洲最高的）。它的古老建筑今天很少不适合居住，这真令人惊奇，古老的地方可以被成功地修补和加固，就像一个满脸皱纹的美人通过整形、化妆和爱情的魔力不断地焕发青春活力。

工程师们没有先例可循：在这方面，和在很多其他方面一样，威尼斯只能靠自己。它的办法总是那么大胆，有时候令人吃惊。早在1688年，一位天才工程师成功地让卡尔米尼教堂摇摇欲坠的塔楼重新挺直了身体。他在塔楼的三面砖墙上钻孔，把木楔打进孔里，然后用强酸将木头溶解。塔楼稳稳地沉降在由此形成的空腔里，这位工程师则被充满感激地葬在塔楼里的一张座椅下面。甚至更早的时候，在1445年，一个叫亚里士多德的波伦亚人保证用一种只有他自己知道的秘密方法弄直圣安杰洛教堂的塔楼（这个方法必须挖掘塔楼底部下面的土地）。工程非常复杂，塔楼的确变直了，但是脚手架被拆除的第二天，整座建筑轰然倒塌，亚里士多德灰溜溜地逃到莫斯科，他在那里参与建造了克里姆林宫。19世纪，总督府本身通过技艺高超的工程被修复，在这个过程中，拱廊的几根重要的圆柱被移走，取而代之的是更加强壮的柱子。

今天，很多钟楼被看不见的支柱和支架所支撑，有些建筑（例如之前的圣维塔莱教堂）被看得见的铁条固定。威尼斯的宫殿如果需要支撑，会在地基注入水泥，就像牙医将填充物塞进正在腐烂但仍然有用的牙齿。圣马可大教堂不断受到专门顾问的照料，此人是驻地工程师，一长串圣马可建筑师的继任者。这个博学而忠诚的人对教堂的每一英寸都了如指掌，终其一生都在设计在不破坏教堂古老的不规则性的前提下使其屹立不倒的方法。他有一个终年工作的40人的团队，还有一个由12名技艺高超的工匠组成的镶嵌画工作坊。他总是在做实验，尤其完善了替换天花板镶嵌画碎片的方法，即切开画上方的砖石，从后面嵌入珍贵的碎片。和福拉蒂教授一起在昏暗的大教堂四处转悠，注意看他为了不让这座几乎神话一般的建筑倒塌而对它进行的细致而大胆的照顾，在威尼斯没有任何经历比这更令人满意了。威尼斯的工程师和它大多数的专业人士一样，令人印象深刻：我们无须怀疑，他们至少会让这座城市在今后很多世纪里屹立不倒。

但我们不那么确定他们是否会让它的脚趾保持干燥。威尼斯正在慢慢沉进潟湖，这一点或多或少是真的，尽管过程并不像悲观主义者所暗示的那样惊人。在涨潮时，从圣马可大教堂的钟楼上可以看见，潟湖里大部分是水，但落潮时却大部分是泥——歌德为了看其间的不同，两次爬上钟塔。在潟湖所包围的宽阔的土地上，两种地质演变正在发生：水面在上升，泥地在下降。威尼斯的底土一层坚硬一层松软。地下大约100英尺以上通常是软泥；下面是一层大约10英尺厚的坚硬的黏土；再下面是海绵似的泥炭、沙质黏土和含水的沙子。威尼斯的稳固取决于紧实的黏土，显然正是黏土的不断压缩造成了城市的下沉：而且，在威尼斯，和在其他所有地方一样，北极冰层的缓慢融化正在迫使水面不断上升。他们说，水平面正在以平均每五年将近一英寸的速度上涨——在一个雨天的下午，我计算了一下，这意味着在恰好1 806个年头之后，大运河就可以直接给我公寓阳台栏杆上花盆里的杜鹃花浇水了，或者，更相关的问题是，大约一个世纪之后威尼斯的大多数街道就会被水淹没。

这是老生常谈了。在威尼斯的很多地方，曾经在地平面上的柱子和门廊现在已经在地平面以下——例如，圣马可大教堂的入口原来是与广场平齐的，现在却低了几级台阶。当他们为了排水或铺设水管搬开铺路石时，经常在地面以下大约一码的地方发现另一条中世纪街道的遗迹，那时潟湖的水面比现在要低。你已经不能把锦缎保存在大运河边宫殿的底层——一星期后那里的潮气就会把锦缎给毁了。水面上升造成了圣马可广场的洪水，这是现代一件令人兴奋的事：1340年2月，"威尼斯的水面上升，比历史记录高了三肘尺[1]"——但是圣马可广场却仍然干燥。人们经常批评总督府的柱子"矮墩墩的"，"像患了痛风"，但是在圣马可广场的地面不得不被加高之前，这些柱子漂亮得多，也高得多——现在的广场下面有五条老人行道。城市里到处可见水面上升的痕迹——被陆续增高的柱子，胡须被潮水冲走的石狮，一百座宫殿墙上因受潮而腐烂的地方。威尼斯经常拉起裙子，不让裙摆沾上水，但水却不断地向它逼近。

这主要是一种自然现象，但却部分由人为造成。疏浚通向潟湖的深水入口增加了潮水流量，影响了水体的自然平衡。加深城里运河和不断冲刷水道的做法也是如此。曾经流经潟湖的河流改道，这显然升高了而不是降低了水平面。地震使泥滩下沉，还有大陆上的各种工业行为，以及在潟湖湖床下面钻取甲烷和淡水的做法。

自从1966年人们记忆中最糟糕的那场大洪水发生以来，整个西方世界都关心如何拯救威尼斯，不让它消失，现在大多数人听到威尼斯这个名字时，首先想到的就是它将被淹没的前景。十几个国家的修复专家和工程师提出了解决这个城市问题的方法。从那不勒斯到温哥华，只限于少数人的拍卖会和极其时髦的宴会募集了资金，用于修补威尼斯塑像破损的鼻子，润色提香和丁托列托褪色的绘画作品，治愈仿佛患了麻风病的宫殿。一个国际水文学者秘密会议作出决定，在潟湖入口建造闸门可以让威尼斯在将来免于被洪水淹没。一队队来自其他地方的修复者已经在这座城

---

1 肘尺（cubit），古代的一种长度单位，自肘至中指端，长约等于18至22英寸。

市的教堂投入工作——法国人在安康圣母教堂，英国人在菜园里的圣母教堂，德国人在奇迹圣母教堂，美国人几乎无处不在——例如，洛杉矶市民出人意料地承担起了至今为止被完全忽略的圣伯多禄圣殿的修复工作。意大利政府通过投票为威尼斯提供了一大笔津贴，联合国教科文组织提供了惯例性文件，对一切作了回答。现在没有人能说威尼斯被忽视了。艺术和狂喜可能比往日更加谨慎地出现在威尼斯，但是生态学使它变得极为独特。

我写这些话时有些酸溜溜，因为我不喜欢人为保存的社区，所以往往认为拯救工作比威尼斯受到的威胁更加令人苦恼：但是在更加理性的瞬间，我的确承认让威尼斯沉没——我个人解决它的焦虑的办法——是一个不能实行的完美建议。它会被拯救的，完全不用担心：只有在自私幻想的瞬间，我看见它服从显而易见的命运，最终被它与之结合的水拥抱，它镀金的穹顶和柱子在一片绿色之中闪着微光，也许，在潮水很低的时候，可以看见圣马可大教堂钟楼顶上的天使在泥滩上伸出金色的手指（因为他用一种告诫的，几乎是主张生态保护的姿势站立）。

16. 动物寓言集

有人曾经从共和国得到优厚的奖赏，因为他费力写了一首十四行诗，说明威尼斯是由神祇建造的。我本人经常想起（虽然没有人会因此而奖赏我）关于神会毁灭耽于享乐之人的古老说法。威尼斯在没落之前的几十年里陷入了半疯癫状态，跟跟跄跄放纵无度地走过无休无止的狂欢，一个不以为然的观察家说它的"男人都是女人，女人都是男人，所有人都是猴子"。集体疯狂达到如此程度，有时你会看见母亲在给孩子喂奶，母子都戴着化装面具。今天，威尼斯相对清醒，除了在狂欢节和夏天旅游旺季大量涌入的张扬的外国人：但有时候我想象在城市的建筑——大运河边妄自尊大的宫殿，昏暗精致的教堂，弯弯曲曲的偏僻小巷——之间仍有疯狂的种子或遗留物。

就以各式各样的动物雕塑为例吧，这些动物装饰了这座城市，也是它显得怪异的重要原因。通常这些雕塑符合古老的动物象征：野兔象征贪欲，狐狸象征狡猾，鹈鹕象征忠诚，羊羔象征温顺，鹤象征警惕，蜘蛛象征耐心。有时候它们代表了家族标记，例如豪猪里乔代表了里佐家族。但是，另一些动物似乎用乖张古怪的品味描绘了堕落、残忍、恐怖和怪异。威尼斯没有动物园，但是它的墙壁上却雕刻了一个荒诞的小型动物园，因为无论你走到哪里，这些精神错乱的动物都从砖石上盯着你看：狗、鳄鱼、鸟、鸡身蛇尾怪物、螃蟹、蛇、骆驼、各种恐怖的怪兽。数不清的似乎用菠萝做成的鹰。一些非常奇怪的单峰骆驼（威尼斯艺术家永远雕不好骆驼，圣梅瑟教堂正面墙上的两只骆驼似乎长了乌龟的脑袋）。戈尔多尼家的井口有一只奇形怪状的豪猪，圣阿波利纳雷教堂有一只斜眼的牛，一只虚构的长脖子的鸟目光短浅地俯视着梅塞利亚靠近里阿尔托的一头。

大多数这些怪兽般的动物看上去都很凶恶，圣玛格丽塔广场上由教堂改建的电影院墙上几条扭曲的龙正在进行可怕的殊死搏斗，穆拉诺岛上圣多纳托教堂地板上傲慢的公鸡正用一根杆子挑着一只头朝下的狐狸，就像你把一只倒霉的灰熊带回营地。总督府拱廊里整整一排柱头上都雕刻着正在狼吞虎咽地吃猎物的动物——一头狮子正在吃一头牡鹿的腰腿，一只狼正在吃一只残缺不全的鸟，一只狐狸正在吃公鸡，一只狮鹫正在吃老鼠，一头熊正在吃蜂窝。威尼斯的石雕动物似乎都在啃咬，或撕扯，或扭打，或翻滚，或卷在一堆肢体、牙齿、毛发、耳朵和唾液之中。如果你看一眼圣马可大教堂洗礼池里耶稣受洗的镶嵌画，就会发现甚至神圣的约旦河里也有大批箭鱼出没。从卡尔帕乔笔下的卷毛狗，到丁托列托的《耶稣受难》中在十字架后面悲伤地咀嚼着枯萎的棕榈叶的具有讽刺意味的驴子，没有什么比威尼斯绘画中的小动物更加甜美了：但是威尼斯雕塑家却在他们作品中的动物身上注入了一丝妄想狂的特征，这些动物精巧和新颖的特点逐渐减弱，在丑陋异常的头部达到最低点，最终成为半人半兽的东西，站在圣马利亚福摩萨教堂的墙上，凸着眼睛，舔着舌头。

威尼斯的狮子雕像被赋予一种完全不同的温和的癫狂，使之远离所有这些堕落。当圣马可成为威尼斯的守护圣人时，狮子成了这座城市的守护动物，一千年来，狮子和威尼斯共和国形影不离，就像中国和龙一样。蒲柏[1]轻蔑地将堕落的威尼斯描写为这样一个地方：

> ……丘比特骑着深海里的狮子；
> 没有了舰队的亚得里亚海上
> 飘荡着圆滑的宦官和被迷住的情郎。

在早些时候，狮子扮演着更加可敬的角色。它双腿直立，站在威尼斯战船的船头，在圣马可的旗帜上鼓动着翅膀。它和圣哲罗姆的友谊自然而然地将那位老学者提升到威尼斯的圣徒之列。它守护着御座和宫殿，对囚犯皱起眉头，将真实性赋予共和国的国家文件。它的表情随着它的作用的改变而改变。在克罗地亚的一座镇子上，在反抗威尼斯统治的叛乱之后，竖起了一只表情极度不满的狮子雕像：它脚下打开的书本里那句常见的"安息吧，圣马可"被这句话取代："愿神兴起，愿他的仇敌四散。"编年史作者告诉我们，在7次反叛威尼斯、经受了威尼斯32次围城的扎拉[2]，竖起了一只狮子雕像，"表情生硬，书本合拢，尾巴卷曲，像一条愤怒的蛇"。在一张17世纪的希腊地图上，一只狮子正大踏步向前去与土耳其人作战，它展开翅膀，握着战剑，头戴总督的帽子。威尼斯人太尊敬狮子了，有些贵族甚至将狮子养在花园里。14世纪的一位作家兴奋地报告说，圣马可湖旁边动物园里的一对狮子生了两只健壮的小狮子：它们和圣詹姆士公园的鹈鹕一样，由国家出资喂养。

1　蒲柏（Alexander Pope，1688–1744），18世纪英国诗人。

2　扎拉（Zara），克罗地亚西部港口城市扎达尔的旧称。

　　我忍不住想，过去的威尼斯人对狮子的感情有些奇怪，因为威尼斯的石狮如此之多，简直令人难以置信。这座城市里到处都是狮子，有翅膀的狮子和普通的狮子，大狮子和小狮子，守在门口的狮子，举着窗户的狮子，枕梁上的狮子，花园里洋洋自得的狮子，后腿站立的狮子，昏昏欲睡的狮子，和蔼可亲的狮子，凶猛可怕的狮子，摇摇晃晃的狮子，快乐活泼的狮子，死去的狮子，腐烂的狮子，烟囱上、花盆上、花园大门上、纹章上、勋章上、枝叶间、公然站在柱子上的狮子，旗帜上的狮子，坟墓上的狮子，绘画里的狮子，雕像脚下的狮子，现实主义的狮子，象征主义的狮子，作为纹章标志的狮子，古老的狮子，残缺不全的狮子，奇异荒诞的狮子，半身狮子，超级狮子，尾巴超长的狮子，长羽毛的狮子，眼睛镶钻石的狮子，大理石狮子，斑岩狮子，还有一只真正的狮子——艺术家骄傲地说——由不知疲倦的隆吉按照真实的狮子所画，挂在斯坦普利亚基金会美术馆里他的风俗画作品当中。希腊狮子，哥特狮子，拜占庭狮子，甚至赫梯狮子。总督府主要入口卡尔门上有75只狮子。门上的每一只铁护盘上都有一只长翅膀的狮子。圣马可学校里的一幅绘画上的十字架脚下甚至有一只忧伤的狮子。

　　威尼斯最有皇家气派的狮子是总督府里卡尔帕乔画的一只长翅膀的狮子，它的前爪旁边有一朵月光百合，尾巴有四五英尺长。最丑陋的一对狮子趴在圣约伯教堂法国大使的坟墓脚下，它们头戴王冠，舌头微伸，由法国雕塑家佩罗雕刻。最傻的狮子站在公园里，是从美术学院的正面墙上移过去的：密涅瓦横坐在这只愚蠢的狮子背上，她的头盔上蹲着另一只解剖结构奇怪的动物——一只有膝盖的猫头鹰。最怪异的狮子是所谓的螃蟹狮，你可以在阿波利纳雷教堂旁边昏暗的拱廊里发现这种狮子，看上去不太像螃蟹，倒更像一种长羽毛的食尸鬼。最谦和的狮子站在圣尼科洛乞丐教堂外面的一根柱子上；它两只爪子捧着圣马可的书，但从没有认为应该申请拥有一对翅膀。最难以驾驭的狮子站在圣基娅拉教堂旁边的一座桥上，前面就是停车场，一段满是灰尘的楼梯从那里伸向运河，像狄更斯笔下伦敦桥阴影里的楼梯，这只不讨喜的狮子像葛兰蒂太太[1]一样对你怒目而视。

最可怜的狮子是站在学院桥旁边弗朗克缇宫栅栏上的那只动物，嘴里无精打采地叼着一张标签，上面刻着"工作即祈祷"。最营养不良的是圣马可大教堂南面墙上那只长长的狮子，它的三四根肋骨残忍地从皮下突了出来。最有魅力的是小广场柱子上那只长翅膀的狮子，它的眼睛是玛瑙做的，它的腿在拿破仑把它运到法国时受了伤，当它从不信仰基督教的东方被带到威尼斯时，一本圣书被放在它的爪间，将它从野蛮的蛇怪变成了圣人的同伴。

最犹豫不决的狮子是马宁广场上马宁雕像脚下的那只动物，它的创造者显然不确定这样的食肉动物的翅膀下面应该长毛发还是羽毛（就像罗斯金说过的哈巴狗的例子，那只狗的翅膀上长着毛发，"在其他方面他的雕塑方式并非无趣"）。最年迈的是海关的那几只狮子，它们的牙齿正在可怜地脱落，看上去非常需要养老金。最坚忍的是大教堂北边狮子小广场上的斑岩狮，它们被一代又一代的威尼斯小孩子当作木马骑。最坦率的，也是最可能成功的，是史基亚弗尼河滨大道上漂亮的维克托·伊曼纽尔骑马雕像脚下蹲着的一对狮子，其中一只勇敢无畏，却套着锁链，另一只则自由高贵。

最神秘的是军火库大门外面长着华丽鬃毛的狮子，它的臀部

刻着北欧古代文字。最自信的是圣埃琳娜教堂海军学校外面那只新来的狮子，除非有指挥官的特别许可，否则它禁止任何人入内。最健壮的狮子的复杂眼神越过卡尔门上的福斯卡里总督。最有威胁的狮子蹲在圣马可学校的正面墙上，它向前伸着爪子，准备从四周的大理石间跃过。最有责备神情的狮子从圣马可广场的钟塔往下看，眼神里悲伤多于愤怒，仿佛它刚刚看见你在拱廊下做了一件不那么值得赞许的事。最快活的——但是，威尼斯没有一只真正不快乐的狮子，比较只会招致不满。

这些狮子为威尼斯的气氛提供了一个基本要素，一种奇怪却深情的迷恋。在丁托列托为总督府创作的巨幅绘画《天堂》正中间，圣马可的狮子谦虚地坐着，在四周一片疯狂之中舒服地依偎在主人身边，和那个神圣的抄写员——马可·吐温是这么想的——争论一个形容词的拼法：这绝非偶然。

当政治或复仇的疯狂紧紧攫住了威尼斯人时，人也成了野兽。如果你喜欢恐怖剧[1]，威尼斯有很多：因为在这里，直到今天，情节剧的精神在不为人知的胜利之中继续存在，只要你愿意去敲敲桌子，把它找出来。对于维多利亚早期的人们而言，威尼斯就是暴政和恐怖的同义词。十人议会和三人议会掌控下的威尼斯安全机构悄然无声突如其来的行事方式让整个欧洲都不寒而栗，至今（今天我们已经不再受到勒死人的绳索的威胁）仍留下了战栗的余波。

他们的工作神秘得可怕，但是，将自己包裹在无法形容的恐怖之中，这是他们的技巧之一，以至于当有人开玩笑地告诉法国

---

1 原文为 Grand Guignol，大木偶剧场，以上演恐怖剧而闻名的一个巴黎小剧场。

作家孟德斯鸠他"正受到三人议会监视"时，他当天早晨就收拾行李，慌慌张张地逃回了巴黎。"十人议会把你送进刑讯室，"威尼斯人曾经私下谈论，"三人议会把你送进坟墓"——然后在胸前画个十字，作为虔诚却并非万无一失的保证。甚至外国使馆也不能幸免：每一位外交官家的仆人中至少有两个国家间谍，三人议会的特工在每一位外交使节家里检查是否有秘密通道或密室。

国家的敌人突然被勒死，在小广场的两根柱子之间被砍头，或者在总督府上层的圆柱之间被绞死（传统说法是，其中两根圆柱至今仍沾有叛国者的鲜血，但这个说法是错误的）。有时候，犯罪分子被当众分尸，尸块在潟湖的神殿里示众：直到1781年，还有人受到这样的刑罚，此人叫斯特法诺·梵东尼，他帮助情人杀害了她的丈夫，把他分尸，扔在运河和水井里。有时候，这一切没有解释就发生了，一大清早，路人会在上班路上看见小广场的圆柱之间吊着两具新尸体，各用绳子吊着一条腿。如果某个通缉犯从威尼斯逃跑了，受雇的效率极高的暗杀者几乎一定会找到他。如果他不逃跑，就会引起当时最先进最科学的可怕的威尼斯刑讯者的注意。

地牢和井牢在当时非常出名，在卡萨诺瓦从中逃出后名气更大——有人认为逃跑是经过策划的，因为他其实是三人议会的秘密特工。"明白了，先生"（看守那位伟大冒险家的狱卒在他的一部回忆录中最著名的一章里说道），"你想知道那个小工具的用处。当大人们命令勒死一个人的时候，我们就会让他坐在凳子上，背靠着墙，用那个项圈套住他的脖子；一根柔软光滑的绳子从两边的孔穿进去，绕过一只轮子；行刑者转动一根曲柄，被判死罪的人就把他的灵魂交给了上帝！"

卡萨诺瓦认为这种设计非常独特；现在，尽管游客们一边从地牢的窥孔往里看一边不停地嚼着口香糖，仍能感觉阴谋诡计可疑地笼罩着总督府的监狱。（"凭票还可以参观地牢，"格兰特·艾伦在1898年写的《历史指南》中说，"我想不到你会有任何理由想要利用这个许可。"）恐怖在威尼斯的血液里流淌：不仅因为威尼斯狱卒比法国或英国狱卒更加残忍，或者井牢比伦敦塔的囚牢更加可怕，老鼠更可恶，或者勒死人的器械更不含糊——而是因为威尼斯这么小，它的象征这么集中，所有镀金和装饰华丽的中世纪独裁机构都在总督府周围一百码范围内。

受到如此恐怖传统影响的现代威尼斯人常常喜欢骇人的事物。但他们喜欢真实的事件，而没时间理会毫无根据的迷信，无论这迷信多么令人毛骨悚然。阿尔弗雷德·德·缪塞[1]和乔治·桑在威尼斯进行那次结局悲惨的旅行时——乔治·桑迅速和一个年轻英俊的医生私奔了——他确确实实住在达涅利酒店的13号房间（"阿尔弗雷德是个糟糕的调情者"，斯温伯恩说，"乔治也不是个绅士"）：但是在威尼斯，没有人太在意洒翻盐或从梯子下面走过[2]——其实，梯子靠在狭窄的小巷墙上，经常让你没有选择。威尼斯几乎没有鬼故事。据说靠近大运河边拜伦府邸的菲古雷宫闹鬼。15世纪时，这座宫殿属于一个无拘无束的浪荡子，他娶了一位漂亮的女继承人，后来因为赌博，先输掉了她的土地，后来输掉了她的宫殿，最后输掉了她本人：据说，今天宫殿里经常听到奇怪的敲门声和开门声，就像幽灵般的经纪人一样不期而至。另一个故事和圣马库拉教堂有关，教堂神父愚蠢地在讲坛上宣布他

1　阿尔弗雷德·德·缪塞（Alfred de Musset，1810–1857），法国诗人、剧作家。

2　按照迷信说法，洒翻盐和从梯子下面走过都是不吉利的。

根本不信鬼，于是立即被他自己的教堂墓地里的死尸抓住手，从床上拖起来，狠狠揍了一顿。

最有名的故事和一座叫幽灵之屋的房子有关，这座房子坐落在城市北面一道长方形的水湾边，直到最近都是一个幽静荒凉、无人居住的地方。这座房子的过去好运和厄运交织。据说它曾经属于一个有知识分子品味的喜欢寻欢作乐的人，他将房子变成艺术和文学社团的中心，在花园里举办快乐的聚会；但是，房子位于送葬队伍前往米凯莱的路上，据说也被用作验尸房——死尸在那里停一夜，第二天早晨再被送往公墓。还有谣传说，这座房子曾经是走私窝点，走私贩故意散播不祥的传说，不让好奇的人接近。无论历史真相如何，它有一个恐怖的名声，它冗长乏味的鬼故事和三角恋、风骚女子和占有欲强的幽灵都有关系。

甚至今天，房子已经不再幽静荒凉，但仍然感觉有点怪。有人声称在那里听见了令人不安的回声。还有人说仅仅是这座房子独自坐落在岬角上的样子就足以让血液停止流动。鬼魂的传说渐渐不再被提起，只有房子的名字还没有变：但是，几年前，两个邪恶的贡多拉船夫——现在他们可能仍在遭受牢狱之苦——抢了一个女人的钱，杀死了她，把她分尸后装进一个袋子里，扔进了距离这座怪异不祥的房子的阳台不远的水里。

威尼斯几乎不需要寓言来增加它的阴森恐怖意味。这座城市的大多数绘画和雕塑给人的体验已经够骇人的了——宗教题材绘画中逼真的受折磨的场景，无数遗迹中的尸体、被切断的韧带、挛缩的四肢和金属死亡面具，圣洛可大教堂里懒洋洋地耷拉着的歌利亚的脑袋，菜园里的圣母教堂里丁托列托的绘画《最后的审判》中描绘的痛苦扭动的鬼魂（"嘎嘎作响，相互黏附，"罗斯金颇有兴趣地看到，"变成半揉捏起来的骨骼，在爬行，在吃惊，在腐烂的杂草里挣扎。"）玛德莱娜教堂旁边的艾里佐宫被艾里佐家族一名认真的成员用几幅表现他的显赫祖先们被土耳其人活活锯成两半的绘画所装饰。如果你爬上耶稣会教堂里面盘旋的楼梯，会突然迎面看见一只小玻璃柜里严厉可怕的耶稣受难塑像。圣伯多禄圣殿被烧过的玫瑰小教堂里站着几尊被熏黑的残缺不全的雕像。

威尼斯的街道也挤满了古老的恐怖。在圣匝加利亚小广场周围的街道上，三位总督曾遭暗杀——彼得罗·特拉多尼科于864年，维塔莱·米凯莱一世于1102年，维塔莱·米凯莱二世于1172年被杀。在圣保罗小广场，洛伦佐·德·美第奇——他本人就是个熟练的谋杀犯——从教堂出来时遭到两个受雇的暴徒的攻击：他们一剑就把他的脑袋砍成了两半。在圣福斯卡教堂附近，保罗·萨比被教皇雇用的暗杀者（其中一人据说是苏格兰人）捅伤。他的颧骨上插着一把匕首，被扔在那里等死，却奇迹般地活了下来。他的医生用狗和鸡试过匕首，确定没有毒。后来，为了还愿，他把那把匕首挂在他的修道院所属的教堂里。文德拉明宫（即市营赌场）里曾经发生过一起谋杀。1848年革命期间，一名奥地利海军军官被一群暴民追赶，爬上军火库的一座塔楼的盘旋楼梯，他被迫爬得越来越高，最后被困在顶层，被一根铁棒打死，鲜血淋漓地从石头台阶上滚了下去。在慈悲之心教堂，一位17世纪的威尼斯作家被一位神父谋杀，他在面饼里下了毒。这座城市里无数的路边神龛通常出现在隐蔽的街角，那是众所周知的拦路强盗经常出现的地方——部分是因为神龛里的蜡烛可以在夜晚照亮这个地方，部分是因为神龛可以唤起罪犯的良心。在12世纪，假胡须在威尼斯受到禁止，因为太多的暗杀者用假胡须伪装自己。威尼斯甚至有一条暗杀巷，就在圣斯德望堂附近——这座教堂曾经六次被祝圣[1]，因为在它的高墙内不断发生流血事件。

威尼斯有很多有病态或邪恶意义的埋葬地。弗拉里教堂右侧耳堂墙壁高处的铁支架上，放着一具特别简陋的木头棺材。据说，这具棺材原本是用来盛放不幸的雇佣兵队长卡尔马尼奥拉的，他带领的威尼斯军队于1431年被击败，他本人被诱回威尼斯，被指控犯有叛国罪，受到刑罚，并被砍头；但是他的尸体现在葬在米兰，而这只高高地躺在灰尘和阴影里的阴森可怕的盒子里则存放着一个被谋杀的威尼斯贵族的骨灰，作为刻薄却并不适合的替代品。圣斯德望堂的某个地方葬着另一个威尼斯的敌人——帕多瓦的诺韦拉·卡拉拉，他于1406年在战斗中被俘，和两个儿子一起在总督府被秘密谋杀；就在他被勒死的第二天，举行了虚伪的盛大仪式，他被安葬在教堂里，但是现在没有人知道他的墓地在哪里——尽管几个世纪以来，人们认为一个叫保罗·尼科洛·廷蒂（Paolo Nicolò Tinti）的无关紧要的商人墓上刻的姓名首字母其实是"暴君"（*Pro Norma Tyrannorum*）的缩写，告诉了我们那个过去的贵族埋葬的地方。

圣米凯莱公墓埋着法国画家利奥波德·罗伯特，他于1835年自杀，而他的兄弟于十年前同一天自杀：拉马丁[2]为他写了墓志铭，将他的自杀描写为"虚弱的冲动"[3]，说"米开朗琪罗会战胜它，利奥波德·罗伯特却屈从它"。圣弗朗切斯科教堂里有一座巴尔巴罗家族的墓，墓上覆盖着一个祖传的家族饰章——银色战场

1　基督教宗教仪式之一。认为由司祭（主教、神父）或牧师主持特定的宗教仪式，可使人或物"圣化"，以奉献上帝，为教会所用。

2　拉马丁（Alphonse de Lamartine，1790-1869），法国浪漫主义诗人、作家、政治家。

3　原文为法语。

上的一个红圈：这个标记是为了对海军将领马可·巴尔巴罗表示感激而被授予巴尔巴罗家族的，他在12世纪的一次战役中砍下了一个摩尔人的手，从这个可怜的异教徒的头上扯下头巾，用他鲜血淋漓的手臂残肢在上面画了一个鲜红的圆圈，让这面胜利的旗帜在桅杆上飘扬。

在土耳其客栈自然历史博物馆柱廊上的一排石棺中，有一具没有装饰也没有铭文。这具石棺曾经属于威尼斯最伟大的家族之一法列罗家族。1355年，时任威尼斯总督的马林·法列罗被判犯有叛国罪，在他府邸的台阶上被砍头。（"你被判决，"宫廷信使粗率地通知他，"在一小时之内被砍头。"）他的头颅被放在两脚之间，他的尸体被示众24小时，然后被船悄悄运往圣若望及保禄堂，当时法列罗家族的石棺就放置在那里。几个世纪过去了，1812年，墓穴被打开，露出蒙受羞辱的总督遗体，他的颅骨仍然放在脚骨之间。尸骨被取出，石棺被抬出教堂，多年来一直被市医院药剂室放在角落里，用作蓄水池。后来它被运到乡下，作为牛的饮水槽。现在，这具巨大的石棺就放在博物馆通往水边的台阶旁边，无人理会，没有颅骨，没有纹章，没有铭文，却充满了伤心的回忆：那位可怜的总督的遗骨究竟下落如何，似乎无人知晓。

最能引起恐怖联想的是圣若望及保禄堂右边过道里威尼斯海军将领马尔坎托尼奥·布拉加迪诺纪念碑。布拉加迪诺是出色的威尼斯指挥官，曾在16世纪与土耳其人的战争中守卫了法马古斯塔[1]。他的抵抗勇敢有力，但是在被围攻几个月后被迫投降。土耳其指挥官提出了体面的条件，于是布拉加迪诺离开堡垒，签署投降书。他身穿代表职衔的紫色长袍，由属下军官陪伴，撑着一

---

1 法马古斯塔（Famagusta），塞浦路斯海港。

把红色仪仗伞遮挡太阳。刚开始，帕夏礼貌地接待了他：但是突然之间，在仪式进行过程中，那个土耳其人从座位上一跃而起，指控布拉加迪诺残暴对待战俘，下令立即将全体威尼斯军官砍成碎块。

布拉加迪诺的命运更糟。有三次，就在他即将被砍头时，为了更加强调死亡不知何时来临，刽子手被命令住手。他的鼻子和耳朵被砍了下来，他的身体被砍割得残缺不全，每天早晨他被压上一篮篮的土，运到土耳其堡垒，在帕夏的帐篷前停下来，亲吻那里的土地，这样的情形持续了十天。他被吊在一艘船的桁端上，在那里悬挂几个小时。他遭受了各种带有羞辱和虐待的嘲弄。最后，他被带到城市的主广场，剥光衣服，用链条锁在刑柱上，当着帕夏的面被慢慢地活活地剥皮。他的皮里被塞上稻草，驮在牛背上，上面讽刺性地撑着红色的伞，在大街小巷游街示众：最后，当帕夏凯旋回到金角湾时，这个凄惨的战利品就在旗舰的船首斜桁上摇摆。

他的皮被作为胜利的纪念品放在君士坦丁堡的土耳其军火库：但多年以后，威尼斯人得到了它，有人说是买的，有人说是偷的。据说，那张皮仍然像丝绸一般光滑，它被清洗干净，受到祝福，然后放进一只瓮里。今天，布拉加迪诺（别的不说，至少有一艘瓦波雷托以他的名字命名）的半身像在圣若望及保禄堂里他的高大纪念碑上安详地注视着一切。在他上方有一幅详细描绘他被剥皮的壁画，由于年代久远，光线昏暗，画中的细节变得模糊不清，真令人庆幸。在他旁边，两只狮子麻木地凝视着教堂正厅。如果你仔细看，就会看见他头顶正上方就是那只小小的石瓮，那张渐渐变黄的伤痕累累的皮平静地折叠着放在瓮里，就像一块手帕放在抽屉里。

17. 阿拉伯风格

在通往车站的新街，有一座小小的露天市场。有时候，我喜欢在那里停住脚步，闭上眼睛，靠在一根柱子上。那里有一股市场的甜味，混合着鱼、辣椒和一丝丁香的气息；那里有木底鞋咔嗒咔嗒的声响和嘈杂的高嗓门的说话声；那里有长裙的窸窣声，锅盘的叮当声，小贩和摊主的喧哗声，古老木制品的嘎吱声，帆布凉棚的拍动声；有时候有狗吠声，有时候有脾气暴躁的老妇人的尖叫声。我靠在柱子上，对着这一切发呆、走神，这时候我发现威尼斯在我身边渐渐消失了，西方变成了东方，基督徒变成了穆斯林，意大利变成了阿拉伯，而我回到了中东某个尘土飞扬、满是蛆蝇的繁华市场，安曼快要倒塌的露天市场，或者大马士革淡淡的阳光下倭马亚王朝[1]大清真寺旁边的集市。我几乎可以听见隔壁咖啡馆里吸水烟袋的声音，如果我半睁开眼睛，顺着街道看向使徒堂的塔楼，我发誓可以看见钟室里的穆安津[2]正在吸一口气，准备召唤我们去祈祷。

东方从威尼斯开始，任何一个镀金的鸡身蛇尾怪都会告诉你。据说，当马可·波罗与父亲和叔叔旅行归来时，他径直走到位于里阿尔托旁边的家去敲门。没有人认出他（他已离家将近二十年，

1　倭马亚王朝（Ummayads），阿拉伯帝国的第一个世袭王朝（661—750）。

2　穆安津（muezzin），清真寺每天按时呼唤穆斯林做礼拜的人。

长出了浓密的胡须），没有人相信他所说的关于中国的美妙景象的奇异故事——这些故事里充满了形容词最高级和大言不惭的吹嘘，人们给他起了个外号叫"百万"[1]。但是他很快说服了他们，因为他突然展示了令人难以置信的财富，一袋袋的红宝石、翡翠和石榴石，天鹅绒斗篷和锦缎长袍，都是欧洲人从没有见过的：从那天开始，直到现在，威尼斯人完全被东方的魔咒迷住了。他们喜欢认为自己的城市是东方和西方之间的桥梁，时不时会做一个高尚的梦，梦见在东方和西方的色彩、宗教和愿望之间进行调解。

色彩、密谋、礼节、盛典、仪式——所有这些东方所热衷的事物很久以来一直反映在威尼斯的日常生活中，正如它的建筑里堆满了东方的珍宝，它的传说中散发着乳香的气息。自从最早的威尼斯人与拜占庭皇帝开始了摇摆不定的交流以来，它的历史一直与东方难解难分。威尼斯的财富和力量依赖于东方贸易，它垄断了与黎凡特以外一片片传奇土地的商贸。各种战利品从东方涌进威尼斯，一堆堆地放在河滨大道上，闪闪发光。有时候，这些偷来的财宝在经过海上航行之后，发生了奇妙的变化——异教的蛇怪变成了威尼斯的狮子，皇帝变成了总督。大教堂里的黄金祭坛是从君士坦丁堡运到威尼斯的财富的缩影，（在被拿破仑掠夺了一部分之前）上面有 1 300 颗大珍珠，400 颗石榴石，90 块紫水晶，300 颗蓝宝石，15 颗红宝石，75 颗玫红尖晶石，4 块黄玉，2块石雕，不可计数的闪闪发光的金、银、镀金和珐琅。宝石被抛光、切割，但没有琢面，屏风被分成 86 个层次和部分，所有层次和部分都同样令人惊讶。

1　百万（*Il Milione*），《马可·波罗》在意大利语里的原文叫 *Il Milione*，即"百万"的意思，因为他总是说"百万"这个，"百万"那个。

很多东方理念也帮助了威尼斯，例如地理学说和通风系统，后者被用来给威尼斯的一些旅馆降温，也与波斯湾的风力塔有直接关系。甚至东方民族对于这座城市也并不陌生。1402年，一队外交使节受祭司王约翰[1]派遣来到威尼斯。传说祭司王约翰是埃塞俄比亚的皇帝，他的皇袍由火蜥蜴织成，只能用火焰洗涤，他受到7位国王、60位公爵、360位子爵、30位大主教和20位主教的侍候，他是梅尔基奥、卡斯珀和巴尔退则[2]的后裔，他热情好客的餐桌可以同时款待3万名宾客。很少有客人受到日本基督教使节那样的尊敬，他们于1585年来到威尼斯，作为反抗自命不凡的罗马教皇的可能同盟者受到盛情款待。18世纪时，威尼斯最有名的人物之一是一个古怪的可爱的老摩尔人，他包着头巾，穿着拖鞋，走街串巷，边摇着铃铛，边号召每个人快乐起来；到19世纪20年代，圣马可广场上到处可见阿拉伯人、土耳其人、希腊人和亚美尼亚人，他们喝着果子露，啃着冰块，或者沉浸在吸食鸦片之后的梦幻中。

你仍然可以在威尼斯感受到所有这一切，因为这座城市的精髓中有一种繁复而华美的特性。例如，木头造的学院桥横跨大运河，优雅的弧形像垂柳，有时候，在下雨天，一排上下起伏的雨伞从桥上飘过，像极了葛饰北斋[3]画中的情景。潟湖的船夫们站在蜻蜓般的小船船尾，常常看上去仿佛正在划过一片宣纸上的海洋：当某个神奇的春天的早晨，你在新运河大道看见远处阿尔卑斯山的白色轮廓，你几乎以为水中的松树倒影之间会出现富士山

1　祭司王约翰（Prester John），传说中一位信奉基督教的中世纪国王兼祭司。

2　梅尔基奥（Melchior）、卡斯珀（Caspar）和巴尔退则（Balthazar），耶稣降生时前来朝拜的东方三博士的名字。

3　葛饰北斋（Katsushika Hokusai, 1760-1849），日本江户时代的浮世绘师。

的映像。真正的日本渔船有时候会从大西洋渔场来到威尼斯，船员长着细小的黑眼睛，穿着旧牛仔服，和这座城市的风味非常和谐。有时候我会在圣欧达奇教堂后面的小巷里遇到一个中国男侍者：我从不曾发现他在哪里工作，但他似乎总是端着一盘菜，罩着白色的罩子，冒着诱人的热气——一定是北京烤鸭，或者栗子烤野鸡。

但是，威尼斯的典故更多地与阿拉伯风格有关，因为威尼斯人发现中国之后，主要与中东人打交道。让威尼斯共和国富有和强大的贸易路线走出土耳其和波斯，阿富汗和阿拉伯，在黎凡特的海港交汇，威尼斯人在那里有自己的巨大的客栈和仓库（今天你仍然可以在阿勒颇的集市上看到最重要的仓库之一）；它几乎无休无止地卷入战争，战争不断地将它的战士带到穆斯林统治的海洋和海岸，无论他们是见利忘义地支持十字军东征，单枪匹马地保卫欧洲不受土耳其侵略，还是镇压18世纪最猖獗的北非巴巴里海盗——那些伤天害理的摩尔人一直把船开到布里斯托尔海峡，他们在英国人中间的名声坏透了，甚至糟糕的威尔士人都被称作摩尔人。

阿拉伯方式和阿拉伯思想深深地影响了威尼斯人。圣伯多禄圣殿里教皇的宝座传说由安提俄克[1]的圣彼得坐过，上面刻着《古兰经》里的一句语录，如果你非常仔细地看，可以在圣马可大教堂正面的圆柱上看到阿拉伯字母。威尼斯方言里有几个词是从阿拉伯语派生而来，一些阿拉伯词汇通过威尼斯货物集散地为我们所知：*dar es sinaa*（艺术馆）= *arzena* = *arsenale* = arsenal（军火库）；*sikka*（骰子）= *zecca*（铸币厂）= *zecchino*（硬币）= sequin

---

1 安提俄克（Antioch），古叙利亚首都。

（装饰金属片）。威尼斯人从阿拉伯人那里学到很多航海技术，威尼斯建筑师和了不起的伊斯兰建造者都继承了拜占庭传统，圣马可大教堂和岩石清真寺[1]即便不是亲兄弟，至少也是远房表亲，只因境遇不同而相互分离。

虽然有这么多相似之处，但是当威尼斯人说到异教徒时，他们往往指的是穆斯林：大多数陌生的外国人被描述为摩尔人，皮肤黝黑，野蛮不化，肌肉发达，应该作为奴隶被使用，或者作为恶棍被牺牲。没有人知道总督府主入口外面亲切地相互拥抱的四个小斑岩骑士是谁，但是威尼斯流传甚广的传说认定他们表现了正企图抢劫圣马可大教堂宝库时被抓的一伙卑鄙的摩尔人。菜园里的圣母教堂附近一个小广场上四个迷人的雕像长久以来一直被认为是摩尔人，以至于广场本身就用他们命名（尽管角落里那个有一只铁鼻子的雕像是安东尼奥·里奥巴先生，他曾是一个邪恶的人物，后来是一个滑稽人物，让不知情的跑腿的孩子给那个先生送信曾经是一个大笑话）。

两个非凡的摩尔人，身高20英尺，身上闪着亮晶晶的汗珠，在弗拉里教堂里扛着乔瓦尼·佩萨罗总督的纪念碑，他们的白色眼睛凸出着，脊背因为劳作而弓起。另两个摩尔人在圣马可广场的钟塔顶上敲钟报时，动作出奇地灵敏：没错，他们曾经无意打到了一个工人，让他从高空摔到广场，摔断了脖子，但是在敲了这么多世纪以后，他们只在钟的表面留下一个浅浅的凹口。最古怪的摩尔人雕像身体扭曲，只有一条腿，在马斯特利宫的墙上赶着一头不情愿的骆驼。威尼斯曾经有这样的习俗，如果一个小孩

1　岩石清真寺（Dome of the Rock），又称圆顶清真寺，金顶清真寺，于687–691年间建造，位于耶路撒冷老城。

子注定要成为贡多拉船夫，他的教父就要把一块雕成摩尔人头颅形状的紫水晶戴在他的耳朵上，直到今天，威尼斯有一半较大的建筑的前门把手似乎都是厚嘴唇的黑人形状。在大旅行[1]时期，典型的威尼斯纪念品是一个小小的木雕黑人听差，系着腰带，包着头巾，有时候你会在较有自我意识的英国古玩店门口见到这样的人，就像美国烟草店门口会站着印度人；这些木雕让人回忆起威尼斯人可以随意处置活的黑奴的时代，奴隶贸易逐渐消失后只能用木雕黑奴取代。

威尼斯人似乎总是有些反感莎士比亚对奥赛罗的构思，喜欢表明这都是误会，将军根本不是摩尔人，而是一个叫摩罗的威尼斯人，最初来自摩里亚——他们还补充说，他身穿闪亮的基督徒甲胄的雕像今天仍然立在卡尔米尼小广场上他的宫殿的角落里。但是，尽管威尼斯人有些傲慢的偏见，却并没有肤色的障碍。土耳其人获准在大运河边建造土耳其仓库时，仓库周围被划定了严格的界线，任何妇女和儿童都决不能走进那座建筑；但是，即使在15世纪，一个出身最高贵的年轻人也因为亵渎了一名黑人女奴的名誉而被关进井牢一年。

威尼斯有很多很愉快的东西让人联想到伊斯兰——尽管有时候，毫无疑问，这些东西比伊斯兰更加古老，它们直接来自阿拉伯军队冲出沙漠之前古老的君士坦丁堡。城里有装着古老铁栅的窗户和阴凉的庭院；有时候你会在朱代卡岛的船坞里见到细长浪漫的阿拉伯纵帆船；修鞋匠的鼻尖上架着眼镜，肌肉发达的光着膀子的铜匠在一堆铜狮子和铜海马之间忙碌；圣保罗小广场附近昏暗狭小的工作间里，女孩子们正盘腿坐着缝补鸭绒被；住宅墙

1　大旅行（Grand Tour），旧时英国贵族子弟到欧洲大陆旅行，以完成自己的教育阶段。

上有用作食物冷藏室的小孔；较为贫穷的布店橱窗里挂着贝都因风格的垫子，上面满是艳丽的花纹；朱代卡岛上的小出租房像贝鲁特的海边别墅，而圣埃琳娜教堂高大现代的建筑可能在埃及赫利奥波利斯看到；这里的喷泉和突然出现的花园仿佛让人瞥见了令人心醉的叙利亚；骆驼、包头巾的商人、被遗忘的东方皇帝的雕像像哨兵一样站在被忽视的庭院里；姑娘们带着鼻音轻轻哼唱着歌曲，和有时阿拉伯妇女的黑色面纱后面飘出的歌声一样；夫人们像深闺[1]里的太太一样从高大的宫殿关着的窗户后面偷看；威尼斯的夏天弥漫着安逸闲适没精打采的感觉；威尼斯的大门雕了花纹打了装饰钉，咖啡托盘放在专用咖啡桌上，朱代卡岛上的傍晚飘着茉莉花香，警察披风像阿拉伯人穿的带包头巾的斗篷。贡多拉篷子的白边像驼峰上的垫子，点缀着繁星的蓝色钟楼像卡纳克神庙[2]的一座坟墓，而圣马可大教堂本身，马克·吐温笔下"正在沉思着散步的巨大的长瘤的虫子"，则让大多数人想到一座东方宝库，一座撒拉逊人的战争帐篷，或者一座饰有流苏的伊朗国王的亭子。

在威尼斯，你可以享受东方的快乐却不必忍受它的痛苦。苍蝇很少见，蚊子数量不断减少，乞丐不会盯着你乞讨，水是卫生的，民族主义受到克制，不会有人用刀刺你，或者谈论犹太复国主义，或者把克什米尔问题归咎于你，或者逼着你喝砖茶或吃羊眼睛。但是在威尼斯，和在阿拉伯国家一样，你有一种欣慰的感觉，如果你任由事情自己变化，对生活要求不高，你的目标最终就会实现。如果你的朋友乘上汽艇，消失在你的视线之外，请不

1　原文为"purdah"，意为深闺制度，指印度等地的穆斯林或印度教妇女为了避开男人或陌生人的视线而生活在单独的房间或帷幕后面。

2　卡纳克神庙（Karnak），底比斯最古老的庙宇，在尼罗河东岸。

要惊恐：在圣马可广场闲逛一会儿，她就会出现，仿佛奇迹一般，没有惊讶也没有责备。如果你的小船被经过的驳船撞裂了，请不要沮丧：也许小船看上去无法修复，但是，不管怎样，如果你不大惊小怪，船坞会有办法修补它，你会从纽约得到一笔意外之财，你会发现小船比以往任何时候都更加优雅，更适合航海。

最能让人想起中东的是贡多拉船夫之间的争执，这么多世纪以来，他们的争执给游客带来了生动别致的快乐享受。开始他们因为诸如停泊区和缆绳之类的琐事意见不合，接着争执突然变得激烈又突然平息，同时事件参与者在活动肌肉。有时候，当积怨达到了顶峰，一个贡多拉船夫突然走到圣马可广场，不去理会这件事，似乎突然对一切感到了厌倦；但是，在仿佛暴风雨或猫叫春之前出现的瞬间的极度平静之后，他又猛地转过身，边朝对手走过去边劈头盖脸地辱骂。争执就这样时断时续地进行，一阵一阵地发作，情绪越来越激动，痛骂越来越猛烈，争吵声越来越高，越来越尖，越来越凶，时间越来越长，眼冒怒火，声音发抖，双脚直跺，最后的争吵似乎就要袭来，滔滔不绝的辱骂几乎没有间断，真正的肢体冲突似乎无法避免——突然之间，一切停了下来，船夫们莫名其妙地和好了，满怀期待的人群笑哈哈地散去，争吵声渐渐变弱，变成夹杂着自我辩白和相互理解的低语声。我曾经一百次在埃及的大街上见到过同样的情景，经常一个人马上就要割开对手的喉咙，却在这时失去了兴趣。

所有这一切——建筑、记忆、举止——将威尼斯和东方联系在一起，让异国情调看上去普通平凡。20世纪20年代，一位曾经在东非意大利殖民地担任总督的贵族回到威尼斯。他带回一个强壮的非洲仆人，给他穿上鲜艳的衣服，裹上红色头巾，系上绿色腰带，就像他的祖先装扮奴隶一样，并教会他驾驶家里的摩托艇。

我确信，威尼斯人和东方之间的联系太久远了，他们几乎不会对这个引人注目的人多看一眼，就像他们几乎不会注意那个总是让一头漂亮的印度豹坐在她的贡多拉前排座位的贵妇。

威尼斯的喧闹声也有东方特色，尤其是小街上紧随你身后的刺耳的收音机和电视机里的曲调，还有火车站迎接你的喋喋不休的搬运工、哨声和纠缠不已的导游。很多年前，这座城市丧失了安静的美誉。蒸汽船并没有彻底破坏这个美誉，因为这种船在大运河上驶过时曾经发出柔和的突突突噗噗噗嘶嘶嘶的声音，和抛了光的铜件以及上了油的活塞很相配；但是当汽油引擎在威尼斯出现之后，城市的平静就注定消失了。

今天，威尼斯至少和任何一座大陆城市一样嘈杂。发动机的轰鸣声，汽笛的鸣叫声，蒸汽锤的敲打声，怒气冲冲的船夫的喊声，隔壁女孩费力地练习弹奏肖邦的乐曲的钢琴声，贡多拉船夫警告的叫声，学生们的合唱声，愚笨的年轻人无聊的说笑声，醉鬼的哄闹声——所有这些声音被水面和四周的墙壁可怕地放大了，扭曲了，在房屋之间回响，好像在敲绷紧的鼓。（当你午夜参加完聚会，闲逛着走回家时，听见自己谈话的只言片语，清醒地意识到声音在运河上传得多远，显得多响亮，会感到很尴尬。）我曾经每天早晨被窗外可怕的发动机的噪声、高音喇叭声和说话声吵醒——就像维多利亚时代一位着迷的诗人所写的那样，"平静透明的水面上飘来令人兴奋的含混的音乐声"。这些嘈杂声也许会让你认为，野蛮人终于来到了潟湖；但是，事实上，这只不过是护送垃圾桶的船队在一艘艘地开进城市，船头搅起了泡沫，舵手摆出一副威胁的姿势，高高地站在船尾。

还有其他一些更能引起人们共鸣的声音。威尼斯的街道有自己独特的声音：鞋跟在石板上的快节奏的敲打声。一千户人家里传来无数金丝雀的啾啾声。饮食店的后面，柱球[1]打在木头上发出咔嗒声。邮递员浑厚的叫喊声在街道上空回荡，有时候一艘驳船用从胸口发出的咆哮声宣布自己冲进了大运河。百叶窗的咯咯声是一种熟悉的声音，因为这是一座坚决紧闭门窗的城市，总是在开窗关窗。

轮船汽笛的吼叫声是威尼斯特有的声音，还有拖船的喇叭声；冬天，下雾的夜晚，城市被包裹在一片阴暗潮湿之中，你可以听见远处潟湖里装钟浮标的叮当声，还有遥远的亚得里亚海低沉的海浪声。盛夏的时候，圣马可广场是一个各种声音混杂的地方：数不清的游客的叽叽喳喳声，孩子们的笑声，圣马可大教堂里风琴的深沉的低音，咖啡馆里管弦乐队尖细的演奏声，咖啡杯的叮当声，玉米粒在卖鸟食的人的纸袋子里的滚动声，卖报人的叫卖声，教堂的钟鸣声，钟表声，鸽子的叫声，从拐角的码头渗透进广场的大海的声音。这是一种让人兴奋的有亚历山大城特色的混合。菲尔丁[2]笔下的盲人说他一直想象红色"很像喇叭的声音"：如果你要为圣马可广场的交响乐找一个视觉的对应物，那就想象一块朱红色的被单，中间夹杂着金色，边缘染成海绿色。

威尼斯已经不是18世纪时那座首屈一指的音乐之都，那时，它的四所公立音乐学校非常活跃，它的唱诗班和器乐家无与伦比，维瓦尔第神父在主持弥撒时突然产生灵感，立即跑到圣器收藏所匆匆记下音符。尽管如此，音乐仍然经常在这座城市响起。

---

1 九柱戏用的球。

2 菲尔丁（Henry Fielding，1707-1754），英国小说家、剧作家。

夏季，伟大的交响乐的旋律从被泛光灯照亮的令人惊叹的庭院升起；十二音音阶和电子乐和弦在国际当代音乐节上奏响，经常吸引斯特拉文斯基[1]本人在凤凰剧院指挥自己的作品；圣马可大教堂曾经接受蒙特威尔地[2]的训练的庄严的唱诗班在教堂里高高的镶嵌画之间像天使一般歌唱。贡多拉船夫不再互相引用塔索[3]的诗，或是哼唱古老的威尼斯情歌（今天大多数流行曲调都来自那不勒斯、伦敦或纽约）：但是，有时候，某个热情奔放的年轻人会敞开心胸，也敞开歌喉，乘着低沉的咏叹调的翅膀在运河上顺流而下。

圣诞节是倾听威尼斯的钟声的最佳时节，那时空气里雾霭弥漫，城市的各种声音变得低沉浑厚，像葡萄干布丁。圣诞节的早晨，威尼斯的钟声此起彼伏，庄重的钟声和激动的钟声，克制的钟声和浮夸的钟声，沙哑的钟声、和悦的钟声和坏脾气的责备的钟声。圣特罗瓦索教堂的钟声听上去和阿尔卑斯山上的牛戴的颈铃声一模一样。卡尔米尼教堂的钟声敲响的是露德圣母赞歌的开始几个音符。佐比尼果圣母教堂的钟声"响得没完没了"，维多利亚时代的一位游客写道，"整个街区的人一定都被弄得心烦意乱"。圣约伯教堂附近的童贞圣母教堂的钟声让隔壁修道院的僧侣们烦恼不已，1515年的一天夜里，他们把钟楼夷为平地：后来他们不得不自己出钱重建钟塔。

从圣马可大教堂钟楼的废墟里抢救出来的大工人钟已经不再

1　斯特拉文斯基（Igor Fedorovitch Stravinsky，1882–1971），俄国作曲家。

2　蒙特威尔地（Claudio Giovanni Antonio Monteverdi，1567–1643），意大利作曲家，被认为是古典音乐史上一位划时代的人物。

3　塔索（Torquato Tasso，1544–1595），意大利诗人。代表作叙事诗《被解放的耶路撒冷》，以1096年第一次十字军东征为题材，反映文艺复兴时期人文主义同宗教思想的冲突。

敲响，而是悬挂在钟室里，一副脆弱而可敬的模样：但是大教堂的新钟是唯一可以在午夜敲响的钟，它也在白天按照难以预测的时间表敲响，两次敲钟之间的间隔毫无规律。大教堂西北角一个小石头顶篷下面有一只报时的小钟；这只钟的钟声似乎引发或刺激了钟塔上的那两个摩尔人，他们立即举起锤子，开始敲钟。所有这些钟，还有很多其他的钟，在午夜时一齐敲响，迎接圣诞，在12点过后的一分钟里，回音响彻，你可以听见钟声变得越来越弱，在潟湖上传送，像喋喋不休的老人渐渐进入了梦乡。

还有一种声音公然蔑视摩托艇和刺耳的收音机，使人想起旧时的威尼斯。有时候，大清早，你在朦胧的晨光中躺在床上，也许会听见窗外船桨轻柔的一丝不苟的溅水声，一只轻盈的小船迅速划过的哗哗声，浪花拍打在运河防波堤上的潺潺声，还有划桨的人从容而自信的轻快的呼吸声。

一种具有伊斯兰特征的自我克制意识似乎支配了威尼斯人对于享乐的态度。这不再是一座可以喧闹活泼地享受的城市，威尼斯人早已失去了共和国没落的最后十年间极具特色的轻率的快乐。现代威尼斯人谨慎从容，从小被灌输了怀疑主义。他直视放纵，用分析法仔细检查这个世界上的乐事，就像一个饥饿的昆虫学家解剖一只罕见的但可能可以食用的蜘蛛。威尼斯仍然是一个闲逛或者享受轻松的好地方：但是和伊斯兰世界的城市一样，它不是狂欢的理想之地。

例如，它不是美食家的天堂。从前，威尼斯菜曾被认为是世界上最精美的菜肴，尤以野猪、孔雀、鹿肉、精心制作的色拉和多层糕点而出名。但是，即使在那个时候，一些完美主义者也认为这些菜肴因为使用了过多的东方香料而被糟蹋了：诗人浪子阿雷蒂诺[1]曾说过,威尼斯人"不懂吃喝",另一位评论家刻薄地说,意大利烹饪的骄傲就是它的硬饼干,尤其经得起象鼻虫的啃咬(1669年留在克里特岛的几块饼干在1821年还可以吃)。当然,现在威尼斯的食物和饮料已经完全没有了古代光荣的痕迹,总的来说慢慢变得和意大利菜一个样。

似乎没有什么饮料是威尼斯所特有的,就像啤酒似乎来自德国,亚力酒来自巴格达枣树的汁液。威尼斯内地产的葡萄酒大多很平常,而酒商贮存的外国酒的品种非常有限。大多数威尼斯餐馆只有红葡萄酒或白葡萄酒(在小饮食店里称作干红和干白。)这座城市最有名的酒吧非常棒,但总是感觉不自然:哈里酒吧的主人和员工都是威尼斯人,喜欢谈论来过这里的名人——引人注目地挎着弹药带和死鸟,大步流星地从托切洛岛走来的海明威;撑着胳膊坐在烤过的三明治旁边的奥森·威尔斯;公爵夫人(无论有没有公爵陪伴);总统(无论是否还在任期);电影明星(签了合同的,正在休息的,或者出于自私目的出席电影节的);一两个主教,杜鲁门·卡波特[2],几个诺贝尔奖得主,温斯顿·丘吉尔本人,抱着颜料盒的在印度发财的最后几个欧洲人。

眼睛周围画着浓妆的意大利贵族喜欢在这里默默地坐在缭绕的香烟之中,看上去非常高贵或者非常丢脸,这里的侍者会给你一杯贝利尼或蒂齐亚诺,他特别调制的两种鸡尾酒。夏天,乘喷气机到处旅游的富豪聚集在哈里酒吧,威尼斯人带着某种自豪谈起这家酒吧,因为自从它1920年开业以来,获得了神话般的成功:但是它和威尼斯的腐朽精神、它高耸的纪念碑和沉思的灵魂

1　阿雷蒂诺(Pietro Aretino,1492–1556),文艺复兴时期意大利作家。

2　杜鲁门·卡波特(Truman Capote,1924–1984),美国作家。

极不和谐。

性、运气、密谋、炫耀的快乐——所有这些都在威尼斯编年史中被大量描绘，在威尼斯画家能够引起感官享受的画布上得到体现：但是饮酒的乐趣却很少出现，据说狂欢节本身就是为了让人们可以不喝醉就逃进非现实的世界。在威尼斯，日常的殷勤好客总是有所节制——一杯马沙拉白葡萄酒，预先调好的一小口鸡尾酒，一盒饼干，就能让每个人都心满意足。如果威尼斯古老宫殿的主人今天能喝点儿什么，他们也许会像以前一样喝最昂贵的咖啡，特别是从阿拉伯半岛的西海岸进口的咖啡，用有缺口的金杯端上牌桌。

他们吃东西也高贵而节俭。一家餐馆用一首吸引人的小诗为自己的优点做广告：

> 我们厨师的手艺，
> 意大利无人能比。
> 他做出的每道菜，
> 先生太太都欢喜。
>
> 杏仁蛋糕有脆皮，
> 它美味无与伦比。
> 只要尝上一小口，
> 忧伤消失无踪迹。

但并不是每位先生太太都会欣赏威尼斯菜。甚至威尼斯人自己也心存疑虑。有一次我看见一群餐馆老板聚在主教教区开会：大多数人脸色蜡黄，长满疙瘩，有些人似乎真的营养不良。你可以在两三家较为豪华的酒店吃到昂贵考究的饭菜，但是一般餐馆的菜单都极其单调乏味。本世纪[1]的第一年，E. V. 卢卡斯[2]花了一个月时间吃遍了威尼斯的每一家餐馆，得出结论说只有一家餐馆让他想再去一次。我试过大约30家餐馆，如果任何一家拒绝我再次光临，我不会感到受到了无法忍受的虐待（尽管我会深情怀念无数朴实的吃饭的地方，他们会把你的饭菜放在袋子里，当你穿过大街小巷走回家时，袋子冒着热气，散发着对虾和千层饼的味道）。

　　威尼斯餐馆的服务通常粗糙爽快，有时候不拘小节，偶尔非常粗鲁，而饭菜在上了十几道之后开始变得没有区别，让人昏昏欲睡。肉菜以小牛肉为核心，变化缓慢。色拉毫无想象力，在你的坚持下会以大量的茴香作为补偿。只有在威尼斯当地人吃的鱼端上来的时候，你才可能感觉到一丝热情。威尼斯龙虾非常美妙。有一道菜叫海鲜炒饭，可能会好吃，至少在吃头20次或30次的时候。各种鳗鱼非常好吃，还有数不清的小贝类和软体类动物。如果季节合适，餐馆不太自命不凡，你可能吃到美味的软壳螃蟹，这在美国是美味佳肴，在威尼斯却被当作粗鄙的食物。

　　在我看来，你越往下滑到底层的威尼斯厨房，越可能享受美味，最后，你不去理睬饭店里的橘子黄油薄卷饼和大餐馆里斯文的饕餮，坐在一家水边的饮食店，吃着从潟湖打上来的好吃却没有名字的鱼，配菜是小螃蟹，喝着一壶刺激的白葡萄酒，配上厚厚一块油光闪亮的玉米面包，威尼斯人吃的这种温暖的玉米面包配上鳗鱼、鳟鱼或金枪鱼，简直就是总督享用的食物。

1　指20世纪。

2　E.V.卢卡斯（Edward Verral Lucas，1868-1938），英国散文家，曾游历多国，著有多部游历作品。

住在威尼斯是这个世界所能给予的最大乐趣。但是，尽管我在这里常常快乐得无法形容，心中常常充满了赞赏之情，常常沉溺于令人感兴趣的事物、迷人的魅力和丰富多彩的一切之中，但我从不曾感觉想要狂欢作乐。威尼斯人的黎凡特式态度有传染性。不止一次，我看着一群快乐的游客乘船从大运河上漂过，伴着手风琴唱歌，相互打趣逗笑，用高脚杯倒上红葡萄酒相互祝福，这时我仔细审视自己的反应，发现自己在估算退瓶费能有多少。

18. 四　　季

　　威尼斯是一座季节性很强的城市，天气和温度是对它影响最大的因素。它活在夏季，那时它著名的旅游业突然活跃起来，尽管现在每一年旅游季节都在延长，游客一年四季都大量涌入，但在冬天它仍然可能是一个非常简单平凡的地方，充满了忧郁，圣马可广场冷冷清清，运河波浪起伏，死气沉沉。威尼斯冬季的气候臭名昭著。恶劣、阴冷、潮湿的瘴气一连几周笼罩着这座城市，只偶尔几天会被冬天灿烂的阳光驱散。大雨滂沱，带来很高的湿度，搅起大运河河底的泥，哗哗地顺着大教堂的大理石往下淌。雾肆无忌惮地从海上涌来，简直太浓了，你连圣马可广场的另一边都看不见，瓦波雷托费力地朝里阿尔托驶去，船员站在船头紧张地瞭望。有时候，一层白雪覆盖了城市，让它有一种不恰当的怪诞的感觉，仿佛让公爵夫人穿上有粉红色褶裥花边的衣服。有时候，吹袭亚得里亚海沿岸的季节性东北风的边缘扫过水面，在狭窄的运河里掀起巨浪，恶狠狠地把停泊的小船扔向码头。夜晚雾气弥漫，坟墓一般死寂，白天总是以单调的灰色开始。

　　于是威尼斯缩成一团，坐在热力不足的炉子旁边，或者乱糟糟地挤在咖啡馆。大运河边的宫殿锁得严严实实，只从发霉的深棕色帘子后面透出一束叮当作响的丑陋吊灯的暗淡灯光。船夫蹲在舵柄旁边，裹着麻袋和旧大衣，有时候紧紧抓着雨伞。小巷里的猫憔悴地蹲坐在格栅后面，鸽子萎靡地聚集在圣马可广场有遮挡的缝隙里。整个威尼斯都因为流感、伤风和咽喉感染而抽噎（15世纪，共和国秘密处理了三个政敌，他们的死因被平淡地宣布为黏膜炎，每个人都确信无疑）。圣马可广场没有一把小提琴在演奏。没有一个兜售生意的商贩在商场闲逛。几乎没有游客抱怨热巧克力太贵。这是一座僻静的城市。

它的庆祝活动有俱乐部的感觉，没有窥探的外人参加。威尼斯的圣诞节完全是家庭节日。火车上挤满了返乡的人，从巴黎回来的侍者和工人，从伦敦周围诸郡回来的家庭保姆，大街上很多人在握手，汽艇站有很多欣喜的团聚。突然之间，威尼斯的所有人似乎都互相认识。川流不息的顾客穿着最漂亮的衣服涌进狭窄的梅塞利亚，人群太拥挤了，有时候守在交叉路口的警察不得不强制规定单向通行。窗户里面迅速出现很多圣诞树。每一艘经过的驳船都载满了瓶子，或包裹，或从山上砍下来的小枞树，威尼斯的每一个孩子身后都飘着一只红气球。

圣马可广场的时髦咖啡馆里（那里有彩色条纹织物和细长腿的椅子），打扮得整洁漂亮的孩子顺从地听着干净利落的舅舅没完没了地回忆往事。圣诞夜，2万个家庭聚在众多咖啡馆的电视机前，咯咯地笑着，喝着苦艾酒，吃着黏糊糊的蛋糕，那天最受喜爱的旋律从一家商店飘到另一家商店，从一座广场飘到另一座广场，从一条漆黑的小巷飘到另一条漆黑的小巷，像夜晚快活的暗号。圣诞节的礼拜仪式温暖、快乐、闪烁着光芒；马槽简陋却感人；唱诗班放声歌唱；威尼斯不像一个不可一世的贵妇，倒更像一个丰满红润的女店主，在客人离开后享受一杯烈性黑啤酒（除了一排排神秘的教士，穿着金色和深红色的衣服，笼罩在香烟之中，你可以瞥见他们一次又一次地从大教堂敞开的门穿过）。

想要看到威尼斯共和国素面朝天的模样，就在雾气迷蒙的2

月的某一天凌晨3点起来，看着这位老太太不情愿地醒来。当你站在俯瞰大运河的阳台上，仿佛你是一只铅垂，被吊放在几乎被废弃的无名之地，这里死一般的沉寂，被迷雾塞住了嘴巴，捆住了双臂。浓雾包裹的大运河上映着一片片昏暗的灯光，唯一看见的人是一个戴着毛皮帽子的孤独的怪人，正在用冰冷的不自然的专注神情读着汽艇浮舟上的规章制度。你披上毛衣，轻手轻脚地走下你住的宫殿里刷洗过的发出回声的楼梯（经过二楼熟睡的律师，一楼的斯拉夫男爵夫人，躺在自己窝里的姜黄色独眼猫，上了挂锁的厚重的煤窖门，门口停满了鸽子的无名英雄的半身像，木棚上被忽略的圣母玛利亚像，干燥杂乱的草坪和吱嘎作响的发紧的铁门）——当你终于来到外面，会发现整座巨大的城市湿漉漉的，沉沉地睡着。伦敦和纽约从没有纯粹的夜晚：在威尼斯，在雾气朦胧的冬天，凌晨3点，仿佛白天永远不会来临。

　　一切都阴冷潮湿，打着漩涡，孤独冷清。如果你突然停住脚步，静静地站一会儿，让脚步的回声消失在某个角落，你会只听见悲伤的河水拍打着系住的小船，远处的雾钟叮叮当当地响，或者海上一艘汽船发出低沉的隆隆声。也许，屋顶那头很远的地方会传来男人结结巴巴的说话声，声音不太清晰，时有时无。也许，一盏暗淡的忠实的灯会在金属箔谢恩奉献物前面闪烁。在托莱塔运河上一只贡多拉的座位下面生活的白猫也许会像魔鬼一样突然从窝里跳出来；或者也许甚至会有一个孤独贫穷尽职尽责的人，裹着破旧的羊毛衣服，用披巾捂着鼻子和嘴，手里拎着绳子编的购物袋，匆匆去打扫无情的办公室，或者去买清晨第一棵包菜。其余的一切都沉浸在潮湿、阴沉、被浓雾裹住的寂静之中。水从一只古老的水泵哗哗地流出来。灯光忧郁地照着小巷，有时候，潮湿的砖石的闪光衬托出雕像半只圣洁的鼻子，一只孔雀雕塑的尾巴，一顶王冠，一枚纹章，或者勋章上的一只螃蟹。

在冬天，威尼斯的边缘首先醒来。空空荡荡的停车场那边，生活一大早就开始了。圣基娅拉教堂外面，一个健壮的巡夜人在码头来回巡视，灯光从十几艘驳船的舱口照射出来，把机师巨大的移动的影子投在河对面的墙上。在堤道尽头，每天都在那里排队的卡车和拖车正等着卸货，柴油发动机冒着浓烟。码头边的大仓库里传来刺耳的说话声和货箱的碰撞声，飘来鳗鱼、苹果、洋葱和廉价烟草的气味。四周是灯光，警察，几家灯光明亮热气腾腾的咖啡馆，码头边喋喋不休、杂乱喧闹的生活。

当你从大街小巷漫步走过时，早晨这幅生气勃勃的景象在威尼斯全城慢条斯理、迟疑不决地展开。城市的边缘卷曲起来，有了色彩，迸发出冬天的热情。当你穿过多尔索杜罗区往回走时，敞开的门里照射出的一道道光线穿透了迷雾。无数咖啡馆正打开百叶窗，店里的瓶子、咖啡机和糖盒在雾气中睡意未消地闪着亮。在圣保罗区，一个屠夫正和助手费力地把一副骨架抬进橱窗。拳击桥边，匆忙巷的拐角处，一个水果贩一边打着哈欠，嘟嘟哝哝，一边睡眼蒙眬地从驳船货舱里爬出来。一只小船满载着来自潟湖的疯狂的渔民，正在一座桥下破浪前进。在学院桥高高的桥拱下面，两艘笨重的水泥驳船正费力地在大运河逆流而上，船员们在互相喊话，在昏暗的光线中，船显得巨大、缓慢、沉重，像古老的单层甲板大帆船。圣毛里齐奥教堂外面，两个脸色苍白的见习修女正在擦洗大理石台阶。佐比尼果圣母教堂里面，巴洛克风格的天使充满怜悯地从祭坛上转身俯视着早晨的弥撒（一个神父、一个侍祭、三个修女和一个穿灰衣服的面带愁容的妇女）。哈里酒吧旁边，一个海员从瓦波雷托上走下来，手里拿着包在报纸里的步枪，纵横交错的小巷里，一队队清洁工在寒冷的空气中有力地嗖嗖地挥舞着刷子。

就这样，白天在粉红色的晨光中不动声色地再一次开始，这是仿佛透纳的水彩画般的一天，多雾、潮湿，只有海鸟出没。"糟糕的早晨，"你在咖啡馆点早餐时对侍者说，但他只是耸耸肩，对你露出忧郁的微笑，就像一位总督可能会对一个胡搅蛮缠的皇帝露出的微笑，或者一位了不起的海军上校屈尊俯就一个土耳其人时可能露出的微笑。

接着，一天早晨，春天来了。不是任何一个古老的早晨，而是5月15日那一天，因为威尼斯人相信历法绝对可靠，把每一个季节的开始看作一次严格固定的盛会。在6月1日沐浴季节开始之前洗澡的外国人确实是疯了，似乎所有的燕子的确在每年7月25日（圣詹姆斯节）那天从城市消失，为蚊子清出场地。

春天，燕子不断地飞来，给这里带来新的微妙的激动——"一只燕子飞到威尼斯，那勇敢的航海家！看到那些小鸟飞翔，我们也想要一对翅膀。"总的说来，威尼斯不是一座雀跃的城市，不像雾气迷蒙的早晨的纽约，或者初夏的伦敦，每个人都感觉自己是弗雷德·阿斯泰尔[1]，每个姑娘都像埃及艳后克娄巴特拉。在这里，当一副沉思表情的威尼斯人从你身边走过，或者一群各色各样的游客朝你扮鬼脸，误把你当作要带他们参观玻璃工厂的人，你的口哨声会越来越轻。但是，在春天，这座城市也有心旷神怡的时刻，你可以快乐地重复这首打油诗：

带着对R.B.应有的敬意，

1　弗雷德·阿斯泰尔（Fred Astaire, 1899–1987），美国舞蹈家。

我在春天做特别的祈祷：

"哦快去意大利，

在威尼斯，春天已经来到！"

　　春天是威尼斯一年中平静愉快的日子。城市不太拥挤，阳光不太强烈，雾气已经消散，有一种不适还在而繁荣即将到来的感觉。煤矿工人带着热情洋溢的笑容敲你的门，说他非常愿意买回你家里没有用完的无烟煤（当然，价格稍低一些）。蔬菜贩子从身后的花瓶里拿出一枝康乃馨，用真正那不勒斯人的夸张手势送给你。终于出现了一条条一点点的绿色，让冷硬的城市变得柔和起来。母猫全都怀上了小猫，公猫则消失在了灌木丛里。白天变得明亮起来，暖风从南方吹来，城市的人行道都似乎受到了疼爱，苏醒过来，更不用说阴湿寒冷的客厅了。春天洪水般涌进威尼斯，像让人激动的长生不老药，或者一杯干马提尼，或者也许一剂解毒糖剂。

　　现在威尼斯巨大的旅游机器开始给齿轮上油，给船舷的水上部分上漆，为夏天作准备。无论你走到哪里，都能看见贡多拉的部件刚刚油漆过，挂在墙上，像五月的图腾——闪亮的座椅，天鹅绒靠垫，窗户把手上挂着的一只铜海马，门上靠着的一块黑色胡桃木镶板。船坞里挤满了度假用的船，正在刮去船底的水草。整个冬天，大运河就像一条平常的市场公路，一条公交线路，一条商业街，现在变成了旅游业的供给线，新季节的所有帘幔、油漆桶、室内装饰品、餐具、床罩、家具和铬配件都经过大运河涌到圣马可大教堂。今年第一艘游轮诱人地停泊在潟湖里，甲板上支着鲜艳的凉篷，烟囱里冒出的蒸汽带着爱琴海的气息，或者船身上有一抹从哈得孙河带来的锈迹。春天的第一批

游客成群结队地从圣马可广场走过，因为行程前一站各不相同
而戴着塔布什帽子[1]，穿着马耳他拖鞋、西班牙短裙或披着阿拉伯
斗篷。第一艘来访的战舰停泊在海关，值班的军官系着红色腰
带，挎着佩剑，在甲板上趾高气扬地走来走去。这个季节的第一
批英国海员在史基亚弗尼河滨大道快活地打了一架之后进了市
医院。

现在，旅馆、膳宿公寓和餐馆变得生气勃勃。他们的铜件擦
得锃亮，他们的码头漆成鲜艳的蓝色和金色。如果你想要订一间
房间，前台不再像一个月前那样快活随意地和你打招呼，而是扬
起富有季节特色的精明老练的眉毛，翻开登记簿里高傲的一页，
友好地告诉你说，很幸运，因为一位委内瑞拉客人刚刚取消预
订，他可以给你一间虽然很小却非常宜人的房间，不是不幸地俯
瞰大运河，而是俯视后面一条非常有特色的小巷，只是有一点
吵——唉，房间里没有浴室，不过走廊尽头有一间，在侍女的餐
具室那边——在六楼，当然有电梯，可以通往四楼——所有这
些，他差点忘了告诉你，都是特价，如果换算成里拉，似乎比你
在丽兹大饭店订一间皇家套房的价格稍贵一些。他带着冷漠的微
笑把你的名字加进登记簿里：因为现在是春天，而威尼斯人的本
能正在苏醒。

水道沿岸也一样，沉闷的宅第迅速摆出了花盆，挂上了金丝
雀笼，上了清漆。漫游在外的有钱人的仆佣们一阵忙乱，因为主
人马上就要回来了。在很多冬天关上了百叶窗的公寓里，女仆和
男仆们正围着围裙在一团灰尘里干活，不少精明的户主正在收拾
东西，准备迎接可以带来丰厚利润的夏天的房客。"第一天傍晚，"

1　穆斯林男子戴的红色无边圆塔帽。

一位威尼斯贵族曾经告诉我，"我的美国房客会发现，从男管家到蜡烛台，一切都准备得妥妥当当——他们住进来一个小时后就可以招待十几个客人吃一顿津津有味的晚餐；但是，在他们住在我的公寓里的这段时间，如果很高的服务标准稍稍降低了一点点，唉，这是个艰难的世界，不是吗，充满了幻想的破灭。"

有时候，在春天的威尼斯，你醒来后发现这是一个仿佛加纳莱托[1]在画中描绘的日子，整座城市都充满活力，洒满阳光，天空是妙不可言的淡蓝色。在这样的早晨，威尼斯弥漫着鸢尾花和自由的气息，一切都那么轻盈、开阔、自在、清澈，仿佛城市的装饰师在油漆里混合了香槟，泥瓦匠在砂浆里掺进了薰衣草。

喋喋不休的说话声和旅行支票上的褶痕突然把夏天带到了威尼斯。娱乐工厂全速运转，城市根深蒂固的忧伤消失在赚钱的光辉里。这并不像听上去那么不愉快。全盛时期的威尼斯曾被描绘为"一家巨大的东方开发合资公司"。今天，它的金钱来自旅游业。它在这个世界的主要功能就是一家寄宿博物馆，一个丁托列托假日营地，就像考文垂的功能是制造汽车，锡达拉皮兹[2]的功能就是生产玉米片一样：虽然这座城市在夏天可能非常拥挤，热得让人冒汗，成群的游客并不雅观，威尼斯人喜欢敛财，令人不快，但是，这一切感觉运转正常，就像一台仪器在精确记录每一分钟的运行，或者一台水泵在进行有效的灌溉。

这没什么新鲜。"威尼斯（Venetia）这个词，"过去一位编年史作者曾经写道，"被有些人解释为 Veni Etiam，意思是'来了再

---

1 加纳莱托（Giovanni Antonio Canal，1697-1768），在英语中称为 Canaletto，意大利画家。画作以描绘18世纪的威尼斯风光主题知名，记录了大运河边的人家、作坊、赛舟会、节日庆典等城市景象。

2 锡达拉皮兹（Cedar Rapids），位于美国艾奥瓦州，曾有美国最大的麦片加工厂。

来'。"威尼斯人一直在利用城市的假日财富。甚至在14世纪，它就是一座旅馆之城——礼帽旅馆、野人旅馆、马驹旅馆、龙虾旅馆、雄鸡旅馆、鸭子旅馆、甜瓜旅馆、匈牙利女王旅馆。（它也是一座贪婪的垄断者之城——其中九家旅馆都被一个人拥有。）位于现代监狱所在地的一家客栈由一个英国人经营，因为有很好的马厩，所以经常有英国游客惠顾。另一家现在仍在营业的旅馆曾在1397年暂时歇业，因为旅馆主人被指责短斤少两。早在13世纪，威尼斯就有旅游警察，他们的工作是检查旅馆的卫生和舒适情况，催促迷路的游客（这些警察会说好几种语言）去更加昂贵的商店。

"圣马可广场，"中世纪的一位威尼斯僧侣挑剔地叹着气写道，"似乎永远挤满了土耳其人、利比亚人、帕提亚人和其他海上怪物。"年景好的时候，一年有十万游客来威尼斯参加升天日交易会，这是第一个国际贸易节，圣马可广场搭满了大帐篷，河滨大道两边全是售货棚和货摊。游客从欧洲各地涌来，观看一年一度的庆典，在典礼上，总督乘坐一艘精心装饰得如梦幻一般的驳船，将一枚戒指扔进亚得里亚海，象征威尼斯的永久统治。18世纪，威尼斯充斥着戴面具的赌徒、妓女、冒险家和狂热的享乐主义者，狂欢节——那些令人愉快却堕落的狂欢活动——受到国家的有意鼓励，部分是为了让没有权利的民众高兴，但部分也是为了吸引游客。威尼斯也许是世界上首屈一指的旅游胜地。它为恭维而活，用像猫眼石却困倦的眼睛端详着它的崇拜者。当夏天让城市忙忙碌碌，旋转式栅门吱吱嘎嘎，收银机叮当作响，这种感觉再合适不过了：机器又开始工作，工厂汽笛在拉响，设菲尔德[1]又在生产

1　设菲尔德（Sheffield），英国钢铁工业基地之一，以产优质钢及其制品著名。

刀具，朗达[1]的煤矿又开始产煤了。

近年来，威尼斯通常每年要接待的外国游客大大超过一百万。圣马可大教堂里经常能听见用各种西方语言做的忏悔。美国游客数量最多，其次是德国人、法国人、英国人、奥地利人、瑞士人、丹麦人、比利时人、荷兰人、加拿大人和（一份参考表谨慎地表述道）其他人等。有时候，夏天一天当中有一万辆汽车开过堤道，公共汽车太多了，在罗马广场让乘客下车后就退回到大陆，你可以看见它们杂乱地停在大桥桥洞下的阳光里，像乡村教练站在板球看台后面。威尼斯有170家著名旅馆和膳宿公寓，在旅游旺季全都人满为患。我曾经在凌晨3点来到圣马可大教堂外面，看见认真的游客在月光下翻阅旅游指南。汽车修理站的一个服务员声称，在看到车牌之前，他就可以从车里人的眼神看出他来自哪个国家。

就这样，透过松散的镀金的网眼，这个世界具有代表性的各色人等来到这座城市，而夏天威尼斯的乐趣之一就是看着这些海上怪兽鱼贯而过。德国人似乎占优势，因为他们成群行动，大声交谈，用力推搡，而且似乎没有特别的脸部特征，完全消失在快乐的被太阳晒黑的开大众车的人群中。美国人要么穿着艳丽得令人恶心的衣服，例如深红色的丝绸，要么穿着不引人注目的快干棉质衣服：前一类人带着聪明的孩子和大比例尺的地图，故作镇静地坐在饮食店里；后一类人袒胸露肩，化着浓妆，微带醉意，坐在哈里酒吧角落里的一张桌边。

在我看来，英国的男人最优秀（他们常常气质高贵，往往风格简朴，有时候特立独行，却讨人喜欢）而女人最糟糕（脾气不

---

1 朗达（Rhondda），英国威尔士南部的煤矿区域，包括一系列相连的城镇和村庄。

好，头发不洗，衣服不合身，势利，喜欢调情，令人尴尬）。法国人几乎都很讨喜，无论是拿着好几本导览手册的学究气十足的老绅士，还是画着紫色眼影，没有涂唇膏，支持存在主义的学生。日本人几乎淹没在一大堆像花彩一样的摄影器材之中。印度人不可思议地脆弱、细腻、冷淡。南斯拉夫人似乎有些不知所措（贡多拉船夫说他们是最吝啬的游客）。澳大利亚人显而易见。加拿大人难以分辨。俄国人不再来。中国人还没来。

面对众多游客，威尼斯的性格在夏天突然变得粗鲁起来。无论你在圣马可广场的任何地方，咖啡的价格都蹿得很高，当你领着顾客渐渐远离那个贪得无厌的支点，咖啡价格会随着地形渐变而逐渐降低。圣马可广场的侍者把最粗鲁的态度拿出来温习，准备应付每天几百个认为——可以理解——账单一定弄错了的人。纪念品店像扎眼的霉菌一样突然出现，市场上突然充满了草帽、贡多拉船夫的衬衫、印在头巾上的地图、铅做的贡多拉、伪造的古董——"非常有独创性"，过去的商人曾经说——一百万幅圣马可钟楼的水彩画，一千个圣马可钟楼形状的镇纸。

毫无戒心的乘客走下汽船，一对令人生畏的搬运工上前搭讪，他们把他的行李搬到15步以外的旅馆大堂，强迫他为这项服务支付足够一顿丰盛的饭菜和酒水的钱。憔悴的教堂圣器收藏室管理人从长袍上掸去灰尘，热情地从阴影里走出来，拽你去看小礼拜室里最后一幅伪造得并不高明的提香作品。被宠坏了的年轻人缠着你去看他们的展销厅。"贡多拉！贡多拉！"的喊声像一句不恰当的建议在码头尾随着你。乘电梯上钟塔要排队。每天早晨往可怕的地牢里看的人太多了，让卡萨诺瓦头晕。圣马可附近的一家商店能够应付权力平衡中各种可能的变化，思乡的游客可以在那里买到也门、乌克兰、玻利维亚或者甚至联合国的国旗。

威尼斯的导游们哼唱着抑扬顿挫的胜利的曲调，再次开始施展才能。"威尼斯的导游，"奥古斯塔斯·黑尔在20世纪90年代写道，"通常无知、粗俗、愚蠢，除了弱智得无可救药的游客，所有人都认为他们是令人无法忍受的讨厌家伙。"（虽然在那本书后来的版本中，他删去了关于弱智的部分。）尽管如此，威尼斯的导游却非常活跃，旅游路线经理的数量不断增长，很多可怜的度假者在结束一天的消遣之后跌跌撞撞地回到家，仿佛她一天都在用脚踏磨磨玉米，或者参加一项非常重要和极其痛苦的口试。威尼斯有107座教堂，几乎每一个游客都感觉自己参观了至少200座：因为导游和旅游指南假设他们的受害者像受到鞭打一般不知疲倦，完全不需要按时吃饭，对不同时期、不同水平和不同目的的艺术有着无法满足的嗜好。

例如，一份行程安排建议不幸的游客第一天早晨参观圣马可大教堂（镶嵌画、宝库、马画廊、博物馆、八座礼拜堂、著名的地板、洗礼池、中庭、带来胜利的圣母马利亚、黄金祭坛、圣坛屏和圣器收藏室）；教堂外面的广场（钟楼、钟塔、图书馆、考古博物馆、顶端立着圣马可和圣西奥多雕像的两根圆柱、旁边的两座小广场、科雷尔博物馆、花神咖啡馆和油画咖啡馆[1]）；总督府（外面的拱廊、巨人阶梯、议会厅、丁托列托的《天堂》、军械库、叹息桥、地牢、告密口）。下午，他要接着参观美术学院画廊（所有24间展室）；圣洛可学校（所有62幅提香作品）；弗拉里教堂（贝利尼的《圣母子与圣徒们》、提香的《圣母升天》、提香和卡诺瓦的墓、佩萨罗组塑、纪念碑、非常精致的唱诗班席位）；市场（鱼和蔬菜）和圣贾科莫小教堂，简短却细心的参观会在这里得到

---

1 花神咖啡馆和油画咖啡馆都因历史悠久而家喻户晓。

很好的回报。一天结束之前，他要在里阿尔托桥上度过"安静的时刻"，然后，指南细心地建议，宁静地乘贡多拉回到旅馆。我曾见过游客们面容憔悴，不顾一切地按照这条路线参观，讲解者的声音不屈不挠，毫不动摇，没完没了，内容教条而无知，在圣乔治教堂或安康圣母教堂的上空飘荡。

唉，事实是，无论如何，威尼斯的大多数游客都从它的奇迹之间盲目地走过，被迅速送进机器，经过适当加工，然后沿着堤道吐出去。一个老派的英国人曾受到邀请，为一个中东国家设计一句旅游广告语，他建议使用这句残忍的贿赂游客的话："这里的每一处风景，都将打动你的心"：威尼斯的盛夏会有几个时刻，甚至纯洁的自由主义者审视在他身边旋转的旅游业冒失的滑稽表演时，也一定会抑制几个这样的偏执说法。在这样壮丽背景的衬托下，艺术和自然精巧地相互融合，人类可能看上去非常粗鄙。

但是，尽管人群并不适合这座城市的某些地方——西北没有特色的区域，浮码头后面的运河，内潟湖流域——著名的圣马可广场却在初夏炎热的天气里最值得游览，那时游客从世界各地来到这里，细看它的奇迹，而威尼斯就是一只巨大的敛财的手。在升天节那个星期，按照古老而模糊的传统，由天使使者引导的东方三博士每小时在钟塔表面出现一次，围绕着圣母马利亚旋转，表示尊崇（在一年中除了这个星期之外的其他任何时候，你会看见他们身体僵硬，眼睛凸出，被收在塔里的一只玻璃橱里，放在运载钟上的数字的大旋转鼓轮旁边）。这是仔细看这座广场的时候。当这一大群来自世界各地的人围在钟的周围，等待那些古怪又古老的圣人出现的时候，你可以非常精确地体会威尼斯的夏天的滋味。

这座著名的广场被打扮起来，接待游客。有名的花神咖啡馆和油画咖啡馆——一家在广场南边，一家在广场北边——已经在人行道上对称地放好了桌椅，两家的乐队演奏着快活的不和谐的乐曲（花神咖啡馆专门演奏更加柔弱的歌舞喜剧的曲调，偶尔点缀一首流行经典，但是在油画咖啡馆，有时候你会听到鼓手沉醉于某种似乎有点接近爵士乐的音乐之中）。意大利和威尼斯的旗帜在大教堂前面的三根青铜旗杆上飘扬——三根旗杆分别象征威尼斯对克里特、塞浦路斯和摩里亚曾经的统治。广场那头隐约可见波光粼粼的水面，贡多拉船夫戴着的草帽，蛛网一般停泊的小船：影影绰绰的梅塞利亚和它耀眼的店铺像一条珍宝的走廊一样渐渐退出阳光的照射。

广场有图案装饰的地面上停满了鸽子，用支架搭起来的货摊边，两三个妇女摇着装玉米粒的袋子，逗引它们。有遮蔽的凉爽的拱廊周围，许多游客漫无目的地转来转去，寻找蕾丝织物和明信片，几乎每一张桌边都有一对度假的夫妇——他在读《每日邮报》，她在费劲地写信回家。一个戴格子呢帽子的女孩懒洋洋地坐在石柱廊下面的冰淇淋盒旁边。广场中间的专业摄影师一副爱德华时代的态度，站在老式带三脚架的照相机旁边（这架照相机整夜都放在广场，像一只盖上布放在基座上的猫头鹰）；14个有执照的卖明信片的小贩从一群游客走向另一群游客，托盘用磨损的皮带子挂在肩上。在每一级台阶或每一根栏杆上，在钟楼底部的壁架上，在小广场上两根圆柱的支座上，在旗杆周围，在小斑岩狮旁边——在任何一平方英尺可以随便坐的地方，几百个年轻人像鸟一样坐了下来，铺开裙子，摊开书本。

到处都是脸，在咖啡馆涨得通红的脸，从商店橱窗（里面装饰着蕾丝餐巾和加纳莱托的印刷画）往外看的脸，钟楼高高的钟室里模糊不清的脸，从钟塔往下看的脸，惊奇的、恼怒的、开心的、爱慕的、疲倦的脸像潮水一般不停地从梅塞利亚的狭窄空间涌出来。在钟的前面，你的周围，站着这个每天都聚集的人群的中心，叽叽喳喳，充满期待，一片骚动的棉质衣服、深色眼镜、圆锥帽子、旅游指南、夹趾凉鞋；一簇度蜜月的人，动来动去的孩子，相互碰撞的语言——"基督教世界的所有语言"，正如科里亚特所说的那样，"除了野蛮种族所说的语言"；这里一个拘谨的英国人，极力不去目瞪口呆地盯着看，这里一个来自艾奥瓦州的快活的人，从浅蓝色头发下面晃动着的珐琅耳环到涂成粉红色的脚趾甲尖，浑身上下散发着游客的气息。一切都不断移动，多姿多彩，有点发黏。当年，威尼斯曾是"世界的盛宴，意大利的假面舞会"，是一个引以为傲的地方、一个奇迹、一场表演秀，那时它的狂欢节高峰期一定就是如此景象。

第一声钟声在圣马可大教堂敲响了。腰部以上矫捷地旋转的两个摩尔人在庄重地报时。怪异而古老的钟旁边的百叶窗打开了。东方三博士在吹着喇叭的天使引导下出现了。他们嘎吱作响地向圣母马利亚鞠躬，僵硬地围绕着她慢慢移动，然后，伴随着古老机械的呼呼声和刺耳的摩擦声，消失在窗户里面。小门在他们身后忽然关上，齿轮吱吱嘎嘎地响了一阵，然后安静下来，一切都归于平静。俗气的人群中发出饶有兴趣和愉快满足的叹息，那是威尼斯的夏天里一声长长的、激动的、上气不接下气的叹息。德国人、美国人、法国人、南斯拉夫人、日本人、英国人、印度人、澳大利亚人、土耳其人、利比亚人、帕提亚人和其他怪兽游客收起照相机，挤过去买粉红色冰淇淋，淡定地数着吃午饭的钱，或者接着热切地重新开始围绕着丁托列托的作品的跋涉。

19. 里阿尔托的新鲜事

全世界的人都来拜访威尼斯，在这个意义上，它可以说是一座国际都市。如果我站在阳台上，俯瞰视野内一平方英里左右的范围，可以想象一大批各种不同寻常的人，他们都曾是我的邻居：了不起的雇佣兵斯福尔扎公爵、拜伦和罗斯金、雷雅纳[1]、歌德、伽利略、两位教皇、四位国王、波尔红衣主教、德·皮西斯、夏多布里昂、芭芭拉·赫顿、舞蹈家塔里奥尼、弗兰克·劳埃德·赖特（他那座位于巴尔比宫旁边的房子从不曾完工）、柯佛男爵（在他伤风败俗的最后几年，他的贡多拉曾经有四个衣着艳丽的船夫）。

卡萨诺瓦出生在我公寓对面的小广场上。右边那座窗户上放着花盆的房子里曾经住过 W.D.豪厄尔斯。左边那座宫殿是瓦格纳创作《特里斯坦》第二幕的地方，就在房子那一边，拿破仑曾在阳台上观看划船比赛。近处是雷佐尼科宫，世界上最著名的宅第之一：勃朗宁在里面去世，教皇克雷芒十三世曾在里面居住，弗兰茨二世皇帝曾在里面逗留，马克斯·比尔博姆[2]曾撰文描述它。运河对面是总督克里斯托福罗·莫罗的家，有人断言他就是奥赛罗的原型，在我右边是一座曾经属于一家有钱人家的宫殿，那家

1　雷雅纳（Gabrielle Réjane，1856–1920），法国女演员。

2　马克斯·比尔博姆（Max Beerbohm，1872–1956），英国散文家，曾侨居意大利20年。

人的钱多得数不清，至今这座宫殿仍被称作钱箱宫。

拐角处是邓南遮[1]的"小红房子"，他在那里向杜丝求爱，在失明后的黑暗中创作了散文集《夜曲》。据说，被驱逐出罗马的教皇亚历山大三世曾经在现在已经成为美术学院一部分的卡利塔修道院当了6个月厨工，后来他被一位法国客人认了出来，被交还了所有权力，皇帝亲自来威尼斯请求他的宽恕。唐·卡洛斯，即西班牙国王查理七世，曾经拥有镶嵌画工厂那边的房子。在迷人的达里奥宫里，德·雷尼耶[2]就如他的纪念匾上所说的那样"像威尼斯人一样生活和写作"。咏叹调《善变的女人》[3]中善变的女人住在巴尔巴罗宫。我右边稍远处是卡特库梅尼宫，有可塑性的土耳其囚犯曾经被关押在里面，直到他们学会了教义问答，可以信奉基督教。在我目光所及之处，我可以想象著名的男人们的身影——还有一个可怜女人的模糊身影，拜伦的一个威尼斯情妇正是从莫切尼戈宫的阳台绝望地跳进了大运河。

威尼斯是18世纪游学旅行必定要去的港口，那时时髦的英国访客急切地等待总督的接见，就像现在他们一边哼着《古今圣诗》的曲调一边急切地排队等待向教皇表达敬意一样。甚至现在，如果你不来威尼斯，你的教育就有一个不对称的缺口。在旺季租下整座宫殿的外国人已经不多，但是西方世界名人的名字极少不曾出现在旅馆登记簿里。威尼斯的夏季仍然召唤着上流社会的代表，他们驾着游艇，开着卡迪拉克或私人飞机，聚集在威尼斯共和国——威尼斯人在大陆为大型飞机修建了一座漂亮的机场，在利

1　邓南遮（Gabriele D'Annunzio，1863-1938），意大利著名诗人、小说家、剧作家、民族主义者。

2　德·雷尼耶（Henri de Regnier，1864-1936），法国象征主义诗人。

3　《善变的女人》（*La Donna' è Mobile*），选自威尔第歌剧《弄臣》第三幕。

多岛上为逐年增多的私人飞机和租用飞机修建了一座较小的机场。20世纪50年代全世界最奢华的舞会是一位墨西哥百万富翁在拉比亚宫举办的（很久以前，这座宫殿的一些前主人习惯将金盘子扔进运河，以示炫耀，然后再偷偷把盘子捞出来，以便节俭）。

各式各样的有钱人虽然如魔法般的变出了18世纪威尼斯令人回味的美景，却也大大败坏了这座城市的精神。当夏天来临的时候，油滑的诌媚奉承从豪华旅馆老板的嘴里溢了出来，当某艘来自西方港口的机动游轮在船尾挂着大幅船旗，载着鸡尾酒吧和高保真音响，笨重地经过安康圣母教堂时，甚至大运河的节奏有时候也被破坏了。这样的游客往往只匆匆瞥一眼这个古老的地方，因为他们傍晚要去利多岛，只偶尔回到威尼斯参加豪华的晚宴或出风头的派对：但是，这已经足以玷污这座城市的骄傲，他们的匆匆一瞥感觉如此屈尊俯就，如此缺乏理解。很多盎格鲁—撒克逊人把威尼斯当作逃离家乡的清规戒律的夏季避难所。很多招摇圆滑的客人突然给哈里酒吧带来一阵地产开发或盘进出价的气息——因为当你想到暴富时，常常会想到威尼斯。（但是其他从纵帆船或者飞行速度很快的飞机上下来的有钱人仍然给威尼斯带来一种久违了的权力的感觉和世故的风格。）

在其兴盛的世纪里，威尼斯不仅仅是一道风景，全世界的人来到这里也不仅仅是为了观看金碧辉煌的宅邸或对提香表示敬意，而是交换货币，投资基金，租赁船舶，谈论外交和战争，乘船出发，了解东方的消息，买进卖出。升天日交易会吸引了全欧洲的交易商、制造商、金融家甚至时装设计师（一个穿着最新时装的大娃娃被放在圣马可广场，作为来年流行风尚的模特）。威尼斯最有名的就是里阿尔托的商业交易，那是欧洲历史上最重要的事实之一。对于中世纪的欧洲人而言，里阿尔托就像今天的世界银行或华尔街一样令人敬畏。它是东方和西方之间主要的金融通道，也是威尼斯帝国影响力的真正源泉。

最早的国家银行威尼斯信用通汇银行于12世纪在里阿尔托开始营业，三百年来里阿尔托银行主宰了国际汇兑。商船队从商号出发，开往东方、佛兰德斯和英格兰；大多数商船属于国家，按照标准模式建造（这是为了检修方便），但是投资这些船只的钱却属于里阿尔托的商人。里阿尔托石柱廊的墙壁上画着一张巨幅地图，标明了威尼斯重要的商贸路线——通往达达尼尔海峡和亚速海，通往叙利亚、阿勒颇和贝鲁特，通往亚历山大港，通往西班牙、英格兰和佛兰德斯；商人们像指挥室里的参谋官一样聚集在地图前看自己财富的增长。里阿尔托旁边是威尼斯航海、商贸和海运办公室——当时在商贸和海运事务方面最有权力的机构。

全世界的人来到这个著名的商业中心，为的是它的黄金、外国纺织品、咖啡和香料，这些东西有时候是从欧洲人闻所未闻的国家运到威尼斯；甚至法国国王亨利三世也认为值得微服在里阿尔托的商铺闲逛，寻找便宜货。在整个14、15和16世纪，欧洲像安东尼奥一样问："里阿尔托有什么新鲜事？"直到最终达·伽马的七艘快帆船绕过好望角，来到印度，终结了威尼斯对东方贸易的垄断，击败了里阿尔托。威尼斯人的商业意识太敏感了，1499年一个昏暗的早晨，当达·伽马航行的消息传到威尼斯时（在这位探险家回到葡萄牙之前很久），里阿尔托的几家银行立即倒闭了。

今天，里阿尔托桥东头仍然有几家银行；但是，过去的商业聚会场所今天成了普通市场，充满活力，嘈杂喧闹，别有风姿，只有几处饱经风霜的令人回忆起它鼎盛时期的地方还在刺激你的历史意识。要明白威尼斯没落的影响，最好的练习是走到桥西头，靠近圣贾科莫教堂的地方，环顾那里的景象，一边看着市场里的妇女，一边寻找已经不复存在的古威尼斯的达官显贵。

大公司都已经消失不见。现在，在你的四周，弯曲的桥拱下，到处是活泼的小生意。拱廊下面是珠宝店，橱窗里放满了面值一英镑的金币、玛丽亚·特蕾西亚银币[1]、镀金饰品，透过开着的店门，你可以看见那些珠宝商们，他们看上去非常精明，正在用极为精密的天平称量非常细小的金链子（为了配圣克里斯托弗奖章吊坠）。通道里是水果蔬菜市场：快活、拥挤、友好的地方，货摊上堆满了鲜美多汁的桃子、洋葱皮、香蕉、乱糟糟的一堆堆茴香、莴苣、像蒲公英的绿色锯齿状叶子、嫩黄瓜、僵硬的野兔、一排排放得整整齐齐的拔了毛的鹌鹑、菠菜、放在洒水器下面降温的切成片的椰子、土豆、头朝下的死海鸥、桶里飘着的一片片朝鲜蓟、漂亮的苹果、鲜艳的萝卜、西西里的橘子和圣雷莫的康乃馨。商贩们性情开朗，善于打趣，购物者充满热情，匆匆忙忙，有时候一个若有所思的律师戴着白色领襟高视阔步地从这一片混乱之中穿过，朝刑事法庭走去。

货摊上面是古老的圣贾科莫教堂，那是一个狭小却友好的地方，被威尼斯人亲密地称为圣贾科梅托，它站在一堆蔬菜中间，就像圣保罗教堂站在科文特加登[2]里一样，只等一个卖花女。它那只巨大的24小时制的钟出现在加纳莱托的一幅著名作品中，但它的机械却有一段凄惨的历史。14世纪时，它发生了几次故障，"为了城市的荣誉和安慰"不得不被更换。18世纪时，它又一次停了，

---

1 玛丽亚·特蕾西亚银币（Maria Theresa dollars），世界上著名的贸易银币之一，发行于1780年，上面有玛丽亚·特蕾西亚头像。玛丽亚·特蕾西亚（1717-1780），奥地利女大公，匈牙利和波希米亚女王。

2 科文特加登（Covent Garden），伦敦中部一个蔬菜花卉市场。

显然是在4点钟的时候。1914年，一位游客报告说，它的指针总是指着下午3点，几年前，它永久地停在了午夜12点整。

在这只靠不住的钟下面，在一堆乱七八糟的棚子和包装箱之间，你会发现中世纪时威尼斯最有名的雕塑之一"里阿尔托的驼背"雕像。现在，这尊被遗弃和忽视的雕像站在一堆盒子和不新鲜的蔬菜之间：一个一瘸一拐的大理石雕像，支撑着一段楼梯和一根又矮又粗的圆柱。它曾被叫作驼背，但它其实只是被压弯了腰，因为在里阿尔托的鼎盛时期，它的责任十分重大。在威尼斯法律是用鲜血书写，用烈火实施的时代，共和国的法令是在它的基座上颁布的：犯了轻罪的人被迫赤身裸体地从圣马可广场跑到它的脚下，雨点般的拳头让他拼命奔跑，最后，他气喘吁吁，鲜血直流，受尽屈辱，他受到了惩戒，倒在雕像骨节突出的脚下，如释重负地抱住它。

拐角处，大运河边，是威尼斯无与伦比的鱼市场——大海的潮湿、鲜艳、散发着腥臭味的绚丽大厅。黎明时分，一队队驳船把一天要卖的海产品运到这里。这里的货摊铺着令人愉快的绿色蕨叶，潮湿又清凉：货摊上放着一堆微微染色、流着口水、扭着身体、闪着光亮的潟湖里的海生物。滑溜溜的扭动的鳗鱼，有绿色的，有带斑点的，仍然活着，仍然好斗；漂亮的红色小鱼，头朝上像洗发水一样装在盒子里；奇怪的像管子一样的软体动物，液体从身上的孔洞里涌了出来；精致的红色胭脂鱼；没有被打败的螃蟹，一堆堆像宝石一样的贝壳；鳐鱼，一大堆小扁鱼，像水蜘蛛一样的东西，还有一池池球根状的章鱼，正怒气冲冲地喷着墨汁；巨大的金枪鱼片、鱼尾和鱼排，大块鱼肉，鱼腰，内脏和鱼卵：各种各样的海产品，粉红的，白的，红的，绿的，很多爪子的，眼睛像珠子的，滑动的，扭动的，闪光的，肥胖的，海绵似的，脆生生的——全都目瞪口呆地躺在新做的绿色棺材上，已经死了，就要死了，或者还在喘息，像是冻原一般的石头城市里叶片鲜艳的树林。

到了18世纪，鱼市场旁边曾经是西方世界经济中心的码头已经成了威尼斯寻欢作乐的人黎明时的散步大道。在一夜的热恋和游戏之后，他们面容憔悴，或心神错乱，在曙光初现时来到这里，展示所有彻底放荡的痕迹，这是一件时髦的事。今天，里阿尔托甚至连生活散漫都算不上，只是别具一格。圣贾科莫教堂后殿的说明里有一种令人悲伤的讽刺，是对它哥特式生活的纪念："在这座庙宇的周围，愿商人的规矩公正，秤锤精确，协议忠实。"现在没有威尼斯商人在里阿尔托的拱廊下要求担保；没有咯咯笑着的交际花在黎明时穿着沾满泥点的长裙从市场走过；只有菜贩在叫卖，主妇在讨价还价，游客在桥上焦急地查曝光表。你必须用心去看里阿尔托：就像我在阳台上看风景时，不仅看到了经过的船夫，跌跌撞撞地过桥去上学的我的小儿子，也看到了在阳台上发脾气的拿破仑、可爱的生病的杜丝、奥赛罗、柯佛，还有所有那些可怜的被囚禁的异教徒，在安康圣母教堂后面拼命地背诵教规。

20. 古　　董

　　威尼斯这座城市令人感到亲昵、熟悉，却又神秘、杂乱，有很多趣闻轶事，充满了引人入胜的皱巴巴的东西，比如固执的鉴定师家里的各种小古玩，或者牡蛎壳上的各种寄生物。有些是某种古老宗教的滋生物，有些是历史的遗留，有些只是市民的怪癖。在威尼斯，"向前走！"的标志总是将你引向某个世界闻名的地标，圣马可大教堂的钟楼，里阿尔托桥，美轮美奂的圣马可广场，或者大运河；但是你必须沿着弯弯曲曲的道路，穿过满是古董的过道，才能走到这些地方。

　　威尼斯永远孤立于世界，举止和地位都与众不同。如果你到紧邻弗拉里教堂的那座仿佛修道院的建筑里去，走上楼梯，彬彬有礼地和前台接待说话，就可以获准进入威尼斯共和国国家档案馆，那里恭恭敬敬地保存着独立的威尼斯从最早时期直至最后衰落的档案记录。这是世界上最完整的此类记录。记录的内容外面包裹着各种奇特的统计数据，这些数据产生于古老国家的秘密，往往被写进了最值得信赖的指南。有人说档案馆里保存了1 400万卷文件，还有人说档案馆一共有1 000个房间。19世纪地理学家安德烈亚·巴尔比狂热于自己的研究，计算出这些文件和卷宗共有693 176 720页，首尾相连长达1 444 800 000英尺，可以绕地球11周，如果铺在地球表面，整个人类都将站在上面。甚至在19世纪50年代，十人议会的最核心机密仍然在档案馆里受到保护，但是，现在档案馆的每一个角落都已经对研究学者开放，人们似乎一致同意档案馆共有280个房间，保存了大约25万卷书籍、文件和羊皮纸文稿。其中最古老的文稿可以追溯到883年（那时阿尔弗雷德大帝还在宝座上，查理大帝还没有死去）。

这些拥挤的档案室曾经是一座方济各会修道院的单人房间，现在从地板到天花板堆满了不同寻常的文件，一卷挨着一卷，一本挨着一本，用图案装饰的巨幅手稿、手绘地图、地契、契约、贵族名册、大议会的官方会议记录——一个消失的社会在这里变得不朽，就像水晶棺里早已死去的教皇，或者金字塔上的一穗玉米。那里散发着羊皮纸和古老的粉状墨水的气味，在入口旁边的一个小房间里，一个男人正忙着制作族谱缩微胶卷——那些现代威尼斯人在支付了一笔合适的费用之后，希望确认自己就是黄金书里记载的贵族后裔。

历史延续性也笼罩着威尼斯的街道和建筑。"是的，"一天我的管家在告诉我安康圣母教堂的由来时说，"是的，瘟疫结束时我们全都掏了口袋，每个人都掏了，我们都捐了一点钱，怀着感激建了那座教堂。"这是300年前发生的事，但是威尼斯的家族观念太强了，威尼斯的历史被压缩得太紧了，埃米丽亚几乎相信她自己也捐了几个里拉。威尼斯处处回荡着这样的永恒回声——从制箭人街（那条街上的人仍然编制像箭筒的柳条篮子）的名称，到军火库的几座船坞，其中一座六个世纪以前但丁参观过的船坞现在仍在修理油轮。圣乔瓦尼·德科拉托广场上有一个石雕头像，大家都认为那是传说中一个叫比亚焦的恶棍的头，他把可怜孩子的脑袋砍下来，做成炖肉，在自己的餐馆里售卖：故事起源于中世纪，但是如果你去看那尊雕像，仍然会看见上面被人抹了烂泥，象征了威尼斯久久不能原谅的记忆。在史基亚弗尼河滨大道的斯拉夫码头，你仍然经常可以看见来自达尔马提亚的船。自从共和国初期以来，供给这座城市的糖一直在同一个地方卸货，今天仍然如此——在糖巷和浮码头交界的地方。海关仍然十分活跃。最古老的贡多拉摆渡至少自13世纪以来就一直存在。

在这里，过去和现在之间的界线不断变得模糊，古老的东西常常看上去很现代，而新的东西很快就刻上了时间的印迹。他们在学院桥旁边宏伟的文艺复兴时期建筑皮萨尼宫的庭院里踢足球。他们在欧洲曾经最著名的赌场[1]上演戏剧。他们在圣托马教堂旁边以前的鞋匠学校[2]里办展览；他们在圣玛格丽塔广场的制革工人学校制造椅子；如果你在圣斯德望堂正门对面的咖啡馆给自己买一杯啤酒，就会站在以前的绒绣工人学校里，这所学校当时十分兴盛，甚至拥有卡尔帕乔的五幅绘画作品。威尼斯的材质似乎不受时间影响，因为当威尼斯人把这些材质偷了来，带回潟湖时，它们已经很古老；甚至设计炮塔的主意也是来自拜占庭，而拜占庭的主意则来自罗马。

各种奇特的宗教用品像一层坚硬的外壳，包裹着威尼斯。它是基督教世界最著名的圣骨匣之一。几乎每一座威尼斯教堂都保存着圣骨碎片、骨架、指甲、木片、宗主教纪念碑，这些被令人叹为观止地盛放在镀金、玻璃和黄金匣子里，恭恭敬敬地保存在神龛和有衬里的盒子里，或者奢华的天鹅绒帘幔后面。圣马可、圣斯蒂芬、圣撒迦利雅（施洗者约翰之父）、圣亚大纳西（名字被

---

1 原文Ridotto，是莫伊塞宫的密室，1638年威尼斯第一座合法赌场在此开设。

2 疑为行会所办学校，此类性质学校曾在中世纪欧洲较为流行。

用来命名信经的那位）[1]、圣洛可、圣西奥多、圣马格努斯、圣卢西和其他很多圣人都躺在这座城市的教堂里。圣托马教堂拥有1万多件圣者遗物，据说其中包括12具完整的圣人遗体（由于潮湿问题，这些遗体被暂时移出了教堂）。

在圣伯多禄圣殿——根据威尼斯传说，这座教堂由特洛伊人建造——安放着圣彼得在安提俄克坐过的宝座。单单圣马可大教堂就保存了——或者曾经有人声称如此——最后的晚餐使用的一把刀；洗礼池里沾着血迹的石头，施洗者约翰就在那块石头上被砍头；施洗者的头颅；圣乔治的一只胳膊；用摩西击打过的石头[2]雕刻的一尊浅浮雕，石头仍然是潮湿的；圣路加画的一幅画；曾经装饰过本丢·彼拉多[3]在耶路撒冷的阳台的两只小天使神龛；耶稣在提尔布道时站在上面的石头；圣斯蒂芬的一根肋骨；抹大拉的马利亚的一根手指；圣母马利亚的一只凳子；耶稣向撒马利亚女人要水时坐的大理石；圣彼得用来割下了马勒古的耳朵的剑；圣马可这位福音传道士本人书写的圣马可福音书手稿。

几乎与这些古代遗物同样令人敬仰的是1800年教皇选举秘密会议选举庇护七世担任教皇的房间。秘密会议被拿破仑逐出罗马（前任教皇询问是否可以至少允许他死在罗马，回答是他"想死在哪里就死在哪里"）；秘密会议在毗连帕拉迪奥教堂的圣乔治·马

1 　圣亚大纳西（St. Athanasius，约293–373），出生于亚历山大城，曾随当地主教出席尼西亚会议，对制定历史性的尼西亚信经颇有贡献。亚历山大逝世后，他继任主教。他反对亚流异端，为基督教教义三位一体的发展奠定了历史基础。5世纪制定的《亚大纳西信经》用他的名字命名。

2 　《出埃及记》第17章记载，以色列人因为没有水而声称要用石头打死摩西，神吩咐摩西用杖击打磐石，流出水来，给百姓喝。

3 　本丢·彼拉多（Pontius Pilate），公元1世纪罗马帝国驻犹太、撒马利亚和以土米亚的总督。据《新约全书》记载，耶稣由彼拉多判决钉死在十字架上。

焦雷修道院楼上的一间房间举行。雕花木椅上至今仍然标着参加会议的35名红衣主教的姓名，仿佛他们刚刚拿起猩红色宽边帽，走下楼梯，到餐厅去；教皇的帽子放在一只玻璃匣里，帽子周围有一圈樟脑丸，仿佛放在一圈滚珠轴承上；门外那只黑色小炉子就是用来烧选票的，泄露内情的灰烬从上面钟楼旁边的铁烟囱里飘出去。

威尼斯的坟墓不是可怕得令人惊惧，就是离奇得令人惊诧。在圣约伯教堂里，主祭坛前面，你可以看见"奥赛罗的原型"克里斯托福罗·莫罗总督的墓（我们已经见过他的家）。有一个理论认为，莎士比亚从一本造谣中伤这个人的宣传册里搬来了这个故事，而故事的阐述者喜欢指出刻在纪念碑上的家族纹章。纹章中有一枚桑葚（莫罗）——"难道莎士比亚，或者更可能是培根，没有在第四幕第三场中说到奥赛罗给苔丝黛蒙娜的爱情信物是'一块绣了草莓的手帕'吗？你还需要更多的证明吗，我可怜的朋友？你还沉溺在过时的传统之中吗？"

大教堂主祭坛左边，一块心形的石头嵌在镶嵌画中间。直到最近，没有人知道其中的意义，但是在修复楼层时，石头被取了出来，人们发现下面有一只小盒子，里面放着一个挛缩的人体器官：那是1646年去世的总督弗朗切斯科·埃里佐的心脏——他的遗体躺在圣马蒂诺教堂，但是他留下遗嘱，希望自己最深处的部分能够葬在最靠近威尼斯的守护圣人的地方。1694年去世的总督弗朗切斯科·莫罗西尼葬在圣斯德望堂里威尼斯最大的墓葬石板下面，石板长18英尺，宽15英尺，占据了教堂的中间部分。1478年被葬在圣若望及保禄堂的总督安德烈亚·文德拉明主要因为他的雕像是罗斯金仔细观察的对象而闻名世界：罗斯金坚信威尼斯文艺复兴充满了赝品，于是向教堂看守人借来一架梯子，爬到高高的墓上，为的是证明总督雕像本身就是伪造的，而且只雕刻了一面，另一面是光大理石板。

弗拉里教堂主祭坛右边是不幸的总督福斯卡里的墓，他于1457年被罢免，在儿子因叛国罪被处死几天之后去世（显然是心碎而死）。这是一座巨大的令人同情的建筑，五个世纪以来，没有一个导游把它指给游客看时不会重复一遍这个家族的耻辱：但是墓下面的一段碑文却记载了一段感人的续篇。可怜的老总督去世两个半世纪之后，一个叫阿尔维斯·福斯卡里的后裔为了表示对家族的忠诚，指示他人将自己的心脏葬进这座羞耻之墓：1720年，他的愿望实现了。（正对面是15世纪的总督尼科洛·特龙，他留着一把大胡子：在他最疼爱的儿子夭折后，他留起了胡子，从此拒绝剪去，这是他永久悼念儿子的象征。）

斯卡尔齐教堂，即赤脚的加尔默罗会修士教堂，葬着最后一位总督，即第120位总督卢多维科·马宁。他几乎一声不吭地把共和国交给了猖獗的拿破仑军队，五年后不光彩地死去。马宁家族从佛罗伦萨来到威尼斯，因为做生意而兴旺起来，在与热那亚的战争中买来了贵族称号；但是最后一任总督几乎不是一个坚定忠实的人，他的名片上画着裸体睡在橡树下的阿多尼斯[1]。这座简单的坟墓因而带有一丝具有讽刺意味的忧郁色彩。坟墓位于小礼拜堂里，朴素暗淡的墓碑上刻着一句毫无修饰的话：马宁的骨灰。

威尼斯的艺术也充满了奇物异品。这座城市对幻觉的清晰感觉一直被艺术家们用于透视和比例的把戏和窍门之中。在威尼斯，没有什么是完全对称的——圣马可广场不仅形状不规则，而且朝

1　希腊神话中爱与美的女神阿佛洛狄忒所爱恋的美少年。

大教堂倾斜，地面图案也不相配。建筑故意建造得头重脚轻，例如总督府，或者装饰着大量的打褶饰物，例如巨大的圣母马利亚升天教堂，里面莫名其妙地装饰着大理石帷幕、帘幔、地毯和挂毯，当你离开的时候，会因难以置信而头晕眼花。当你在教堂里走动时，有透视效果的天花板不断变幻，一群缠扭在一起的天使在蓝天上飘来飘去，让我想起香港鱼市场上供食用的青蛙，被金属丝紧紧夹在一起，虽然是活的，却动弹不得，像放动画片一样伸展着那么多腿，似乎每一只青蛙都有12条腿。胳膊和脚踝从画布上凸了出来，像圣洛可教堂里波代诺内的著名的马头。钟快活地在画出的天空上摇摆。假百叶窗遮挡着不存在的窗户。如果你看一看如此得意洋洋地站在圣母马利亚升天教堂柱廊上的天使身后，就会发现它们的屁股是空的，毫不掩饰地用铁杆支撑着。安康圣母教堂的高大穹顶用巨大的石头扶壁支撑，扶壁精巧地卷曲着：但其实这并没有必要，因为穹顶是木头的。

　　一个冬天的早晨，总督府里没有游客，大议会厅的守门人没在那里，我悄悄脱下鞋子，走上台阶，来到总督宝座面前；坐在那个自命不凡的座位上，看着头顶上装饰着绘画的巨大天花板，我明白了威尼斯艺术中利用透视效果形成的变形多么深思熟虑。所有那些巨型画像和象征符号，众位女神、胜利场景和道德天使，现在似乎都在为我一人表演。我可以直视威尼斯，却不引起脖颈痉挛。我可以接受被征服各省的献礼，却不必动一下脑袋。仿佛委罗内塞、丁托列托、巴萨诺[1]和帕尔马·乔凡尼[2]本人就站在我的面前，向我深深鞠躬，等待我的赞许。这一经历鼓舞了我。我踮

1　可能指雅各布·巴萨诺（Jacopo Bassano，1510-1592），意大利威尼斯画派画家。

2　帕尔马·乔凡尼（Palma Giovane，1546-1628），威尼斯画家。

着脚尖从宝座上走下来，穿上鞋，摆出一副清白无辜的学者神态，然后回头看着我穿着袜子的双脚在通往宝座的光亮地板上留下的脚印，发现那些脚印也许没有平常的两倍那么大，但至少有平常的两倍那么自信。

威尼斯的巴洛克艺术有时候怪异极了。圣梅瑟教堂的正面通常让游客猛地停住脚步，它如此复杂精细，几近滑稽；教堂里有一个巨型祭坛，由花岗岩石块砌成，几乎按真人大小再现了耶和华、摩西、石板[1]、西奈山等。另一个引人入胜的祭坛在圣马尔齐亚莱教堂里（如果我没弄错的话，在我的圣人词典里，这位神学家被描述为"一个精美的赝品"）；它似乎表现了一位洞穴里的神圣隐士，因为厚厚的石板下面蹲着一位孤独寂寞的圣人，狭小的空间刚好容下他头上的光环，那模样很像有艺术爱好的孩子有时候蜷缩在大钢琴下面。

佐比尼果圣母教堂的正面臭名昭著，因为那上面盘绕卷曲的设计图案毫无宗教意义可言。这座教堂由佐比尼果家族建造，但是经过巴尔巴罗家族的重建，建筑正面的图案完全是为了赞颂这个家族的荣耀。如果你从上往下看，会看到在"公正"和"节制"中间有一个戴着王冠的威尼斯人；一只戴着黄铜王冠的双头鹰，那是巴尔巴罗家族的纹章；门上方有一个巨大的身穿盔甲的巴尔巴罗家人的雕像；四个在壁龛里的罗马化的巴尔巴罗家人；两堆军事纪念品、喇叭、枪炮、旗帜、鼓；六幅石头浮雕，上面非常精细地雕刻着巴尔巴罗家族记录中非常重要的六个地方的示意图——扎拉、干地亚、帕多瓦、罗马、科孚和斯帕拉托。（我在一个春天的傍晚看这些示意图的时候，它们还完好无缺，但

---

1 上帝在西奈山上单独见摩西，用指头将十诫写在石板上。

是第二天我回到那里的时候，却发现一大块斯帕拉托在夜里脱落了，留下一块苍白的石头疤痕：如此直接经历文明的衰败，感觉非常奇怪）。

威尼斯的艺术家们往往偏好异想天开，任性行事，喜欢私下的玩笑，秘密的影射，不明说的自我画像。在美术学院收藏的那幅委罗内塞的名作《利未家的晚餐》里，委罗内塞本人就是左边中心那个世故的管家。他还在总督府那幅《荣耀》里画了自己。在现在收藏于罗浮宫的那幅《迦南的婚礼》里，他不仅自己拉着中提琴出现，而且身边陪伴着他的兄弟、丁托列托、苏莱曼苏丹、查理五世皇帝、瓜斯托侯爵夫人和佩斯卡拉侯爵。在真蒂莱·贝利尼的作品《圣洛伦佐真十字架的奇迹》中，画家一家人在奇迹右手边自鸣得意地跪成一排，塞浦路斯女王则和贵妇们站在左边。在收藏于雷佐尼科宫的多梅科·提耶波罗那幅奇怪的作品《新世界》中，画家本人在画作右边角落用放大镜看着什么，身边是他的父亲。总督府的投票厅里有一幅描述勒班陀海战的画，如果你透过屠杀的场面和成堆的尸体仔细看，就会看到一个整洁矮小的绅士，留着修剪整齐的胡须，戴着蕾丝花边衣领，神情异常平静地站在齐脖深的地中海里：这就是没有被绘画题材吓坏的画家维琴蒂诺。

在旁边另一幅描绘海战的作品中，彼得罗·利贝里把自己画成一个非常肥胖的赤裸着身体的奴隶，正挥舞着一把匕首。这个形象恰好位于构图正前方。不远处是帕尔马·乔凡尼的作品《最后的审判》，据说里面画了这位画家的情妇的两个形象，表现了她变化的情绪——左下方是在地狱里痛苦的形象，右上方是在天堂里快乐的形象。在隔壁大议会厅描绘天堂的巨幅作品里，丁托列托的女儿坐在圣克里斯托弗的脚下。在菜园里的圣母教堂里，丁托列托本人正帮忙扛着金牛犊[1]，为举行仪式做准备——他留着黑色大胡须，举止像自鸣得意的异教徒，他妻子就在旁边，穿着一身蓝色衣服。圣马利亚福摩萨教堂收藏了一幅帕尔马·韦基奥的作品，其中著名的圣芭芭拉被形容为"对威尼斯美女的绝妙再现，"实际上那是画家的女儿维奥兰特（"这是对一位女英雄几乎无与伦比的再现，"乔治·艾略特曾这样评论这幅画，"平静地站着等待殉道，没有丝毫的虔诚主义神态，脸上的表情却说明她心中充满了严肃的信念"）。

弗拉里教堂里提香创作的佩萨罗组塑里的圣母马利亚是他的妻子切利娅，她不久之后死于难产。旁边卡诺瓦的墓有着金字塔般的上部结构和富于暗示的半开的门，这是由卡诺瓦本人设计的——但不是为了他自己，而是为了提香，后者为自己设计了富有真正提香特色的墓，却在建造之前就过早死了（不管怎样，他被葬在了弗拉里教堂，在最宏伟的陵墓里，四周环绕着他自己作品里的浮雕，那是奥地利皇帝在他死后300年为他建造的）。在同一座教堂里，亚历桑德鲁·维特多利亚创作的圣哲罗姆的精美雕像有着优美的血管和肌肉，这座雕像其实描绘了老年提香：圣匝加利亚小广场上维特多利亚本人的半身像表现了他在一群语言故事的听众中间庄严沉思的样子，那是他的自我画像。在圣洛可大会堂里，精力充沛的弗朗切斯科·皮安塔创作的木制漫画把丁托列托作为奚落对象。在画里，丁托列托被包围在他的巨幅画布之中。圣马可大教堂主祭坛后面桑索维诺雕刻的圣器收藏室的门上有五个脑袋，表现了并不优雅的五位名人：桑索维诺本人、帕拉迪奥、委罗内塞、提香和阿雷蒂诺。阿雷蒂诺曾说他"靠墨水辛

---

1 据《圣经》记载，金牛犊是亚伦所造，以取悦以色列人。

苦谋生"，以此赢得职业文人的好感。据说他在听了关于自己姐妹的下流笑话之后大笑而死。

圣萨尔瓦托雷教堂里精美的风琴翼门上的绘画是提香的兄弟弗朗切斯科·韦切利奥的作品：这些是他最后的专业作品，因为他很快就彻底放弃了艺术创作，成了一名士兵。在三座威尼斯建筑里，你可以看见几组曾经参赛的绘画，现在它们挂在一起，处于永久停战状态：圣欧达奇教堂里的12位殉道者，马尔恰纳图书馆天花板上的21位殉道者，卡尔米尼教堂里与加尔默罗会的事务有关的24位殉道者，这些殉道者让教堂的正厅显得凌乱却有力，与众不同。（佐比尼果圣母教堂耶稣受难的系列绘画也是不同的画家画的，每个画家画两幅。）

丁托列托最后的作品是圣马尔齐亚莱教堂里描绘圣马尔齐亚莱的画作。提香最后的作品是美术学院里为他的墓创作的《基督下葬》：这幅作品由帕尔马·乔凡尼完成，他在作品下方写了一行字，现在仍然可以看到："提香未完成的作品，帕尔马恭敬地完成，并敬献给上帝。"韦罗基奥[1]最后的作品是雕塑《科莱奥尼骑马像》。隆盖纳最后的作品是大运河边的佩萨罗宫，但宫殿没有建成他就去世了。乔瓦尼·贝利尼最后的作品是里阿尔托桥边圣金口若望教堂里的组塑。曼特尼亚[2]最后的作品被认为是黄金宫里的那幅《圣塞巴斯蒂亚诺》：他去世后，在他的画室里发现了这幅作品，作品底部冒着烟的烛芯旁边有一句顺从的题词："上帝唯永恒，余者皆云烟。"

1　安德烈亚·德尔·韦罗基奥（Andrea del Verocchio，1435–1488），文艺复兴时期意大利画家和最著名的雕刻家之一。

2　安德烈亚·曼特尼亚（Andrea Mantegna，1431–1506），文艺复兴时期意大利艺术家。

还有政治和外交古董。圣马可大教堂的中庭有一块菱形小石头，标出了1177年腓特烈一世皇帝在教皇亚历山大三世面前表示谦卑的地方。教皇逃离皇帝的军队，化妆来到威尼斯，不知道共和国是敌是友；但是威尼斯人感觉到了提升自己地位的机会，于是安排两位统治者和解，从而奠定了共和国作为解围人物的地位。根据威尼斯的传说，皇帝就在石头标出的地方面对着亚历山大，同意向圣彼得道歉，但不向教皇道歉，亚历山大断然回答："向圣彼得和教皇道歉。"传说腓特烈匍匐在地，亲吻教皇的双脚，忠实的威尼斯艺术家们在总督府的一系列绘画作品中表现了这一时刻，同时表现了几个纯属虚构的威尼斯胜利的场景。

还有很多传说描绘了亚历山大穷困潦倒、无依无靠地来到威尼斯的情景，好几座教堂都声称自己十分荣幸，教皇来到这座城市的第一个夜晚是在他们的门廊上度过的。圣阿波利纳雷广场旁边一座狭小庭院的入口处有一座小神龛，上面刻着这样一段文字："罗马教皇亚历山大三世逃离腓特烈皇帝的军队，来到威尼斯，第一夜即在此休息；此后对在此念诵天主经或万福马利亚的所有人都给予赦免。愿你说万福马利亚时不要感到沉重。那一年是1177年，虔诚信众的慈善让这座神龛日夜点亮，正如你所看见的这样。"这里是不是教皇的第一处避难所，没有人知道；但是，千真万确的是，尽管几个世纪以来这座神龛受到忽视，变得肮脏，里面的灯确实日日夜夜都亮着，也许几个路过的威尼斯人仍要求得到赦免。

威尼斯有很多拿破仑的纪念品，包括公园和圣马可广场现在的形状。在城市东部的圣伯多禄圣殿旁边，你可以看见那座大而无当、令人不自在的建筑，那里曾是威尼斯宗主教的宫殿，后来被拿破仑下令改造：现在是意大利海军已婚士官宿舍。如果你背对大教堂，向圣马可广场西端看去，就会看见拿破仑翼楼正面一排十二尊雕像：这些雕像表现了过去的伟大帝王，中间有一个空缺，原本打算留给拿破仑本人的巨型雕像。与此同时，他的一尊巨大的半裸塑像被竖立在南边的小广场；后来塑像被移到圣乔治修道院，当时那里还是兵营，现在塑像站立在大运河边拜伦曾经住过的圣萨穆埃莱的莫琴尼戈宫。

威尼斯的内部政治也有很多特别的回忆：告密口[1]、圣阿古斯町广场的提耶波罗石、梅塞利亚的干瘪老太婆和她的炮弹、总督府的画像里那位缺席的总督。圣特罗瓦索教堂本身就是一个纪念品。它建在两个古老的威尼斯派系——尼科洛蒂和卡斯特拉尼——地盘的分界线上，教堂两边各有一扇门，一扇朝着尼科洛蒂的地盘，另一扇朝着卡斯特拉尼的地盘。如果卡斯特拉尼新娘和尼科洛蒂新郎举行婚礼，那么这对新人会一起从教堂中间的门走出去，而双方亲戚则坚决地从不同方向昂首阔步地离开。

但是最离奇的威尼斯历史典故来自更加遥远的地方和更加久远的年代。军火库的大门外面，一群狮子中间站着一只高大的大理石狮子，瘦高却严峻。这只狮子是1687年好战的总督弗朗切科·莫罗西尼（他在世界史上非常出名，主要因为在他的指挥下，一名炮手炸毁了碰巧位于帕台农神殿的土耳其火药库）从雅典带回来的。它曾经守护进入比雷埃夫斯的门户，在古代非常著名，以至于港口本身被叫作狮子港；但是，当它作为战利品来到军火库时，威尼斯人发现在它的肩膀和腰腿部位刻着一些奇怪的铭文，令人困惑不解。在习惯了阿拉伯精致书法的人看来，这些铭文并不完全是希腊风格，字符刻得粗糙生硬。

1　原文为意大利语。

　　几个世纪以来，没有人知道这些是什么字母：直到19世纪的一天，一位丹麦学者仔细查看了这些字母之后，狂喜地举起胳膊，宣布它们是古代北欧文字。这些文字是11世纪时高个哈罗德下令刻在狮子身上的。高个哈罗德是一个挪威雇佣兵，曾经参加了地中海的几次战役，征服了雅典人，并曾一度废黜了君士坦丁堡的皇帝，却于1066年在约克郡斯坦福德桥和撒克逊国王哈罗德作战时战死，死时他是挪威国王。狮子左肩上的铭文是："哈康和乌尔夫联合，与奥斯门德和厄恩一起，征服了这座港口。由于希腊人反叛，这些人与高个哈罗德征收了高额罚金。达尔克被扣押在远方。埃伊尔和托利夫在罗马尼亚和亚美尼亚发动了战争。"这只奇怪动物的右边腰腿部用古代北欧文字刻着："奥斯门德和奥斯吉尔、托利夫、托德和伊瓦尔按照高个哈罗德的意愿刻下这些文字，尽管希腊人再三考虑后表示反对。"

　　这些铭文是什么意思，只有狮子知道；但是现代学者已经解读出其中大概的意思是暗示基尔罗伊和朋友们都在场。[1]

　　展现威尼斯奇特之处的其他角落几乎没有旅游指南提及。圣马可大教堂后面有一座庭院，里面杂乱地散布着各种石头和雕塑碎片：两只没有头的鸽子，一个没有鼻子的勇士，一丛灌木里一尊非常古老的亚当雕像，一双从身体上掉下来的手，被粘在墙上，永远痛苦地令人毛骨悚然地伸出来，抓着石棍。（当你站在这些奇怪的东西面前，也许有一瞬间会被你脚下的地面下传来的沉闷的重击声打扰：但是不要惊慌——这不过是工人在修复大教堂的地

1　基尔罗伊（Kilroy），神秘虚构人物的名字，由于第二次世界大战期间美国士兵在世界各地墙壁等上面留下"Kilroy is here"之类的字句而传开。此处莫里斯可能是在讽刺。

下室。）

菜园里的圣母教堂附近的马斯特利宫是一座同样令人费解的房子。它的正面外墙上有一只奇怪的单峰骆驼，我们已经带着不友好的窃笑仔细看过这只骆驼：但是可以从角落进去的内庭院的灰泥墙上却装饰了大量的纪念品和战利品的碎片，高高的柱子成为建筑的一部分，一只神龛里有一尊小小的马利亚像，还有那些拱门、井口、格栅。这里就像房子里的喜鹊窝，隐秘地藏在一面高高的砖墙后面，被枝叶所遮掩。当你迷惑不解又心醉神迷地从它的边缘走开时，你会毫不惊讶地了解到，摩尔广场上那四个谜一般的摩尔人，从摇摇欲坠的墙上茫然凝视的史上最怪的四个人，据说曾经是这个地方的古老居民。

由土耳其仓库的底层改建而成的自然历史博物馆（博物馆的凉廊上存放着法列罗的棺椁）有一座庭院，既是船库，又是动物园，还是万神殿。庭院四周的墙上固定着一系列曾经收藏在总督府的人物塑像：海军将领、画家、学者、诗人、建筑师、塞巴斯蒂安·卡伯特[1]、马可·波罗、伽利略和海军将领埃莫，还有出于尊敬和喜爱而附带的但丁。现在，年复一年，已经没有人来看这些内心憋闷的雕像，他们若有所思地低头看着船只和博物馆首席收藏家的器具，收藏家把一半时间用来在芦苇丛生的潟湖荒滩上收集样本，一半时间把这些东西搬到楼上，把楼上的空间塞得满满的。石板上摆放着四五只黑色桑多洛，还有船桨、木板和一只外挂发动机。在这堆乱七八糟的东西中间，零星分散着一些小生物，刚被人从巢里或洞里抓了来，关在注定难逃一死却舒适宜人的地方，直到像美国动物标本剥制师所说的那样成为永恒。

1　塞巴斯蒂安·卡伯特（Sebastian Cabot，1474–1557），意大利探险家。

一对小海鸥也许住在一只小船的船尾下面，它们用细小的长蹼的脚愤愤地来回跺脚，有时候迈着沉重而缓慢的脚步走到对面的喷泉，庄严地绕着水池走———一共绕四周，一圈不多，一圈不少，然后回到一个不太有名的哲学家凸出的眼睛下面的窝里。一只年轻的鸭子在旁边的一只石棺里安了家。笼罩在提香的影子里的一只金属丝笼子里，两条绿蛇闷闷不乐地盘成一团，一只木盒子下面的泥土里蜷缩着三条皮肤坚韧的蝾螈。楼上，井井有条的自然历史博物馆散发着理智探究的精神：但是楼下的庭院有一种轻率浮躁却欢快自由的气息。

军火库的海军博物馆同样引人入胜，里面有船身碎片、旗帜、艏像、大量的狮子、黄金船的残骸；圣乔瓦尼学校也一样，里面有美丽的文艺复兴时期的庭院和楼梯，还有一半是博物馆一半是木匠铺的大厅；圣安杰洛小广场上只有20平方英尺的小小的天使报喜祈祷室也一样；还有浮码头上把长长的头发像系围巾一样在下巴下面打成结的石雕姑娘；还有城市里的一座座船坞，数不清的与世隔绝的庭院，不被知晓的教堂，古怪而富有特色的建筑，混乱不堪的街道。

总督府的拱廊上有一个柱头毫无来由地讲述了一个孩子的悲惨人生：父母一见钟情、眼里只有对方，求爱，受孕（在双人床上），出生，童年，夭折，眼泪。在任何其他城市，这一系列图像也许会让你感到完全无法理解，因为这些图像与宫殿里的任何其他东西都毫无关联，其中内容没有包含任何显而易见的历史或宗教典故，也没有表达任何可以看得出的寓意。但是，在这里，这个故事却并不让人感到意外：如果你一度曾在城市里闲逛，仔细看过它的畸形陈列品，考察过一些似是而非、令人困惑的事物，你就会意识到，威尼斯最不同寻常的东西就是威尼斯本身。

21. 致 天 才

如果把威尼斯想象成一幅油画，那么底色就是这座城市扭曲的氛围，拥挤、古老、不守成规。在潇洒地涂抹这里最精彩的部分之前，一层更加柔和的精致的染色让这幅作品色彩浓烈，富有变化和力度。这样的效果来自许多朴实却美妙的纪念碑，这些纪念碑虽然有名，却并非世界闻名，它们和明信片上的奇迹一样，是这座城市的韵味中必不可少的因素。

首先想一想城市最北边的卡纳雷吉欧区。这里有令人着迷的哥特式建筑菜园里的圣母教堂，教堂的名字来源于隔壁花园里发现的一尊神奇的塑像，现在这尊塑像被笨重地放置在教堂右侧耳堂：这座建筑里有奇马[1]创作的一幅光彩照人的耶稣受洗图，有乔瓦尼·贝利尼创作的祭坛背壁装饰画，丁托列托备受赞赏的《寺庙中的圣处女》[2]，还有教堂最近一位神父的照片，在我看来，这位神父有一张威尼斯最精致的脸。圣阿维斯教堂离菜园里的圣母教堂非常近，却几乎被很多旅游指南所忽视。这座教堂里有提耶波罗那幅巨大的《基督受难之路》，还有被称为"小卡尔帕乔"的动人的绘画——这些画看上去确实像某位天才画家小时候的作品，事实上画上也有卡尔帕乔的签名（但并不那么令人信服）。

1　奇马（Giovanni Cima，1459–1517），意大利画家。

2　1546年，他为威尼斯的菜园里的圣母教堂绘制了三幅著名作品：《崇拜金牛》《寺庙中的圣处女》和《最后的审判》。

东边是慈悲之心教堂，教堂正面墙上有两个小天使，他们如此悲伤，小脸蛋都哭肿了；南边是圣金口若望教堂，教堂里有贝利尼创作的可爱的祭坛背壁装饰画，还有一幅据说令人难以捉摸的乔尔乔内参与创作的画。高大威严的耶稣会教堂里有装饰帘幔和提香那幅糟糕的《圣劳伦斯的殉道》。圣米凯莱岛上的葬礼教堂永远静静地站立着，像一个颇有贵族气派的殡仪员。

大运河边的黄金宫博物馆藏有曼特尼亚的《圣塞巴斯蒂亚诺》和瓜尔迪描绘小广场的著名作品，也许这是世界上被临摹最多的一幅风景画。不远处是拉比亚宫，那里是许多奢侈庆典的举办场所，装饰着提耶波罗描绘克娄巴特拉一生的壁画，其富丽堂皇与宫殿十分相称。犹太人区的三座庭院位于出租屋之间。圣约伯教堂隐藏在屠宰场旁边。如果你是乘飞机或汽车来的，那么火车站值得一看，哪怕只是为了赞叹怎样独出心裁的设计才能在一座如此豪华又实用的建筑里不给疲惫的旅客留出任何不付钱就能坐下的地方。

接着想一想城市东部的卡斯特罗区。圣马利亚福摩萨教堂里，在帕尔马·韦基奥的著名作品《圣芭芭拉》旁边，有一幅阿尔维斯·维瓦里尼[1]创作的祭坛背壁装饰画，令人吃惊地联想到斯坦利·斯宾塞；几乎就在隔壁，斯坦普利亚基金会美术馆里收藏了一批出色的18世纪威尼斯风俗画，画中描绘了包括纵犬袭击公牛游戏和女修道院的接待室等各种场面。布拉戈拉的圣乔瓦尼教堂里的祭坛背壁装饰画是奇马的代表作，现在陈列得很好，而过去却很糟糕，一本英语旅游指南粗鲁地建议游客："欣赏这幅作品的最好方式就是站在祭坛上。"圣匝加利亚教堂里有一幅乔瓦尼·贝

1　阿尔维斯·维瓦里尼（Alvise Vivarini，约1442-约1503），意大利画家。

利尼的著名作品，希腊圣乔治堂里有一组华丽的圣像，圣方济各教堂里有一幅内格罗蓬特的修饰华丽却温柔的圣母马利亚。

圣埃琳娜教堂正门上方有安东尼奥·里佐创作的一个非常精巧的正在祈愿的人物塑像。圣马可大会堂——现在已经改造成医院——有威尼斯最豪华的会议室。静悄悄地坐落在该区中心的是马耳他骑士建造的圣乔瓦尼教堂，里面有修道会大修道院长的优雅住处，还有神父的温馨房屋。公园里悬铃木树丛间，扭捏地坐落着威尼斯双年展展馆。军火库阴冷强硬的墙壁雄踞在整个卡斯特罗东区，挡住了很多古色古香的远景，给这个贫穷的地区带来了这座城市的强硬时期的幻象。

在打量这些二流景象的时候，再想一想簇拥在圣马可大教堂周围的圣马可区。科雷尔博物馆收藏了贝利尼、洛托[1]和卡尔帕乔的著名作品，更不用说还有巴尔巴里绘制的威尼斯地图原图中的几块，以及威尼斯生活和历史的令人惊讶的珍奇物品，例如被俘的土耳其战舰上的旗帜和12英寸高跟的鞋。在小广场的角落里，马尔恰纳图书馆用玻璃柜展出了布雷维亚里奥·格里马尼的插图，这是最美丽最珍贵的书籍之一，由永远肃然起敬的图书馆馆长每天极其小心翼翼地翻过一页。

荟萃了巴洛克风格的圣梅瑟教堂和佐比尼果圣母教堂都在该区。圣萨尔瓦多教堂也在那里，那座教堂的内部是非常精美的文艺复兴风格，里面有教皇庇护十世的白色大理石塑像，复活节那个星期因为华丽的银质圣坛屏的光彩而面目一新。圣斯德望堂有一个很大的舒适的正厅和一座傲慢的钟楼。圣朱利亚诺大门上方有一件桑索维诺的优秀雕刻作品——作品表现了付钱建造教堂的

1　洛伦佐·洛托（Lorenzo Lotto，1480–1556），威尼斯画派画家。

一位来自拉韦纳的富有的医生。凤凰剧院有一排能够引起人们愉快回忆的18世纪的宴会厅，里面至今仍然回响着带扣鞋的咔嗒声和有衬裙的窸窣声。如果你从马宁广场南边沿着小巷往北走，就会看见一段精美的螺旋式楼梯，叫做"蜗牛楼梯"，据说这段楼梯是对所有正常建筑构造规则的挑战。如果你沿着令人眼花缭乱的"威尼斯的第五大道"梅塞利亚漫步，最终会来到剧作家哥尔多尼的塑像面前，他站在圣巴尔托洛梅奥广场，姿态文雅，面带诧异的微笑，在我看来是最快乐的纪念雕像。

然后想一想南部的多尔索杜罗区——"硬脊"[1]——以及附属的朱代卡岛。这个区从一头的海关——那里的青铜塑像"运气"扯着"机会"的船帆——几乎延伸到另一头的停车场。这个区最沉重的历史遗迹是安康圣母教堂：在这座巨大的教堂里，在提香和丁托列托的作品以及从普拉的罗马圆形剧场运来的柱子旁边，你也许会注意到穹顶正中央的链子上垂着的大灯歪了两三英寸。旁边是环绕着圣格雷戈里奥教堂的一小簇古色古香的建筑，在共和国的尚武年代，他们曾经把一根用于防御的链条从教堂扔到大运河对岸。圣特罗瓦索宗派教堂就在多尔索杜罗；它真正的名字（万一你用的旅游指南喜欢卖弄学问）是圣杰尔瓦西奥和普罗塔西奥教堂，对于威尼斯方言来说，这一串名字实在是太长了。附近是浮码头边的耶稣会教堂，教堂天花板上的画是提耶波罗画的，画里飘着仿佛哑剧里的天使。

在卡尔米尼教堂里，也许你会看见另一幅令人着迷的作品，那是洛伦佐·洛托（他被嫉妒的对手赶出了威尼斯）的珍贵作品之一，还有大门边的几只有趣的浅浮雕船。邻近的卡尔米尼学校

---

1 "多尔索杜罗"在意大利语里是"硬脊"的意思，因为这里是威尼斯海拔最高的地方。

洋溢着——有时候强烈地表现了——提耶波罗的才华。拉斐尔天使教堂的风琴翼门上是瓜尔迪的怡人绘画，风琴旁边是两位亲切的圣人，祭坛两边各有一个，他们头上的光环潇洒地向相反的方向倾斜，营造出对称的整体效果。圣塞巴斯蒂亚诺教堂装饰着委罗内塞的作品，令人印象深刻。这位画家就葬在教堂里。圣庞大良教堂的凹形天花板被一幅巨型绘画作品覆盖，其中的工程技术和艺术成就使这座教堂出名。雷佐尼科宫博物馆的阁楼上有一个有趣的木偶小剧场，靠近码头的地方有一座奇异、幽暗、野蛮、闪烁的点着蜡烛的教堂，叫圣尼科洛乞丐教堂——教堂里有一尊身穿深红色天鹅绒长裙的庄重的圣母像，还有两个像大力神赫拉克勒斯那样大的天使。对面的朱代卡岛上，帕拉迪奥设计建造的著名的救世主教堂仿佛在沉思默想，那是一座没有人喜欢的异常洁净的神殿。

　　第五，想一想福斯卡里宫和里阿尔托桥之间——或者，如果你有现代品味，可以说在消防局和邮局之间——沿大运河伸展的圣保罗区。这里有围绕着法庭和圣贾科莫教堂的市场的生动绚丽景象，还有聚集在里阿尔托的像一张网一样的古老房屋，那里曾是威尼斯的贫民区。圣洛可教堂就在这个区，还有尼尼猫曾经生活过的咖啡馆：在里阿尔托桥边圣乔瓦尼·埃莱莫西纳里奥教堂的左边墙上有一幅精彩而古老的像沙特尔大教堂风格的圣诞图，是从早先建筑的废墟里抢救出来的，其中，圣母马利亚温柔地躺着，一头牛轻柔而虔诚地舔着基督的小脸。

　　第六，想一想最西边的圣十字区，这个区的节奏和气氛越来越受到罗马广场的影响，到处响着汽车声，闪着霓虹灯光。如果你敲一敲圣乔瓦尼·德科拉托广场附近一家修道院的门，一位年纪很大的修女会拿出一把很大的钥匙，带你走进她所属修道会的教堂圣乔瓦尼·德科拉托教堂。她小心翼翼地领着你走过阴暗潮湿、墙皮剥落的正厅，一边指给你看小礼拜堂高高的墙上拜占庭壁画的遗迹，据说那是威尼斯最古老的艺术作品，虽然并不美丽，却有某种令人催眠的魅力，就像在沫蝉的泡沫中盯着你看的凸出的眼珠。

圣贾科莫·德奥里奥教堂有一根希腊大理石造的奇特而美丽的绿色柱子，还有一个造得和船壳一模一样的木头屋顶。圣母马利亚教堂是一座文艺复兴时期的教堂，由伦巴第兄弟设计建造，线条明快漂亮，却受到了不公正的忽视。圣卡夏诺教堂里有一幅提香创作的庄严的《基督受难图》。尼科洛·达·托伦蒂诺教堂的背面像一艘爱德华时代的战舰，炮座、舷墙、浮桥和跳板一应俱全。圣西蒙大教堂的礼拜堂里主祭坛左边有一尊令人惊叹的死后的圣西门雕像。他的嘴巴微微张着，眼睛凝视着什么，头发又长又乱，整尊雕像雕刻得那么有力，那么肯定，当你已经离开那座昏暗的小教堂，加入了不断涌向车站的人群，也许你仍然会感觉那位死去的圣人在你身边徘徊。

这些区里不那么重要的古迹为威尼斯这幅代表作增添了多少深度、厚度和丰富的色彩啊！到处都可以看到宫殿、宝贵的教堂、桥梁、上千幅绘画、所有纵横交错的古迹，这一切组成了生动别致的威尼斯，它受到唯物主义者嘲弄，被浪漫主义者变得伤感，但不论以什么标准看，它都是一个令人惊讶的奇迹，像李子布丁一样甜美，像浇在布丁上的白兰地[1]一样辛辣。

但是，当所有的话都已说完，当所有的事都已几乎做完，你

1　有一种李子布丁，上面装饰着冬青，人们把白兰地浇在冬青上，点上火。

所看到的是和谐的景象。你可以在古董、害羞的教堂和不引人注目的天才之间信步。你可以沿着蜿蜒的运河从圣约伯教堂走到圣埃琳娜教堂。你可以审视运垃圾的驳船，惊叹倾斜的钟楼，拨弄猫咪的胡须，品尝烤鳗鱼，嗅闻船坞里烧过的秸秆，呼吸东方香料的气味，倾听大船螺旋桨的转动声，清点堤道上的火车，参加亚美尼亚人的弥撒，凝视狮子的眼睛，在抽干了水的运河边捂住鼻子，仔细研究威尼斯共和国档案，和贡多拉船夫讨价还价，买一面阿富汗国旗，从墙头上悄悄地看圣母马利亚会修道院，像个行家一样乘坐瓦波雷托，轻快地挥手向丹多洛先生说早上好，他正居高临下地从窗户探出身子，像一个大元帅在催促整装待发的舰队。但是，一定会有那样的时候，你会遵守一代又一代威尼斯人的指令，跟随车流来到威尼斯最著名的地方。这些地方在你眼里就像埃及金字塔或者中国长城一样熟悉，但是威尼斯最令人叹为观止的景观仍然是在贝德克尔的旅行指南里久已获得星级的地方。

　　世界上没有一座小建筑像文艺复兴时期建造的奇迹圣母教堂一样迷人，这座教堂藏在里阿尔托后面，像一颗宝石藏在有皱褶的绸缎里面。它具有让波斯湾的珍珠如此特别的完美形状和隐约光泽，它看上去如此完整、独立，几乎可以从周围的房子中间撬起来，整个搬走，只在城市的构造里留下一个小巧而整齐的并不难看的教堂形状的空腔。教堂里的唱诗班席位装饰着可爱的雕像，高高的圣洁的祭坛接受着会众仰视的目光，那幅神奇的绘画仍然在教堂里受到礼敬。如果一个最尖刻的无神论者走进这座令人无法抗拒的避难所，我无法想象他会不摘下帽子。

　　没有什么地方比很久以前卡尔帕乔用几幅系列代表作装饰的圣乔治信众会会堂更加引人入胜。这座建筑和你家的车库差不多大，四面墙壁因为这位令人愉快的画家——威尼斯唯一有幽默感的艺术家——的天才而洋溢着微笑。一幅画上，圣乔治果断地朝龙扑过去，龙的周围是消化了一半的少女的身体，非常可怕；一幅画上，圣特里福纽斯带着一只非常小非常乖的蛇怪；一幅画上，圣哲罗姆修道院的僧侣们带着滑稽的恐惧逃离一群最温和的狮子；在最令人陶醉的一幅画上，圣哲罗姆本人坐在舒适的书房里，看着窗外，寻找一句不朽的话，他那只有名的白色小猎狗眼睛炯炯有神地蹲坐在他身边。

欧洲没有一座美术馆比威尼斯美术学院更加生气勃勃，那里是威尼斯文明的精华。别的地方有更好的绘画收藏，更出色的提香作品，更精美的贝利尼作品，更多的瓜尔迪、加纳莱托和乔尔乔内的作品，但是美术学院的荣耀在于，所有这些了不起的各种各样的美丽和风味，有的像玩具，有的很夸张，其灵感都来自你身边的这座城市，水晶的齐马作品和古雅的卡尔帕乔作品、丁托列托本人和我心目中最魅力无穷的委罗内塞的巨幅《利未家的晚餐》，无不如此。你正站在颜料盒里。你可以从窗户看到提香的一间画室，委罗内塞的家就在大运河对面200码远的地方。

没有任何宗教画比圣洛可学校里丁托列托的大量作品具有更加令人震撼的影响力——这所学校经常光线昏暗，装饰浮夸，令人费解，但是《耶稣受难》这幅杰作让这里的收藏登峰造极。委拉斯开兹[1]临摹过这幅画。直到今天，你仍然可以看见坚强的人在这幅画前被感动得落泪。（在这所了不起的学校的四面墙上，挂着非常诙谐和富有创新精神的弗朗切斯科·皮安塔的放肆嘲讽的雕刻作品：有一件全部用木头雕刻的仿微型图书馆模型，一个用极

---

1 委拉斯开兹（Diego Velazquez, 1599-1660），西班牙画家。

小的字体写的解释性的目录，大厅尽头还有一个巨大的眼睛里燃烧着情感的赫拉克勒斯。）

没有任何建筑比帕拉迪奥设计的圣乔治·马焦雷教堂更沉着，更洁白，更虔敬。这座教堂世故而镇定地站在一群乡野的修道院建筑之间。有人曾明确指出这组建筑"总的说来非常成功"：它的确给人一种极度完美的感觉，仿佛一台默默地卡进指定沟槽的机器，或者一架曲线完美无缺的飞机。它有着绝妙的比例和绝佳的环境，在钟楼的顶端，你可以看见威尼斯最美的风景（一部平稳的瑞士电梯会送你上去，操纵电梯的本笃会僧侣对塑料按钮就像对自己富有历史意义的修道院一样感到自豪）。

没有任何两座教堂比威尼斯的两座方济各会教堂——大运河一边的弗拉里教堂和另一边的圣若望及保禄堂——更加简单质朴、容光焕发、巍峨高耸、庄严高贵。弗拉里教堂就像一个弯着腰的有教养的僧侣，有智慧，爱沉思。教堂里有两幅提香的绘画，一幅乔瓦尼·贝利尼创作的漂亮的祭坛背壁装饰画，维瓦里尼和巴塞蒂[1]的作品，艺术家、统治者、政治家和大将军的墓，雕花的唱诗班席位和沉着自若的氛围。圣若望及保禄堂则更加华丽一些，风格花哨，线条卷曲。教堂里有很多显赫的墓——共有46位总督葬在这里——它的屋顶是高高的穹窿，它的墙外站着无与伦比的科莱奥尼骑马像，那是世界上最著名的骑马雕像。如果你站在其中一座教堂的钟楼上，就可以看见另一座教堂的钟楼：但是这两座钟楼小心翼翼地互不理睬，像基督教大会上两个互为对手的教条主义者。

在阳光闪亮的春天，没有比万花筒般的圣马可湖更加令人兴

1　巴塞蒂（Marco Basaiti），威尼斯画家。

奋的景象了。这片湖泊就在小广场前面，湖边是无与伦比的史基亚弗尼河滨大道。这里常常让我想起香港，却没有香港的垃圾，车辆川流不息，色彩清澈透明。白天，湖面永远不平静，无论天气多好，因为湖水被船只和螺旋桨搅扰；但是在夜晚，如果你在灯光下把小船开到湖上，湖水就像一大片平静的深色的甘美的李子汁，汁液深深地渗进你的船头，总督府暗淡模糊的影子像用糕点做的亭子，慢慢沉进暗淡黏稠的液体里。

这个世界上没有比大运河更加壮丽的景象。它呈反S形从城市穿过，河面上船只推推挤挤，河岸边高大古老的宫殿是它尊贵的卫兵：像共和国谷仓这样神秘的建筑，像黄金宫这样辉煌的建筑，像地方长官官邸这样浮华的桩基，像达里奥宫这样迷人的不同寻常的建筑，里面砌满了大理石，夹杂着古绿石。这些建筑看上去几乎像是戏台，就像美国偏僻的西部小镇上模仿维多利亚时代风格的假立面，但是却有着丰富的历史。大运河靠车站一头有一座有绿色穹顶的教堂，另一头是苔丝狄蒙娜的别墅，还有拜占庭风格的拱门，哥特风格的窗户，文艺复兴风格的花饰，所有这一切都涂抹着一层浓厚的浪漫和文学色彩。你的小船搅起运河水，朝潟湖驶去时，所有这些不可思议的宫殿像幻影一般从你的船头向后退去，仿佛它们是为了某个被遗忘的展览——水晶宫[1]或者布鲁塞尔世界博览会——被建了起来，然后被丢在那里，任其由辉煌变得腐烂，直到下一次展览。

最后，和在我们之前来这里参拜的大批游客一样，我们来到圣马可的中央，很多已经死去和仍然活着的骄傲的威尼斯人充满深情地把这里当作世界的中心。我们置身于天才中间。我们在圣

1　世界博览会首次于1851年在伦敦举行时的展览馆。

马可广场喝咖啡，广场响着音乐，到处都是忙忙碌碌的鸽子，我们身边就是青铜旗杆和著名的亲切的钟楼，这里的阳光比世界上任何地方都更加灿烂，这里的光线更加明亮，这里的人群更有生气，这里7月的星期天早晨聚集了比世界上所有其他广场加起来还要多的人。在众多的战役、丰满的仙女和全景寓言故事——获胜的威尼斯，握着权杖的威尼斯，授予荣誉的威尼斯，接受海神三叉戟的威尼斯，挣脱锁链的威尼斯，接受朱诺礼物的威尼斯，统治世界的威尼斯，被征服的城市向威尼斯献礼，威尼斯接受作为权力象征的王冠，威尼斯被尊为神圣，威尼斯战胜法兰克人、希腊人、西西里人、土耳其人、阿尔巴尼亚人、热那亚人、帕多瓦人——下面，我们奋力穿过总督府巨大的大厅，参观叹息桥、提香那幅令人着魔的圣克里斯托弗、闪闪发亮的军械、可怕的地牢——一个身体肿胀、戴着戒指、噩梦一般的宫殿，外面容光焕发，里面一派不祥。

我们看着钟塔的摩尔人当当地敲着巨大的钟；我们仔细端详马宁墓边蹲着的两只小狮子；就这样，我们进入了古老洞穴一般的圣马可大教堂，镶嵌画让它看上去金碧辉煌，复杂精细的图案让它的人行道仿佛在起伏波动，它灯光昏暗的空间被一尊尊雕像所分割，闪着珍宝的光亮，几个世纪的香烟让它显得灰蒙蒙的，沉闷而晦暗，里面乱糟糟地挤满了礼拜堂、旁听席和出人意料的祭坛，还有那传奇般的黄金祭坛，巨大的风琴弹奏的音乐在我们头顶回荡，和外面咖啡馆里咚咚的鼓声相互交织，神父、观光客、教堂管理人、一群群的乡下人、孩子、修女不停穿梭，一阵尘雾从开着的门滑出去，一只孤独而骄傲的鸽子愤怒地昂首阔步走过扭曲的地板，朝广场上的阳光走去。

22. 目　　的

"我们不是，"邓南遮发誓说，"也不会是一座博物馆，一家客栈……一片为度蜜月的新人涂成普鲁士蓝的天空。"当你满心陶醉地在这些奇异的景观中漫步，也许会得出结论，威尼斯已经幸福地找到了它的现代专长，即做一家最了不起的博物馆；但有时候，你会像我一样有一种感觉，在某种意义上，这对一座伟大的城市而言是被逼为娼，是堕落，是羞辱。威尼斯一直就爱出风头，永远都欢迎那些赚大钱的观光客，但它是为贸易、权力和帝国而建造的。现在它仍然是一个辖区、一座省会、很多商业公司的总部；尽管如此，这仍然与八分之三罗马帝国有天壤之别。

没有人会否定，旅游业是威尼斯神秘感的一个组成部分。对于那些俗艳的夏天的游客，圣马可广场更美好，更活泼，更可爱。威尼斯对待它的游客即使不完全亲切，或者小心，但至少有效：它的方法经过了一代又一代的尝试和检验。它的每月每客快乐产出很高，我认为这总的来说也许是因为你在威尼斯比在世界上任何其他地方度假更加愉快——特别是如果你租了一只船，并且从最美好最独创的角度看它。威尼斯孜孜不倦地所当然地致力于一个有利可图的垄断：威尼斯。

它也没有那么陈腐——贬低它的人如此宣称，某种程度的迷恋者（往往是外国人和上了年纪的人）如此希望。过去三个世纪以来，也许它比欧洲任何其他城市的改变更少，甚至抵制住了拿破仑时代得意洋洋的城市规划师；但是它的改变比你所认为的更大。几座新的人工岛彻底改变了它的轮廓——在圣埃琳娜地区，在朱代卡岛西端，在码头周围——更多的人工岛还在不断建设（泥滩里打了桩，用水泥加固，周围堆着垃圾）。在人们的记忆中，整片整片的新住宅区出现在圣埃琳娜、朱代卡和犹太人区。第二次世界大战后，建成了崭新的火车站。火车站旁边有一家又大又新的旅馆，朱代卡岛上有一座外表朴素却非常高档的旅馆，史基亚弗尼河滨大道被延伸了很长很丑的一段。

码头岸边被不断拓宽，如果你仔细看一看河滨大道的结构就可以确定这一点，路上的小饰板记录了1780年路被拓宽前的边界。18世纪以来，很多运河和池塘被填上，改成道路：每一条被填的运河，每一个被填的池塘都是这样的地方，走在上面非常愉快，那里有足够的空间可以挥舞购物袋，可以玩气球。两条宽阔的新街道从建筑之间穿过，一条通向车站，一条就在公园边上。最重要的是，机动车堤道的建造将机器时代带到了威尼斯边上，把罗马广场地区变成了未来的喧闹的预兆：变迁将多尔索杜罗区妙不可言的广场与柴油的浓烟、耀眼的灯光、无数的车辆和小广场——我所知道的最肮脏的地方之一——的加油泵分开，令人惊愕不已。

如果你想仔细考虑威尼斯的现代目的是什么，就在停车场旁边的咖啡馆里要一杯苦艾酒，在那里沉思吧。

"威尼斯必须，"旅游部发行的一本手册中写道，"与现代生活节奏的急迫威胁作斗争"；这句格言式的话听上去不能说是客观公正，却一语道出了威尼斯的问题。威尼斯提出了一个难以解决的两难困境。如果他们向现代性妥协，把它的运河填起来，把汽车开到圣马可广场，就完全毁了它。如果他们不打扰它，它就作为一座蜜月城市稀里糊涂地过了一年又一年，一半是美术馆，一半是滑稽剧，它巨大的纪念碑不过是景观，它广泛的宗主权不断被贬低为导游的廉价的陈词滥调。

两个学派在努力应付这个难题。（我没有把为现状辩解的顽固派算在内。）一个学派认为，威尼斯市区应该单纯是一个不受外界影响的地方，被保存在艺术的无益之中，而商业和工业则应该被限制在大陆郊区梅斯特雷，严格说来那里也是城市的一部分。另一个学派认为，应该通过向威尼斯本身、它的城市和潟湖引入现代活动来赋予它新的意义。激烈的报纸论战围绕着这些对立的观点激烈进行；双方怀有私人恩怨；不同的计划、不同的数据相互竞争；威尼斯本人则站在那里等着，一半无用，一半现代，一半是遗迹，一半是复兴。

第一个学派并不反对旅游业，只要城市不被进一步庸俗化，但是反对者珍爱威尼斯主要因为它是艺术和学术中心。他们热心支持双年展、国际音乐节、电影节、定期举办的出色的威尼斯艺术展。他们认为威尼斯共和国的未来在佩吉·古根海姆美术馆收藏的迎狮宫[1]里的现代绘画中得到了很好的表现，这些作品阴森暗淡，却具有令人惊叹的当代性，不过由于大师们通常到了创作晚期才采用达达主义和至上主义[2]原则的轻狂举动，这种当代性有所缓和。他们匆促忙乱地将游客送到最近在圣乔治岛上成立的奇尼基金会，这既是一所海洋学校，也是一所技术学院，但主要还是一个设施齐全的学术中心，闪耀着意志和理想的光辉。他们真挚、

---

1 美国艺术品收藏家佩吉·古根海姆（Peggy Guggenheim，1898–1979）是佩吉·古根海姆美术馆的创始人，她曾经住在迎狮宫。

2 20世纪俄罗斯抽象绘画的主要流派，强调基本几何形。

忠诚、迫切：当他们对现代生活节奏摇头，分析他们热爱的威尼斯所面临的威胁时，有时候让人感觉他们在用外科手术的最新仪器极其小心翼翼地解剖一具尸体。

另一个学派不耐烦地指出，威尼斯市区人口一直在减少，无论算不算游客。很多威尼斯人彻底搬到了梅斯特雷，在那里的船坞和工厂工作。更多的人（包括几个贡多拉船夫）住在大陆，每天经过堤道去威尼斯上班，大陆的房子更多，也不那么拥挤。还有些人搬进了利多岛上的别墅和公寓，每天早晨从轮船下来，涌上圣马可广场，就像吉尔福德的证券经纪人涌进滑铁卢。这一趋势（城市发展鼓吹者们说）将持续下去，除非威尼斯本身变得现代化。商行将搬到大陆，城市的社交生活将因而变得死气沉沉，宫殿疏于照顾。威尼斯将变得越来越不自然，越来越退化，最后游客们感觉到它的虚假本质，于是改去别的地方花度假的钱。这样的人想要恢复潟湖的工业——蕾丝、玻璃、造船、镶嵌工艺。他们想要在更大的岛上建新的工业社区，在地下修通往大陆的道路。他们想要罗马广场的建筑群扩展到城市里，将更多的运河填上，变成机动车道，让汽车可以直接开到浮码头。他们想要建地铁。他们曾经提议在威尼斯举办世界博览会，庆祝21世纪的到来。他们谈论威尼斯时，语气中满含愤怒的激情，仿佛在谈论把梦幻般的乡间别墅改造成公寓（当然适当地注意其无可争议的建筑方面的优点）。

无论我们生活在什么时代，难道我们不是非常了解那些具有审美情趣的坚持保存城市原貌的人和那些坚持进行改变的人吗？哪一方的理念更加浪漫，我无法确定。

双方一致同意，威尼斯的主要优势在于它处在东方和西方的边界上。这对游客非常方便，对艺术和学术具有促进作用，对商业很有好处。这一点尤其让威尼斯（及其附属的梅斯特雷）保持了世界港口的重要性。如果你在威尼斯感到一阵阵厌恶，那么只要你沿着支流运河看过去，几乎一定能看见一艘船。

威尼斯仍然是意大利第三大港口。达·伽马的航海发现让威尼斯受到重创，德·雷赛布开凿了苏伊士运河之后，它恢复了一线生机——几个世纪以前它就曾经向埃及苏丹提出过开凿运河的计划，却没有被采纳。从那以后，这座港口虽然经历过起起落落，但却一直在稳定发展。今天，无论什么时候，威尼斯都有船只在行驶，朱代卡岛的码头经常有船只停泊在那里油漆和修理，船上的电缆随意地绕在支撑水边建筑的古老的耶路撒冷扶壁上。军火库后面有生气勃勃的修理厂，甚至在那个古老堡垒的防御土墙里，有时候你也能看见油轮船壳焊接时发出的刺眼的光。（心怀嫉妒的特雷维索人曾经把军火库称作"贡多拉工厂"，威尼斯人反驳说，无论军火库是做什么用的，它都大得足以装得下整个特雷维索。）

大多数船只沿着疏浚过的宽阔的运河干净利落地驶过威尼斯，驶向梅斯特雷和马尔盖腊港的油码头和圣伊拉里奥。但是，很多船只的确仍在使用威尼斯市区的码头，在那里下客或者卸货，货物会被火车或者卡车运到范围有限而局促的内陆地区——无法运到西边太远的地方，因为西边有热那亚，无法运到南边太远的地方，因为南边有蓬勃发展的里米尼，无法运到东边太远的地方，因为东边是贫穷古老的的里雅斯特。当你驾车从堤道上开过时，城市西部边缘大码头上的起重机严肃地欢迎你，这些码头完全是现代化的。从任何大陆的角度看去，这些码头巨大的谷仓都成了这座城市的主要地标，这个世界的货船把自己的名字和标语写在了码头区。

但是，更加引人注目的是游船，一天又一天，那些游船漂亮潇洒地急速驶进威尼斯，有时候停泊在浮码头——横跨大西洋的班轮曾经在那里让乘客登船，有时候停泊在史基亚弗尼河滨大道边。那些游轮飘着不同的国旗——希腊、俄罗斯、土耳其、英国——在港口停泊了几天，让游客下船参观游览之后，它们又往往在城市醒来之前像逃亡者一样随着潮水悄悄离开了：穿过海口，驶向伊斯坦布尔，或者黑海，或者埃及，或者从一座岛屿驶向另一座岛屿，从一座庙宇驶向另一座庙宇，从蓝色爱琴海的一片海域驶向另一片海域。

威尼斯人还在潟湖北岸给自己修建了一座国际机场，由港口部门管理。他们曾经依赖利多岛上又小又不方便的场地和特雷维索的机场，乘车去那里需要一个小时，而且不适合大型喷气机起降。现在的机场可以供最大型的飞机起降。机场跑道与潟湖平行，就像法国尼斯的机场跑道就在地中海岸边，一条深水运河将机场与威尼斯相连，一条道路将它与堤道相连。机场跑道几乎和威尼斯这座城市一样长，机场（因为这座机场价值几百万英镑）的名字叫马可·波罗。

那么，不要认为木乃伊最后抽动了一下。他们也许争论威尼斯的目的是什么，它受到什么危险的威胁，它有什么样的机会：但是有很多威尼斯人清楚地看到了它的将来，他们展望未来，看到了21世纪，在想象中看见它成了统一的欧洲的东南大门。

至于我自己，我认为威尼斯应该得到更多。我赞赏威尼斯那些乱冲乱跑的积极能干的人，我同情那些温和保守的人，但是我相信威尼斯真正的目的在于两个极端之间，或者也许在两个极端之外。因为如果你紧紧闭上眼睛，忘记咖啡的价格，也许可以看见另一个威尼斯的幻影。它成了一座了不起的市场城市，泰然自若地处在东方和西方之间，十字军战士和撒拉逊人之间，白皮肤的人和棕色皮肤的人之间：但是如果你非常努力，让圣马可大教堂一丝黄金的闪光穿透你的眼睑，让一阵奶油的香味钻进你的鼻孔，让远远传来的咖啡馆里的钢琴旋律与你的思想协调地结合——如果你真的非常努力，你可以想象它又成了一个高贵的市集。在这些无可比拟的宫殿里，东方和西方也许再一次相逢，它们的哲学思想终于相互融合，平息了肮脏的争吵。在这些高大的大厅里，世界的参议员也许在深思熟虑，在圣马可大教堂灯光闪烁、香烟氤氲的洞穴似的壁龛里，所有的神祇也许和谐地坐在一起。威尼斯就是为伟大而生，它是上帝建造的城市，它显而易见的命运就是沉思。它只是在等待一个召唤。

但如果你不喜欢空想——那么就付钱，不要争辩，乘贡多拉到潟湖去，看着它迷人的轮廓沉进夕阳之中：一千年以后，仍然是至高无上的文明景象之一。

潟湖

布拉诺

23. 第 七 座 海

有时候，在某个严酷的冬天的夜晚，也许你能听见远处亚得里亚海在咆哮，海浪猛烈地撞击着海岸。当你蜷缩在被窝里时，也许会突然想到，威尼斯是一座多么孤独的城市，在海水的包围中是多么孤立，在泥滩、浅滩和芦苇滩的包围中是多么难以接近。它不再是一座真正的岛屿，舒适的大陆就在距离你家后门几英里的地方：但是，它仍然独自坐落在海草之中，和14个世纪之前第一批拜占庭使节对它华而不实的定居点惊叹不已的时候一样。在威尼斯，你的目光会一次又一次地扫过某条狭窄懒散的运河，看向一片峡谷一般拥挤的房屋，或者越过一座灰色拱廊上的柱子，看到你面前的桥下一方荡漾的绿色的开阔水面：这是潟湖，位于威尼斯每一条大道的尽头，像一片奇怪的潮湿的乡野。

沿着亚得里亚海西北海岸分布着被岛屿包围的水域，既是海洋，也是湖泊，也是河口：阿奎莱亚就建在其中一片水域上，拉韦纳建在另一片水域上，科马基奥建在第三片，威尼斯建在第四片。这些水域首先是因为河流的缓慢活动而形成，古人称它们为七座海。流进地中海这道缝隙的是波河，这条水量最丰沛的河流发源于法国和意大利边界，横穿意大利，在入海口经过蛛网般的小河和沼泽，流进大海。其他著名的溪流从阿尔卑斯山的悬崖飞流而下，一路慢慢减缓了速度和气势，最后在宽阔的石头河床上渐渐变宽，缓缓流向大海：从蒂罗尔流出，优雅地缓缓流过帕多

267

瓦的布伦塔河；发源于意大利和奥地利边界，蜿蜒流过卡多雷和赏心悦目的贝卢诺乡村的皮亚韦河；特雷维索的西莱河；维罗纳的阿迪杰河；提契诺河、奥廖河、阿达河、明乔河、利文扎河、伊松佐河和塔利亚门托河。这些河流向大海流去时汇集到一起，让海岸线上布满了一连串的入海口，相互连接，相互重叠：其中三条河——皮亚韦河、布伦塔河和西莱河——形成了威尼斯潟湖。如果你向北方极目远眺，眺望掩映在一座座山脊和白雪覆盖的山峰后面的远处高高的阿尔卑斯山谷，你所看到的就是威尼斯最初起源的地方。

河流从山里奔涌而出，或者流过自己的冲积平原，会携带看不见的碎石：沙、泥、淤泥、石块和大自然的各种小玩意儿，从断裂的树干到非常小的水生物的壳，应有尽有。如果地质条件合适，当河水终于与海水汇合时，其中一些物质被朝一个方向流动的淡水和朝另一个方向流动的咸水冲过来冲过去，最终放弃了挣扎，沉到水底，形成一道坝。河水强行冲过这些筋疲力尽的沉积物，海水在这些沉积物四周打旋，更多的淤泥添加进来，很快就形成了河口的一座座岛屿，就像泥沙沉积形成了尼罗河三角洲。这些岛屿躺在阳光下，爬满了乌龟，围住另一座威尼斯城——密西西比河最南端的村庄[1]。

很久很久以前，当布伦塔河、皮亚韦河和西莱河与亚得里亚海（汹涌的海水在这座北边的海湾绕着圈流动）的洋流汇合时，形成了一道道堤坝。这些长长的孤零零的一条条堤坝由沙子和沙砾堆积而成，很快长出了青草、海葵和松树，变成了真正的岛屿。

---

1 密西西比河经过路易斯安那州最南端的威尼斯进入墨西哥湾。该地与意大利威尼斯同名。

在很多个世纪里，这些岛屿后面逐渐形成了一座很大的池塘，池塘里水流和逆流相互交替，咸水和淡水相互混合，洪水相互抵消。水中出现了其他的岛屿，有些是没有被淹没的高地，有些是堆积的淤泥。这片潮湿的广阔区域，点缀着星星点点的小岛，围着一道道泥滩和一片片一半浸在水中的原野，被狭窄的海滩与大海分开——这片美丽荒凉的地方就是威尼斯潟湖。潟湖长35英里，宽从未超过7英里，据最自信的专家判定，面积达210平方英里。几乎是新月形的湖泊形成了亚得里亚海圆形的西北角，意大利就在那里突然向东转向的里雅斯特和克罗地亚。它在七座海的伙伴们早已失去了显赫的地位——拉韦纳的潟湖已被淤塞，阿奎莱亚的潟湖已被遗忘；但是威尼斯的潟湖却一年比一年生机勃勃。

在威尼斯历史的最初期，威尼斯人在岛上定居并建立了幼小的城邦国家之后，立即着手改善荒凉的环境。这里是一处不安全的避难所。大海时刻威胁着要冲进来，尤其是在他们砍伐了松林，从而减弱了充作屏障的岛屿的作用之后。淤泥时刻威胁着要堵塞整片潟湖，把湖面变成一片脆弱的土地。因此，威尼斯人加固了泥滩，先是用栅栏和碎石，后来用巨大的石墙；更加根本的做法是，他们有计划地改变了潟湖的地理状况。过去，堤坝之间的七片海滩将潟湖与广阔的大海连在一起，让河水可以流出潟湖，亚得里亚海的潮水可以落潮，流进潟湖。威尼斯人去掉了一些缺口，只留下三处入口，水流可以通过这些入口流进流出。这一做法加固了一连串海滩，加深了保留下来的缺口，加强了潮水的冲刷力量。

他们还通过一系列浩大工程改变了布伦塔河、皮亚韦河和波河最北的支流的流向，将河水引进潟湖外面的运河，只让布伦塔河的一条很细的支流继续原来的流向。大部分的潟湖水变成了咸水，大大减轻了（当代学者这么认为）无时不在的疟疾的威胁。河水几乎不再带来淤泥：这正是时候，因为潟湖里一半的城镇已经被泥塞住，有些城镇已经被完全毁掉。

就这样，潟湖成了一个部分人造的奇观；但是，虽然它经常看上去苍白单调，是一座阴郁的布满泥淖的小湖，但是湖里却生活着丰富的各种海洋生物。淡水和咸水相混合的环境孕育了繁盛的生物体，因此船底很快就缠满了细小的水草和帽贝，宫殿的下面长出了水生植物。潟湖还因其生物多样性而引人注目。每一处入口都支配着自己的一小片河流交叉处，有自己的流域。流过各自的入口的潮水汇合之处，潟湖湖底有一块可以辨认出的隆起，将湖底分成三个明显的不同区域。潟湖也被潮水的界线分成两个部分，传统上称为死潟湖和活潟湖。在所有这些被分割的部分，动植物种类各不相同，这使得潟湖成了水上英国皇家植物园；有人曾经说，甚至水流的颜色也各不相同，北边是黄色，向南依次变为湛蓝色、红色和绿色，最后在最南边变成紫色。

在朝海的那一部分，潮水汹涌，湖水几乎全部是咸水，各种海生物生长繁殖，泥滩裸露黏稠，水道里生活着大量的亚得里亚海里的鱼。离大海更远的地方，或者说不受海水涨潮影响的地方，其他生物蓬勃生长：沼泽里的生物、勿忘我、青草、柽柳、一半是死水的池塘里的湿地生物、鸭子和芦苇丛里的其他鸟类。这些水体里有大量的牡蛎，还有很多无名的各种甲壳纲动物，例如海蝗和极小的虾；有时候，一条可怜的飞鱼兴奋地从海浪中跃起，错误地跳进潟湖，像一道筋疲力尽的阳光，被困在沼泽地里某个泥泞的隐蔽处。

一个特别的人种也进化出了生活在这里的能力：他们的先辈有威尼斯人到来之前的渔民，也有当国家动力的中心转移到里阿尔托时在荒野里徘徊的威尼斯人。他们是生存下来的最适应的人，因为这座潟湖通常并不健康，遭受疟疾和浓厚的瘴气的侵袭，周期性地爆发霍乱和东方疾病等流行病。和其他动物群一样，不同区域的人也因其生活、过去、精明程度和教区环境不同而有极大的差异。在近海岸的地方他们是生活在沼泽地的人，照料盐田，在草丛里捕鱼，进行一些次要的农业活动。在更远一些的地方，如果他们住在合适的岛屿上，仍然可以从事农业或园艺活动；但是在外潟湖的泥滩上，他们更有可能做渔民，或者乘大船去海上捕鱼，或者捉螃蟹、贝类和沙丁鱼。

居住在不同岛屿上的人说不同的方言。他们或生硬或柔和的举止立即反映了各自的背景。甚至他们的长相也不一样，例如布拉诺的人头发凌乱，骨节突出，基奥贾居民通常具有难以描绘的诗人气质。在蒸汽和发动机时代之前，潟湖里的岛屿比现在独立得多，它们有自己兴旺发达的地方政府，自己引以为豪的广场，自己的大理石圆柱和圣马可的狮子。每一座岛屿现在仍然保留着某些昔日的骄傲，如果你将它与任何一座相邻的小岛相混淆，它一定会很恼火。"布拉诺！"来自穆拉诺的人会大叫。"那是一座没开化的岛屿！"——但是两座岛屿之间其实只隔着两英里宽的浅水。

潟湖从不自鸣得意。它每天被潮水冲刷两次，轮船在湖上航行，风冷冷地从湖面吹过，威尼斯的花花公子驾驶着快艇从湖中飞驰而过，溅起一片惹眼的浪花。它也不断地需要工程维护，这样它的防波堤才不会倒塌，它的水道才不会被淤泥堵塞。水面管理官员从不会在潟湖上无所事事。勘测员、工程师和船夫时刻留心，常年修补海堤和更换栅栏。挖泥船月复一月地在较大的船运通道里叮叮当当地作业，在晨雾中，这些若隐若现的船只就像上

了年纪得了关节炎的大象。威尼斯的生存取决于两种相互矛盾的
预防措施，这两种措施成了潟湖的寓言：一种将大海挡在外面；
另一种将陆地挡在外面。如果外围岛屿形成的屏障被打破了，威
尼斯就会被淹没。如果潟湖被淤塞，它的运河就会被泥淖和软泥
堵住，它的港口就不能工作，从的里雅斯特到图灵的下水道就会
腐烂发臭（浪漫的宿命论者预见了威尼斯共和国各种戏剧性的结
局，却从不忍心提出这样的结局，这并不意外）。

　　因此，当你听见吹袭亚得里亚海沿岸的季节性东北冷风激起
的海浪的拍打声，只管回去睡觉吧，但是记住，威尼斯仍然像一
个穿着潜水服的潜水员，依赖上面那个拿着氧气泵的人，并且整
个身体——从护目镜到配重铅块的潜水靴——都受到嫉妒的漩涡
的压力。

24. 护城河的职责

　　威尼斯人渐渐进入潟湖，最初是因为潟湖是一处显而易见的避难所，可以让他们远离旱鸭子野蛮人和伤风败俗的异教徒。他们刚开始就建造高高的瞭望塔，在水道上装防护链，沿码头修建很高的防护墙，以此加强潟湖的防御。早在6世纪，帕多瓦人就抱怨说，威尼斯人为了防止外来的船舶进入潟湖，将布伦塔河口军事化了。九个世纪后，旅行家佩罗·塔富尔生动地描述了威尼斯海军时刻准备战斗的情形。他写道，警报刚刚响起，第一艘战船就被拖出军火库大门：供给品从一排窗户里递出来——绳索从一扇窗户，食品从另一扇窗户，小型武器从第三扇窗户，迫击炮从第四扇窗户，船桨从第五扇窗户——最后，在运河尽头，船员跳上船，单层甲板大帆船全副武装，做好了战斗准备，扬帆驶进圣马可运河。很多个世纪以来，潟湖为威尼斯人尽到了令人钦佩的护城河的职责。今天，在原子能时代，它仍然是广阔的水上防御阵地，散布着古老的堡垒和枪炮位。

　　没有敌人曾经攻克威尼斯。对威尼斯的第一次攻打是查理大帝的儿子佩宁在809年发起的；关于他遭到挫败的传说象征了威尼斯人精明的自我防卫意识。当他们起初来到这片荒凉之地，在不同的岛屿设立了护民官，痛苦地合并为一个国家，他们最初的首都是现在已经消失的礁石外半英里处的马拉莫科岛。他们害怕的是来自大陆的敌人，而不是来自亚得里亚海的敌人，因此将政府设在距离海岸尽可能远的大海上。但是，佩宁为了追随父亲的帝国野心，决心轻松打败威尼斯人，于是从朝向大海的一面发动进攻。他的军队一个接一个地攻占了南边的村庄，最后来到马拉莫科面前。这时，威尼斯政府放弃了暴露的总部，在淤泥滩上向后撤退，穿过只有威尼斯人才了解的错综复杂的浅浅的水道，来到潟湖正中心的一组岛屿，那里叫作里阿尔托。

佩宁胜利占领了马拉莫科，准备穿过潟湖，乘胜追击。据说，只有一个老太太留在了马拉莫科，决心决一死战。这个爱国的干瘪老太太被传唤到王子面前。"哪一条路通往里阿尔托？"佩宁盘问道。老太太知道时候到了。她用颤抖的手指指着变化无常的淤泥滩，那里潮水不诚实地打着漩涡，软泥缓缓流动，海藻在湍流中摇摆。她用颤抖的声音回答王子。"一直往前走！"她说。于是佩宁的船队立即触礁搁浅，遭到威尼斯人的伏击，彻底蒙羞。

接下来进入潟湖的主要敌人是热那亚人。整个14世纪，他们一直是威尼斯霸权的主要竞争对手；但是他们也因为泥滩而不能接近威尼斯。1379年，在对威尼斯的持久战役中最危险的时刻，他们夺取了打开威尼斯南部大门的钥匙基奥贾，准备饿死威尼斯共和国。他们在威尼斯的视线之内，在几百个惊惧的威尼斯人的注视之下，烧了这座城市的一艘单层甲板大帆船，一些入侵者甚至也许已经越过礁石，进入了潟湖。威尼斯人陷入困境之中。锐不可当的卡洛·泽诺指挥的一半舰队正在远海。另一半舰队因为过去的失败而士气低落，指挥官韦托尔·皮萨尼实际上从监狱里被释放，担起重任。为了以防万一，圣马可大教堂钟楼的钟室里架起了大炮，总督本人志愿投入战斗，这真的是殊死搏斗。

在这样的情况下，皮萨尼带上战场的是一支东拼西凑的战船船队，一支草率组成的部队，威尼斯的大多数男性居民都在甲板之间经历爱国的骚动，拼命的统治者就在他身边，站在船尾。然而，几个星期之后，他最大程度地利用了潟湖的战术优势，热那亚人不得不进入危急的防御状态。他们不敢把船停在海滩外面，面对冬天海水的拍打和可能回来的泽诺，于是退回到通向潟湖的最南端入口基奥贾港口里面。皮萨尼迅速布署战船，立即将他们封锁在里面。在堡垒枪炮的守护下，他用一根铁链锁住了北边的利多港。他在两艘旧船里装满石头，把船弄沉，锁住了中间的门户马拉莫科港。四艘封锁用的船舶堵住了进入基奥贾的通道，另两艘堵住了从城镇通往威尼斯的主要水道。淤泥滩上建起了一堵墙，横跨通往这座城市的所有道路，防止万一这些一个接一个的路障被攻破。在几英里的范围内，每一个路标和界标标杆都被移走。所有这些措施让整座潟湖成了外来航行者的一个泥泞的陷阱。

热那亚人不知所措。威尼斯军队到了基奥贾附近，热那亚人徒劳地企图冲到海上去，他们甚至在横在船队和亚得里亚海之间的沙滩上凿了一条水道，但这毫无希望。他们的供给线被切断了，据编年史记载，很快他们就不得不吃"老鼠和其他不干净的东西"。在威尼斯历史上著名的一天，当匆匆返航的泽诺舰队的中桅出现在地平线上时，威尼斯人已经胜券在握，热那亚人已经注定失败。当一切即将结束时，基奥贾的一座钟楼被流弹击中，轰然倒塌，砸死了指挥官彼得罗·多里亚，这成了压垮可怜的热那亚人的最后一根稻草。

潟湖里没有再发生过其他战斗。四支敌军曾经潜入威尼斯城，但是从不曾以武力越过这些水域。第一支是声名狼藉的海盗突击队，来自达尔马提亚的人渣。10世纪的一天，他们决定在圣伯多禄圣殿举办集体婚礼时突袭威尼斯。他们趁着夜色悄悄进城，扑向婚礼，绑架了新娘，夺走了丰厚的嫁妆，跑回船上（诗人罗杰斯称这些船是"可憎的小帆船"），欣喜若狂地开走了。被激怒的威尼斯人在家具木匠行会会员的带领下猛追上去：很快，这些因为愤怒而变得残忍的威尼斯人巧妙地利用自己对潟湖的了解，迎风航行，赶上海盗船，杀死了所有海盗，带着虚弱无力的新娘返回威尼斯，匆匆把她们嫁了出去，从此后她们过上了幸福的生活。

八个世纪以后，第二支敌军才踏足威尼斯，那时，头脑较简单的威尼斯人认为潟湖在起伏跌宕的意大利历史中一直安全地保护着他们，因此坚不可摧。威尼托大陆一直是欧洲争霸的战场，1796 年，拿破仑喊着兴奋的口号，带着被战争玷污的步兵和意大利自由主义者组成的志愿军团（特里维廉[1]告诉我们，军团中有些人回到祖国时是趴着从阿尔卑斯山坡滑下来的，马匹紧随他们身后）来到这里。威尼斯小心翼翼地朝另一个方向看去——那时它是欧洲最弱小的国家，沉醉在享乐之中。甚至当它明白拿破仑不可能放过它，战争不可避免时，共和国向它的总督发出的紧急命令不过是"维护国家安宁，给予国民安逸和快乐"。城市里的 136 家赌场仍然十分活跃。据说五千个家庭每天晚上都接待客人。威尼斯人不再是军人：1789 年，当最后一位总督听到自己当选的消息，他放声大哭，晕了过去。

这个衰弱腐败的有机体已经被波拿巴按照莱奥本秘密协议许给了奥地利人：很快他就找茬和威尼斯共和国发生了争端。1797 年 4 月的一天，一艘名为"意大利救星"的法国护卫舰未经允许开进利多港，这是对威尼斯权益的令人惊骇的侮辱。已经有五个世纪没有发生过这样的事情了。圣安德烈亚堡垒开了火，威尼斯人登船抢劫，杀死了指挥官。这成了拿破仑宣战的理由。他

1　特里维廉（George Macaulay Trevelyan，1876–1962），英国史学家。

拒绝与被派来求和的威尼斯使节商谈，为在维罗纳发生的屠杀法国军队事件指责威尼斯共和国。他说，威尼斯人"身上滴着法国人的鲜血"。"我有8万士兵和20艘炮舰……我将是威尼斯的匈奴王。"[1]

1797年5月1日，他向威尼斯宣战。威尼斯人的组织太混乱，他们太害怕，太缺乏领导，太充满疑虑，太稀里糊涂，无法作出任何抵抗：两个星期后，40艘威尼斯船将3 231名法国士兵从大陆运到了圣马可广场——一位法国历史学家这样描述他们："清瘦的外形适合剧烈活动，身上沾着火药，帽子上唯一的装饰就是帽徽。""今天早晨，"法国将军平淡地向拿破仑报告说，"我和第五半旅征服了威尼斯城以及邻近的岛屿和堡垒。"他是第一个报告占领威尼斯的指挥官，当他封上这封语气平静的急件时，他进入了一个新时代。

接着占领威尼斯的是奥地利人。他们与法国的关系变幻莫测，法国把威尼斯送给了他们，奥斯德立兹战役后他们失去了这座城市，滑铁卢战役后他们又失而复得。直到1848年，威尼斯人在丹尼尔·马宁的领导下起义，将奥地利人赶了出去，恢复了共和国。这一次，因为耻辱和痛苦而变得坚毅的威尼斯人不屈不挠地保卫自己的潟湖，抵抗帝国的封锁。他们派兵驻防数不清的堡垒，破坏了刚刚竣工的铁路桥，甚至在大陆发动了几次成功的突击。奥地利人凶猛地包围了这座城市。他们用气球将炸药带到威尼斯上空，就像日本人用气球把炸弹带到加利福尼亚上空；当这些行动可笑地惨败之后，他们拆下野战炮，抬高炮的射角，猛轰威尼斯。圣马可广场以西的所有地方都在炮弹射程之内。

1　原文为意大利语。

在遭到猛击，忍饥挨饿，缺少弹药，受到霍乱侵袭，没有盟军的情况下，威尼斯比任何其他反叛的意大利城市抵抗的时间都长，但是，1849年8月，马宁投降了。奥地利人没费一枪一弹就进了潟湖。他们的指挥官——那个81岁生了最后一个私生子的不屈不挠独断专行的拉德茨基元帅——排开雄伟的阵势，得意洋洋地沿大运河驶来：但是没有一个人欢迎他，几乎没有一个女佣从宫殿的窗户后面偷偷地看他，当他来到圣马可广场时，发现那里除了他自己的士兵空无一人。据说，只有一个卑躬屈膝的神父从圣马可大教堂的中庭跑出来，匍匐在征服者面前，热情地亲吻他的手。

最后侵入威尼斯的是英国人。1945年，当世界大战即将结束，溃败的德国军队士气低落地经过意大利撤退时，威尼斯的游击队员从最后的德军手里夺回城市，把他们安全送到大陆，枪毙了几个特别的敌人，等待正从波河猛攻过来的盟军到来。首先到达的是两辆新西兰坦克，它们在堤道上并驾齐驱，争相前进。一个新西兰人报告说，当坦克咔嗒咔嗒地匆匆从梅斯特雷附近的一条高架公路上开过时，他低头看见德国人正在下面慌慌张张地朝另一个方向飞奔。

新西兰人接到指挥官弗赖伯格将军的明确命令，占领达涅利酒店——战前他曾在那里住过，想要把它变成新西兰军官俱乐部，他甚至派了一支特别巡逻队去执行这项任务。他们受到威尼斯人的热情接待，很快英国步兵也到了，这里的每一条船都被征用，达涅利、埃克塞尔西奥和卢娜成了军官俱乐部，很多士兵食堂建了起来，现在威尼斯的墙上仍然能看见蓝色和黄色的NAAFI[1]

1　意为海陆空军小吃部。

标志，和过去留下的其他涂鸦一起腐烂。三天后签订了停战协议，意大利战场的战争结束了。

于是，威尼斯没有经历战争最糟糕的时期，圣马可广场上从没有出现过反坦克火箭筒，大运河上从没有响起过冲锋枪的枪声。炸弹从没有落在圣马可大教堂。几次强攻中，威尼斯从没有遭受巨大损失。1848年革命中，虽然几千枚奥地利炮弹打到了这座城市，但据说只有一座房屋被彻底炸毁。第一次世界大战期间，威尼斯曾是活跃的军事基地，它屡次遭到炮轰——青铜马雕像被转移到安全的地方，圣马可大教堂被装满海藻的袋子重重加固，巡夜人整夜都在叫："空中平安无事！"在几座教堂里，你可以看见墙上挂着用于还愿的没有爆炸的导弹，但是在这座城市所有的珍贵文物中，只有火车站附近的斯卡尔齐教堂的顶被毁坏。第二次世界大战期间，梅斯特雷遭到猛烈炮轰，但是威尼斯没有。圣尼科洛乞丐教堂在德军撤退时被一枚流弹击中，拉比亚宫里提耶波罗创作的壁画在一艘德国军火船在港口爆炸时被毁，但是除了几扇窗户被打碎，其他都完好无损。据说，威尼斯在德军和盟军列出的不得毁坏的城市清单上名列第一。并不是每个人都乐于接受这一豁免。1914年，一枚炮弹险些击中圣马可大教堂，想要把所有意大利的杰作拆毁重来的疯狂的未来主义者马里内蒂驾驶飞机从城市上空飞过，撒下传单。"意大利人，觉醒吧！"传单上写道。"敌人正企图毁掉我们爱国者才有特权拆毁的遗迹！"

潟湖救了威尼斯。它独立于战争的主要洪流之外，它像英国一样只在遥远的地方作战。它不处于任何重要的十字路口，不控制任何关键的桥梁，不俯瞰任何战略要点，不管辖任何破坏性的射程内的区域。如果你碰巧是另一个拿破仑，占领了整个意大利，却不会对没有占领威尼斯有什么感觉：意大利大陆发生的数不清的战争虽然经常将威尼斯军队牵扯其中，却每一次都对威尼斯没有影响。1471年，凶残的土耳其军队距离威尼斯非常之近，在圣马可大教堂的钟楼顶上可以看见他们大屠杀的火焰，但是，甚至这些残酷无情的土耳其人也从没有进入潟湖。银色的水面仿佛给威尼斯镶了一道边，从空中俯瞰，世界上没有一座城市是比威尼斯更醒目的目标，没有一座城市拥有比威尼斯更少的可以用作防空洞的地窖。然而，两次世界大战中伤亡的几乎唯一的平民就是停电时因为走进大运河而被淹死的200人。在第二次世界大战意大利战役的官方历史中，威尼斯极少作为军事目标被提及。一个英国军团的日记记录了艰难包围半岛的过程，这本日记在仔细研究即将到来的战斗时评论说，所有士兵都"迫不及待地要对付德国兵，也盼望着去威尼斯看一看"。无论战争年代还是和平时期，威尼斯都独自屹立，不服从任何通常的规则和惯例：就像18世纪那位受时髦人物欢迎的神父，虽然有共和国最著名的家族献殷勤，却选择住在老鼠出没的阁楼上，把收集蜘蛛网作为兴趣爱好。

　　但是，虽然今天已经没有人太在意，潟湖仍然是一道强大的军事屏障。拿破仑本人显然认为，如果威尼斯人决定保护这道屏障，那么他要击败他们，就需要他的戎马生涯中最伟大的奥斯德立兹战役所用到的一样多的军人；但是也许最后用严肃的战略眼光审视它的是奥地利人。它是他们的帝国舰队的主要基地，基地部分建在威尼斯的旧军火库，士兵主要是意大利人。他们将潟湖变成了一个布满战略要点的网络——1848年，那里有60座堡垒（尽管前往参观的英国军官和往常一样并没有对他们的设计留下深刻印象）。第一次世界大战期间，那里是一个海军基地，一座兵工厂，还是邓南遮对奥地利人发动猛烈空袭的发射阵地。第二次世界大战期间，那里是很多被追捕的游击队员和战犯的避难所，他们潜伏在德国人从不曾进入的偏远的雾气弥漫的要塞里；很多威尼斯人为了不被德国人征用劳动力，也躲藏在那里。德军进行了最后抵抗，但很快就被新西兰装甲部队的枪炮炸跑了，在潟湖的东北岸，他们用驳船将部分部队运送出去。在惨败到来之前，他们在阿迪杰河沿岸从东边的基奥贾到西边的加尔达湖这一段准备了一个防御系统。有些战略家认为，这一线的左侧埋在无法通过的潟湖淤泥滩里，也许是延缓盟军穿过意大利的一系列屏障中最牢固的一处。

威尼斯潟湖的好战倾向仍然不可忽视。如果你乘火车来威尼斯，几乎一眼看见的就是马尔盖腊巨大的堡垒，那是梅斯特雷以外的一座星形工事，现在覆盖着一片青草和杂草荏子，像丘陵地带的独轮车。在堤道半途，可以看见一座暴露的炮台立在火车站旁边，那曾是1848年革命期间危险的几个星期里威尼斯最外围的据点；附近有一座叫圣塞孔多的奇怪小岛，岛的形状像太平洋里的环状珊瑚岛，现在这座小岛是商店库房，但过去曾经是重要的堡垒和弹药库。堤道南边，靠近码头的地方，可以看见非常小的特雷斯岛。岛上有一座水泥地堡，地堡墙上至今仍然留着一个黑色纳粹标记——不知是出于讽刺还是无知，标记画反了。

城市里到处遗留着过去的军事遗迹——门窗紧闭的小岛和废弃的营房，很大的旧堡垒和飞机库。远处的圣火药天使岛看上去像一座美丽的岛屿，但是当你走近时，却失望地发现那其实是一座过去的火药制造厂，现在已经上了锁。城市另一边的圣拉扎雷托岛曾经是威尼斯的检疫所，后来成为军事拘留所。17世纪，当威尼斯受到西班牙的野心威胁的时候，威尼斯人直接从荷兰雇用了一个师的士兵，用荷兰船只将他们运进潟湖，让他们驻扎在这座岛上：这些士兵太无聊了，发动了叛乱。直到今天，哨兵在营房阴森森的方形防御土墙外踱步时仍然带着一副难以形容的厌倦神情，等待着威尼斯的1 500年历史中从不曾选择朝这个方向来的敌人到来。

从沼泽里的圣贾科莫的窗口——沼泽里的圣詹姆士——到威尼斯北部，只穿着衬衣在洗衣服的快活士兵仍然会在你的船经过时朝你咧嘴微笑，一张布告严肃地警告你不得进入这个重要前哨的50码范围内。半英里以外，在名为山上圣母的小岛上，矗立着一座巨大的废弃的军火建筑，建筑四周堆满瓦砾，但仍然围着铁缆，目的是一旦发生爆炸可以不让建筑倒下。这是一个洒满阳光却很怪诞的地方——我曾经发现六只死蜥蜴并排躺在一块石头上，一群蝗虫在围着它们举行葬礼，冬天，小树上的干豆荚在风中发出金属般的叮当声，像久已死去的下士的奖章。另一座被隔绝的废弃的火药岛是朱代卡岛那边很远处的圣斯皮里托岛。皮萨尼手下的工程师们建了一座保护墙，从这里一直延伸到海滩，但是这里后来成了一座著名的修道院——里面收藏了提香和帕尔马·韦基奥的作品——和一座桑索维诺设计的教堂。1656年，修道会被废止后，教堂遭到抢劫，但是，因为当时一座崭新的安康教堂正在修建，所以那些绘画作品被及时转移到那里，现在仍然挂在圣器收藏室里。

在巨大的海闸旁边，可以看见潟湖靠亚得里亚海一边的防御工事。在南边的港口，高高的草坡后面是仍然飘着旗帜的拉卢帕（母狼）堡垒——堡垒的砖石工程是中世纪的，装饰是18世纪的；水边一个小小的布满石块的居民点——现在住着几户渔民——旁边是强大的卡罗玛尼堡垒的遗迹，这座堡垒是以另一座更加古老的要塞罗马宫命名的。两座从水面突兀升起的巨大的八角形堡垒守卫着中央的马拉莫科港。现在，这两座堡垒杂草丛生，杳无人迹，看上去很像1940年英国人建造的用于保卫海上航线的用桩子支撑的堡垒；但是，不久前，一个路过的渔民看见我对着这些破败不堪的防御工事举起相机，轻轻地但坚决地告诉我说，我应该知道，给军事工事拍照是严格禁止的。

潟湖的北边，靠近萨比奥尼角的地方，坐落着特雷波蒂堡垒，那是一座滑稽的高大建筑，到处是把手和嵌石，看上去像棋盘上的城堡。不远处是维尼奥勒水上飞机场，现在是直升机场，意大利空军仍然在使用大而无当的滑台、飞机库和水陆两用飞行器的修理车间，这些地方笼罩着邓南遮引人注目的影子。如果你傻到在利多岛上的飞机场包租一架飞机，就会（在漫长的没有结果的等待中）了解到潟湖的空域多么经常被军事演习所独占。潟湖的主要入口利多港坚固结实，宏伟的圣安德烈亚城堡在切尔托萨小岛上怒目而视；威尼斯人曾经从高大的防御土墙拉开一条铁链，挡住水道，不让敌船进入，现在，从未被打败的城堡仍然屹立在那里，是威尼斯的老资格的岗哨。

因此，古老的潟湖仍然在准备战斗。它的堡垒也许如英国军官所说"达不到英国标准"；它的伟大海军已经消失；它的枪炮大多数已经被弃置不用；它的棘刺已经变钝；在头顶呼啸而过的喷气机已经在眨眼之间从伦巴第平原的机场来到这里。但是，有时候，当你的船悠闲地沿着圣马可运河顺流而下时，也许你会听见船尾传来震耳欲聋的轰鸣声；突然之间，军火库的围墙后面冲出一艘瘦长的灰色鱼雷艇，船尾喷出壮观的羽毛状的水花，发出柴油机的咆哮声；它会令人激动地消失在开阔的海面上，引擎发出的隆隆声在古老的塔楼和防御土墙之间回响，渔船在它后面的水流中颠簸摇晃。

25. 航　　行

　　潟湖是敌人的陷阱，朋友的工作场所和大道。当拜占庭皇帝的太监总管纳尔塞斯谄媚而慎重地请求威尼斯人将他的军队从荒凉的潟湖上运送过去时，威尼斯人首次在历史中出现；他们穿过潟湖将货物从阿奎莱亚运到拉韦纳，以此开始了令人满意的中间人的生涯。潟湖让威尼斯人拥有了意大利最好的天然港口，宽敞开阔，遮风避雨。潟湖的潮水让他们保持健康，湖里的鱼给他们提供了食物。它岸边的水面一直是威尼斯人的游乐园——"我们到潟湖去，"被废黜的总督福斯卡里离任后对朋友说——"我们到潟湖去，在船上玩乐，划到修道院去。"

　　但是，潟湖的航行条件一直非常恶劣。潮水汹涌，危险的风暴突然出现，大多数地方都是不可靠的浅水。有时候，吹袭亚得里亚海沿岸的季节性东北风从泥滩掠过，给所经之处带来破坏——1613年，圣马可广场的两根青铜旗杆被吹倒。（渔民将潟湖分成两个河谷，一个叫上风河谷，一个叫下风河谷。）潟湖里到处是神秘的涌流、浅滩、纠缠的水草。在大片的水域，如果你在阳光下躺在船头，身边放着一只篮子，腰上搂着一只胳膊，你可以看见潟湖湖底滑溜溜的水生植物倾斜着从龙骨下面掠过：因为鲁莽地抄近路，你发现自己浑身湿透地搁浅了，螺旋桨搅起你四周的泥浆，你的田园生活被无限期推迟了。

　　潟湖可能是一个异常孤独的地方。湖水非常潮湿，正如威尼斯人所说的那样。烂泥非常黏稠。很多傍晚，甚至在夏天，湖面上会刮起一阵不友善的冷风，让湖水变成灰色，波浪滔滔，地平线似乎变得遥不可及。当你走在汩汩作声的泥浆里，在浅滩上费力地推着撞坏的船时，经常除了孤独沉默的小岛、远处摇摇欲坠的窝棚或者长长的模糊的大陆轮廓线，什么也看不见。大喊大叫是没有用的。宽阔的潟湖上有修道院和堡垒，渔村和猎人的小屋，一队队的小船和一群群结实的渔民；但是空旷的水面太宽，高高的苍穹太令人窒息，风太猛，浪太急，当你陷在威尼斯潟湖的软泥里时，世界上没有什么地方比这里更加孤寂。

威尼斯人总是害怕搁浅。风暴、恶魔、海盗、怪兽都出现在威尼斯水手的传说里：但是浅水比所有这些都更加恐怖。威尼斯的圣人们往往在传说中护送幼小的耶稣渡过潟湖危险的浅水，很多宗教传说在虔诚的人们之间隐藏了一道泥滩——甚至载着圣马可的遗体从亚历山大港匆匆回家的船也在地中海中央触了礁，不得不靠神奇的力量再次浮起来。"我一看见沙漏的时计，"《威尼斯商人》的第一篇对话中萨拉里诺对安东尼奥说，"就想起海边的沙滩，仿佛看见我载满货物的商船倒插在沙里。"

在历史初期，威尼斯人受到这种不安的驱使，勘测了潟湖，绘制了地图，用木杆标出了安全通道。今天，从南边的基奥贾到最北边的一片沼泽地，整个潟湖纵横交错地插着被打进泥里的木杆。有些木杆是精心制作的，带三角桩基和灯；夜晚，圣马可湖中巨大的泥滩周围的水道被橘黄色的灯光照得亮堂堂的，像露天游乐场。其他水道则需要船夫更多地依靠本能，因为它们只有几根零零散散东倒西歪的木杆，无法清楚地表明你应该从哪边经过，而且经常因为渔民插在泥里标出渔网位置或私有沙洲界线的树枝和荆棘而令人困惑。

如果你贴着木杆走，通常比较安全；但并不总是如此，因为有时候这些木杆的定位的精确程度令人不安，如果你向错误的一边偏离了几英寸——哗啦一下，糟了，你又掉进了齐膝深的泥里，抓住船尾往船上爬。据说威尼斯潟湖里有2万根木杆。有的正在腐烂，很不安全，看上去好像被一代又一代的水老鼠啃过。有一两根木杆上面有神龛，受到19世纪艺术家和诗人的珍视（"它的神龛旁没有世俗的花，没有脚步磨损这里的道路"）。很多木杆被情侣、垂钓者和游泳的男孩用来系船。潟湖上最奇妙的景象是那些消磨酷热假日的贡多拉船夫，他们把贡多拉停在近便的泥滩上，带着一家人去蹚水，任由有着奇怪船首的贡多拉气喘吁吁地困在泥里，四周围着木杆组成的瘦削的栅栏。

和威尼斯城的运河一样，潟湖的航道大多数以自然的小河小溪为基础，有时候这些溪流会被疏浚加深。存留下来的三个港口中每一个都有入港航道。潟湖外围靠近海滩内岸的地方有横向渠道。无数条水道穿过浅滩蜿蜒流进潟湖幽深处。这些水道有时候没有标记，只有当地渔民才知道，有时候用旧木杆随意地做标记。一些这样的水道将威尼斯和流向伦巴第平原的运河和河流连接起来，你可以从潟湖驶向特雷维索、帕多瓦、曼图亚和克雷莫纳，甚至沿着波河及其支流驶向图灵。有些是城市的运送航线，将里阿尔托市场和潟湖的菜园和果园连接起来；在世纪之交，当城市还在对蔬菜产品征税时，水上海关控制了通往威尼斯的每一条航道，武装收税官夜晚在泥滩上巡逻。最大的航道引导大船驶过利多港，庄严地经过圣马可，突然变为维托里奥·埃马努埃莱三世运河，平庸地朝梅斯特雷的平凡码头流去。

这些水道自古以来一直在威尼斯历史中扮演着角色。当你乘轮渡朝利多岛行驶时，可以看见右手边宽阔的奥尔法诺运河，这条运河的名字——孤儿运河——来源于它血腥的过去。威尼斯人定居初期，潟湖里不同的聚居人群还在相互作战，其中两个派系争斗得太激烈了，奥尔法诺运河的河水"被鲜血染红"（按照某些编年史的说法，这次争斗就是尼科洛蒂和卡斯特拉尼两派之间世仇的起源）。后来，可怜的丕平部队的大部分士兵都在这条运河边的沙洲上被乱刀砍死，那里距他们在里阿尔托岛上的目标只有一两英里；有些法兰克人被淹死，有些被软泥呛死，有些被割断了喉咙，只有最灵活的人才挣扎着穿过浅滩逃跑。

在中世纪，奥尔法诺运河成了执行溺死刑法的地方——水上泰伯恩刑场[1]。威尼斯的罪犯一般不会被溺死，刑场笼罩着一层可怕的神秘气氛。在总督府下面的黑暗地牢里变得憔悴的悲惨囚犯最后一次接受负责僧侣的探望，第一次接受负责行刑者的探望——"议会雇用了很多这样的行刑者"，科里亚特告诉我们说。有人把宣判书读给他听——他将被"反绑双手，捆上重物，带到奥尔法诺运河，溺死在那里"。然后，在死一般寂静的夜晚，他被绑着手，堵着嘴，带上秸秆桥旁边的一艘驳船，悄悄地驶过潟湖，经过熟睡的圣乔治·马焦雷岛，驶向奥尔法诺运河。在那里，他哼了一声，然后被哗啦一声扔到船外。他的死永远不会被公开宣布。只有国家死亡和判决记录透露，例如，在1551年和1604年之间曾有203人被判溺死。最后一个被判溺死的罪犯在18世纪早期被扔进水里；但是直到共和国末期仍有

1　泰伯恩刑场（Tyburn），旧时英国伦敦刑场。

一条严厉的古老法令禁止在不祥的奥尔法诺运河里进行任何形式的捕鱼，违者（当然）以死亡论处。至于我本人，直到今天，当我去河里游泳时，有时候仍然想象古老的骨架在泥里挠我的脚，看见戴着面具的行刑者在从我身边开过的瓦波雷托上阴沉地盯着我看。

潟湖里仍然在开凿新的运河。其中一条通向梅斯特雷南边新的供油港口圣伊拉里奥，完全避开了威尼斯。这条运河从奥地利统治时期进入威尼斯的主要港口马拉科莫港流进潟湖，冲过次要水道组成的河网、小岛和沼泽，在曾经是潟湖最奇特最孤独的区域的油罐中间流到了尽头。很多世纪以前，就是在那片区域，有势力的圣伊拉里奥修道院——附近平原的领主——一直在拉马河口拥有自己的专属进口港。新运河的深度（比其他运河都深）足以供10万吨巨轮航行和让科威特或的黎波里的超级油轮通过，极大地改变了潟湖西南寂静忧郁的特点。

威尼斯北边的另一条新运河将城市与马可·波罗机场连接在一起，戏剧般地用大功率摩托艇将到达的旅客快速平稳地直接从海关途经市公墓送到圣马可广场。潟湖和威尼斯本身一样，也在变化，尽管保守派极力保证其特有的光环像一位维多利亚时代的诗人所描写的那样

> 燃烧和发光
> 带着最丰富最显眼的色彩
> 红色的圣乔治
> 在蓝天下高举钟室

——尽管他们无所畏惧地努力，但是这个世界却正在一步步逼近

这些孤独却引人注目的地方。

对此我只感到一半的忧伤，因为对我来说，比起其古老的活动，潟湖苍白或可怕的寂静更加令人激动。我所知道的看轮船航行的最佳地点之一就是利多港的宽阔开放的航道，圣马可运河就从那里流进大海。球形黑色浮标标出了这条巨大的航道，两条长长的石头防波堤一直延伸到标志着威尼斯尽头的双子灯塔，保护着这条航道。利多岸边矗立着古老的圣尼科洛塔，五个世纪前，第一只风向标被竖立在这座塔上。东边，一条宽阔、平静、空荡荡的水道通向特雷波蒂，远远的在迷蒙的烟雾之间，你只能看见遥远的岬角上有一座孤独的白色房子。在水流交汇之处，圣安德烈亚城堡警觉地怒视着，等待着另一艘鲁莽的护卫舰，或者透过枪缝盯着达尔马提亚的暴徒。

你在这里关掉引擎，让小船随着海浪摇晃，让潟湖上的来往船只从你身边鱼贯经过。一队渔船懒散地静静地躺在沙滩上，等着潮水或贝类。一艘挖泥船发出沉闷的声响，从你身后驶过，船身四周有一圈肮脏的点火器，像围着一圈随从。开往特雷波蒂的轮渡绕开宽阔的圣埃拉斯莫泥滩，沿着弧线掠过标志浮标，轻快地朝岸边驶去。越过防波堤，你可以看见渔船的索具，在利多岛的沙滩上拖来拖去；有时候，一艘乱糟糟的贩蟹人的小船，一团纠缠的渔网、缆绳和桶，带着认真迫切的专注神态从你身边迅速驶过。一艘敏捷的快艇匆匆朝一片人迹罕至的海水浴场驶去；一艘没精打采的帆船在灯塔之间抢风行驶；八个快活的男人、七个肥胖的女人、十二个孩子、三条狗和一只野餐篮子，滑稽地懒洋洋地乘一只撑着棉布篷子的摩托艇经过，船靠岸很近，所有人都在说话。

大船从这些小船之间穿过，一千年来一直如此：游轮、来自波斯湾的优雅的白色油轮；从流线型驾驶指挥塔下面喷着水的来自马耳他的潜艇；一队锈迹斑斑、散发着啤酒味的艰难航行的旧货船；有时候，如果你很幸运，可以看见一艘巨大的白色游轮，漂亮又高傲，像另一艘大商船一样在朦胧的阳光里轰隆隆地驶过，乘客挤在日光甲板上，聚在船楼上，船员在船舱的扶梯上忙碌，船长站在舰桥上，潇洒地通过双筒望远镜注视着前方，仿佛在等待着圣马可的信号旗欢迎他从中国凯旋。

26. 边　　缘

　　那里在潟湖外缘90英里处，但仍然具有威尼斯的一切特征：温和、有水、庸俗，常常被忽视，但总有这个地方的些许魔力——"风中一丝威尼斯的气息"。仅仅50年前，潟湖湖边的大部分地方仍然天然质朴，居民稀少，一年又一年，很少有游客前来。过去的旅游指南用诱惑的语气提起未受破坏的河滨和原始沙滩，听上去仿佛到潟湖边的村里去需要带着睡袋和一袋念珠。

　　今天，贝德克尔先生会认为这里更适合纤弱的体格，并且会可靠地建议说胃药、便携式洗脸盆和遮阳帽都不需要。只要汽车开到的地方，现代化都紧随其后。在威尼斯潟湖周边，只有将亚得里亚海挡在外面的中央防护堤不能从陆路到达，你甚至可以把蓝旗亚[1]带到那里，如果你把车开上汽车轮渡的话。其他朝海的屏障——卡瓦利诺半岛和索托马里纳岛——实际上都是大陆的突出部分，你可以沿着它们一直向前开——实际上在卡瓦利诺半岛可以开到距离圣马可广场三英里的地方。大陆沿岸仍然有些地方地处偏远，人迹罕至，那只是因为没有人想住在那里，但这样的地方正在渐渐消失。在潟湖中央，你仍然会有一种被隔离的不舒服的感觉：在岸边你很少会离电话、教区神父或可口可乐太远。

1　蓝旗亚（Lancia），意大利汽车品牌。

潟湖的淘气孩子[1]——有人说它的新主人——是梅斯特雷。直到第一次世界大战之前,梅斯特雷都只是一座城堡村庄,四周环绕着堡垒和凌乱的农田。今天,它成了一座可憎的工业城市,散乱、不整洁、肮脏、没款没型,几乎总是(或者看上去是如此)在下着毛毛细雨,一片模糊。用现实的商业术语来说,它在马尔盖腊港的码头是新威尼斯。当人们说威尼斯是欧洲的供油港时,他们其实指的是梅斯特雷。它拥有意大利最重要的船坞,船台上造了一半的轮船赫然耸立,俯视着威尼斯的堤道。它的工厂雇用了3万名工人,生产化学品、铝、锌、焦炭、平板玻璃、油漆、罐头食品、仪器和上百万加仑的成品油。在梅斯特雷,公路和铁路在威尼斯交汇,这里扩张得太迅速,太唐突,很快我们就可望看见它单调的触角沿着潟湖靠大陆的一半湖岸延伸,从南边的新供油港一直伸向北边的新机场。在行政区划上,梅斯特雷是威尼斯的一部分,很多旅游指南都将那里的旅馆和威尼斯共和国的旅馆列在一起。不幸的游客无意间在那里预订了旅馆或者接受了关于那里的好处的讨好建议,世界上没有比他们更伤心的人了。他们从旅馆大堂走出来,衣着整洁,为愉快的夜晚精心打扮,却走进这个令人沮丧的大都市圈的嘈杂环境、拥堵交通、没有修好的道路和俗气的别墅之中。

尽管如此,这一段湖岸却一直是威尼斯传统的出发点。旁边,改变了河道的布伦塔河的剩余部分流进潟湖,一代又一代的游客在河口的富西纳登上贡多拉,船夫慢慢地划着桨,像在梦中一般朝着遥远的城市建筑驶去。《威尼斯商人》中的鲍西亚就是在富西纳乘上开往威尼斯的普通轮渡,从贝尔蒙特来到审判席:莎士比

1　原文为法语。

亚把渡船称作"tranect"，这个让一代又一代的注释者迷惑不解的词可能是意大利语"traghetto"（意为"贡多拉摆渡"）的变体。满载的驳船也曾经从这里将河里的淡水运到城市。在蒙田的时代，这里还是一条陆上运输路线：一组马拉的滑轮将驳船从布伦塔河里吊起来，拉过一个岬角，再放回穿过潟湖流向威尼斯的运河里。后来修建了一小段通往富西纳的铁路，今天，公共汽车从帕多瓦开来，与威尼斯的渡船对接。

这里距离梅斯特雷中心只有两三英里，却平静沉默，引人联想，仿佛位于巨大的谜团边缘。一群群羊在长满青草的河岸上闲逛，披着斗篷戴着松软的高帽的干练的牧羊人看护着羊群。那里有一个古怪的很小的飞机着陆地，还有一个不透气的咖啡馆，古老铁路的遗迹在河堤边慢慢腐烂。公路蜿蜒曲折地穿过宽阔的浸水草甸，在潟湖边戛然而止；你懒洋洋地坐在系船柱上，经常可以发现一个穿着灰色制服的哨兵，挎着步枪，心不在焉地看着水面。"首先吸引目光的，"罗斯金在一段华丽的描述的高潮部分写道，"是一团阴沉的黑烟……从一座教堂的钟室冒出来。这就是威尼斯。"今天，如果你从这段典型的前滩第一次看见威尼斯，首先看见的将会是巨大的谷仓，其次看到的是港口凌乱的轮廓。也许你会想起卡迪夫[1]的码头或者泽西市：但这里是威尼斯。

在梅斯特雷东北，潟湖湖岸的轮廓线弯弯曲曲地穿过布满沼泽的曾经疟疾横行的平原，经过盐田和浸水草甸，伸向卡瓦利诺海角——一个长长的布满沙石的弯折的岬角——几乎到达威尼斯。这里曾经目睹命运的起伏。这里的城镇兴起，衰落，再度兴起。这里的松林曾经被砍伐，现在又在生长。这里曾经被两个通往亚

1　英国威尔士首府。

得里亚海的入口横穿：一个是皮亚韦河的入海口，现在成了一条小溪；一个是特雷波蒂港，现在已经完全关闭。几个世纪以来，卡瓦利诺一直被忽视，只有贫穷的农夫和渔民住在那里，只有少数几个冒险的运动员去过那里：狭窄的湖岸现在仍有几段保持着田园风味，有丰富的鸟类和散发着泥土气息的蔬菜，有青蛙在充满雾气的水沟里呱呱地叫，还有可爱的乡村酒馆。特雷波蒂的古老村庄里的房子仍然刷着朴素的白色墙壁，盯着沼泽地，有几条小溪太像彻韦尔河了，你几乎以为会看见平底船上坐满了大学生，撑着阳伞，开着留声机，或者听见远处牛津大学基督教堂汤姆方庭的钟声。

但是，现代发展以狂放的方式猛烈地冲击了卡瓦利诺：不久前，投机者打量着这一片长长的沙滩，在上面建造了崭新的城镇耶索洛。这里的沙滩非常长，沙非常细，上面星星点点地长着青草，散发着松果的清香。几百座新楼房立即让人联想起特拉维夫。镇上有一座跑马场，两座溜冰场，还有一个尿沙疗馆（你知道那是什么吗）。这是一个大型的蓬勃发展、喧嚷吵闹、极其成功的度假地，是亚得里亚海边最受欢迎的度假地，你可以看见花哨的宣传海报召唤你到潟湖上从米兰到维也纳的任何地方。不同的活动像一圈圈涟漪一般向外荡漾开去，几乎传到卡瓦利诺的每一个角落。那里有加油站、汽车修理厂和出色的公交服务。推土机隆隆作响，把一天天猛地推开。如果你来到海角的最尖端萨比奥内角，可以从那里越过水面看到威尼斯一个个半隐蔽的尖顶，一张用德语写的告示会告诉你在哪里停自行车，一份嘶嘶冒着气泡的饮料会在红色的小冰盒里等着你，很快一艘载着汽车的轮渡就会不耐烦地从利多驶来，带你去参加电影节。如果你想要体验古老的卡瓦利诺的风味，闻一闻它潮湿的芳香，在它空旷的沙丘上散步，你必须赶快这么做：这一切不会存在很久。

潟湖的另一个尽头还有一个度假地，在那里，色彩缤纷的遮阳伞组成数字图案，撑在索托马里纳的沙滩上，年轻的纨绔子弟在前滩上匆匆地骑着电动小型摩托车。但是，潟湖南边的守卫者和通向威尼斯的传统的关键处仍然是一个天性粗硬朴实的地方。基奥贾的一根柱子上有一只矮胖的长翅膀的狮子，这对威尼斯人来说一直是一个笑话——他们喜欢把它叫作"圣马可的猫"：一丝怜悯，一声嘲弄的回声，似乎充满了这座古老的渔村的生活，这里仿佛患了瘫痪，有伤风化，摇摇欲坠，沉浸在病态的迷信之中。

当你踏上基奥贾的码头，或者打开车门的时候，一大群兜售的商贩、停车场的工作人员、小乞丐和各式各样的卑躬屈膝的服务人员都围过来迎接你。宽阔的中央大街总是看上去已经被彻底遗弃，或者挤满了夸夸其谈的小伙子和神采飞扬的姑娘。基奥贾是一个固执而沉闷的地方。那里的人有自己独特的面貌特征——宽鼻子，大眼睛，他们的方言让人听不懂，据说是早期威尼斯人说的语言，带有希腊语的色彩。他们的城镇绝对对称，没有威尼斯讨人喜欢的错综复杂。两条坚定的堤道将城镇与相邻的大陆连接起来，镇上有相互平行的一条大街和三条运河，九座桥梁呈直角相交。

尽管基奥贾感觉在退化，却是意大利最大的渔港。它的渔船遍布整个亚得里亚海，它捕获的鱼每天用冷藏卡车运出，最远运到米兰、罗马和因斯布鲁克。它狭窄的运河挤满了船舶，桅杆和船帆林立，船只紧紧挨在一起，你可以不下船就从一个码头走到另一个码头，把一只船弄出来一定至少和把它装进瓶子一样困难。基奥贾的码头和胡同总是挤满了渔民的太太，她们披着黑色披肩，系着褪色的印花围裙，坐在支架桌边，叽叽喳喳地闲聊，用针、木片、网和杵做着显然是传统的工作。基奥贾发霉的教堂里挂着渔民的还愿奉献物——粗糙却感人的暴风雨的场景，半被淹没的船只在显著的位置经受痛苦折磨，来帮助他们的仁慈的圣母马利亚从云朵中尽力探出身子。

基奥贾过活、做梦、聊天、吃鱼。它的大街上到处都是鱼鳞。它的鱼市场惊人地丰富多彩。它的主要餐馆提供无可比拟的各种用鱼做的菜肴。（现在，令人吃惊的是，很多游客到基奥贾来旅游，一位瑞士游客曾经一边大声咀嚼鲜美多汁的水螅一边对我说，他甚至懒得到下一站威尼斯去。）在旅馆里，男孩子会在你吃早餐时向你推销刚刚从海里捞上来的新鲜海绵，你可以从窗口看坚固的鼻子扁平的渔船迅速驶去海上作业。基奥贾面朝有很多大鱼的亚得里亚海，背对潟湖。尽管这里经常让游客失望，我却渐渐喜欢上了这个地方和粗鲁的居民，我感觉他们的举止中有一种深海和带咸味的海风的气息（甚至码头边招徕顾客的乌合之众也和蔼可亲，一旦你给了他们小费，或者向他们买了一只干海马）。它个性内敛，镇定而不阴沉，它的居民在当地以明显具有英国人的迟钝而出名。"救命啊！我要淹死啦！"一个基奥贾人在威尼斯人喜欢的一则趣闻里叫道。"等一下，"另一个人说，"我正在点烟斗呢。"有一天，在潟湖里，我帮忙拖了一只渔船，船上载满衣衫褴褛的捕沙丁鱼的渔民。我记得在仲夏与他们相遇的快乐情形：当他们在通往基奥贾的地方离开我时向我挥手道别，脸上绽开灿烂的笑容，姿势优雅轻快又懒洋洋的，我感觉仿佛正在离我而去的是一群人身鱼尾的海神。

这些就是潟湖岸边的城镇，从喧嚣的梅斯特雷到颓废的基奥贾。除此之外，周遭平坦、单调，往往很沉闷；老实说，虽然有一些有趣的地方和令人难以忘怀的过去荣耀的遗迹，我却感到惊诧，一个如此单调乏味的框架内何以能有如此辉煌的杰作：无论你站在这片海岸的什么地方，无论是在耶索洛，自动点唱机在你身边发出刺耳的声音，或是在基奥贾，渔民的孩子在教堂里尖声吟诵教义问答，或是在梅斯特雷，无轨电车进出火星，或是在马尔盖腊港，油轮散发出难闻的气味，或是在通往富西纳的路上，一群群羊和驴心不在焉没精打采地往前走——无论你在哪里，你距离威尼斯永远不会超过十英里。

27. 岛 上 的 城 镇

　　但是你从大陆首先看见的不一定总是威尼斯，因为过去的威尼斯人在搬迁到里阿尔托群岛之前建造了很多岛上城镇。梅斯特雷以东有一座叫阿尔蒂诺的小村庄，是罗马阿提努姆城的遗址。村子的教堂旁边有一座小博物馆，村里有一种模糊的荣耀已逝的气氛。如果你穿过的里雅斯特路，从村里走到遍布沼泽的潟湖边，就会看见沼泽和水坑（大海、陆地和盐湿地相混合）那边有一座孤独的高高的钟楼。你看不太清楚钟楼周围有什么，因为潟湖的光线具有迷惑性，有时候水晶般透明，有时候却被闪烁的微光所遮掩：在那一片混乱的沼泽地里，你只能看见那座唯一的红砖塔楼——荒野里的一个护身符。塔楼非常古老，非常骄傲，非常孤独，已经被人遗弃。那是托切洛的钟楼。

　　当受到惊吓的古人离开大陆时，他们没有很远的地方可以去——尽管当时潟湖似乎虽然更干，却比现在更宽。在接下来几十年不断移民的过程中，有些人去了亚得里亚海沿岸，但是很多人留在了距离大陆几英里的地方，在敌人的视线范围内。他们一共建立了12个主要居民点，包括南边的基奥贾和格拉多，后者位于北边紧邻的潟湖里，很久以前就失去了和威尼斯的联系。骄傲繁荣的阿提努姆城的居民和我们一样，走到潟湖边缘，选择了现在被称作托切洛的岛屿；或者，按照另一种说法，他们接到神祇的命令，爬上城市的瞭望台，在高处看见小船、大船和岛屿的幻影，于是推断神的意愿是让他们到潟湖的角落去。他们带去了所有能带的东西，甚至建筑石材，在托切洛周围建造了五座城镇，每一座都以他们失去的城市的一个门户命名。那时名为里阿尔托的小岛仍然是简陋的渔村，这里成了潟湖里最富有最先进的一个聚居地。"母亲和女儿，"罗斯金在托切洛钟楼顶上叫道，"看这两个寡妇呀——托切洛和威尼斯。"

托切洛的丧服更加令人心酸。这座城市在几个世纪里繁荣发展，到了16世纪初，据说人口达到2万，还有十几座壮观的教堂、铺砌的街道以及很多桥梁。托切洛为基奥贾战争贡献了三艘装备齐全的单层甲板大帆船，派遣了100名弓箭手参加15世纪的几次达尔马提亚战役。从埃及人那里偷来了圣马可遗体的两位虔诚的商人是托切洛人。托切洛自己有经由卡瓦利诺通向大海的通道，凭借自己的能力成为一座繁荣的市场和航运中心，甚至在商业中心从马拉莫科转移到里阿尔托后仍然如此。在威尼斯最古老的木刻和地图上，它通常令人敬畏地出现在背景里，是水里的一堆炮塔和塔楼。12世纪，一位评论家恭敬地写到了"大商场托切洛"。

后来它开始了悲惨的衰退。它的运河被河流携带的泥沙堵塞——那时河流还没有改道，它的大批居民染上了疟疾和致命的热病。它的贸易最终被正在兴起的里阿尔托群岛的活力所破坏，里阿尔托位于潟湖中心，靠近布伦塔河口，地理位置更为优越。托切洛变得萎靡不振，沮丧悲观。它最有活力的居民去了威尼斯，它的商行关门停业，被人遗忘。很快，这座岛屿变得冷清荒废，威尼斯的建筑商缺少建筑材料时就到托切洛来，把宫殿残留的东西搬上驳船，在瓦砾堆里寻找尺寸正好的楼梯或者合适的雕花檐口。很多世纪以来，可怜的托切洛渐渐衰败，崩裂，倒塌，再度退化为一片沼泽地。拿破仑推翻威尼斯共和国时，它在一个非常有阳刚气概的瞬间宣布自己是自主的国家：但是，到了19世纪中期，对于每一个浪漫主义者来说，参观托切洛都是一次让人无法控制地忧郁的经历。

今天，大约有一百人住在这里。但是托切洛是那个幸运的奇迹，一个有秘密收益的幽灵，就像美国西部死气沉沉的矿区城镇，或者甚至庞贝。它仍然是一座极度怀旧的岛屿。当你在那里上岸时，一尊悲伤的石头圣母像在一团缠结的刺铁丝后面迎接你，一条狭窄泥泞的运河带你穿过绿色的旷野，来到衰败的广场，那里曾经是城市生活的中心，现在却只是村子里的一片绿地。无论在潟湖的任何地方，你对威尼斯的意义的感觉都不会比在这里更加强烈，因为这个地方显然有一种惊恐的毅然决然的气氛，当你凝视着它空荡荡的水道时，很容易想象大陆上燃烧着可怕的敌人点燃的火焰，或者听见流亡者唱起的受惊的感恩赞美诗。

岛屿一片绿色，种着一片片朝鲜蓟和矮小的果树。矮小的农舍零星分散在各处，农舍边是板条屋顶的船屋，还有瘦骨嶙峋的吠叫的狗。一条宽阔的缓缓流淌的运河更像大江而不是小溪，它将托切洛与延伸到大陆的一片片泥滩分割开来：在这条无精打采的水道上我曾经看见一艘高高的白色帆船，这艘船从挪威开来，正在黎明的第一缕微弱的光线中悄悄朝威尼斯驶去，像沼泽地里的一艘幽灵船。托切洛城已经完全消失，但是这里的一条条小巷、博比佐码头大道、圣乔瓦尼广场、博尔戈尼码头大道和一条又一条过去的大道——所有这些尘土飞扬的小路似乎都习惯性地通向广场。这只是一个长满草的小广场，但仍有一丝浮华的意味，那是从护民官聚集在这里、贵族宫殿在四周围绕的时代流传下来的。广场位于一条运河边，周围有一家饮食店、一家位于哥特式宫殿里的小博物馆、两三座小别墅、八角形的拜占庭教堂圣福斯卡和圣母马利亚升天教堂，一位学者曾将这座教堂描述为基督教世界最感人的教堂。

毫无疑问，这是一座具有象征意义的建筑，因为威尼斯建立之后，罗马和拜占庭的潮流就是在这里交汇的。托切洛标志着一道分水岭。西边延伸着有棱纹和圆顶的我们称之为哥特式的建筑——罗马、沙特尔、剑桥和爱尔兰的修道院。东边矗立着一座座穹顶：阿索斯山、伊斯坦布尔、俄罗斯的球状教堂和开罗、撒马尔罕、伊斯法罕、印度的庄严的清真寺。托切洛的一边是威斯敏斯特宫，另一边是泰姬陵。

托切洛也是一道精神上的分水岭。在这里，在旧罗马和新罗马之间，不同的宗教观念相互重叠，对立的基督教理想相互交汇。托切洛大教堂同时体现了拜占庭和哥特特点、东方和西方特色。教堂建得很糟糕，是由惊恐的人匆匆建成——有人说是惊慌失措地建成，因为他们认为世界末日会在公元1000年到来。教堂既简单又复杂，既大胆又敏感。钟楼高大壮观，目中无人（在1640年雷击削掉了楼顶之前更壮观）；但是用石头销钉固定的石头百叶窗保护着它的窗户不受狂怒的风雨和敌人的侵袭。它高大冷漠地屹立在那里，态度中没有任何热情，感觉几乎是一个临时替代品，一座谷仓，仿佛还没有完工，或者只是临时建筑。

教堂正厅的一头是一幅巨大的镶嵌画，覆盖了整面西墙，画中表现的是耶稣受难、复活和即将来临的审判日的丰富而怪诞的细节——这就是一幅图解教义手册，从像药剂师一样一丝不苟地称量灵魂的圣马可，到下面很深处可怜的被罚入地狱的罪人，无所不有。教堂另一头，半圆形后殿的前排座位上方，站立着一位无限高贵的人物：在淡淡的金色背景映衬之下是瘦瘦高高的非常悲哀的诞神马利亚。她那镶嵌画拼成的脸上挂着泪珠，她带着永恒的责备的神情俯视着教堂，她疼爱着怀中的婴孩，仿佛已经预见未来的岁月，将责任归咎于我们每一个人。这是潟湖最庄重的纪念。据说这是希腊工匠制造的：有人认为，威尼斯人在其所有光辉和成功的时代里从未创造出如此漂亮的作品。

在悲哀的预言家一般的监督之下，一群游客在教堂里四处乱转：如果有一点时间就匆匆去圣福斯卡教堂；从像游园会上的村妇一样在外面草地上支起货摊的妇女手里买明信片；在圣马可广场中央被费解地称作"匈奴王宝座"的巨大石椅前摆姿势照相（甚至维多利亚时代的人在颤颤巍巍地从废墟中走过时也任由自己享受这一轻浮的瞬间，很多褪色的照片表现了他们头戴簪花帽子，身穿泡泡袖衣服，摆出一副仿佛出身匈奴王室的姿势）。

有些人，但不是很多人，从威尼斯乘坐定点轮渡来到这里，他们要在大教堂后面泥泞的小河边野餐，孩子们在水洼里抓螃蟹和虾，葡萄酒在阳光下变得越来越热。但是，大多数人来托切洛主要是为了在饮食店里吃午餐：外表简朴的小酒馆在门边放着富有乡村风味的桌子，是对生动的流动小贩的补充——这家朴实无华的酒馆是意大利最有名的餐馆之一，在那里，你可以吃到很好的饭菜，用高脚磨砂玻璃杯喝酒，在钟楼的阴影笼罩下的花园里晒太阳，打发一个下午。

哈里酒吧拥有和经营这家酒馆，用舒适的摩托艇把你接来，让你在午餐前有半小时的时间参观大教堂：酒馆有其前辈的所有虚荣（虚假的谦虚、大人物的遗物、昂贵的鸡尾酒）和所有值得考虑的诱惑（绝妙的饭菜、优质的服务和并非完全虚假的某种质朴精神）。

我曾经在那里吃过很多顿可口的饭菜，曾经边享受火腿鸡蛋边倾听月桂的叹息声、老木头的嘎吱声、小鸭子和会游泳的狗在水里扑打的哗哗声、清晨岛上的妇女在码头边洗小东西时叽叽喳喳的说话声。我迅速调整一下想象力，发现当我站在大陆岸边看着远处泥地上屹立的钟楼时，很容易想象托切洛和以前一样，是一个无人居住的荒凉的被抛弃的地方，当风从空空荡荡的废墟中吹过时，只有一盏暗淡的朴素的灯在酒馆的酒吧间点亮。我不去理会杜松子酒和牛肉卷。我想到岛上拥挤的水道，沼泽地里静静的白色的船只，大教堂里巨大的石头百叶窗，夜晚树丛间轻轻的飒飒声，瘦长的诞神马利亚，她泪痕斑斑，正在责难众人，一个孩子曾经严肃地告诉我那是"一个瘦瘦的年轻女士，怀里抱着天主"。

潟湖里的很多其他岛屿都曾有过都市光荣的年代，然后，像托切洛一样，渐渐变得默默无闻，因为潟湖城镇的一生被反复无常所困扰。它总是在兴起或者衰落，衰退或者突然复兴，或者慢慢被吸进底土，或者以巨大的代价变成一座小康尼岛[1]。自古以来，只有两座岛屿作为有人居住的城镇得以幸存，两座岛屿都位于北潟湖忧郁的广阔区域，在托切洛和威尼斯之间的水道上。

你首先看见的、记住最久的是仿佛一片泼溅的水彩一般的布拉诺。它的周围环绕着一片微咸的荒地，渗着阴湿。一两英里远处是庄严的托切洛塔；东边，一座小岛长满了柏树；北边，一片片沼泽地荒凉地向远方延伸。这是一片柔和的景象，夹杂着深蓝灰色、淡蓝色和暗绿色；但是中间却突然爆发出一大片幼稚的色彩，倒影泼进水里，像打翻的颜料罐一样将阴郁的航道都染上了

1　康尼岛（Corney Island），位于美国纽约布鲁克林区的半岛，原本为一座海岛，后来与布鲁克林之间的海湾严重淤沙，人们便将海湾填满了。其面向大西洋的海滩是美国有名的休闲娱乐区。

颜色。这就是岛上城镇布拉诺。它的钟楼以滑稽的角度倾斜着，几百座色彩鲜艳的小房子紧紧挨在一起，像阴郁的沙漠里用鲜艳的泥砖砌成的村庄：红色和蓝色的房子，黄色和橘黄色和耀眼的白色，杂乱的原色在泥里闪耀着。

镇上的居民靠打渔和织蕾丝花边为生。织蕾丝是一种古老的威尼斯手艺，19世纪重新流行起来。在其鼎盛时期，威尼斯蕾丝是世界上最好的蕾丝，有时候蕾丝太精细了，为路易十四定制的衣领是用白色的人发编织而成，没有任何一种纺线细到可以编织衣领的图案。后来，这一行业极度衰败，当人们来振兴它时，只有一位年纪很大的老太太知道如何编织威尼斯针绣花边：他们用羊毛裹住她，给她塞药片，在她去世前轻轻地偷来了她的手艺。

现在，蕾丝行业给人的印象似乎带有深刻的慈善目的，却让赞助人愉快地获利。教堂附近有一所蕾丝编织学校，非常欢迎游客参观，也许甚至允许他们购买一些小织品，如果他们坚持如此；布拉诺每一座村舍的门口都有一个人端庄娴静地坐在阳光下，眯着眼睛，颤动着手指，一针一线地编织蕾丝（如果游客不多，她可能会放下蕾丝，把才华用来缝制粗糙的网眼窗帘）。只有一丝悲惨的迹象会让这一景象令人失望：也许除了在烛光下写赋格曲，没有什么工作比编织蕾丝对视力的伤害更大了。

妇女们做针线，男人们去捕鱼，就像寓言里或者歌剧里那样。怒目而视的渔民在布拉诺的大街上昂首阔步，手里拎着软木浮子和巨大的鞋子，渔网晾在教堂的墙上。渔民把船直接开到家门口，家人用汤羹和深情的拥抱迎接他们：这种理想家庭生活的气息，妇女的典型女性气质，男人的粗野男性特征，花哨俗气的小房子，汤羹和渔网以及迅速移动的针线——所有这些使得布拉诺像一出长长的业余戏剧表演。至今你仍然能在那里的房屋墙壁上看见锤子和镰刀的标志，直到爱整洁的家庭主妇把这些标志洗去。直到不久前，这座岛屿一直非常贫穷，但是这里看上去不像一个忍饥挨饿的地方。岛上的一切都小得离谱：小小的运河，玩具似的房子，微型的桥梁，极细的针脚。布拉诺从不曾真正发生过什么（虽然世界上很难有哪一座城镇每平方英里的纪念饰板比这里更多），生活感觉古怪而虚幻。女人在编织框架边俯身织蕾丝，渔民用桨把船划到泥滩，游客们在去托切洛的路上在这里走马观花，时间像一出平淡无奇的戏剧的第一幕或者一出激动人心的歌剧合唱一样逝去。

但是，它被水面包围，像一件饰品一样嵌在潟湖里。它的运河被淤泥淤塞，被泥淖堵塞，因此船只很难通过运河驶进城镇——"快挖运河！"一面墙上写着这样一条愤怒的标语。布拉诺排出的废水是潟湖里最脏最臭的，这些水引人注目地排进你身边的浅浅的运河，布拉诺的街道上有一层厚厚的污泥。夏天，这幅景象看上去很鲜艳，颇有歌剧风格，但是，在冬天，这些色彩在一阵阵灰色的狂风里枯萎凋谢，老太太们蜷缩在长长的黑色披肩里，像营养不良的鹰。

有一次，我被一场暴风雨从威尼斯驱赶出来，拐进布拉诺避难，把五个嬉笑欢闹、不守纪律的孩子放在码头边。他们浑身湿透，溅满泥点，寒冷彻骨，却兴奋地四处乱跑，一边嘟囔着莫名其妙的英语俚语。看到这一轻度的紧急情况，布拉诺人迅速把装模作样的姿态抛到一边，表现出深刻的岛民本能，尽管他们的行为因为对戏剧表演着迷而显得轻率。转眼之间孩子们都在村舍的里屋安静下来，裹上了毛巾；很快陌生的厨房里端出了一碗碗香气扑鼻的汤；五分钟后一群技巧娴熟的旁观者从我的船上卸下了工具，整整齐齐地放在小房间和棚屋里；半小时后，我们过夜的计划已经被安排好；就在这一切发生的时候，两三位身穿黑衣的老太太蹲在门口的凳子上，平静地继续做针线，咔嗒，咔嗒，仿佛在等着双轮运水车。

穆拉诺是威尼斯脾气最坏的社区，那里的情绪完全不同，永远感觉像在打烊。那里曾经是一座大岛，距离威尼斯的新运河大道只有一英里，是威尼斯绅士的游乐场，有一点像私人沃克斯豪尔[1]，当时贵族身边的一切都非常精美，他们在葡萄藤和果树下面漫步，讨论诗歌和哲学，展开谨慎却美妙的恋情。一个又一个英国大使在穆拉诺岛上拥有豪华公寓，人人都说这些公寓得到了充分利用。

后来这座岛屿成了威尼斯的玻璃铸造厂，那时威尼斯人实际上垄断了玻璃制造工艺，是欧洲唯一知道如何制造镜子的人。很多场灾难性的大火摧毁了威尼斯，因此在13世纪，所有熔炉都被强制搬迁到穆拉诺，那里成了西方世界的主要玻璃制造厂，16世纪时其人口超过了3万。在心怀嫉妒的外国人眼里，穆拉诺充满了几乎是神秘的技术优势。的确，当地沙子的独特品质和潟湖里的海洋植物使得这里成为制造玻璃的便利场所；但是，很多访问者和16世纪的詹姆斯·豪厄尔[2]一样认为，威尼斯玻璃的卓越品质取决于"漂浮在这里上空的环绕的空气质量"。据说，这里的空气太有益了，只要在最好的威尼斯平底酒杯里滴入一滴毒药，酒杯就会立刻碎裂。

事实上，威尼斯在玻璃制造方面的优势应该归功于它的工匠

---

1 沃克斯豪尔（Vauxhall），汽车品牌。

2 詹姆斯·豪厄尔（James Howell，1594-1666），英国威尔士历史学家、作家。

们、它从东方偷来的各种知识和共和国严格的保护策略。穆拉诺的玻璃制造工人和斯大林时期的俄国钢铁工人一样，成了备受宠爱的受到政府监护的人。只要他们工作，没有什么是他们不配得到的。他们甚至有自己的贵族身份，你可以在玻璃博物馆里各种各样的穆拉诺产品中间看到这一身份的金色登记簿，还有著名玻璃工匠的画像。穆拉诺被赋予各种市民特权。这座岛屿曾经铸造自己的钱币，共和国无处不在的密探被禁止踏足那里，因为它的工艺和秘密对于国家经济来说太重要了。（但是如果某个玻璃工匠将他的知识带出穆拉诺，在世界上的其他地方做生意，那么，无论他在哪里，国家都会派出冷酷无情的特工去找到他，将他杀死。）

穆拉诺的游乐场很久以前已经被埋在砖石下面，玻璃现在仍然是它存在的理由。玻璃行业和蕾丝行业一样随着共和国的衰落而衰落，但是在19世纪得到复兴，如今在岛上占据了主导地位。少数威风的贵族宫殿至今仍然存在，穆拉诺自己的大运河的声势仍然配得上它的伟大前辈。那里保存了一座优雅却破旧的广场、一家出色的饮食店和两座大教堂——大运河西头的第三座教堂被改成了公寓楼，它高高的圣坛塞满了一层层摇摇欲坠的寓所，它残余的门廊里挂着一排邋遢的待洗的衣服。除此之外，穆拉诺杂乱地挤满了小玻璃厂，这些工厂凌乱、肮脏、不协调，用红砖或颜色黯淡的石头砌成，竖着高高的发黑的烟囱，搭着木头栈桥。运河两边都是这些漫不经心的企业，几乎每一个到穆拉诺来的游客都会参观一家（尽管如果你不被招徕顾客的小贩和旅馆勤杂工吓一跳，可以在距离圣马可广场几百码的范围内更加轻松地观看这些过程）。

关于穆拉诺的玻璃工匠，我们所要了解的一件重要的事情是，他们制造的几乎每一件作品，至少按照我的品味，都惨不忍睹。情况一直如此。在博物馆展出的所有几百位设计者的作品中，只有一位19世纪设计者的作品在我看来似乎可以称得上优雅。腓特烈三世皇帝经过威尼斯时，骑马登上圣马可大教堂的钟楼，人们向他呈上精心制作的穆拉诺玻璃。但是，传说他立即对这些玻璃制品感到厌恶，于是暗中告知宫廷弄臣，让他在滑稽表演时撞上展览桌，把那些玻璃撞成了幸运的碎片。威尼斯人仍然自认为穆拉诺玻璃非常漂亮，但是，如果你能破译销售技巧的秘密，这个行业见多识广的人就会承认令人恶心的黄色并不是他们最喜欢的颜色，并且同意一两盏枝形吊灯的风格也许可以更加简单。

这一切都令人遗憾，因为制造玻璃这项活动具有经久不衰的魅力，豪厄尔所说的"熔炉和煅烧，物质的变形，这种艺术所附带的液化过程"仍然具有精细而炽热的神秘特性。在穆拉诺单调的生产车间里，每一年的每一个工作日仍然在发生物质的变形。熔炉边站着吹玻璃工师傅，气度不凡，胸有成竹，几个恭恭敬敬的学徒把工具递给他，他手里长长的管子像一根魔杖。他挥动管子，放到唇边，只轻轻一下，就吹出一个小小的圆圆的玻璃泡泡。扭一下，削一下，再小心地吹一下，一个装饰品的雏形就出现了。接着他转动管子，用一根铁棒划一下，将一团融化的玻璃迅速放进火里，吸了一两口气，用铁剪刀猛地剪断——吹玻璃工突然用一个很有美感的疲惫手势放下工作，就像普拉克西特利斯[1]放下泥刀，他身边的小学徒都恭敬地默不作声，热得汗流浃背的游客们肃然起敬地围住一个巨大的玻璃丑角，它圆溜溜的眼睛、五颜六色的身体、细长的双腿、鼓起的肚子、带着醉意的笑容和沉迷于

---

1 普拉克西特利斯（Praxiteles），古希腊雕刻家。

酒色的态度显露出无可比拟的粗俗。

楼上，工厂产品可怕地陈设着，就像在噩梦般的藏满珍宝的山洞里一样，供你检阅：轻软柔和的烛台、色彩浓烈的花瓶、极力炫耀的平底酒杯、品味低俗的玻璃动物、粗制滥造的小丑和寻欢作乐者。门口摞着一堆板条箱，小心地朝着你的方向，上面标着不可思议的地址："皮卡迪利街，约翰·琼斯先生"，"协和广场，阿尔封斯·弗雷尔"，或者"美国布鲁克林桥，埃尔默·B.胡佛有限公司"——"我们把美丽的传统商品邮寄到文明世界的每一个角落，可以使用旅行支票，"导游用教育人的语气说。更加敏感的游客蹒跚着从这些令人眼花缭乱的拱廊中穿过时，脸上一片茫然的表情。有时候，你会听见玻璃工厂的人从窗户里面朝几个舒舒服服地坐在码头上躲避参观的丈夫大叫："先生们！先生们！"他用责备的语气说。"喂！你们迷人的太太们在前厅等着呢！所有商品都明码标价！"

穆拉诺人不讨喜。星期天，他们沉着脸待在酒吧外面。他们看上去衣衫褴褛，脾气暴躁，完全没有威尼斯城里人温文尔雅、谦恭有礼的风度。长久以来的贫困和旅游业让他们变得乖戾——罗斯金这样形容穆拉诺一座教堂里的会众："半是虚弱无力、半是敬畏虔诚地弓下身去，灰色的衣服完全将脸遮住，他们像鬼一样苍白，陷入令人沮丧的动物般的痛苦之中。"他们岛屿的边缘延伸进垃圾堆和污水坑里，只有一座高大的纪念碑能够将这种滋味消除些许。圣多纳托大教堂矗立在一条弯曲的运河边，在一连串玻璃工厂后面。它华丽的带红砖柱廊的半圆形后殿俯视着一座宽阔的广场，是一座风度翩翩的建筑；它的横梁比威尼斯的哥特式修道会教堂的横梁更宽，因此显得更加高贵威严——不太像伟大的指挥官，而更像富有权势的王妃，身穿狐皮衣，头戴无檐帽。

这座伟大的教堂有一段跌宕起伏的历史，因为它在岛上的至高地位一直受到现在已经消失的圣斯德望堂的挑战。两座教堂争相拥有圣者遗物。第一座得到了一块膝盖骨或一根头发，接着另一座也得到了，每一座教堂都拿出了更加不可思议的圣物，直到大教堂在光荣的一天宣布得到了威尼斯十字军战士胜利带回的圣多纳托——埃维亚主教——本人的遗体。这位著名的高级教士曾经在凯法洛尼亚朝一条龙吐了一口唾沫，以此将它杀死。他的遗体受到恭敬迎接，被放置在大理石棺里。圣斯德望堂的神父们感到蒙受了耻辱，但是他们在此后的几十年里进行了有力的反击，200年后他们对领导权进行了勇敢的最后的努力争取。1374年4月14日，圣斯德望堂的修道院长宣布，他在教堂地下室里发现了不止一段圣者的肢体，甚至不止一位不幸的殉道者，而是200具圣人遗体——这些遗体"从体型和身高来看都是婴孩"，不久就被可靠的学者鉴别为被希律王杀害的婴儿。

这是一个富有戏剧性的成功之举，却徒劳无益。圣多纳托满不在乎，从此后一直是穆拉诺无可争议的大教堂。它是威尼斯最了不起的教堂之一，也是今天参观游览这座乖僻的岛屿的主要原因。教堂里铺着非常令人愉快的镶嵌图案地板，大门边有一排令人毛骨悚然的没有脸的塑像，后殿有一幅圣母马利亚镶嵌画，比托切洛的诞神马利亚少了些责备，却同样令人惊叹。不仅如此，当总督多梅尼科·米基耶莱带着多纳托主教的遗体从东方回来时，他向教堂的修道院长呈交了两只匣子：如果你来到建筑东头的祭坛后面，抬头看头顶上方的墙壁，就会看见那里整整齐齐地堆着像鹿角一样的骨头，那是很多年前，在暗淡的阳光下，多纳托杀死的龙的遗骨，那时圣人和殉道者常常光顾潟湖，虔诚的唾沫仍然可以创造奇迹。

28. 圣　　水

　　那时这些潟湖都是圣水，湖面上点缀着一座座修道院，几乎每一座小岛都有自己虔诚但往往安逸的社区。很多古老的图画描绘了当时非常重要而现在已变得荒凉的潟湖里的岛屿，岛上有经典的柱廊和成荫的棕榈，带着一副漫不经心的世俗态度的僧侣站在通往水边的台阶上。潟湖里的女修道院闻名整个基督教世界，拥有大量的艺术和宗教宝藏。在威尼斯共和国晚期，这些修道院也往往是寻欢作乐的场所，时髦的上流社会修女在流言纷纷、轻薄浮佻、打情骂俏，甚至露骨的色情淫荡的气氛中接待客人。18世纪30年代，夏尔·德·布罗斯[1]访问威尼斯时，三座女修道院费尽心机地竞争向新任教廷大使提供情妇的权力。当一位威尼斯贵族谦卑地成为修女时，这是她获得的头衔："最尊贵的女修道院院长，最尊敬的玛丽亚·露易丝小姐，雷佐尼科公主"。

　　然而，生活对于那些修道院而言并非总是那么容易。因威尼斯与罗马教皇的关系所需，它们常常被关闭，又常常被恢复，有时被一个兄弟会转给另一个兄弟会，因此当拿破仑废除圣职时，大多数修道院已经数易其手，有些已经被废弃。它们收藏的艺术品被疏于照顾，或者四处分散。当圣克里斯托福罗修道院关闭时（它所在的岛屿现在组成了圣米凯莱的一部分），其中的绘画和雕

1　夏尔·德·布罗斯（Charles de Brosses，1709–1777），法国学者。

塑作品散失在了世界各地，唯一留在意大利的是巴塞蒂的一幅绘画作品，如今这幅作品挂在穆拉诺的圣彼得罗教堂里。新匈奴王入侵威尼斯的时候正是岛上修道院的鼎盛时期，如今那个时期早已成为过去；只有两座修道院幸存下来。

在流向利多岛的运河边，看得到圣马可大教堂的地方，坐落着拉扎罗岛。这是一座小巧、舒适、整洁、颇有郊区特征的岛屿，岛上有几处柏树林、一座灵巧的小钟楼、凉亭、街巷和水边花园——你可能会认为，这正是一个适合慵懒地但却不那么不道德地嬉戏的地方。这里是亚美尼亚本笃会神父的家，他们是亚美尼亚一个独立的修道会的成员，奉行罗马天主教会的东方仪式。1715年，土耳其人侵占摩里亚时，亚美尼亚本笃会会众和他们的创始人麦基塔（"安慰者"）一起被逐出了莫登的修道院。威尼斯给了他们一处避难所，还有无人居住的岛屿拉扎罗，当时那是利多岛孤独的暗礁以外一座简朴的毫无前途的小岛。在那里，他们兴旺起来。麦基塔本人监督建造修道院；他们在大陆获得了高产的土地；当亚美尼亚民族受到迫害，人口大幅下降时，它的学术受到压制，活力遭到削弱，因此圣拉扎罗成了民族知识和宗教的宝库。今天，这座修道院是全世界亚美尼亚文化的三个主要中心之一，另两个是维也纳和亚美尼亚共和国的宗教中心埃奇米阿津。

圣拉扎罗是威尼斯最亲切的地方之一，总的说来不是一个狄更斯式的地方。那里的大约20位僧侣留着大胡子，穿着宽松的黑色长袍，温和、热情又有礼，虽然他们在有黑色护墙板的食堂里静悄悄地用餐，每天傍晚冥想足足半个小时，以渊博和虔诚而闻名——但是不知怎么他们给人的印象是：这个世界的赏心乐事至少不是他们无法想象的。他们在岛上为亚美尼亚男孩办了一所学校，地中海地区的孩子都来这里学习。他们还在威尼斯城办了一所学校。他们的修道院是亚美尼亚文学院所在地，他们常常参加关于教义或词源学的博学的辩论。但是这些迷人的神父的职责从来都不卑贱，因为正像修道院的官方旅游指南里所说的那样，"俗家兄弟和意大利仆佣负责烧煮、清洁和园艺等事务"。

自从亚美尼亚本笃会会众来到威尼斯后，每个人都对他们很好。他们的文化糅合了东方和西方特征，从一开始就吸引了威尼斯人，威尼斯共和国对待他们非常慷慨大度。甚至拿破仑在关闭其他修道院时也对他们暂缓执行：他们派了代表到巴黎去向他求情。他们收藏了一批出色的手稿和书籍，除此之外还曾经接受大量的各种礼物，这让整座岛屿成了一个神秘的古玩珍品仓库。一棵香蕉树、一棵棕榈树和一棵黎巴嫩雪松在中央回廊茂盛生长；房间里挂满了古色古香的绘画，走廊里挂满了稀有罕见的版画。马德里公爵送给他们一批矿物和海洋收藏品。教皇格列高利十六世送给他们一尊他本人的大理石塑像。卡诺瓦送给他们一尊拿破仑儿子的石膏雕像。一位来自埃及的有名的亚美尼亚人把自己收藏的东方书籍送给他们，其中包括理查德·伯顿爵士签名的并不太合适的作品。威尼斯族长送给他们一只圣骨匣，匣子分成50个格子，每一格里都有一个小小的圣者遗物。

楼上的博物馆里有一具保存完好的埃及木乃伊，木乃伊的嘴巴里还有几颗牙齿，其他牙齿则被收藏在一个亚麻小袋子里（它身上覆盖的珠子在19世纪被穆拉诺的玻璃制造工修复）。一只盒子里有些宝贝，一架望远镜从窗户对着圣马可大教堂的钟楼。馆里收藏了一批用非亚美尼亚语写作的关于亚美尼亚语的书籍。有一位亚美尼亚籍印度裔在马德拉斯的一座寺庙里发现的佛教仪轨，有阿陀斯山木刻、中国象牙、一座小小的古代武器兵工厂、一台制造电火花的机器、一段用古埃及语写的《古兰经》、一套刻画了英国君主——包括奥利弗一世国王精美画像——的德国奖章。馆里收藏了勃朗宁和朗费罗亲笔签名的书信，还有一本专"为王子和名人"准备的游客留言簿（神父们对世俗成就有着健康的尊重）。馆里收藏了政治家、主教、苏丹和教皇的照片——"所有照片都由本人亲自赠送，"官方旅游指南用鄙视的语气写道。

最重要的是这里与拜伦的关系。1816年，这位诗人迫切想要消磨威尼斯冬天的白天时光，于是决定学习亚美尼亚语——用"难以掌握的东西"来检验他的大脑；他结识了友好的亚美尼亚本笃会会众，曾经一周三次划船到圣拉扎罗去，在他们的图书馆学习亚美尼亚语。四个月以来，他一直是那里的常客。亚美尼亚人十分欣喜，他们从不曾忘记那个奇特的学生，因此如果让威尼斯的人想一想圣拉扎罗，很多人首先想到的是拜伦，其次才想到亚美尼亚人。拜伦的灵魂在这座岛上游荡。我们看见他帮忙种下的树木，他在里面冥想的避暑别墅，他用过的桌子、写过的笔、切过书页的裁纸刀。描绘他初次来到这座岛屿的一幅美丽的洋溢着贵族浪漫气息的绘画——几乎是一件还愿品——被指给我们看；另一幅画表现了他伸开四肢，慵懒而优雅地躺在阳台上，几位庄严恭敬的僧侣正在伺候他，太阳正带着诗意渐渐沉入他身后的潟湖，一只大狗躺在他脚边。我们得到一份他作为一个非常次要的合作者与修道院的一位学者合编的亚美尼亚语法复印本（在这本书里，至少在我拿到的版本里，严肃地用红笔粗率地修改了一段涉及"壁龛后面挂着的帘子"，这段文字有所疏忽，但并非有意冒犯）。

拜伦给威尼斯人留下的并非都是愉快的记忆，但是善良的神父们常常被时髦而有才华的恶棍吸引，圣拉扎罗的人们只记得他天性中更好的一面。他似乎受到神父们的真心喜爱，他也诚实恭敬地对待他们。1924年，在他去世一百周年纪念日，一位现在已被遗忘的叫查尔斯·卡梅尔的诗人受托写了几首诗，供人翻译成亚美尼亚语。他将诗写给亚美尼亚本笃会神父们，并在结尾写道：

> 他的身体属于英国，心属于希腊，
> 他的灵魂属于你们，毫无疑问，
> 也许这最重要，因为他给了你们
> 友谊和安宁，而不是痛苦。

　　圣拉扎罗的亚美尼亚人当然不会很快就忘记拜伦。修道院手册肯定地说，他们对他和他们在一起的情况做了"丰富而详细的记录"（尽管如此，我对于他对他们的语言——正如他自己所说的那样，那是一种"失败的字母系统"——的熟练程度仍心存怀疑）。

　　亚美尼亚人注重实际。本笃会会众在岛上过着极为虔诚的生活，一小堆一小堆的法衣有某种特别的吸引力，每一堆上面都干净利落地放着四角帽，整整齐齐地折叠着放在小教堂法衣室里的箱子上。但是机器房——岛上的金库——是著名的印刷厂。欧洲第一家亚美尼亚印刷厂于1512年在当时的世界印刷之都威尼斯建成：本笃会会众从希腊来到威尼斯后不久就建造了自己的印刷厂。厂里的机器都很现代化，而且来自世界各地——有些来自德国，有些来自美国，有些来自英国——可以用几乎任何语言为你印刷几乎任何东西。他们曾经在圣拉扎罗印刷一本书，书里是圣尼尔塞斯的祈祷文，分为24个部分，每小时一个部分，被翻译成36种语言。这使得这本书必须用12种书写系统印刷——阿拉伯语、亚拉姆语、亚美尼亚语、迦勒底语、汉语、埃塞俄比亚语、希腊语、希伯来语、日语、拉丁语、俄语和梵语，更不用说字母的斯堪的纳维亚畸变和将俄语与塞尔维亚语区分开来的微妙变化。有些祈祷文从后往前读，有些从上往下读，有些显然是上下颠倒的。书中包含了用格陵兰语和盖尔语写的祈祷文，至少英语版本里（我没有仔细检查阿姆哈拉语版本）没有一个印刷错误。

今天，印刷厂仍然使用多种语言，但是也专门用亮光纸印刷明信片、海报和闪亮的商业标签。参观圣拉扎罗后，你也许会感觉受到了令人愉快的鼓舞，离开时耳畔响着仿佛祝福一般的古老的吟诵声；但是，如果你在威尼斯买一瓶意大利苦艾酒，很可能酒瓶上光滑的彩色标签就是亚美尼亚印刷厂印刷的。

圣拉扎罗在不断前进。自从修道院建立以来，岛屿的面积扩大了三倍，这一点你可以从上岸码头的一块饰板上看出来。最初的建筑都在坍塌——麦基塔院长虽然多才多艺，却不是一位建筑师——重建整个地方的计划已经制定，电火花机器旁边的一个石膏模型阐明了这个计划。亚美尼亚人和威尼斯有关当局较为熟悉（一位俗家兄弟严肃地坚持称其为威尼斯共和国——"威尼斯共和国为我们修排水系统帮了很大的忙"，或者"我们已经向威尼斯共和国递交了必要的申请"）。圣拉扎罗从不曾感觉距离广阔的世界非常遥远，它轻松从容地应对现代性。

潟湖里另一座岛上修道院完全没有圣拉扎罗的世故的活力，而是永远平静地躺在北方的沼泽地里。圣弗朗切斯科·德塞尔托是布拉诺东边沼泽地带一座小巧迷人的岛屿，岛上一排柏树和高大的伞状棕榈树像西藏经幡一样在微风中摇摆弯曲，在湖水对岸害羞地向你招手。一条蜿蜒曲折的浅浅的运河将你带到岛上，你走下船来，踏上像英国草坪一样碧绿的草地，点缀着威尔特郡的雏菊，来到和康涅狄格州的榆树一样繁茂的大树下，呼吸着地中海花朵和犁过的肥沃土地的气息。一根十字架守卫着上岸码头，墙上的告示告诫你这里禁止游戏、舞蹈、亵渎行为和高声说话。圣拉扎罗是丰满的小里维埃拉，而圣弗朗切斯科却是香格里拉。

他们说圣方济各乘一只威尼斯船从东方回来时在这里失事——有些宽厚圣徒传作者认为也许这发生在他于1219年试图向穆斯林传福音之后。他们指给你看奇迹般地从他的拐杖生长出来的一棵树的一部分，还有他惯常躺在里面以适应坟墓的一具棺木（据说岛上的修道士现在也采用了这种方法）。无疑这个地方到处都是这个可怜人的朋友。当你从小溪朝修道院走去时，一位修道士会迎接你（他一定会说流利的英语和法语，也许还会说德语，而且是每周三次在圣马可大教堂听取外国人忏悔的修道士之一）；他边领你走过这座世外桃源的绿色树荫，边向你介绍花园里的野兽，它们在灌木丛中摆着姿势，就像在有鲜明插图的每日祈祷书里一样。在长满青草的堤岸上，一对孔雀趾高气扬地走着。这里有一群小鸭子，正快步朝水边走去，这里有几只鼓动着翅膀的骨瘦如柴的母鸡。到处都是燕子，它们在所有动物中最像方济各会修士，岛上到处是响亮的鸟叫声。甚至还有两头奶牛，在菜园的牲口棚里大声嚼着干草。

这里是新信徒的家。30位修道士都是意大利人，其中14位是新信徒。他们的修道院古老而安静，他们的教堂丑陋却宁静，他们的岛屿的最引人注目之处就是其沉静。确实没有人玩游戏，跳舞，说脏话，或大声交谈。除了修道士，没有人住在那里。夏天，一艘摩托艇会把游客带到岛上。有时候，一架喷气式飞机从头顶迅速飞过，或者一架客机放低副翼，准备降落。除此之外，没有任何不和谐打扰修道院。修道士们静静地划着桑多洛，你常常可以看见，远远的在浅滩上，他们穿着棕色衣服，弯着身子，用力划桨。周围小岛上的渔民往往都太穷了，买不起摩托艇，而威尼斯的喧闹声（在这个环境中似乎非常狰狞可怕）在距离岛屿几个小时路程的水的那边。圣弗朗切斯科·德塞尔托唯一的声音是钟声，男性的诵经声，冷静的谈话声，鸣禽的叫声，孔雀的咯咯声，鸭子和母鸡的嘎嘎声，有时候还有奶牛棚里反刍的牛群发出的低沉的不满的哞哞声，仿佛灵魂厌腻了极乐世界。

修道士们似乎对这些安排心满意足。圣方济各虔诚的快乐文字是"哦神圣的孤独，哦独处的幸福"[1]，我的导游曾经带着并不完全是自鸣得意的眼神对我引述了这句话——他太温顺了，不会说出那样的话——但是至少他的眼神里有一丝带着感激的自满。

---

1 原文为意大利语。

29. 死 与 生

　　很多更小的只有一座建筑的岛屿坐落在宽阔的水域。有些岛屿比狩猎小屋大不了多少，具有罗马秉性，直接起源于潟湖里的游乐场所：建在孤独的沼泽堤岸上的方方正正的房子，像城堡一样自给自足，门外有沉默寡言头脑愚钝的看门人和怒气冲冲的看门狗，在一年中合适的时候，猎鸭人在宽敞的凉亭上欢宴。其他则是小小的渔民定居点，例如在穆拉诺更远处的小岛泰塞拉，热热闹闹的渔民在岛上组成杂乱的社区，像最快乐的以色列集体农场；他们的小船在水闸边随着波浪起伏，浓密的枝叶装饰着他们的房子，下雾的时候，或者晚饭的时候，青铜大钟在他们的小钟楼上敲响，召唤在泥地上的男人回家。但是，大多数这样的小岛都衰败荒芜，让人伤心地想起潟湖曾经更加辉煌的日子。

　　一圈这样悲哀的遗迹环绕着威尼斯群岛。威尼斯人称这些岛屿为多洛雷岛[1]，因为直到最近它们都被旅游指南巧妙地称为"医疗中心"——也就是说，疗养院、隔离医院和精神病院。特别的汽艇服务系统将它们与史基亚弗尼河滨大道相连接：汽艇上写着"医院"[2]，通常载满了病人亲属和护士（她们每星期在岛上工作四天，在威尼斯休息三天）。有些悲伤的小岛也许很快就会恢复活力，成

1　多洛雷（Dolore）在意大利语里是"痛苦"的意思。
2　原文为意大利语。

为度假胜地（"加勒比海风格的海滩建筑群"），但是目前大多数仍然很荒凉。一种忧郁的寂静环绕着它们，有时候让它们感觉不太像是有人居住的地方，而更像是从潟湖里野蛮地伸出来的海上岩石。它们也有悲凉的、有时候很奇特的历史。最快活的一座小岛——曾经是肺结核疗养院的叫做萨卡·塞索拉的岛——是一座人工岛，因此没有令人伤心的联想。其他小岛都有一丝遗憾的气息。

例如，距离圣乔治·马焦雷岛仅半英里的格拉齐亚岛曾经是宗教团体为去圣地的朝圣者开办的招待所——在威尼斯人伶俐地靠这种收入来源养肥自己的时候，他们非常认真仔细地规划这个地方，甚至安排了会说多种语言的职员，就像总是在圣马可广场引导游客去玻璃工厂的旅游警察一样。后来小岛成了一座修道院，以纪念从君士坦丁堡带回来的神奇的圣母马利亚雕像，据说那是圣保罗亲手塑造的。岛上有一座带钟楼的哥特式教堂，但是拿破仑关闭修道院后，这里成了火药库：1848年革命期间，有人在里面划着了一根火柴，将这里全部炸毁。现在，它看上去已经被完全征服：因为它最终成了威尼斯的隔离医院，脸上长满脓包的孩子们虚弱无力地看着远处河滨大道上露天游乐场的旋转木马。

更远处是圣克莱门特岛，一座巨大的发白的砖石建筑，冰冷、沉重。这里曾经也是一座修道院，现在仍然有一座雄伟的17世纪教堂，装饰着大理石帘幔，还有一座绿荫遮蔽的小花园，让这里的严肃气氛有所缓和：但是岛上笼罩着被隔绝的神秘氛围，因为一个多世纪以来这里一直是精神病院。小岛距离圣马可广场只有两三英里，和阿尔卡特拉斯岛[1]与渔人码头之间的距离一样，但它

1　美国加利福尼亚州西部的一座岩石岛屿，位于旧金山湾。1859至1933年间曾是一座军事监狱，1963年以前为联邦监狱。

可能位于一片灰色海洋的中心，看上去被遮蔽得严严实实，完全自给自足。第二次世界大战期间，逃避德国征兵的意大利年轻人就躲在这座令人沮丧的岛屿的船屋里：他们的父母每星期划船到岛上来一次，给他们送生活用品，他们平静地在隐蔽处一直住到战争结束，然后眨着眼睛走到阳光下，高高兴兴地回家。

另一座曾经的精神病院不那么令人生畏，却更加有名。圣塞尔沃洛（或者叫圣塞尔维利奥，那是威尼斯以外的人对它的称呼）早在18世纪就是本笃会修道院，在共和国的历史上扮演过不同寻常的角色。1001年，奥托三世看到威尼斯的力量在不断增长，于是访问了隐姓埋名的城市，部分是出于好奇，部分是出于策略的原因：到达潟湖时，他身裹黑衣，在寂静的夜里被秘密引到这座岛屿。（他在修道院受到总督彼得罗·奥尔塞奥罗二世的迎接，有些历史学家说，后者迅速哄骗这位不幸的年轻人授予了各种事先完全没有计划的特许。）

几个世纪以来，圣塞尔沃洛和本笃会一起兴旺起来，承担了各种医疗和慈善功能，直到1725年成为精神病院——但是，按照十人议会的命令，只接收"贵族或宽裕家庭的疯子"：不那么幸运的精神病人就在城市游荡，或者被关进监狱。拿破仑到来后结束了这种可怕的不公，很快雪莱就让圣塞尔沃洛成了世界上最有名的疯人院——"没有窗户，畸形阴沉的一堆建筑，"朱利安和马达洛[1]意见相同，"可能加盖一个又一个世纪，为了卑鄙的用处"。

可怜的圣塞尔沃洛！这座岛屿本身、它的过去和目的让过路人一阵发冷；至今仍然有人声称在迅速驶过的瓦波雷托上听见了"叫喊、咆哮和哀号"，正是这些声音让朱利安在那天傍晚和马达

---

1 雪莱作品《朱利安和马达洛》中的人物。

洛一起越过潟湖向远处望去时感到一阵战栗。

其他靠近海岸的岛屿没有如此备受过去困扰，但也笼罩着怀旧的气氛。在通往富西纳的水道里有一座小岛，名叫圣乔治·阿尔加——海藻里的圣乔治，柯佛男爵在威尼斯学做船夫的时候喜欢划着桑多洛到岛上去，罗斯金认为从岛上可以看到整个威尼斯的最美风景。这个小地方也曾经有过自己的重要时刻。据说，倒霉的总督法列罗在迷雾中乘黄金船去总督府就职时就在这里抛了锚：这被认为是他的统治的不祥之兆，也的确如此，因为仅仅八个月后，他就因为叛国罪被砍头（终于在小广场上岸后，他从防波堤上的两根圆柱中间走过，这是他犯的另一个愚蠢的错误，因为任何一个渔民的老婆都知道，没有什么比这么做更能给一个人带来厄运了）。

在这座岛屿曾是修道院的时候，这里曾经住着一位谦卑却博学的僧侣，名叫加布里埃莱·孔杜尔梅尔。一天，轮到这个人做修道院门房时，一个不知名的隐士自己划船来到水闸。孔杜尔梅尔友好地迎接他，带他来到教堂，和他一起祈祷。访客回到船上后，转身面对着这位僧侣，作了严肃的预言。"你，加布里埃莱·孔杜尔梅尔，"他说，"将首先成为红衣主教，然后成为罗马教皇；但是我预言，在你担任教皇期间，将会遭受许多痛苦的厄运。"隐士说完后就划船离开了，以后再也没有出现过。这位僧侣后来成了尤金四世，是所有教皇中最不幸、受到凌辱最多的一位。

他的修道院早已被弃置，破败不堪。1717年的大火将它烧毁了一半。1848年大革命期间它的钟楼被砍掉顶部，成了一个瞭望哨，后来干脆被彻底拆毁。它的剩余建筑先是成了火药库，后来成了堡垒，现在是一个渔民的家。如果你走得太近，两只凶猛的狗会恶狠狠地冲着你叫，甚至跳进水里来对付你。只有一块圣乔治的石头饰板和端庄地站在与墙壁垂直的石头顶篷下面的圣母马利亚还在提醒我们它过去的尊严。

或者还有比圣塞尔沃洛更远的波韦利亚，低矮的房屋在平坦的小岛上挤成一团，中间竖着岛上唯一一座高高的钟楼。这像是一座程式化的威尼斯岛屿，和你在旅游海报背景里看到的用喷枪熟练地几笔画出的岛屿一样。因为岛上有很多杨树，所以这里曾经叫做杨树岛，是一个自治社区，有自己的精力充沛的政府。据说它在打败不平的战斗中扮演了英勇而残忍的角色——住在奥尔法诺运河尽头的波韦利亚人把很多法兰克人按倒在泥地里，比其他任何战士按倒的都多。据官方编年史记载，在与热那亚人的战争中，波韦利亚被自己的居民"通过政府命令"所毁灭。浪漫主义者认为，这是"焦土"策略的早期范例：善于使用委婉语的愤世嫉俗者怀疑一群热那亚人袭击了这座岛屿，并为了自己而将其摧毁。

这么多世纪以来，可怜的波韦利亚渐渐衰落——它先是成了检疫所，后来成了隔离医院，最后成了贫困老人养老院：老人们高高兴兴地在草坪上晒太阳，旧船只长期停泊在临近的海峡里，船壳挨着船壳，烟囱靠着烟囱，船上可怜地布满了斑斑锈迹和盐渍，为它们服务的只有基本船员和验船师，前者为船上的引擎做保养，后者偶尔吃力地爬上颤巍巍的跳板，在船楼上疑惑地摇着头。波韦利亚的形状像一把扇子，一直到水边都种满了葡萄和玉米，沿岛屿边缘种了一排小树。小岛的最高点有一座八角形的石头小堡垒，上面覆盖着灌木丛，最近有人向我保证说，里面住了几百只胖乎乎的兔子。我一直以为住在隔壁的老人们靠螃蟹和炖贻贝生活，这些兔子使他们的日常饮食具有了可口的多样性。

东边由几条浅浅的运河贯穿的两座农业大岛是威尼斯的果蔬农场。这两座岛屿用来自威尼斯的肥料施肥，由它的胃口所维持，但长期以来很少被它的居民参观。圣埃拉斯莫和维尼奥勒几乎从城市末端延伸到圣弗朗切斯科·德塞尔托岛——绵延五英里潮湿却肥沃的菜畦，只住着菜农和渔民。

这两座岛屿有趣却土气。你沿着棕色的水道小心翼翼地慢慢往前走，也许会来到某处肥沃却残破的乡村中心——也许是美国卡罗莱纳州，或者爱尔兰基尔代尔郡。水面上树荫蔽日，水边生长着浓密的相互缠结的灌木丛，夏天，叶片上覆盖着一层像粉笔灰一样厚厚的乡村灰尘。农舍非常干净，却摇摇欲坠，菜园灌木丛生，却非常多产。你也许会经过田野里渔民的船台，几只小船和渔网一起在上面晾干；或者你也许会把自己的船停泊在一座快要散架的镶着白色墙板的小教堂边，教堂像美国南部原教旨主义神殿，因此你几乎指望能听见窗户里传来黑人孩子唱赞美诗的声音，或者"摇喊"教派成员圆润的欢呼声。

这些地方的空气中飘荡着农家庭院充满泥土和肥料的气味。菜园里种了很多洋葱、芦笋、土豆、卷心菜和朝鲜蓟——岛民们沮丧地抱怨说，把这些菜运到城里市场的中间人付给他们的报酬太低。就是在这些岛上，威尼斯规划人员希望建立崭新的工业社区，把洋葱地变成公寓大楼和发电厂；他们朴实破败的土地似乎已经在劫难逃，即将消失，就像你有时候在伦敦或洛杉矶郊区看到的那些被住宅区包围的一小块一小块的乡村。

这些岛上只有一座村庄——面积加在一起比威尼斯本身大很多。村庄坐落在圣埃拉斯莫的西岸，与圣弗朗切斯科的柏树和一片杂乱的布拉诺了无生气地遥遥相望。村里有一家咖啡馆，门外楚楚可怜地撑着一把条纹遮阳伞，有一个旧的黑色上岸码头，蒸汽轮渡就在那里停靠，还有一座谷仓似的白色教堂，冷冷清清，毫无特色。这些地方似乎没有历史——甚至，就像一位房产经纪对我描述一座特别令人厌恶的一半用木材建成的房子时所说的那样，没有"被传统礼仪所包围"。最有良心的旅游指南几乎不会提到它们。这个世界如此毅然决然地忽略了这些地方，据说有些鲜为人知的中世纪法律条例甚至禁止在这里跳舞。维尼奥勒和圣埃拉斯莫的岛民给我的印象是一群性情粗暴的人；谁能责怪他们呢？

马佐波岛是另一种闭塞的地方。它位于布拉诺以西，由一座人行桥与其相连，岛上有一座教堂、一座公墓、一条不错的宽阔的运河、几块田野、一面总是胡乱涂画着政治主张的长长的石墙、几座房子和一家非常好的饭馆，如果一切顺利，他们眨眼之间就可以给你烤一只野鸭，或者从菜园尽头的泥塘里拽出一条肥肥的扭动的鳝鱼。马佐波岛上的居民单纯却开朗，会亲切地欢迎你坐到小酒馆里他们的饭桌边，高兴地和你分享白葡萄酒和意大利面：这出乎意料，因为如果圣埃拉斯莫奄奄一息，马佐波则是一首逼真的挽歌。

这座岛屿曾经非常了不起。甚至在罗马时代它就是百勒努斯[1]的著名神殿所在地，"马佐波"的意思就是"主要都市"。在中世纪，它成为了不起的德国贸易路线的威尼斯进口港，几乎从中欧进口的所有货物都从马佐波海关进入威尼斯。资金充足、风味独特的上流修道院在岛上十分兴旺；运河两边排列着时髦的宫殿；安逸的贵族和商人群体把它变成了潟湖里最活跃的社交中心。我手中最古老的旅游指南出版于1740年，其中描绘岛上有八座钟

---

1 古罗马凯尔特神话中的神祇。

楼，让岛屿显得十分威严，现在岛上还有很多花园和宫殿。

但是在那之前很久衰败就开始了。疟疾让马佐波的居民失去了活力，里阿尔托的兴起使它的商业遭到破坏，烂泥和水草堵塞了它的大街。到了11世纪，马佐波的大部分居民决定移居岛外。他们小心翼翼地拆了房子——过流动生活的美国人现在有时候仍然这么做，把砖块和石头装上驳船，驶向威尼斯——在里阿尔托桥那个曾经是威尼斯各种烦恼的中心附近，现在仍然留存的很多小房子都是过去从马佐波迁移过来的。今天，几乎一切都荡然无存，马佐波只是菜园、穆拉诺的公墓和开往托切洛岛的轮渡航线上的补给站（瓦波雷托在岛上笔直的大运河上昂首开过，搅起阵阵波浪，在牵道上一圈圈地扩展开去，像明轮船掠过纳奇兹[1]，开往新奥尔良）。

但是如果你从小饭馆的窗户望出去，目光越过红色的可口可乐标签，就会看见运河对岸有一座四四方方的小房子，仍然保留着一丝过去的富丽堂皇。房子的窗户是哥特式的，门廊是结实的正方形。一座正在腐烂的墙壁将水挡在房子外面，一只桑多洛拴在旁边的上岸码头。花园里，几棵矮小的果树之间立着一两尊已经损坏的雕像，几十年来无人问津。这是一座属于古老过去的房子，就像鱼类中的腔棘鱼[2]。今天，它孤独地站在那里。它曾经勇敢地和一排同伴站在一起，闪耀着生命和奢华的光彩，让船只停在门前的台阶旁边，让交际花在它的沙龙里受到娇宠。它就是黄金宫，马佐波被人遗忘的鼎盛时期最桀骜不驯的遗迹。

---

1 美国密西西比州西南部亚当斯县一市。

2 一种据信已经在白垩纪灭绝的鱼，但1938年在非洲被发现。

在遥远的潟湖北方，坐落着所有威尼斯小岛中最孤独最悲伤的一座——圣阿里亚诺。这座岛屿起初是托切洛的郊区，和临近的康斯坦齐亚卡岛共同组成了另一个著名的繁荣社区。现在岛上住的只有死者，因为在 17 世纪，当它的荣耀早已消退，它成了威尼斯掩埋骸骨的地方，因此在地图上被标着"奥塞利亚"[1]，打了一个小黑叉。他们不再从威尼斯运来骸骨，而是宁愿将骸骨倾倒进圣米凯莱的公共坟墓。但是，就在几年前，运送骸骨的驳船每月都会缓缓开到圣阿里亚诺，船上装载着无名的遗骨。1904 年出版的一本潟湖旅游指南忧郁地写道："现代工业毫无顾忌地用这些无名的骨架炼糖。"

我想，今天他们不再用这些骸骨炼糖，但这座小岛仍然是一个怪异的令人浑身发凉的地方。我曾经从马佐波到那里去过一次，驾着小船穿过托切洛后面变幻莫测的水道，两岸看上去荒无人烟，令人忧虑不安。几只海鸟悄悄地在我头顶飞翔。在沼泽地对面很远很远的地方可以看见一只孤独的渔船。托切洛看上去毫无生气，一片片湿地在托切洛那边沮丧地朝着阿尔蒂诺延伸。通往圣阿里亚诺的水道不断蜿蜒曲折地穿过浅滩，因此在半个小时或更长的时间里你可以看见远处坟场的长方形白墙，在青草中显得异常孤独：当我终于到达时，太阳高高地挂在天上，风已经停了下来，潟湖死一般平静，一切都陷在一片热浪和寂静之中。岛上通往水边的台阶上爬着蜥蜴。我下船时，一只老鼠从泥里跳出来，扑通一声跳进水里。墓地的白色大门在阳光下亮得刺眼，透过门上的格栅，我能看见门廊的阴影里阴郁的耶稣头像，他目不转睛地凝视着什么，面无笑容，瘦弱憔悴。

1　意大利语的意思是"埋骨之处"。

　　大门上了锁，但我绕到角落，跳上墙头，仔细往院子里看。里面什么也看不见，只有一堆相互缠结的灌木丛，将这个地方塞得满满当当，一直生长到了墙边。没有一座纪念碑，没有一束鲜花，没有一丝人气，只有浓密的绿色的乱七八糟的灌木丛。我从墙上爬进院子里，从尖尖的灌木枝叶之间走过，边走边拨开荆棘，看自己的脚踩在什么上面。

　　我发现，灌木丛下面的地面是骨头铺成的。这些灌木就生长在骨头上。这里没有一平方英尺的土地，只有骨头：腿骨和指骨，碎裂的骨头和坚硬的骨头，还有几只歪着的头盖骨，在灌木的阴影中闪着磷光一般的光亮。我像障碍赛跑运动员一样跳到墙外，天黑之前就回了家。

30. 神 圣 的 堤 岸

　　16世纪威尼斯的一项法令称潟湖——包括水体和岛屿——为"祖国的神圣堤岸"。现在和当年一样，海滩的岛屿组成了最外围的防御，其脆弱的、有时并不稳固的湖岸是威尼斯与大海之间的唯一屏障。就在不久前，诗人和诸如此类的人曾经到利多岛上去骑马、冥想、琢磨夕阳下"尖尖的小岛"一般的尤根尼恩山岗。总督们曾经带着鹰去那里狩猎。第四次十字军东征时，3万名士兵曾经在那里驻扎，与此同时他们的长官们在为费用和付款问题讨价还价。14世纪，每一个年龄在16岁到35岁之间的体格健康的威尼斯男性都必须在那里练习用弩射箭。拜伦希望被葬在那里，墓碑上刻着"祈求和平"[1]，那时沙滩上还没有人迹，只有湖水冲来的宜人的忧郁。

　　今天，这个地方的名字成了时髦魅力的同义词。从牙买加到伦敦海德公园曲折蜿蜒的水池，一百万家冰淇淋店，一千家华而不实的弹球沙龙，都以这个古老地方的名字命名。这是一个双重悖论。第一个悖论是，"利多"在意大利语里只不过是"岸边"或"沙滩"的意思，而威尼斯的海滩是对潟湖面朝大海一边所有半是泥半是沙的窄小岛屿的统称。现在还有两处这样的礁石，因为半是岬角的索托马里纳实际上已经是大陆的一部分。南边的岛屿叫

1　原文为意大利语。

佩莱斯特里纳岛。另一座，尤其是它的北端，按照习俗叫利多。

第二个悖论是：虽然全世界都认为利多是一个豪华的寻欢作乐的地方，文化指南却皱着眉头，对它避而不提，高尚一些的游客声称从来没有去过那里，不过这些小岛仍然是富有戏剧和传奇色彩的地方，浸透了历史，涂抹着防晒霜，是威尼斯共和国的神圣堤岸。

利多港令人印象深刻，那里是威尼斯的大门，由海滩的三座稍小的沙滩连接而成，但后来在奥地利政权下受到极大忽略，只有小船才能使用。意大利王国接管威尼斯后它得到复兴，两条伸向海里的长长的防护堤保护着它，昔日的所有辉煌都恢复如初。世界上的海闸很少有如此高贵的过去。一代又一代的商船队通过这条通道驶向东方，八个世纪以来，威尼斯总督就在这里举行著名的仪式，宣布与亚得里亚海联姻。

这一习俗开始于997年，总督彼得罗·奥尔塞奥罗在那一年带领舰队来到这里，击败了共和国的首批海上强敌达尔马提亚人（威尼斯历史学家一贯把他们称作"海盗"）。几十年来，威尼斯人一直向他们进贡，但是那一年，总督宣布，他"不愿意派遣信使，而要自己到达尔马提亚来"。他歼灭了他们，很多年来，原本是战前祭酒的港口典礼成了威尼斯海上力量的象征。每年耶稣升天节，由装饰驳船组成的浩浩荡荡的船队都会来到利多岛，至高无上的总督站在黄金船的船尾，很多游客乘坐的小船跟在后面乱转。巨大的舰队在海闸顶风停船，总督接过一枚宗主教祝福过的闪亮的钻石戒指。圣水被倒进海里，站在艉楼的总督大声说道："哦大海啊，作为我们真正永恒统治的表示，我们与你联姻！"然后，伴随着合唱团的歌声、神父的祈祷声、人们的喝彩声、枪炮的隆隆声、停船的逆桨声、船帆的拍打声、潮水的咆哮声，他郑重地把戒指扔进海里。二十代人以来，这个仪式一直是欧洲最著名的景象之一。几百枚戒指被扔进了海里（但我们可以猜测，随着威尼斯人唯利是图的本能越来越强，这些戒指的价值越来越低）。其中一枚戒指后来在一条鱼的肚子里被发现，现在保存在圣马可大教堂的宝库里，放在玻璃匣中，看上去很华丽，却已锈蚀。其他戒指都在你脚下淤泥里的某个地方，是离婚的纪念品：1797年4月那个毁灭性的一天，当圣安德烈亚的枪炮朝"意大利的救星"开火时，威尼斯与大海的婚姻在痛苦的泪水中瓦解了。

在海上很远处可以看见港口旁边屹立着宏伟古老的教堂利多的圣尼科洛，它是古老的气象站、灯塔、瞭望台和水手的护身符。这座教堂的命名是一个谎言，因为圣诞老人的遗体并不像过去的威尼斯人所宣称的那样躺在里面。11世纪，诺曼人统治下的巴里成了威尼斯的竞争对手，与其争夺东方和西方之间的贸易市场，因此想要在拥有令人敬畏的圣者遗物方面超过威尼斯共和国。巴里人于是得到了米拉的圣尼古拉的遗体，这位圣人是当铺老板、奴隶、处女、水手、强盗、囚犯、财产所有人和孩子的守护神。他尤其受到威尼斯人的崇敬，仅仅是因为他在尼西亚公会议上给了神学家阿里乌一记响亮的耳光，而早期一些威尼斯人就是为了逃脱被伦巴第人所采纳的此人的异端邪说才逃进潟湖的。因为他也是航海者的守护神，所以他们非常痛恨他被巴里人领走，特别是这件事发生在他们自己伟大的圣马可消失在大教堂的柱子里的时候。

因此，他们编造了一个故事，说一群威尼斯探险家突袭了巴里，偷走了遗体，利多的教堂被重新命名，作为他的神殿。在圣人的节日举行了盛大的仪式，甚至在共和国最后的日子里，它仍然宣称他的遗体就躺在那里，"和另一位圣尼古拉，即第一位圣尼古拉的叔叔，躺在一起"。那位叔叔也许确实在那里：但是长久以来巴里已经确立了自己作为圣诞老人不容置疑的长眠之地的地位，因为圣尼古拉的银质圣骨匣是意大利的主要奇迹神龛之一，九个世纪以来源源不断地流出和最清澈的泉水一样纯净的神圣甘露。利多的圣尼科洛教堂因而有一种尴尬和惭愧的气氛，更加关心家事的旅游指南会谨慎地避开这段历史，而在教堂里雕刻精美的唱诗班席位的描写上花费大量笔墨。

路的尽头是绿荫下的威尼斯犹太人公墓，那里曾经是一个被轻侮和嘲弄的地方，现在已经被充分恢复。附近是一座天主教公墓，这座公墓杂草丛生的角落里，摇摇晃晃的围墙后面，是著名的利多新教徒公墓遗址。过去，死在威尼斯的非天主教徒不允许埋葬在神圣的土地，而是被打发到这座孤独的岛屿。倒数第二位英国驻威尼斯大使就葬在那里，我相信雪莱的克拉拉也葬在那里；但是当岛屿一端建造机场时，他们的墓都被掩埋，遗骨被捆在一起，放在一具贵族的石棺里。今天，这座纪念碑竖立在公墓的角落里，碑上模糊的字迹仿佛来自过去的一阵彬彬有礼的低语，写着萨克维尔的高贵的名字。

墓地四周杂草丛生，衰败寥落，横七竖八地放着被拔出来的墓碑，有些平躺着，有些顶端朝下，有些像铺路石一样堆在一起。小花园很难找到，几乎没有人光顾。一位乐于助人的园丁领着我穿过迷宫一般的天主教徒的墓碑，我漫不经心地拂去手边一块石板上的灰尘和松针，发现那是英国总领事约瑟夫·史密斯的墓碑，他是赞赏加纳莱托的天才和在今天收藏于温莎城堡的他的出色绘画的第一人。"这个人，"我对同伴说，"曾经在英国备受尊敬。"园丁怜悯地笑了笑，寻找着既诚实又不显得不以为然的辞令，因为他从没有听说过约瑟夫·史密斯，但又不想伤害我的感情。"我想是这样，"他最后说，"我想是这样。"

在这一切古老醇和的事物之中，利多的新世界焕发着风采。这处著名的海边胜地面积广阔、流光溢彩、价格昂贵，只有一本正经或与世隔绝的人才会说它枯燥无味。它的旅馆从优雅精致到粗糙随意，一应俱全；它的店铺里堆满了离谱的衣服和黏黏的蛋糕；它的街道边种着紫藤和叶子花；它的赌场大肆挥霍，它的迪斯科舞厅人来人往；它的花哨的瀑布状的彩色小灯让这里与湖对面威尼斯昏暗的中世纪轮廓形成了有趣的、有时候令人欣慰的对比。你可以乘汽车、开车或坐四轮大马车游览利多。你可以在那里赌博，或者发现名人，或者兜风，或者吃贵得离谱、口味很差、铺张奢华的月光下的晚餐。如果在隆冬，或者如果你性格暴躁，有时候你甚至可以挤过海水浴场，到海里去不尽如人意地游泳（当然前提是你有进入那一段海滩的票）。

利多岛朝向潟湖一边有一些可爱的别墅——攀缘着蔓生植物的长长的白色房子，和立在突尼斯迦太基城上或卧在摩洛哥马拉喀什花丛中的房子一样。还有很多普通的房屋和公寓楼，因为越来越多的威尼斯人更喜欢住在这座舒适的现代城镇，每天早晨去畸形的共和国上班。利多岛是一个设计合理、维护良好、舒适安逸的地方，甚至在冬天，滨海大道冷冷清清，饭店都关了门，这里仍然让人感觉非常温馨。利多的海滨不过是二流的——"比不上英国海滨，"爱德华·赫顿勇敢地说，"无精打采的亚得里亚海也许看上去只是一个可怜的替代品"；但是整片潟湖无法用语言形容的美景，多洛雷岛、暗淡的尤根尼恩山和威尼斯本身高高的外立面——完美的景象使得这里成为世界上独一无二的度假胜地。

　　它的影响力和耶索洛的影响力一样，正不可阻挡地悄悄向南扩展，岛屿南端已经被阿尔贝罗尼——萌芽阶段的利多——占据，建起了时髦的高尔夫球场、几座旅馆、几家医院，修养营地和疗养院像碉堡一样散落在沙滩上。但是，这两个精致优雅的地方还没有连在一起，在两者之间，利多岛沿岸仍有几片地方寂静简朴，覆盖着杂草、树干和蔓生植物，杂乱地堆着贝壳（夏天的傍晚，有时候你会看见古怪的爱好者穿着肥大的裤子或者吉卜赛裙子，在贝壳堆里起劲地翻找）。潟湖岸边都是菜园和被遮蔽的朴素的附属建筑，悄悄流到岛上的小溪富有有机物，雾气蒙蒙，岸边生长着浓密的芦苇和粗糙的野草，几乎和赫克贝利·芬恩[1]生活的乡村里密西西比河棕色的回水一样。

　　在这一切之中，面朝着威尼斯，坐落着渔业小镇马拉莫科——潟湖里最友好的地方之一。最初的马拉莫科曾是联合起来的威尼斯人的第一个首都，现在已经完全消失：学者们相信它坐落于近海，在一座岛屿上，12世纪时被一场大灾难击垮——不时有考察队员戴上护目镜，套上鸭脚板，潜进海里，寻找它的废墟。现代马拉莫科仍然感觉非常古老。它有自己的小型广场、三座教堂和一座地方长官的官邸。潟湖和大海之间有一条运河从镇子背后流过，贩卖蔬菜的驳船每天早晨就在这里开业，用古老的哀号一般的叫卖声宣布自己的到来，用的语言显然是阿拉伯语。女人们撩起围裙，兜着土豆，慢慢走回家去，小男孩们站在码头边上舔冰淇淋。绿色潮湿的浸水草甸延伸到海堤，马拉莫科的街道（一张布告友好地告诉我们）是用贝壳铺成的。

　　马拉莫科海滨有一家小餐馆，你可以在花园里吃海鳌虾和母

　　1　马克·吐温小说《赫克贝利·芬恩历险记》的主人公。

螃蟹，仔细打量面前半透明的潟湖，就像坐在露台上一样。乐于助人的游手好闲的人会为你看着船，有时候你会听见隔壁的保龄球馆传来胜利或绝望的粗嘎的声音和木球沉闷的砰砰声。右边较远处，一列小岛那边，可以看见威尼斯的塔楼。左边矗立着斯帕尼亚¹废弃的灯塔，四周环绕着一丛丛渔民的杆子。近处，高高的旧船生了锈，带着令人同情的尊严停在水里：在伊夫林生活的年代，马拉莫科是英国商人的"安全港口和停泊处"，现在却不过是无用船只的避风港。偶尔，利多岛的无轨电车滑到码头边停下，间或一辆苗条的菲亚特小车匆匆开过：但是马拉莫科有一种洒满阳光、无忧无虑的宁静气息。海滨的热闹还没有到这里，而古老威尼斯的努力早已被人遗忘。你可以在这里晒太阳，不会被打扰，也不会感到尴尬，甚至那些用油煎过用油腻的章鱼做配菜的小母螃蟹皱缩的钳子也有一种宁静的让人舒服的味道。

当你沿着礁石向南驶去时，利多岛的乐趣渐渐淡去，逍遥的感觉渐渐变弱。海滩的北边繁荣好客；南边陈旧贫穷。当你驶过阿尔贝罗尼，穿过马拉莫科港——那是威尼斯第二大海闸，奥地利舰队曾经在那里停泊，超级油轮从那里隆隆地驶向圣伊拉里奥——时，一道从大海慢慢泛来的涟漪减缓了你的前进速度；但是在另一边，佩莱斯特里纳岛环境恶劣，不断变窄的一列礁石边蔓延着一堆贫穷、杂乱、破烂不堪的村庄。

现在，这里已经几乎不是一座岛屿，那些村庄挤在一起，仿佛是直接从水里冒出来的——大海就在后门，潟湖拍打着前门。沃尔塔的圣彼得罗尽头就是塞科港，圣安东尼奥和佩莱斯特里纳

1　潟湖中的一处地名。

相互汇合，当你从一个连着一个乱七八糟的码头区经过时，身边的礁石就像一条长长的水边街道。偶尔会出现几座教堂，水边有一两座小广场，还有一家咖啡馆，桌子放在外面，有时候有一座乏善可陈的花园。村舍涂着鲜艳的色彩，但涂料在剥落，破烂的棚子、仓库、船坞、木柴堆混杂其间。巨大的油驳船高高地撑在桩子上，晾得干干的，正在刮船底；一队队渔船沿着码头排列着，一眼望不到头。在塞科港，你会看见干涸的小溪，那曾是通往大海的港口，现在已经没有水，在佩莱斯特里纳有一座中世纪的堡垒塔。但基本上这些村庄都在你眼前渐渐变成一堆杂乱的摇摇欲坠的建筑，看上去仿佛不仅被风雨冲刷，被阳光曝晒，而且毫无疑问已经陷入窘境。

这里是海岸最贫穷的一段。没有光彩或魅力，甚至这里的人看上去也干瘪瘪的。他们是不稳固的沙滩上的居民，当你向南走时，会发现他们生活的那列岛屿慢慢缩小。现在从房屋之间看去，可以看见一长条绿色和一片隐隐约约的大海；现在绿色已经消失，小广场那边只有一行灰色的砖石建筑；现在房屋本身渐渐消失，出现了窝棚、脏乱的浴场更衣室、船屋、垃圾场；最后，走过佩莱斯特里纳最后几块墓碑之后，你发现只有一堵巨大的石墙代表了最后的堤岸。

在这里，你小心翼翼地把船系在一只古老的铁环上，然后爬上几级台阶，发现自己沉着地站在几片水域之间。你正站在穆拉日海堤上，这些高贵的海堤曾是正在消亡的共和国建造的最后的伟大工程。如果没有这些6 000码长的极其坚固的了不起的防御工程，现在亚得里亚海已经冲上了佩莱斯特里纳海滨，冲进了潟湖。穆拉日海堤用巨大的伊斯特拉大理石块建造，设计非常优美，歌德称赞其为艺术品。这些海堤经历了38年才建成。墙上有一块

1751年竖起来的又大又厚的黄铜板，上面记载了建造目的："愿神圣的港湾永远自由，坚实的基础保障安全，大理石将海水挡在外面。"但是，将近两个世纪之后，威尼斯人竖起了另一块饰板，更好地说明了这些伟大工程的骄傲精神。"做勇敢的罗马人，"饰板上写道，"在威尼斯的气候里。"这是真正罗马人的冒险事业，由威尼斯人在其独立的最后几十年里完成。

穆拉日海堤上面有一条窄窄的小路，你可以坐在这里，晃着双腿，仔细地想海滩的神圣。一边是起伏的亚得里亚海，冷漠、灰暗、不安、深邃，海浪朝的里雅斯特、波拉、杜布罗夫尼克翻卷，最远到达阿尔巴尼亚、科孚和凯法洛尼亚。另一边，就在几英尺以外，是苍白平静的威尼斯潟湖。湖水静静的，若有所思；许多小船在宽阔的湖面上来来往往；在你脚下，小船一动不动地停泊的地方，小银鱼在水草间一闪而过。

31. 迷　　失

　　但潟湖在劫难逃，因为它的实质像蒸汽一样难以长久存在。这里的光荣烟消云散，岛屿不复存在，宫殿已被遗忘——马拉莫科被淹没，托切洛被遗弃，穆拉诺退化衰败，马佐波奄奄一息，圣阿里亚诺阴森沉寂，修道院四处分散，钟楼摇摇欲坠。很快投机商人、石油开采者和桥梁建造者就会驱散它的最后一丝神秘。

　　在潟湖地图上，西南死气沉沉的沼泽地里，有一座被标作"七个死人之家"的小岛。它纪念的是一个传说。在发动机出现之前，湖上一座偏僻孤独的石头房子被渔民用做捕鱼作业基地；他们在捕鱼间隙在那里睡觉、吃饭和休息，堵船缝，补渔网，同时其中一个渔民把捕来的鱼拿到市场上去。几座像这样的孤独的渔民的小屋杂乱地散落在更加空空荡荡的潟湖南片——新角小屋、波佐谷小屋、旁拜小屋、大河谷小屋——这些小屋不过是泥里的斑点，以中世纪熟练渔民的名字或者捕蟹人心里已经忘记的想法命名。

　　据传说，很久以前，六个男人和一个男孩住在我们刚才提到的小屋里。男人们每天夜里去捕鱼，男孩留在房子里做饭。一天早晨，那几个渔民捕鱼回来时发现水上漂着一具男尸。他们把尸体拖到船上，放在船头，打算早饭后带到威尼斯的秸秆桥，溺水而亡的人都在那里等着认领。男孩从房子里出来迎接他们时看见了船头的那个人，于是问他们为什么不请客人进去吃饭。饭已经做好了，他说，做得很多，再多一个人吃没问题。

几个渔民对恐怖之事有真正的威尼斯人的本能。他们脱下外套，走进房子，让男孩自己去请客人进来。"他聋得什么也听不见，"他们说，"而且特别固执。狠狠踢他一脚，骂他一句，把他弄醒。"男孩照他们说的做了，但那个人还是躺着。"用力晃他，"几个渔民一边说着下流话在桌边坐下一边大叫，"告诉他我们可不能等他等到世界末日！我们是要干活的，我们！"

男孩再次照做，很快他开开心心地回到屋里，开始盛饭。一切顺利，他说。客人已经起来，正走过来。渔民的一连串玩笑突然停住了。讲故事的人说，他们面面相觑，"面色苍白，目瞪口呆"；很快他们就听见外面小路上传来缓慢沉重、嘎吱嘎吱的没有活力的脚步声。门发出怪异的吱的一声，然后开了；那具尸体走了进来，异常僵硬，毫无血色；当他生硬地在桌边坐下时，六个粗野无礼的渔民身上全都传过一阵致命的寒气，僵死在玉米粥前。七个死人留在了小屋，只有那个男孩疯狂地划船离开，说出了这个故事。

一天，我决定去参观"七个死人之家"：但是水道上没有木桩标记，地图出了名的不清楚，于是一大早我就去沃尔塔的圣彼得罗为自己找一位向导。我发现沿海地区的渔民已经不再经常去那片潟湖。几个渔民朝恰好相反的方向指着一座岛屿，发誓说那就是小屋，他们从小就知道。一个渔民看了一眼我的小船，友好地说他还有其他事情。最后，一个头发蓬乱、满脸皱纹的渔民，潟湖里的老人，同意了我出的价，跨上船来，和我一同前往。

他说，这就像从前，就像郊游。战争期间，他曾有一段时间在小屋附近的沼泽礁石上躲避德国人，从那以后他就一直没有去过那里。他是一个健谈的快活的老人，戴着一顶帽边耷拉的帽子，穿着像地质层一样一层层的运动衫。他很愉快地带我穿过起伏的荒凉的潟湖中央、低潮沟谷、上风河谷，海草就在我们的螺旋桨下面几英寸的地方，随着船的行进神秘地摇摆。天灰蒙蒙的，风冷飕飕的，但是我们一边前进，老人一边指出地标——小广场小屋，沼泽地里孤独的大石屋；远处大陆的白色农舍；几乎难以辨认的波卡·拉玛的圣马可岛；南边昏暗高耸的基奥贾；我们身后渐渐变得模糊的佩莱斯特里纳长长的海岸线。

我们周围的潟湖一片空寂。大水道里的船只离我们很远，只有几只破旧的捕蟹船在泥泞的水湾工作。我的向导不习惯引擎，有一两次让船搁了浅，但没造成大碍。很快我们就发现自己进入了"七个死人之家"的深水区，那是在到达目的地之前要经过的最后一片水域。啊！这唤起了老人多少回忆啊！就在这里，父亲把他带来，那时他还是个孩子，第一次学习如何驾船；就在这里，在战前萧条的年代里，他在刮着风的漫长夜晚从泥里挖最后一只贻贝；就在那边，在阴冷潮湿、一片荒凉的沼泽堤岸上，他曾经蹲在帆布棚下面躲避德国人，他妻子每个星期划船来给他送日用品；就在那个角落，在浅滩之间——稍稍转向左舷，这里水浅，现在回到水流里——在这里，就在角落，我们可以发现……

但是老人的声音渐渐变小：因为当我们绕过那片沼泽时，发现小屋已经不在了。掠夺成性、心怀不满、烦躁不安、贪得无厌的潟湖再一次起了作用。水面没过了浅滩，原来房子所在的地方现在只剩下一堆杂乱的砖瓦石块，潮水已经汩汩地渗进来。老人非常惊讶，但更多的是感到受到了冒犯。"为什么会这样？"他愤怒地问我。"我的妈呀！我还是个孩子的时候那座房子就在那里，一座漂亮的石头大房子，七个死人小屋——现在却不见了！为什么会这样，啊？告诉我！"

他胡子拉碴，不修边幅，其实是一个温文尔雅的人。我们离开那个荒凉的地方，掉转船头向圣彼得罗驶去时，我听见船尾传来一声轻轻的粗嘎的笑声。"我的妈呀！"老人一边不停地摇头，一边再次感叹。我们边开船回家边大笑、喝酒，最后，因为那个渔民对自己的工作不够专注，让船搁了浅，弄断了前进挡，于是我们厚着脸皮慢慢倒退着走完了剩下的路程。"就像螃蟹，"老人不害臊地说，"就连螃蟹也是横着走呢。"

出发

圣马可大教堂

也许你是百万富翁，可以整年维护一座威尼斯别墅，镀金的贡多拉系在格栅后面，系船柱漆着鲜艳的颜色，亮丽的蓝色窗帘冷冷地遮住窗户，宣布你不在公园大道[1]或新英格兰。但是，很可能有一天你必须收拾行李，付清账单，和忠实的（正在感人地抽鼻子的）艾米利亚吻别，离开这里，去不那么令人心醉的地方。当潟湖中的岛屿渐渐向后退去时，你有一种强烈的奇怪的感觉——半是宽慰，半是悲伤，还有几许迷惘。威尼斯与很多情人和很多浓烈的深红色葡萄酒一样，从不对你以诚相待。它的过去神秘莫测，它的现在自相矛盾，它的将来包裹在充满不确定性的迷雾之中。你厌腻却迷惑不解地离开它，就像一个年轻人高兴地离开一个姑娘的怀抱，却突然意识到她的心正在别处，一时不知道他究竟在她身上看到了什么。

尽管有很多人嘲弄威尼斯的传说——理性主义者、怀疑论者、习惯揭穿真面目的人，但令人惊讶的是，威尼斯共和国的吸引力却有经验为依据。来威尼斯的人虽然有不同意见，但几乎所有人在最终离开时似乎都同意，总的来说，这是一个非常可爱的地方。一批又一批才华横溢的人来圣马可朝圣，并且受到威尼斯的恩宠。许许多多来拜访它的崇拜者为它写了四音节音步的诗——歌德、司汤达、戈蒂埃、安徒生、缪塞、查尔斯·里德、瓦格纳、泰纳、莫里斯·巴雷斯、托马斯·曼、门德尔松、亨利·詹姆斯、里尔克、普鲁斯特、卢梭、拜伦、勃朗宁、狄更斯、但丁·加布里埃尔·罗塞蒂、海明威、罗斯金、但丁、华兹华斯、彼特拉克、朗费罗、迪斯累利、伊夫林、雪莱、让·科克托——更不用说乔治·桑、汉弗莱·沃德夫人、弗雷亚·斯塔克和乔治·艾略

1　公园大道（Park Lane），伦敦街道，两侧是最受欢迎的豪华酒店。

特——她的丈夫曾经从旅馆窗户不光彩地扑通一声掉进大运河。柯罗[1]、丢勒、透纳、德·皮西斯、波宁顿[2]、杜飞[3]、柯克西卡[4]、马奈、莫奈、雷诺阿、惠斯勒都曾创作过描绘威尼斯的著名作品，伦敦、巴黎或纽约几乎没有一家艺术品店不会卖给你不那么有名的画家创作的安康圣母教堂的模糊景象。

尼采竟然说过，如果要给"音乐"寻找一个同义词，那个词"永远是威尼斯，只能是威尼斯"。甚至希特勒也认为这座城市非常美丽：他住在意大利大陆的斯特拉，却对总督府赞赏不已，曾经陪他在总督府转悠的看护人是这么告诉我的，而且有传说断言他曾经违背协议，凌晨独自在城里漫游（有人说是半疯狂地慢跑）。加里波第[5]也喜欢总督府，尽管他对艺术并没有强烈向往：他认为他在维琴蒂诺的《勒班陀战役》里英勇的海军上将韦涅罗身上看到了令人满意的与他自己的相似之处。关于威尼斯的浪漫伤感的爱情故事和令人入迷的散文处女作比世界上任何其他地方都多。威尼斯是由辞藻华美的文章堆砌而成。但是，正如阿丁顿·西蒙兹[6]曾经说过的那样，它是城市中的莎士比亚，无与伦比、举世无双。斯德哥尔摩骄傲地自称"北方威尼斯"，曼谷则自称"东方威尼斯"。阿姆斯特丹喜欢夸口说它的桥梁比威尼斯还多。伦敦的帕丁顿有一个"小威尼斯"，一个大不敬的房

---

1 柯罗（Jean-Baptiste Camille Corot，1796–1875），法国画家，被誉为19世纪最出色的抒情风景画家。

2 波宁顿（Richard Parkes Bonington，1802–1828），英国浪漫主义画派的风景画家。

3 杜飞（Raoul Dufy，1877–1953），法国野兽派画家。

4 柯克西卡（Oskar Kokoschka，1886–1980），奥地利表现主义画家。

5 加里波第（Giuseppe Garibaldi，1807–1882），意大利爱国志士及军人。

6 约翰·阿丁顿·西蒙兹（John Addington Symonds，1840–1893），英国诗人、作家、学者。

主在大门上贴了一张告示，警告客人"小心总督"[1]。"委内瑞拉"（Venezuela）这个名字是西班牙征服者在马拉开波湾看见水陆两栖的村庄时起的。丘吉尔的一位崇拜者想要为他的"五港总督"的头衔找到一个相称的译名，于是称他为"多佛总督"[2]，而丘吉尔本人并没有反对。

这一切让我感到奇怪，因为虽然毫无疑问威尼斯非常可爱，但你不会想到它对全世界都如此有吸引力。首先，这座城市恶臭难闻，这一点无可否认；其次，它极其善变；它的冬天非常严酷，各项功能都变得粗糙；它的潟湖可能冰冷苍白，令人不快；如果你用冷静和分析的眼光看它的建筑，这些建筑不再庄严，而是被高估的古董，甚至丑陋。我本人就不喜欢大运河边浮夸的宫殿，它们华而不实的外观、过分花哨的门廊和像男性生殖器的方尖碑。这座城市很多有名的建筑——例如海关，或者老监狱——如果在克拉珀姆或者布朗克斯会显得普普通通。

罗斯金痛恨威尼斯的一半建筑，热爱另一半建筑。他在对圣乔治·马焦雷教堂的描述中写道："难以想象比这更粗俗、野蛮、幼稚的设计构思，比这更缺乏独立性的抄袭，比这更平淡无味的结果，无论从哪一个理性的方面来看，都没有比这更可鄙的了。"查理·卓别林曾经评论说，他想拿一把枪，把小广场上桑索维诺图书馆的神祇雕像一尊一尊地打掉下来。伊夫林认为圣马可大教堂"昏暗阴沉"。哲学家赫伯特·斯宾塞憎恶总督府"毫无意义的图案"，这种图案的铺嵌让他"只能想到鱼的脊椎骨"。D.H.劳伦

---

1 养狗的人家会在门窗上写"小心有狗"（Beware of Dog），"狗"（dog）与"总督"（doge）拼写相近，"小心总督"（Beware of Doge）借此玩文字游戏。

2 "五港总督"的英文为Lord Warden of the Cinque Ports，lord原意为"阁下"、"大人"，而"多佛总督"的英文为Doge of Dover，Doge原意为威尼斯总督。

斯第一眼看到威尼斯的建筑，就将其称作一座"可恶的绿色的滑溜溜的"城市：我完全明白他的感受。

但是，威尼斯的魅力有别于艺术和建筑，其中有一种奇特的性感的味道——如果不能说是性爱的味道。19世纪一位法国人写道："威尼斯向你施展像女人一样温柔的魅力。其他城市都有爱慕者。只有威尼斯有情人。"17世纪，詹姆斯·豪厄尔向读者保证，一旦他们了解了这座处女城市的绝世之美，就会"立刻向她求爱"。勃朗宁夫人写道："没有什么与它相似，没有什么与它一样，世界上没有第二个威尼斯"，在某种程度上表达了充满贪恋的或者也许是上瘾一般的痴迷。今天，摩托艇让这里吵吵嚷嚷，旅游业让这里庸俗艳丽，与处女已有天壤之别：但是，清晨，当我从窗户探出身子，当空气中带着清新的大海气息，白天还没有受到污染，当我的阳台下传来船桨轻柔的拍水声，当第一缕阳光照射在圣马可大教堂钟楼的金色天使身上，影子沿着一排幽暗的宫殿慢慢移动——那时我仍然感到一种奇特的美妙的渴望，仿佛某种有着可望而不可即的愿望的动物正从外面走过。

我认为这部分是有机设计的原因。威尼斯是一个奇妙的紧凑而实用的整体：匀称、小巧、完整，稳稳地坐落在镰刀形潟湖的中心，像池塘里的一只金色老怪兽。柯布西耶[1]形容威尼斯是城市规划师应该学习的实例。威尼斯富于变化的各个部分之间的边界变得柔和模糊，就像大运河边两座古老宫殿的屋顶在一道狭窄的小巷上方亲密地相互交叠。它的建筑糅合了不同的风格——东方和西方、哥特、文艺复兴、巴洛克——因此罗斯金可以把总督府称作这个世界的核心建筑。它的运河和街巷巧妙地融为一体，就

---

1 勒·柯布西耶（Le Corbusier，1887–1965），法国建筑师、室内设计师、雕塑家、画家。

像发动机里加工精密的各个部件。它的象征符号简单却富有感染力，像广告图像——造型优美的有翅膀的狮子，金色的马，戴尖顶帽的总督，防波堤上的两根圆柱，圣马可大教堂笔直的钟塔，大运河高贵气派的急转弯，在灯光下高高昂起的眼镜蛇似的贡多拉船头。它的口号令人激动，令人难忘——"圣马可万岁！""八分之三个主人"，"安息吧马可"，"生死抉择"，"依原样，在原址"。威尼斯像是已经解体却仍然出色的公司，它的气氛中有真正的令人赞叹的资本主义特性。站在里阿尔托桥高高的桥拱上，你会感觉可以在一瞬间把整个威尼斯留在心里——它的全部历史，它的所有意义，它的每一丝微妙的美丽。虽然它的宝藏取之不尽，但在某种意义上你是对的，因为威尼斯是它自己名声的高度浓缩的精华。

这部分是光的原因。威尼斯的画家对明暗对照有着精确的把握，而威尼斯一直是一座半透明的城市，有令人心醉的夕阳和色彩斑斓的早晨，尽管它漫长的冬季可能看上去单调乏味。它曾经因为镀金的建筑立面和壁画而明亮鲜艳——总督府曾经闪耀着金色、朱红色和蓝色——现在你仍然可以不时看见零零散散的腐烂的墙壁和像患了麻风病的雕刻上隐约闪烁着这座城市残存的过去的色彩。甚至现在，当威尼斯人在庆祝活动时挂出旗子和地毯，撑起艳丽的遮阳伞，点起彩色灯盏，给窗台上花盆里的天竺葵浇水，把颜色鲜亮的游船开进潟湖——甚至现在，在阳光下最美的时刻，威尼斯仍然可能是一个花哨的地方。这里的空气也以其变幻莫测的清晰透明而著名，让人对距离和比例的感觉变得模糊不清，有时候又镂刻出异常清晰的天际线和建筑立面。城市里充满了自然和人为的错觉艺术——透视的诡计、奇怪的远近比例、扭曲和幻觉。有时候，它的远景似乎缺乏立体感，像哑剧；有时候，这些远景似乎深邃得夸张，仿佛建筑物被人为地分开，好让演员在其间出现，或者好造成都市距离的错觉。潟湖在薄雾笼罩的海市蜃楼中晃动。如果你将小船划到圣马可湖上，朝大运河划去，看着不同层次的圣马可广场相互经过，这几乎是一种怪异的感觉：所有对于深度的感觉都消失了，所有高大的建筑——柱子和塔楼——似乎是平的，像威化饼一样薄，像硬纸板做的舞台道具，穿过木偶剧场的屋顶，一个插在另一个后面。

这部分是质感的原因。威尼斯的材质令人舒适，它的建筑镶嵌了大理石和斑岩、云母大理石、铜绿、碧玉、希腊大理石、抛光大理石和条纹大理石。它充满了柔软性感的织品，就像瓦格纳在卧室四壁挂的丝绸——还有商人从东方带回来的天鹅绒、塔夫绸、锦缎和绸缎，那时所有令人着迷的精美的东方商品都在一团云雾一般的香料气息中从这里经过。当雨水从圣马可大教堂的大理石外立面哗哗流下来时，一块块石板仿佛覆盖了一层令人惊叹的锦缎。甚至威尼斯的水有时候看上去也像色彩变幻的丝绸。当月光照在圣马可广场上时，甚至广场的地面也感觉那么柔顺。甚至泥地也像子宫，像软膏。

威尼斯富有诱惑力，部分是动作的原因。威尼斯已经失去了它轻柔如梦幻一般的魅力，但是它的动作仍然舒服撩人。它仍然是一座斑驳的城市，颤抖着，摇曳着，阳光在桥梁下闪着微光，阴影在大道上慢慢变幻。威尼斯的动作毫不粗暴。贡多拉姿态优美，运河上的小船像断奏一般优雅地驶过，你经常能看到班轮水线以上的船体从烟囱后面姿态高贵地开过。威尼斯有几处地方可以让你越过运河瞥见人们从拱廊缺口处穿过：他们的动作自然流畅，非常奇妙，有时候一位老太太裹着有流苏的黑色披肩悄悄走过，有时候一位神父披着飘逸的法衣默默地大步走过。威尼斯的妇女走路如行船一般优雅，只随着脚踝的轻轻移动而摇摆。威尼斯的僧侣和修女悄无声息地从大街上轻快地走过，仿佛袍子下面没有脚，或者在漂浮。圣马可广场的警察在慢慢地、轻松地、威严地巡逻。潟湖上的船帆懒散地打发着漫长的一天，在地平线上几乎一动不动。教堂司事看见一个妇女穿着裤子或者短袖裙子朝教堂走来，从容熟练地举起银杖，示意她走开，帽章下面老于世故的教区执事的脸慢慢地来回摇着。人群在狭窄的购物街上悠闲地随意闲逛：冬天，坐在温暖的小酒店里，看着一朵朵雨伞从窗外飘过，有些举得高，有些举得低，巧妙地避让，彬彬有礼地推挤，时而举高，时而放低，时而倾斜，在一群伞中寻找着自己的位置，像镶嵌画碎片或一套齿轮。

总之，威尼斯的荣耀在于其本身的出色事实：它光辉而奇特的历史，环绕着它的宽阔而忧郁的潟湖，使它至今仍在所有城市中别具一格的复杂的海上辉煌。当你终于离开这些水域，收起草帽，转弯驶向大海，威尼斯曾经令人惊叹的一切都会在你的心中挥之不去；你的呼吸里仍然有它的泥土、香烟、鱼、古老的年代、污秽和天鹅绒的气味；你的耳中仍然回响着它僻静的运河水轻柔的拍打声；在你的一生中，无论你走到哪里，都会感觉身后某个地方有粉红色、城堡式的、闪着微光的东西，那是威尼斯共和国的穹顶、索具和歪斜的尖顶。

浪漫在这里等着你！这里有威尼斯的强烈欲望和深红色葡萄酒！难怪乔治·艾略特的丈夫掉进了大运河。

大 事 年 表

威尼斯建立后800年间确立
了独立性，对外奠定了在
东地中海地区的至高无上
的贸易地位，对内形成了
贵族政体。

421	建立威尼斯
697	选举第一任总督
809	佩宁攻打威尼斯
829	偷取圣马可遗体
960	达尔马提亚人袭击威尼斯
997	抗击达尔马提亚人
997	"与亚得里亚海联姻"
1177	教皇亚历山大二世会见神圣罗马帝国皇帝巴巴罗萨
1202	第四次十字军东征
1297	建立贵族独裁

拜占庭帝国分裂之后，整个
14世纪期间，威尼斯对外
面临与对手热那亚的激烈竞
争，对内面临动荡的政治局
势。最后威尼斯获得胜利。

1310	提耶波罗起义
1335	成立十人议会
1355	总督法列罗被斩首
1373	犹太人来到威尼斯
1380	热那亚人在基奥贾投降

热那亚人被击败后，威尼
斯人将目光投向内陆。到

1403—1405	合并巴萨诺、贝卢诺、帕多瓦、维罗纳

了15世纪中期，他们建立了一个大陆帝国，疆域几乎伸展到米兰。然而，康斯坦丁堡的陷落标志着这个帝国衰落的开始。

在其最后四百年的历史中，尽管威尼斯艺术数度辉煌，政权和活力却不断衰落。反抗土耳其人的连年战争和西方商业竞争对手的崛起削弱了它的力量。到了18世纪中期，帝国几乎不复存在，它在狂欢和浮华中滑向末日。

1406	卡拉拉去世
1421	真蒂莱·贝利尼诞生
1426	乔瓦尼·贝利尼诞生
1431	卡尔马尼奥拉去世
1435	韦罗基奥诞生
1450	卡尔帕乔诞生
1453	土耳其人占领康斯坦丁堡
1454	合并特雷维索、弗留利、贝加莫、拉韦纳
1457	总督福斯卡里被罢免
1472	乔尔乔内诞生
1479	桑索维诺诞生
1480	帕尔马·韦基奥诞生
1489	吞并塞浦路斯
1498	达·伽马航行到印度
1508	康布雷同盟战争
1512	达·蓬特诞生
1512	丁托列托诞生
1513	帕里斯·博尔多内诞生
1518	帕拉迪奥诞生
1528	委罗内塞诞生
1539	三人议会成立
1544	帕尔马·乔凡尼诞生
1571	布拉加迪诺去世

1574	法国国王亨利三世访问威尼斯
1580	隆盖纳诞生
1606	罗马教皇颁布禁教令
1607	萨比险遭暗杀
1693	提耶波罗诞生
1697	加纳莱托诞生
1702	隆吉诞生
1712	瓜尔迪诞生
1751	穆拉日海堤建成
1757	卡诺瓦诞生
1784	镇压巴巴里海盗
1797	法国占领威尼斯
1798	威尼斯被割让给奥地利
1800	教皇选举秘密会议召开
1806	法国重新占领威尼斯
1814	奥地利重新占领威尼斯
1846	铁路堤道竣工
1848	威尼斯反抗奥地利的革命

近一百年里，威尼斯曾是意大利的一个组成部分。现在，它是一个行省，一座省会，是意大利第三大港口。

1866	威尼斯成为意大利王国的一部分
1902	圣马可大教堂的钟楼倒塌
1915	反抗奥地利的军事行动
1931	公路堤道竣工
1945	英国军队进入威尼斯
1960	建造马可·波罗机场